CARAMBAIA

ilimitada

Ann Petry

A rua
Um romance

Posfácio
TAYARI JONES

Tradução
CECÍLIA FLORESTA

Para minha mãe
Bertha James Lane

1

Um vento frio de novembro soprava na 116th Street. A corrente sacolejava as tampas das latas de lixo e sugava pelas janelas abertas as persianas, que batiam contra as janelas; esse vento espantou grande parte das pessoas da rua na quadra entre as Seventh e Eighth Avenues, a não ser por alguns pedestres apressados que se curvavam num esforço de expor a menor superfície possível ao seu assalto violento.

O vento encontrava tudo quanto era pedaço de papel na rua – panfletos de teatro, anúncios de bailes e reuniões de fraternidade, o papel-manteiga grosso que um dia embalou pães de fôrma, o mais fino que envolveu sanduíches, envelopes velhos, jornais. Dedilhando seu caminho pelo meio-fio, o vento fazia os pedaços de papel dançarem alto no ar, numa saraivada que rodopiava no rosto das pessoas na rua, ocupando-se até mesmo em se precipitar por soleiras de portas e pelos vãos entre os prédios, encontrando ossos de galinha e restos de costeletas de porco para empurrá-los pelo meio-fio.

O vento fez o que pôde para desencorajar as pessoas a andarem pela rua. Encontrou toda a sujeira, a poeira e a fuligem na calçada e as ergueu, de forma que a sujeira entrava no nariz delas, dificultando a respiração; a poeira caía nos olhos e cegava; a areia pinicava a pele. O vento enrolava jornais em seus pés, emaranhando-os, até que as pessoas praguejavam do fundo da garganta, batiam os pés e chutavam o jornal. O vento trazia o jornal de volta uma e outra vez, até elas se verem forçadas a parar e se livrar do papel com as mãos. E então o vento agarrava chapéus, arrancava cachecóis do pescoço, enterrava os dedos na gola dos casacos e soprava os casacos para longe do corpo.

O vento levantou os cabelos de Lutie Johnson, descobrindo sua nuca, de maneira que ela de repente se sentiu nua e careca, pois antes os fios repousavam suaves e cálidos em sua pele. Ela tremeu quando os dedos gelados do vento tocaram sua nuca, exploraram as têmporas. O vento soprou até mesmo os cílios dela, de forma que seus olhos foram banhados por uma corrente fria, e Lutie teve de piscar para conseguir ler as palavras na placa que balançava para a frente e para trás acima de sua cabeça.

Sempre que ela pensava ter focado a placa, o vento a tirava de vista, então Lutie não sabia se ela anunciava três ou dois cômodos. Se fossem três, ora, ela entraria e pediria para ver, mas se fossem dois – bom, então não valia a pena. Mesmo com o vento girando a placa, Lutie pôde ver que ela estava ali fazia muito tempo, pois a camada original de tinta branca fora manchada pela ferrugem nos pontos em que os anos de chuva e neve acabaram devorando a tinta até o metal, que enferrujou lentamente, formando uma mancha vermelha e escura como sangue.

Eram três cômodos. O vento manteve a placa imóvel e virada para ela por um momento, e então a golpeou até posicioná-la num ângulo impossível na vara que a suspendia presa ao prédio. Ela leu rapidamente. Três cômodos, aquecimento a vapor, piso de taco, inquilinos respeitáveis. Bom preço.

Ela olhou para a fachada do prédio. Piso de taco aqui queria dizer que a madeira era tão velha e esbranquiçada que nenhuma quantidade de verniz ou goma-laca esconderia as marcas e os riscos antigos, os anos de móveis arrastados pelo chão, as marteladas do tempo, crianças, bêbados, mulheres porcas e desleixadas. Aquecimento a vapor queria dizer um barulho estridente e ressonante vindo dos aquecedores bem cedo de manhã, e então um chiado que perduraria o dia inteiro.

Inquilinos respeitáveis, nesses prédios onde pessoas de cor[1]

1 A expressão *colored people* foi empregada por pessoas negras nos Estados Unidos desde o início do século XIX, sendo repensada e rediscutida por pensadores e militantes ao longo dos anos. O mesmo ocorreu no Brasil, onde, do século XIX até o início da retomada do termo "negro" na década de 1930 por diversos grupos e indivíduos, a expressão "pessoas de cor" também foi utilizada pela militância como forma de minar outros termos entendidos como depreciativos. [TODAS AS NOTAS SÃO DA TRADUTORA.]

tinham permissão de morar, incluía qualquer um que pudesse pagar o aluguel, então alguns deles seriam bêbados, intrometidos e encrenqueiros; dados a acessos de depressão, quando xingariam e gritariam com violência, e dados a acessos de júbilo igualmente violentos. E, ela pensou, uma vez que as paredes seriam finas, ora, as pessoas boas, as pessoas ruins, as crianças, os cachorros e seus cheiros desagradáveis seriam embalados todos juntos em um grande pacote – o pacote que chamavam de inquilinos respeitáveis.

O vento se intrometeu no casquete vermelho em sua cabeça e, como que zangado por não ter conseguido soltá-lo daquele firme ancoradouro de grampos, soprou uma grande nuvem de poeira, cinzas e pedaços de papel em seu rosto, nos olhos, no nariz. O vento golpeou as orelhas dela como se estivesse lhe oferecendo um derradeiro e exasperado sopro, uma prova de seu descontentamento por não ser capaz de fazê-la sair dali.

Lutie firmou o corpo contra o ataque do vento, determinada a concluir suas considerações sobre o apartamento antes de ir em frente e dar uma olhada no lugar. Bom preço – isso poderia significar quase qualquer coisa. Na Eighth Avenue, significava cortiços – lugares medonhos inapropriados para seres humanos. Na St. Nicholas Avenue, significava aluguéis caros por apartamentos minúsculos; e na Seventh Avenue significava apartamentos enormes onde você teria de arranjar inquilinos para conseguir pagar o aluguel. Nesta rua, poderia significar quase qualquer coisa.

Ela se virou e encarou o vento para avaliar a rua. Os prédios eram velhos e tinham janelas pequenas como fendas, o que significava que os cômodos eram pequenos e escuros. Numa rua com uma localização dessas, a luz do sol não devia entrar nos apartamentos. Nunca. Faria um calor dos infernos no verão e frio no inverno. "Bom preço" aqui nesta rua escura e cheia de gente deveria ser algo em torno de 28 dólares, desde que o apartamento ficasse num andar alto.

Os corredores deviam ser escuros e estreitos. Então Lutie deu de ombros, pois conseguir um apartamento onde ela e Bub pudessem viver sozinhos tinha mais importância que corredores escuros. O que realmente importava era se livrar de seu pai e daquelas suas mulheres mal-educadas, e qualquer coisa era melhor que aquilo. Corredores escuros, escadas sujas, até baratas nas paredes. Qualquer coisa. Qualquer coisa. Qualquer coisa.

Qualquer coisa? Bem, quase qualquer coisa. Então ela se virou para a entrada do prédio e, enquanto se virava, ouviu alguém limpando a garganta. Um som muito distinto – como se em duas notas, a primeira alta e então uma bufada rouca em uma nota mais baixa – que lhe chegou muito claramente aos ouvidos por baixo do barulho do vento chacoalhando as latas de lixo e estapeando as cortinas. Foi como se alguém tivesse dito "olá", e ela olhou para a janela lá em cima.

Uma luz fraca vinha de algum lugar no cômodo para o qual olhava, e a silhueta enorme de uma mulher aparecia recortada contra a luz. Ela apertou os olhos para ver melhor. A mulher era muito preta, tinha um lenço atado bem firme à cabeça, e Lutie viu, com alguma surpresa, que a janela estava aberta. Começou a se perguntar como a mulher conseguia ficar sentada perto de uma janela aberta em uma noite fria e tempestuosa como aquela. E ela não usava um casaco, mas um vestido de algodão largo – ou pelo menos devia ser de algodão, ela pensou, pois tinha uma aparência desengonçada –, grosso e amassado.

"É um bom lugar, querida. Toca a campainha do zelador e ele te mostra."

A voz da mulher era sonora. Agradável. Ainda assim, quanto mais Lutie olhava para ela, menos gostava dela. Não porque a mulher tivesse ficado ali o tempo todo encarando-a, lendo seus pensamentos, desprezando-a em seu íntimo, pois isso era apenas irritante. Mas era compreensível. Ela provavelmente não tinha mais nada para fazer; talvez fosse doente e o único prazer que encontrava na vida era assistir ao que acontecia na rua além de sua janela. Não era isso. Eram os olhos da mulher. Tão parados e malignos como os olhos de uma cobra. Lutie podia vê-los claramente – olhos vazios que a encaravam – vagando pelo seu corpo, inspecionando e avaliando-a da cabeça aos pés.

"Toca a campainha do zelador, querida", a mulher repetiu.

Lutie se virou para a entrada do prédio sem responder, pensando nos olhos da mulher. Empurrou a porta, entrou e ficou ali balançando a cabeça. O hall era escuro. A lâmpada de baixa voltagem no teto irradiava luz apenas suficiente para você não cair em cima de... bem, um piano que alguém largou sem cuidado ao pé da escada; e para poder ver os contornos de... oh, possivelmente um elefante que teria sido arrastado da rua por algum inquilino empreendedor.

De qualquer forma, se alguém deixasse cair uma moeda, Lutie pensou, teria de se abaixar apoiando os joelhos e as mãos no chão e se arrastar pelo ladrilho rachado se quisesse ter alguma esperança de encontrá-la. E ela estava errada sobre a impressão de ter visto um elefante ou um piano, porque a entrada do prédio não era grande o suficiente para permitir que nada disso passasse. A escada subia a pique – degraus escuros, altos e estreitos. Olhou fascinada para a escada. Ao subir degraus como aqueles, chegava-se provavelmente a uma espécie de novo inferno, ainda mais intrincado, complexo e aperfeiçoado. No alto, bem lá no alto.

Lutie se inclinou para ver os nomes nas caixas de correio. Henry Lincoln Johnson morou ali também, como em todos os outros prédios que visitou. Ele ou seu irmão de sangue. Os Johnson e os Jackson eram muitíssimo prolíficos. Então ela abriu um sorriso, pensando, Quem sou eu para falar, pois também faço parte dessa grande tribo, essa imensa tribo dos Johnson. As etiquetas revelaram que os Johnson tinham inquilinos – Smith, Roach, Anderson – caramba! e até Rosenberg. A maioria dos nomes tinha sido pintada numa caligrafia desleixada nas caixas de correio – com letras grandes e grossas em alguns casos. Outros foram escritos a lápis; alguns foram grafados em letras irregulares e desalinhadas, onde os nomes haviam sido riscados e substituídos por outros.

Havia apenas dois apartamentos no térreo. E se o zelador não morava no porão, ora, então ele devia morar no térreo. E lá estava escrito: 1A. O 1A devia ser o apartamento mais escuro, menor e mais difícil de alugar, e o senhorio deve ter ficado muito orgulhoso por ter dado um apartamento no térreo para o zelador.

Ela ficou ali parada pensando que era realmente uma pena eles não poderem dar um jeito de alugar os corredores também. Camas de solteiro. Não. Algumas camas de campanha usadas serviriam. Daria muito mais dinheiro. Se ela fosse um senhorio, alugaria os corredores. Seria muito mais divertido para os inquilinos. O sr. Jones e a esposa poderiam ter as camas número 1 e 2; Jackson e a namorada poderiam ocupar a de número 3. E Rinaldi, que dirige um táxi à noite, poderia sublocar a cama ocupada por Jackson e a namorada.

Ela ocuparia todas as camas – fileiras e mais fileiras de camas. E quando os inquilinos dos apartamentos chegassem à noite, eles ainda teriam o prazer de dar uma espiada em seus ocupantes. Jackson não teria chegado em casa, mas a namorada estaria deitada sozinha na cama – toda enrolada. Uma segunda olhada, pois a falta de luz não forneceria todos os detalhes, revelaria – meu Deus, ora, o que Rinaldi está fazendo em casa à noite? E vejam se ele não está bem confortável, metido na cama de Jackson com a namorada de Jackson. Não admira que ela pareça contente. E os inquilinos dos apartamentos ficariam sentados na escada como se o corredor fosse um teatro e a apresentação estivesse prestes a começar – ficariam ali sentados esperando até Jackson voltar para ver o que ele faria quando encontrasse Rinaldi metido em sua cama com sua namorada. Rinaldi poderia explicar que pensou que a cama estava ali para ele dormir, e se houvesse cobertores na cama, será que ele também não dormiria embaixo dos cobertores? E se houvesse uma namorada na cama, por que ele não deveria dormir com a namorada também?

Em vez de rir, Lutie se pegou suspirando. Então lhe ocorreu que, se havia apenas dois apartamentos no térreo e o zelador ocupava um deles, então a moradora do outro apartamento devia ser a mulher dos olhos de cobra. Ela leu os nomes nas caixas de correio. Sim. Uma tal de sra. Hedges morava no 1B. O nome estava impresso num cartão – um cartão com uma aparência muito profissional. Era obviamente uma mulher extraordinária com seu lenço na cabeça e sua voz doce, doce. Talvez ela fosse uma encantadora de cobras e ficasse ali sentada em sua janela para encantar as cobras, os lobos, as raposas e os ursos que andavam à caça, galopando e rastejando pela selva da 116th Street.

Lutie estendeu o braço e tocou a campainha do zelador. Ouviu-se um som estridente que ecoou e reverberou dentro do apartamento, voltando para o corredor. Imediatamente, um cachorro deu início a um latido furioso que se aproximava mais e mais conforme ele corria em direção à porta. Então o peso de seu corpo bateu contra a porta e Lutie recuou enquanto o animal se debatia ali. Uma e outra vez, até que a porta começou a tremer com o impacto do peso dele. Havia o som horrendo de seu focinho farejando o ar, tentando captar o cheiro dela. E então o peso do cachorro foi arremessado contra a porta mais uma vez. Ela recuou, indo em direção à porta da rua, e parou ali com a mão na maçaneta. Então ouviu passos pesados, o som da voz de um homem ameaçando o cachorro, e voltou para o apartamento.

Ela soube na hora, pelo macacão azul desbotado, que o homem que abriu a porta era o zelador. O ar quente e fétido do apartamento atrás dele escapou para o corredor. Ela pôde ouvir o som baixo do vapor assobiando nos aquecedores. Então o cachorro tentou passar em disparada pelo homem, que o chutou para dentro do apartamento. Chutou seu flanco até que o animal se afastou dele todo encolhido com o rabo entre as pernas. Ela ouviu o cachorro ganindo do fundo da garganta e então os sussurros de uma mulher – uma voz murmurada falando com o cachorro.

"Vim perguntar sobre o apartamento – o apartamento de três cômodos que está vago", ela disse.

"Fica no último andar. Quer dar uma olhada?"

A luz do corredor era fraca. Fraca como a luz do apartamento da sra. Hedges. Lutie apertou um pouco mais o casaco contra o corpo. Que luz ruim, ela pensou. De alguma forma, os olhos do homem eram piores que os olhos da mulher sentada à janela. E ela disse a si mesma que era porque estava muito cansada; era por isso que estava vendo coisas, criando umas belas imagens nos olhos das pessoas.

O zelador era um homem alto e abatido, e endireitou o corpo no vão da porta, olhando para ela. Isso não é luz ruim, ela pensou. Não é minha imaginação. Porque, depois de seu primeiro olhar rápido e furtivo, os olhos dele se encheram de uma fome tão urgente que no mesmo instante ela sentiu medo dele e ficou com medo de demonstrar.

Mas o apartamento – ela queria o apartamento? Não neste lugar onde ele era o zelador; não neste lugar onde a sra. Hedges morava. Não. Ela não queria ver o apartamento – os três cômodos escuros e sujos que chamavam de apartamento. Então pensou no lugar onde vivia agora. Aqueles sete cômodos onde seu pai vivia com Lil, sua namorada. Um lugar cheio de inquilinos. Um lugar transbordando Lil.

Lá, parecia não haver nenhuma parte que não fosse repleta de Lil. Ela estava sempre engolindo café na cozinha; arrastando-se por todos os sete cômodos em roupões que não se fechavam muito bem em seus seios exuberantes e soltos; bebendo cerveja em copos altos e deixando os copos na pia da cozinha, de forma que a espuma secava em uma crosta ao redor da borda – o vermelho-escuro de seu batom enfatizando a crosta; à toa na enorme cama que dividia com seu pai e Deus sabe com quem mais; bebendo gim com os inquilinos até tarde da noite.

E o que era muito mais apavorante: dando bebida a Bub às escondidas; pedindo a Bub que acendesse cigarros para ela. Bub com 8 anos de idade soltando fumaça pela boca.

Certa noite, Lutie deu um tapa tão forte nele que Lil se afastou toda chateada; seu roupão revelando ainda mais a curva volumosa dos seios. "Jesus!", ela disse. "Dá pra deixar ele surdo desse jeito. Qual é o seu problema?"

Mas ela queria ver o apartamento? Noite após noite Lutie voltava para casa depois do trabalho e saía logo depois de jantar para dar uma espiada nas placas dos prédios da vizinhança, procurando por um lugar espaçoso o bastante para ela e Bub. Um lugar cujo aluguel fosse baixo o suficiente para que ela não voltasse uma noite qualquer do trabalho e encontrasse uma longa folha branca de papel embaixo da porta: "As dependências devem ser desocupadas até...", mais conhecida como nota de despejo. Era sair em cinco dias ou ser jogada para fora. Ficar ali parada vendo sua mobília sendo empilhada na calçada. Se é que dava para chamar aquelas camas quebradas com as molas gastas, as poltronas velhas com o estofado saindo por baixo, uma mesa com o tampo de porcelana lascado, as cadeiras frágeis com os apoios de pé quebrados – se é que dava para chamar essas coisas de mobília. Este era um ponto importante – seria possível chamar aquela porcelana rachada da loja de variedades, as facas, os garfos e as colheres de cabo vermelho, tortos e caindo aos pedaços, seria realmente possível chamar tudo aquilo de utensílios?

"Sim", ela disse firme. "Quero ver o apartamento."

"Vou pegar uma lanterna", o homem disse e voltou para dentro do apartamento, fechando atrás de si a porta, que fez um som suave e aspirado. Ele acrescentou alguma coisa, mas Lutie não conseguiu ouvir o que era. A voz sussurrada dentro do apartamento parou e o cachorro ficou quieto de repente.

Então ele voltou, fechando atrás de si a porta, que fez o mesmo som suave e aspirado. O homem levava uma lanterna comprida e preta na mão. E ela subiu as escadas na frente, pensando que o cabo da lanterna era quase tão preto quanto as mãos dele. A lanterna era de um preto reluzente – suave, brilhava fracamente à luz que se refletia no cabo –, enquanto a mão que a segurava era carne – uma carne macilenta, marcada, surrada – sem nenhuma suavidade. Os nós dos dedos eram calombos que despontavam sob a pele, pedaços de carvão tirados das cinzas.

E aparentemente não por usar um esfregão ou uma vassoura, pois, enquanto subia e subia os lances íngremes, ela viu que os degraus eram imundos, cheios de papel usado, bitucas de cigarro, embalagens de pacotes de rapé descartadas, canhotos rosados de ingressos de cinema. Nos patamares, havia garrafas vazias de gim e uísque.

Lutie parou de olhar para os degraus, parou de espiar os cantos dos longos corredores, pois fazia frio e ela começou a andar mais rápido, tentando se manter aquecida. Quando completaram um lance, eles se viraram para subir mais um andar e começaram a subir outro lance, então ela percebeu que o frio aumentava. Quanto mais subiam, mais frio ficava. E no verão, ela supôs, ficaria cada vez mais quente conforme se subia até que, chegando ao último andar, estaria completamente sem fôlego.

Os corredores eram tão estreitos que ela podia tocar ambos os lados sem ter de esticar os braços. Quando chegaram ao quarto andar, Lutie pensou que não era ela quem estava tentando tocar as paredes, mas as paredes é que tentavam tocá-la – curvando-se e balançando-se em sua direção, um esforço de envolvê-la. Os passos do zelador atrás dela eram lentos, regulares, firmes. Ela começou a subir um pouco mais rápido, e aparentemente sem se apressar, sem nem mesmo apertar o passo, ele manteve a distância atrás dela. Na verdade, os passos pesados dele estavam um pouco mais próximos que antes.

Lutie começou a se perguntar como é que acabou subindo as escadas na frente. Por que ela estava abrindo o caminho? Isso estava errado. Era ele quem conhecia o lugar, que vivia ali. Ele devia ter subido primeiro. Como é que ele a fez subir as escadas na frente? Lutie queria se virar e ver a expressão do zelador, mas ela sabia que, caso se virasse na escada desse jeito, seu rosto ficaria na altura do rosto dele; e ela não queria ficar assim tão perto do homem.

Ela não precisava se virar, de qualquer forma; ele estava olhando fixamente para as costas dela, as pernas, as coxas. Lutie podia sentir os olhos dele passeando por seu corpo – avaliando, medindo, imaginando coisas sobre ela. Quando venceu o último lance, Lutie se deu conta de que a pele de suas costas estava arrepiada de medo. Medo de quê?, ela se perguntou. Medo dele, medo do escuro, dos cheiros nos corredores, dos degraus íngremes, de você mesma? Ela não sabia, e mesmo quando admitiu que não sabia, sentiu o suor brotando de suas axilas, umedecendo-lhe a testa, irrompendo em gotas no nariz.

O apartamento ficava nos fundos do prédio. O zelador pegou outra lanterna no bolso e entregou a ela antes de se curvar para destrancar a porta silenciosamente. E Lutie pensou que tudo o que ele fazia, fazia em silêncio.

Ela lançou a luz da lanterna nas paredes. Os cômodos eram pequenos. Não havia janela no quarto. Pelo menos ela supôs que fosse o quarto. Lutie foi em frente para dar uma olhada e entrou no cômodo para ver melhor. Não havia janela – apenas um duto de ventilação, e bem estreito. Lutie olhou ao redor do quarto, pensando que, quando houvesse uma cama e uma cômoda, mal haveria espaço suficiente para andar ali. E, assim, ela provavelmente bateria os joelhos toda vez que passasse pela quina da cama. Lutie tentou visualizar como o cômodo ficaria e começou a imaginar por que já tinha decidido ficar com aquele quarto para ela.

Seria melhor dar o quarto para Bub, deixar que pela primeira vez tivesse um quarto de verdade só para ele. Não, não daria certo. No verão, ele cozinharia naquele quarto. Seria melhor que dormisse no sofá da sala, pelo menos assim poderia pegar um ar, pois lá havia uma janela, embora não muito grande.

Ela deu uma olhada na sala, tentando mais uma vez ver a janela para saber quanto ar entraria, quanta luz haveria para Bub estudar quando voltasse da escola, e para determinar, também, a quantidade de ar que entraria à noite quando ele estivesse dormindo de janela aberta todo encolhido no sofá-cama.

O zelador estava parado no meio da sala. Esperando por ela. Não foi algo que Lutie tenha precisado imaginar ou descobrir. E não foi de maneira alguma algo que ela tivesse conjurado do nada. Era um simples fato. Ele estava esperando por ela. Lutie sabia disso tanto quanto sabia que estava ali parada naquela pequena sala. O zelador segurava sua lanterna de forma que o feixe de luz batia nos pés dele. O efeito o transformou numa figura infinitamente alta. Sua espera silenciosa e sua aparência de altura incrível a assustaram.

Com a luz nos pés dele daquele jeito, parecia que o topo de sua cabeça batia em algum lugar no teto. Ele simplesmente subia e subia na escuridão. E o homem irradiava tanto desejo por Lutie que ela podia sentir. Ela disse a si mesma que era uma tola, uma idiota, que estava embriagada de medo, de cansaço e se roendo de preocupação. Mesmo quando pensou isso, o horror quente e sufocante do desejo dele por ela prendeu Lutie ali de maneira que ela não conseguia se mexer. Era um desejo ardente e doloroso que preenchia o apartamento, batia contra as paredes, agarrava-se aos braços dela.

Ela se forçou a ir em direção à cozinha. Quando Lutie passou por ele, pareceu-lhe que o homem realmente estendeu um longo braço em sua direção, o corpo dele oscilando de forma que seu tamanho exagerado quase roçou nela. Lutie não podia estar verdadeiramente certa disso, concluiu, e de maneira resoluta virou o feixe de luz da lanterna para as paredes da cozinha.

Não é possível ler a mente das pessoas, ela argumentou. Talvez o zelador nem estivesse pensando nela ali parado daquele jeito. Ele provavelmente queria descer as escadas e ler seu jornal. Não se iluda, ela pensou, pode ser que ele nem saiba ler, ou, se sabe, é provável que nem gaste o tempo dele com isso. Bem – ouvir rádio. Era isso, provavelmente o homem queria ouvir seu programa favorito e ela pensou que ele estivesse cheio de desejo a ponto de pular em cima dela. Lutie era tão ruim quanto a avó dela. Isso prova que uma pessoa não pode ser criada por alguém como sua avó sem absorver muito daquele disparate que surgia do nada, por assim dizer, e quando menos se esperava. Todas aquelas histórias sobre coisas que as pessoas sentem antes de realmente acontecerem. Histórias que foram herdadas e passadas adiante tantas vezes que, se você tentasse traçar suas origens, poderia acabar parando Deus sabe onde – provavelmente na África. E sua avó tinha todas essas histórias na ponta da língua.

Mas querer ouvir um programa de rádio faria um homem ficar daquele jeito? Impaciente, ela se forçou a inspecionar a cozinha; primeiro lançou a luz numa parede, depois na outra. Não era melhor nem pior do que ela havia previsto. A pia era malcuidada; e o fogão a gás estava um pouco enferrujado. O cheiro fraco de gás que pairava por ali sugeria um vazamento lento e incurável em algum lugar nas ligações.

Espiando dentro do banheiro, ela viu que as instalações antigas caíam aos pedaços. Lutie pensou que o próprio Matusalém pode muito bem ter tomado seus banhos naquela banheira. Sem dúvida a banheira parecia suficientemente antiga, embora ele deva ter precisado lançar sua barba no corredor da entrada enquanto se lavava, pois o lugar era pequeno demais para que um homem com a barba tão comprida pudesse se virar ali. E porque não havia janela, ela supôs que a torneira devia servir de fonte para um ar bom, fresco e limpo.

A vantagem era que o aluguel não seria tão alto. E nem poderia ser, por um lugar como aquele. Entrada minúscula. Banheiro à direita, cozinha logo adiante; sala de estar à esquerda da entrada e você tinha de atravessar a sala para chegar ao quarto. O apartamento inteiro caberia perfeitamente em um cômodo de bom tamanho.

Ela estava consciente de que todos os pequenos cômodos tinham o mesmo cheiro. Era uma mistura que continha o fraco e persistente odor de gás, paredes velhas, gesso poeirento e, por cima disso tudo, o cheiro intenso e azedo de lixo – um cheiro que escapava do poço da lixeira. Ela começou a cantarolar baixinho sem perceber que estava fazendo isso. Era uma música antiga que sua avó costumava cantar. "Um pecador como eu não tem lugar de paz/ Como eu/ Como eu." O ritmo era agradável e repetitivo. "Como eu/ Como eu." O cantarolar aumentou de volume enquanto ela ficava ali parada pensando no apartamento.

Um som estranho e abafado partiu do zelador na sala de estar. O barulho a assustou e ela quase derrubou a lanterna. "O que foi isso?", Lutie perguntou com rispidez, pensando, Meu Deus, e se eu tivesse derrubado a lanterna, e se eu tivesse acabado aqui na escuridão desse banheiro minúsculo e ele tivesse apagado a lanterna dele. E se ele tivesse começado a vir até mim, se aproximando mais e mais no escuro. E se eu pudesse ouvir apenas os passos dele, sem poder ver o homem, mas pudesse ouvir ele se aproximando até que eu começasse a esticar os braços no escuro tentando afastar ele de mim, tentando evitar que ele me tocasse – e então – e então minhas mãos o encontrassem bem na minha frente... Com esse pensamento, ela segurou tão firme a lanterna que o longo feixe de luz começou a tremular e a dançar pelas paredes de maneira que as sombras se moveram – a sombra da luminária acima, a sombra da banheira, a sombra do próprio vão da porta – para a frente e para trás.

"Eu limpei a garganta", o zelador disse. Sua voz tinha um som engasgado e antinatural, como se houvesse algo errado com a respiração dele.

Lutie foi até a entrada sem olhar para o homem; abriu a porta do apartamento e, atravessando a soleira ainda sem olhar para ele, disse: "Terminei de ver".

O zelador saiu do apartamento e girou a chave na fechadura. Ele ficou de costas, de maneira que Lutie não poderia ver a expressão em seu rosto mesmo se estivesse olhando para ele. A fechadura encaixou sem resistência. Silenciosamente. Ela ficou ali imóvel, esperando que ele começasse a seguir pelo corredor na direção das escadas, pensando, Não, que Deus me ajude, ele não vai descer aquelas escadas atrás de mim.

Quando ele não se mexeu, ela disse: "Você primeiro". Então ele fez um movimento ligeiro com sua lanterna na direção das escadas, indicando que ela devia ir na frente. Lutie balançou firmemente a cabeça.

"Acha que vai ficar com ele?", o homem perguntou.

“Não sei ainda. Vou pensar enquanto descemos.”

Quando ele finalmente começou a andar pelo corredor, Lutie teve a impressão de que o homem estivera atrás dela por dias, semanas, meses, desejando que ela descesse as escadas primeiro. Lutie o seguiu, pensando, Não foi coisa da minha cabeça o que eu senti quando vi o homem ali parado na sala; se não fosse assim, por que ele viria com aquela conversa fiada de que eu devia descer as escadas na frente? Como os movimentos de uma dança; você primeiro; não, você primeiro; mas, veja, você vai estragar a ordem se não for primeiro; mas eu não vou na frente, você vai; não, você vai estragar a...

Lutie sabia que eles tinham subido as escadas mais rápido do que desciam. Ela iria ficar com o apartamento? Pela aparência do lugar, o preço não devia ser tão alto, e com alguns cuidados ela e Bub conseguiriam levar as coisas – com muitos, muitos cuidados. Uma tinta branca daria um jeito no interior; não resolveria de fato, mas deixaria o lugar menos deprimente, espantaria um pouco a escuridão.

Então ela pensou, Camadas e mais camadas de tinta não vão dar um jeito naquele apartamento. O lugar vai feder sempre; marcas de dedo e manchas antigas vão atravessar a pintura; o próprio cheiro da madeira acabaria vencendo a tinta. Limpar também não ajudaria. E tem esses corredores escuros e estreitos, os longos lances de escada, o zelador, aquela mulher no térreo.

Ou ela poderia continuar morando com o pai. E Lil. Bub aprenderia a apreciar o gosto do gim, aprenderia a fumar, na verdade aprenderia uma porção de outras coisas que Lil poderia ensinar a ele – coisas que Lil acharia divertido ensinar. Aos 8 anos, Bub poderia receber uma educação liberal de Lil, pois ela ficava em casa o dia inteiro e Bub chegava da escola um pouco depois das três.

Você pode escolher entre 1 metro de largura e 16 quilômetros de distância. Você pode se sentar e esperar o tempo passar, enquanto seu filho recebe uma educação gratuita da namorada desleixada do seu pai. Ou pode ficar com esse apartamento. Esse cavalheiro alto que responde como zelador do imóvel, de quem se espera que alugue apartamentos, acenda a caldeira e varra os corredores, supostamente não deve passar disso. Se ele tentar incluir entre suas tarefas fazer amor com as locatárias, ora, estamos na cidade de Nova York, em 1944, o mato não cresce mais nas ruas e a polícia ainda funciona. Você certamente pode gritar bem alto, se o cavalheiro tiver planos maléficos para você e tentar pô-los em prática, um policial pode vir socorrê-la. É isso.

Quanto à senhora dos olhos de cobra, a intenção é alugar o apartamento no último andar e, se ela viesse com o apartamento, a placa lá na frente informaria isso. Três cômodos e uma encantadora de serpentes para inquilinos respeitáveis. Sem cobranças adicionais pela encantadora de serpentes. Uma vez que a placa não dizia nada disso, temos por certo que, se a encantadora de serpentes tentasse se mudar para o apartamento, ela poderia fazer algo – seja lá o que isso poderia significar.

Seus sapatos de salto estalavam enquanto Lutie descia as escadas, e ela pensou, Sim, é melhor andar desse jeito. Era ótimo pensar assim, sem preocupação, enganando-se – não havia, porém, outra forma de explicar o medo instintivo e imediato que ela sentiu quando viu o zelador pela primeira vez. Sua avó teria dito: "Nada além do mal, filha. Algumas pessoas têm tanto disso que dá pra sentir a coisa vindo até você – escorrendo da pele delas".

Lutie não acreditava nessas coisas, mas ainda assim, olhando para aquela figura alta e abatida descendo o último lance de escada à sua frente, ela quase esperou ver chifres brotando atrás de suas orelhas; não ficaria muito surpresa se, no lugar de uma daquelas botas pesadas nos pés dele, houvesse um casco fendido tremendo e saltando conforme o homem avançava tão devagar pelas escadas.

Do lado de fora do apartamento dele, o zelador parou e se virou para ela.

"Quanto é o aluguel?", Lutie perguntou sem olhar para ele, mas olhando além, para o 1A gravado na porta do apartamento. As letras douradas eram cheias de pequenas rachaduras, e ela pensou que em alguns anos não seriam mais distinguidas do marrom-escuro da porta. Lutie esperava que o aluguel fosse tão alto que ela não pudesse ficar com o apartamento.

"Vinte e nove e cinquenta."

Ele quer que eu fique com o apartamento, Lutie pensou. Ele quer tanto que está a ponto de explodir. Lutie não precisava olhar para o homem para saber; ela podia sentir seu desejo. Que diferença isso faz para ele? Mas era de uma importância tão óbvia que, se ela hesitasse um pouco mais, ele começaria a tremer. Não, ela decidiu, aquele apartamento não. Então ela pensou que Bub ficaria uma graça aprendendo a beber gim aos 8 anos de idade.

"Vou ficar com ele", Lutie disse soturnamente.

"Quer deixar um depósito?", ele perguntou.

Ela assentiu, e o zelador abriu a porta, afastando-se para deixá-la passar. Uma luz fraca brilhava lá dentro, e ela viu que a pequena entrada levava a uma sala de estar. Sem esperar um convite, Lutie entrou na sala. O cachorro estava deitado perto do rádio embaixo de uma janela no outro lado do cômodo. Ele se levantou quando a viu e começou a andar em sua direção com a cabeça baixa e o rabo entre as pernas; andando como se irresistivelmente atraído para ela, apesar de saber que a qualquer momento seria forçado a parar. Embora fosse um pastor-alemão, seu pelo tinha uma aparência tão gasta e desbotada que o bicho mais parecia um lobo que um cachorro. Lutie reparou que ele era muito magro, suas ancas e os ossinhos das costelas nitidamente delineados contra a pele. Conforme se aproximava mais dela, o cachorro ficava mais agitado e Lutie podia ouvir sua respiração.

"Deita", o zelador disse.

O cachorro voltou para a janela todo encolhido e andando de tal forma que Lutie pensou que, se fosse humano, estaria andando de costas para poder ver e ser capaz de se esquivar de qualquer golpe inesperado. O cachorro se deitou muito calmamente e olhou para Lutie, mas não conseguiu controlar a tremedeira do focinho; ele também olhou para o zelador como se estivesse se perguntando se havia a possibilidade de atravessar a sala e ir até ela sem ser visto.

O zelador sentou-se diante de uma escrivaninha velha, encontrou um bloco de recibos, pegou uma caneta-tinteiro e, dispondo cuidadosamente um mata-borrão diante dele, virou-se para ela e perguntou: "Nome?".

Ela engoliu a risada. Havia algo tão solene na maneira como ele se sentou, segurando firme a caneta, endireitando o bloco num ângulo exato, abrindo um grande livro-razão cujas páginas estavam preenchidas, linha após linha, por uma escrita carregada de tinta, que ela pensou que o zelador estava agindo como um importante homem de negócios prestes a fechar uma grande transação.

"Sra. Lutie Johnson. Endereço atual na Seventh Avenue, 2.370." Abrindo a bolsa, ela pegou uma nota de 10 dólares e entregou a ele. Dez dólares inteiros que ela levou umas boas semanas para economizar. Quando ela se mudasse e pagasse o saldo devido do aluguel, suas economias desapareceriam. Mas, para morar num lugar só dela, valeria a pena.

Ele escrevia com uma lentidão dolorosa, concentrando-se em cada letra, encontrando dificuldade com o número 2.370. Ele riscou o número e mordeu o lábio. "Qual era o número?", ele perguntou.

"Dois mil trezentos e setenta", ela repetiu, pensando que seria mais simples escrever o número para ele. Naquele ritmo, o homem levaria uns bons quinze minutos para escrever 10 dólares e então descobrir a diferença entre 10 e 29 dólares que, neste caso, constituiria aquela frase aparentemente inócua, "o saldo devido". Ela não deveria estar zombando dele, era muito provável que o homem tivesse aprendido a ler e escrever sozinho depois de ter passado alguns anos na escola de gramática, onde sem dúvida não aprendeu nada. Ele parecia rondar os 50, mas era difícil dizer.

Ficar ali parada assistindo ao homem passar por aquele lento e doloroso processo de formar as letras a irritou. Lutie queria ir embora dali, voltar para a casa do pai, planejar a mudança, conseguir um carreto. Ela olhou indiferente para a sala. O piso não tinha carpete – era um piso com uma aparência terrível. Irregular e lascado. Havia um sofá contra a longa parede, com o estofado do encosto manchado de gordura. Todas as pessoas que se sentaram nele devem ter descansado a cabeça naquele encosto, desde a época em que era novo até finalmente acabar ali.

Perto do sofá havia uma poltrona e Lutie suspendeu bruscamente a respiração quando olhou para lá, pois havia uma mulher sentada ali, e Lutie tinha pensado que ela mesma, o cachorro e o zelador eram os únicos na sala. Como alguém conseguia se sentar em uma poltrona e sumir daquele jeito? Enquanto olhava, a pequena mulher escura e sem forma na poltrona se levantou e fez uma mesura para Lutie sem dizer nada.

Lutie balançou a cabeça em sinal de reconhecimento à mesura, pensando, Deve ser a mulher que eu ouvi sussurrando. A mulher voltou a se sentar na poltrona. Sumindo nela. Porque o vestido marrom-escuro que ela usava era quase do mesmo tom que o marrom-escuro do estofado e porque a poltrona a engolia a ponto de ser quase impossível distinguir a mulher da própria poltrona. E também por causa de certo acanhamento em sua maneira de sentar, como se ela estivesse tentando ocupar o mínimo espaço possível. Então, depois que a mulher fez a mesura, Lutie se esqueceu completamente de que ela estava ali na sala quando se pôs a estudar sua mobília.

Nada de quadros, nada de tapetes, nada de jornais ou revistas, nada que sugerisse que alguém já tenha tentado fazer aquele lugar parecer acolhedor. Bom, não era bem assim, pois havia um canário encolhido em uma gaiola adornada no canto. Olhando para o canário, Lutie pensou, Tudo nesta sala se encolhe: o cachorro, a mulher, até o canário, com um olho só aberto, empoleirado numa perna. Do lado oposto ao sofá, uma mesa adornada com exagero brilhava de tanto verniz. Era uma mesa bem grande com intrincados pés em garra entalhados e, olhando para o móvel, ela pensou, Esse é o tipo de mobília grande e feia que as brancas adoram dar pras empregadas. Lutie se virou para olhar a mulher pequena e sem forma porque tinha quase certeza de que a mesa era dela.

A mulher devia estar olhando para ela, pois sorriu quando Lutie se virou; um sorriso banguela que permaneceu em seu rosto enquanto ela olhava de Lutie para a mesa.

"Quando quer mudar?", o zelador perguntou, segurando o recibo.

"Hoje é terça – você acha que o lugar fica pronto na sexta?"

"Fácil", ele disse. "Alguma cor especial?"

"Branco. Pode pintar todos os cômodos de branco", ela disse, estudando o recibo. Sim, o zelador tinha feito a conta certa – saldo devido: 19,50. Ele riscou sua primeira tentativa com os algarismos. Evidentemente, os noves eram difíceis para ele. E seu nome era William Jones. Um nome perfeitamente ordinário. Um nome altamente apropriado para um zelador. Simpático e normal. Fácil de lembrar. Fácil de soletrar. Só que o nome não combinava com ele. Pois o homem era obviamente incomum, extraordinário, anormal. Tudo nele era o exato oposto de seu nome. Ele estava se levantando agora, comendo-a com os olhos.

Lutie deu uma última olhada na sala. A mulher murmurante parecia estar segurando a respiração; o cachorro estava morto de vontade de rosnar ou choramingar, pois sua garganta tremia. O canário também devia ser animado por alguma emoção desesperada, ela pensou, mas ele dormia sem emitir nenhum som. Então Lutie se forçou a encarar o zelador. Um olhar longo e duro, mau, fixo, contínuo. E pensou, Isso deve dar um jeito em você, sr. William Jones, mas, claro, se foi só coisa da minha cabeça lá em cima, não é justo olhar pra você desse jeito. Mas se algum instinto sombrio chamou minha atenção para o que se passava em sua cabeça – se esse instinto me fez saber que você estava me farejando, rastejando, babando atrás de mim como um cão dos infernos me perseguindo com a língua de fora, esse olhar, meu caro camarada, deve te fazer pensar bastante.

Lutie fechou a bolsa com um estalar agudo e definitivo, um som que fez os olhos do zelador se voltarem de súbito para o teto, como se estivesse procurando alguma imagem no gesso rachado. As orelhas do cachorro se ergueram em pontas afiadas; o canário abriu um olho e a mulher murmurante quase mostrou as gengivas mais uma vez, pois sua boca se curvou como se ela estivesse prestes a sorrir.

Lutie saiu depressa do apartamento, empurrou a porta da rua e tremeu quando o vento gelado a atingiu. Estava quente no apartamento do zelador, e ela parou um segundo para apertar a gola do casaco no pescoço, num esforço de criar uma barreira contra o vento uivante na rua lá fora. Agora que tinha esse apartamento, ela estava apenas um degrau acima na escada do sucesso. Com o apartamento, Bub teria melhores chances, pois estaria longe de Lil.

Dentro do prédio, o cachorro deixou escapar um ganido alto e estridente. Lutie saiu apressada para a rua, pensando que ele devia ter sido chutado outra vez. Ela parou por um momento na esquina do prédio, preparando-se para toda aquela rajada de vento que a atingiria em cheio quando virasse a esquina.

"Tudo certo, querida?", a voz sonora da sra. Hedges perguntou da janela do térreo.

Lutie assentiu para a cabeça com lenço na janela e se atirou ao vento, acolhendo seu ataque, ciente de que os olhos frios e sem expressão da mulher mediam seu progresso pela rua.

2

Uma multidão se precipitava em direção ao expresso da Eighth Avenue na 59th Street. Acotovelando as costas dos outros passageiros, avançando e empurrando, as pessoas se lançavam para dentro dos vagões, abrindo espaço onde antes não havia espaço nenhum. Conforme o trem ganhava velocidade em sua longa corrida até a 125th Street, os passageiros iam se acalmando em seus mundinhos particulares, criando um espaço ilusório entre eles e seus companheiros de viagem. Eram mundos erigidos por trás de jornais e revistas, por trás de olhos fechados ou que estudavam os cartazes coloridos que ladeavam os vagões.

Lutie Johnson agarrou com mais força a alça lá em cima, seu corpo comprido e as longas pernas se balançando para a frente e para trás enquanto o trem sacolejava rumo ao seu destino. Como alguns dos outros passageiros, Lutie estava olhando para o anúncio bem à sua frente e, enquanto o estudava, foi absorvida pelos próprios pensamentos. Então ela também entrou em um mundinho particular, fazendo desaparecer aquelas pessoas tão espremidas ao seu redor.

Pois o anúncio para o qual olhava mostrava a imagem de uma garota com cabelos loiros incríveis. A garota se jogava para um homem sorridente de cabelos pretos em um uniforme da Marinha. Eles estavam diante de uma pia de cozinha – uma pia cuja superfície de porcelana branca brilhava, refletindo as luzes do trem. As torneiras pareciam ser de prata. O piso de linóleo da cozinha tinha uma padronagem em preto e branco novinha em folha que realçava o brilho do lugar. Janelas de caixilhos. Gerânios vermelhos em vasos amarelos.

Era, ela pensou, um milagre de cozinha. Completamente diferente da cozinha daquele apartamento na 116th Street para o qual ela se mudara duas semanas antes. Mas quase exatamente igual àquela onde ela havia trabalhado em Connecticut.

Tão igual que poderia ser a mesma cozinha onde ela lavava pratos, esfregava e encerava o piso de linóleo, para então ir se sentar na pequena varanda lá fora, esperando que o chão secasse e se perguntando até quando teria de ficar ali. Na época, era o único trabalho que conseguira. Ela o imaginara como um trabalho puramente temporário, mas acabou ficando dois anos – e assim ganhava dinheiro para sustentar Jim e Bub.

Todo mês, quando recebia o pagamento, ela ia até o correio e enviava o dinheiro para Jim. Setenta dólares. Jim e Bub podiam comprar comida e pagar os juros da hipoteca com esse valor. Em sua primeira ida ao correio, ela se deu conta de que nunca tinha visto uma rua como a rua principal de Lyme. Era enorme e repleta de velhos olmos cujos galhos se encontravam lá em cima no meio da rua. No verão, o sol penetrava por entre as folhas, de forma que seus raios, quando alcançavam a rua, formavam um padrão que lembrava uma renda ou uma camisola cara. Era a rua mais bonita que já tinha visto. Mas Lutie tinha finalmente recebido e caminhava até a pequena agência de correio odiando a rua, pois queria poder voltar para o Jamaica[2], para Jim e Bub e aquela casinha de vigas de madeira.

No inverno, os galhos nus das árvores formavam um padrão em contraste com um céu que era igualmente bonito em dias de neve, de chuva ou quando o sol brilhava. Às vezes, Lutie levava o pequeno Henry Chandler consigo quando ia ao correio, e não podia deixar de pensar que aquilo não era certo. Ele não precisava dela, Bub precisava. Mas Bub tinha de se virar sem ela.

E uma vez que o pai do pequeno Henry Chandler fabricava toalhas, guardanapos e lenços de papel, ora, mesmo em tempos difíceis, ele ainda podia se dar ao luxo de contratar uma Lutie Johnson para que sua esposa pudesse jogar bridge à tarde enquanto Lutie cuidava do pequeno Henry. Pois, como o pai do pequeno Henry costumava dizer: "Mesmo em tempos difíceis,

2 Bairro no Queens.

graças a Deus, as pessoas precisam assoar o nariz, secar as mãos e o rosto e limpar a boca. Não tantas quanto antes, mas o suficiente para eu não ter que me preocupar".

Lutie agarrou com firmeza a alça do metrô até sentir a superfície dura e esmaltada cortando sua mão, então relaxou e voltou a apertar a alça. Porque aquela pia de cozinha do anúncio ou outra muito parecida foi o que destruiu sua relação com Jim. A pia pertencia a outra pessoa – ela lavava a louça dos outros quando deveria estar em casa com Jim e Bub. Em vez disso, limpava a casa de outra mulher e cuidava do filho de outra mulher enquanto seu próprio casamento se despedaçava; quebrando-se em tantos pedacinhos que já não tinha mais conserto, não podia nem mesmo ser remendado em uma vaga lembrança de sua forma original.

No entanto, o que mais ela poderia ter feito? De fato, foi por culpa dela que eles perderam sua única fonte de renda. E Jim não conseguia arrumar emprego, embora procurasse – desesperadamente, avidamente, ansiosamente. Indo de uma agência de empregos para outra; lendo jornais velhos enquanto passava longas horas nas bolorentas salas de espera das agências. Esperando, esperando, esperando ser chamado para um trabalho. Ele voltava para casa tremendo de frio e dizendo: "Malditos brancos, deixa eles. Não estou pedindo nenhum favor. Só quero um trabalho. Só um trabalho. Será que eles não sabem que, se eu soubesse como, eu mudava a cor da minha pele?".

E tinha os juros da hipoteca. Não era muito, mas eles não dispunham de dinheiro para pagar. Então ela respondeu a um anúncio que viu no jornal. Dizia que era um trabalho para uma moça distinta porque ficava no interior e a maioria das empregadas não durava. "Setenta e cinco dólares por mês. Casa moderna. Quarto e banheiro próprios. Criança pequena."

Ela se sentou e escreveu uma carta no instante em que viu o anúncio; não disse nada a Jim, sentindo uma ponta de esperança de que conseguiria o trabalho. O anúncio não dizia "apenas brancas", então ela já começou dizendo que era negra. E excelente cozinheira, pois era verdade – qualquer pessoa capaz de preparar uma boa comida com tão pouco dinheiro era uma excelente cozinheira. Além de ótima dona de casa – se era tão fácil manter sua casa nos trinques, ela não teria nenhuma dificuldade com uma casa “moderna”. Uma boa carta, ela pensou, segurando-a um pouco afastada do rosto enquanto a estudava – uma letra bonita, sem erros, margens caprichadas, um inglês muito bom. De repente, sentiu-se grata ao seu pai. Ele sabia o que estava fazendo quando insistiu que ela terminasse o colégio. Ela endereçou o envelope, dobrou a carta e a enfiou dentro do envelope.

Lutie estava prestes a selar a carta quando se lembrou de que não tinha nenhuma referência. Não conseguiria um trabalho sem referências e, como nunca havia trabalhado de verdade, ora, não tinha como conseguir uma recomendação. Por algum motivo, tinha certeza de que podia conseguir o trabalho do anúncio. Os 75 dólares por mês poderiam salvar a casa deles; Jim poderia superar aquele horrível sentimento de desespero, aquela amargura que o devorava; e não haveria nenhuma necessidade de tentarem um auxílio.

A sra. Pizzini. Era isso. Ela procuraria a sra. Pizzini, a dona da venda onde compravam suas verduras. Eles deviam dinheiro para ela, e quando Lutie explicasse que aquele trabalho significava que a dívida seria paga, ora, a sra. Pizzini faria uma indicação.

Os negócios iam devagar e a sra. Pizzini teve bastante tempo para ouvir a história de Lutie, examinar o anúncio do jornal e acompanhar a caligrafia da carta de Lutie para a sra. Henry Chandler, linha por linha, quase traçando as palavras na página com os dedos atarracados.

“Muito bem”, ela disse quando terminou de ler. “Bom trabalho.” Ela entregou a carta e o jornal para Lutie. “Joe e eu não sabemos escrever bem. Mas minha filha, que ensina na escola, pode escrever pra mim. Venha buscar amanhã.”

E no dia seguinte a sra. Pizzini parou de pesar as batatas de um cliente por tempo suficiente para ir até os fundos da venda e voltar trazendo a carta cuidadosamente embrulhada em papel pardo para não sujar. Lutie abriu o papel pardo e leu a carta rapidamente. Era uma boa carta, elogiando-a como uma pessoa trabalhadora, honesta e inteligente; a autora da carta dizia que lamentava perder Lutie, que trabalhou para ela por dois anos. Estava assinada como “Isabel Pizzini”.

Uma caligrafia muito elegante, ela pensou, escrita com uma caneta de tinta preta e de boa qualidade em um papel branco e grosso. Ela olhou para o endereço no topo e então se virou para encarar com assombro a sra. Pizzini, pois naquela parte do Jamaica havia grandes casas com gramados ao redor e árvores sempre frondosas crescendo aos montes em volta das casas.

A sra. Pizzini assentiu. "Minha filha é uma mulher muito inteligente."

E então Lutie se lembrou da carta em sua mão. "Não tenho como agradecer", ela disse.

O rosto magro da sra. Pizzini se suavizou em um sorriso. "Tudo bem. Você é uma boa menina. Não se esqueça disso." Ela foi em direção ao cliente que a esperava e então, hesitando por uma mínima fração de segundo, se virou para Lutie. "Veja", ela disse. "É melhor o homem trabalhar enquanto as crianças são pequenas. E quando o homem é jovem. Não é bom pra mulher trabalhar tão jovem. Não é bom pro homem."

E curiosamente, embora não tenha ouvido tudo o que a sra. Pizzini disse, ela se lembrava disso. De tempos em tempos, nos últimos seis anos, ela se lembrava. Então, Lutie saiu da venda e se apressou até sua casa para incluir a preciosa referência no envelope para a sra. Henry Chandler e postá-lo.

Depois que Lutie pôs a carta na caixa de correio da esquina, ela começou a pensar nos Pizzini. Quem poderia imaginar que o casal de velhos italianos dono da venda vivia numa boa casa de uma boa vizinhança? Como eles conseguiram arranjar isso com os trocos que ganhavam vendendo alface e toranja? Ela queria contar para Jim, porém não podia fazer isso sem revelar como ficara sabendo onde eles moravam. Eles tinham uma boa casa e mandaram a filha para a escola, mas ainda assim a sra. Pizzini admitiu que ela mesma não escrevia "bem". E não devia ler muito bem também, Lutie pensou. Se ela descobrisse como os Pizzini tinham se virado, seria de grande ajuda para ela e Jim.

Então Lutie se esqueceu deles, pois a sra. Chandler lhe enviou uma carta com uma passagem para Lyme e instruindo qual trem pegar. Quando Lutie mostrou a carta para Jim, ela não se aguentava de orgulho, cheia de um contentamento que não sentia havia meses, pois agora eles podiam ficar com a casa.

E ela não precisaria mais se sentir culpada por ter perdido as crianças adotadas que compunham a única fonte de renda deles.

"Bub só tem 2 anos, como é que eu vou cuidar dele?", Jim perguntou, franzindo a testa e devolvendo-lhe a carta, sem olhar para Lutie.

Mesmo no dia de sua partida, ele ficou amuado. Calado. Carrancudo. Com o olhar vazio. Ele entrou no quarto onde ela estava guardando com cuidado sua roupa passada na mala. Parou junto à janela e olhou para a rua, de costas para Lutie e com as mãos nos bolsos enquanto lhe dizia que não a acompanharia até a estação.

"Não podemos pagar mais essa passagem", ele explicou, sucinto.

Então ela foi sozinha. E, com a mala batendo nas pernas enquanto descia a longa rampa da Grand Central para pegar o trem, ela desejou que Jim estivesse ali para carregá-la. Assim, ela poderia ter se despedido dele com um beijo na plataforma, levando consigo a memória de seus lábios durante a viagem – uma memória que a acompanharia naqueles seus primeiros dias em Lyme e a ajudaria a se lembrar por que tinha conseguido o trabalho. Se a tivesse acompanhado, Jim teria perdido aquela sua indiferença fingida; a visão de Lutie embarcando no trem teria derrubado a barreira de reserva que ele construíra à sua volta. Em vez de dar aquela bicada seca e rápida na testa dela, ele a teria enlaçado e a beijado de verdade. Ele a teria abraçado bem forte, não com o corpo todo duro, mas com os braços soltos e relaxados.

Conforme o trem deixava a cidade, Lutie parou de pensar em Jim, não se esquecendo dele, mas empurrando-o para o fundo de sua mente porque ela estava a caminho de um lugar novo e estranho e não queria saltar do trem com uma aura de tristeza, o que exatamente aconteceria se ela continuasse pensando nele. Era importante que a sra. Henry Chandler gostasse dela à primeira vista, então Lutie se pôs a examinar com atenção a paisagem do campo, concentrando-se nela para tirar de cena a figura alta de Jim.

Havia terras planas e pantanosas em ambos os lados dos trilhos. Em terras assim, eram poucas as casas. Ela notou que aquelas próximas às cidades eram pequenas e de aparência mais humilde, pois tinham sido construídas perto dos trilhos do trem. Em Bridgeport, as casas eram encardidas por causa da fuligem e da fumaça das fábricas. Então o trem parou em New Haven e ficou ali por dez minutos inteiros. Ela deu uma olhada no quadro de horários e viu que a demora daquela parada tinha sido programada. Saybrook era a próxima. Era onde Lutie desembarcaria. Então ela começou a se preocupar. Como a sra. Chandler a reconheceria? Como ela reconheceria a sra. Chandler? Supondo que elas se desencontrassem, o que Lutie faria ali presa em uma cidadezinha no fim do mundo? A sra. Chandler dissera em sua carta que morava em Lyme, e Lutie se perguntou como poderia chegar lá se a sra. Chandler não viesse ao seu encontro ou a perdesse na estação.

Mas quase no mesmo instante em que pisou na plataforma em Saybrook, uma jovem loira foi até ela sorrindo e dizendo: "Olá. Sou a sra. Chandler. Você deve ser Lutie Johnson".

Lutie olhou ao redor. Poucas pessoas tinham saltado do trem, e então ela sentiu vontade de rir. Ela não precisava ter se preocupado em ser ou não reconhecida pela sra. Chandler; não havia nenhuma outra pessoa de cor à vista.

"O carro está ali." A sra. Chandler apontou em direção a uma caminhonete estacionada na estrada de terra perto da plataforma.

Enquanto andavam em direção ao carro, Lutie estudou discretamente a sra. Chandler e pensou, As roupas dela fazem tudo o que eu estou vestindo parecer ordinário. Esse casaco preto é muito apertado e a gola de veludo não tem um caimento bom, como esses sapatos de salto, as meias finas e esse chapéu de aba larga. Pois a sra. Chandler usava meias caneladas feitas de um algodão de muito boa qualidade e mocassins de salto baixo de um couro marrom-avermelhado que brilhava na luz. Ela vestia um casaco de tweed folgado e não levava chapéu. Lutie, olhando para os brincos nas orelhas dela, concluiu que eram pérolas de verdade e pensou, Tudo o que ela veste custa muito caro, mas ela não é muito mais velha que eu – não mais que um ou dois anos.

Lutie não disse nada no caminho até Lyme, pois estava refletindo muito a fundo. A sra. Chandler mostrou alguns lugares conforme seguiam viagem. "O rio Connecticut", ela disse, acenando na direção da água que passava por baixo da ponte que cruzavam. Elas saíram da estrada logo depois de ter passado pelo rio e seguiram por pouco mais de 1 quilômetro em uma estrada de terra onde as árvores cresciam tão densas que Lutie começou a se perguntar se os Chandler moravam numa floresta.

Então elas pegaram uma estrada menor ainda, com grandes portões e uma placa que indicava "estrada particular". A estrada fez curvas e serpenteou por dentro de bosques fechados até que finalmente chegaram a um grande espaço aberto onde havia uma casa. Mordendo o lábio, Lutie ficou admirando a casa; não era muito grande; havia casas em certas partes do Jamaica tão grandes quanto aquela, mas não havia nenhuma tão bonita, nem de perto. Ela nunca se esqueceu realmente desse primeiro vislumbre que teve do exterior da casa – tão graciosa com suas linhas longas e baixas, a pintura branca quase cintilando ao sol e o rio muito azul atrás.

"Quer dar uma olhada lá dentro antes de eu mostrar seu quarto?", a sra. Chandler perguntou.

"Sim, senhora", Lutie disse baixo. E se perguntou como foi capaz de dizer "sim, senhora" tão habilmente, tão adequadamente. Alguma parte de sua mente já devia ter preparado tudo, já devia ter mapeado a forma como ela, sendo a empregada perfeita, conseguiria se manter naquele trabalho pelo tempo necessário. Paciente, de bom temperamento, trabalhadora e mais esperta que o comum.

Mais tarde ela descobriria que os pais da sra. Chandler achavam a casa muito pequena. "A casa das crianças." A forma como disseram isso fez parecer que estavam acostumados com lugares enormes, dez vezes maiores, e que eles achavam aquele negócio de casa de bonecas bonitinho e ideal para as crianças por alguns anos. O pai do sr. Chandler nunca fez nenhum comentário desse tipo. Então, para Lutie, era impossível saber o que ele pensava da casa quando aparecia para passar um ou outro fim de semana.

Mas Lutie achava aquela casa um milagre, com seus quatro grandes quartos, todos com banheiro próprio; o quarto do bebê, tão grande quanto os outros, e mais um quarto e banheiro só para ela lá embaixo. Além de tudo isso, havia uma sala de estar, uma sala de jantar, uma biblioteca e uma lavanderia. Tudo aquilo junto parecia coisa de filme, com quartos daquele tamanho e as janelas amplas que quase traziam o rio e os bosques ao redor para dentro da casa. Lutie nunca tinha visto nada igual antes.

Naquele primeiro dia, quando entrou no quarto da sra. Chandler, ela deixou escapar um involuntário "Oh!".

"Gostou?", a sra. Chandler perguntou, sorrindo.

Lutie assentiu, voltando a si e dizendo: "Sim, senhora". Ela estudou o quarto pensando que não tinha nem como imaginar algo parecido com aquele lugar, tendo passado a vida inteira dormindo em sofás, em cubículos que eram pouco mais que uma passagem para outros quartos alugados; sendo que o primeiro quarto de verdade que jamais teve foi aquele no Jamaica, no qual, se não tomasse cuidado, era capaz de bater a cabeça no teto muito baixo, pois a mansarda só se erguia na parte onde ficava a janela.

Não, ela decidiu, não havia maneira de imaginar algo parecido com aquele quarto. O cômodo ia até a outra extremidade da casa, de forma que as janelas davam para o rio, para os jardins na frente, para os bosques ao lado. De parede a parede, havia um carpete grosso e vermelho, e bem perto da cama com dossel havia um tapete branco – um tapete tão felpudo que parecia feito de pelos. Os drapeados claros e floridos que brilhavam suavemente nas janelas também formavam a saia ao redor da cama, cobriam o divã diante das janelas que davam para o rio e o par de poltronas dispostas perto da lareira.

O resto da casa era tão perfeito quanto o quarto da sra. Chandler. Até o quarto de Lutie – o quarto de empregada com sua mobília de bordo e cortinas vívidas – era perfeito. O pequeno Henry Chandler, dois anos mais velho que Bub, também era perfeito – quer dizer, ele não era mimado nem nada. Era só um menino educado e feliz que gostou de Lutie logo de imediato e sempre queria ficar com ela. Os Chandler chamavam o menino de pequeno Henry, pois o nome do pai dele era Henry. Lutie achou isso engraçado no começo porque as pessoas de cor sempre chamavam seus filhos de "Júnior" ou "Filho" quando o nome do menino era igual ao do pai. Mas ela teve de admitir que chamar uma criança de pequeno Henry conferia uma certa dignidade e um status muito próprio, e ao mesmo tempo evitava confusões, pois não havia dúvidas sobre quem você estava falando.

Sim. Era tudo perfeito. O sr. Chandler era jovem, charmoso e obviamente ganhava muito dinheiro. Ainda assim, depois de seis meses morando ali, ela sentiu, com certa inquietação, que havia algo errado. Lutie não tinha tanta certeza de que a sra. Chandler fosse muito afeiçoada ao pequeno Henry; ela nunca o pegava no colo nem o abraçava como as mães fazem com suas crianças. Estava sempre evitando o filho.

O sr. Chandler bebia demais. A maioria das pessoas não notaria, mas tendo morado com o pai, que tinha uma sede insaciável, era fácil para ela reconhecer todos os sinais de um beberrão. As mãos do sr. Chandler tremiam quando ele descia para o café da manhã, e ele precisava tomar um trago antes mesmo de encarar uma xícara de café. Quando chegava em casa à noite, a primeira coisa que fazia era se servir de uma dose generosa. Para Lutie, era quase impossível manter as garrafas do bar cheias, pois seu conteúdo desaparecia num piscar de olhos.

"Acho que Lutie se esqueceu de abastecer o bar", o sr. Chandler dizia quando Lutie atendia ao seu chamado.

"Sim, senhor", ela dizia em voz baixa e ia pegar mais garrafas.

O engraçado era que a sra. Chandler nunca notou. Depois de um tempo, Lutie descobriu que a sra. Chandler nunca notava nada em relação ao sr. Chandler. Mas ainda assim ela era terrivelmente simpática; estava sempre rindo; e tinha um punhado de amigas jovens que se vestiam igualzinho a ela – algumas até com crianças da mesma idade que o pequeno Henry.

Mas Lutie não gostava muito das amigas da sra. Chandler. Elas apareciam para almoçar ou para jogar bridge à tarde. E ora comiam feito cavalos, ora não comiam nada por medo de engordar. E Lutie não podia decidir o que a irritava mais, se vê-las devorando a maravilhosa comida que ela tinha preparado, comendo tão rápido que nem sentiam o gosto, ou vê-las brincando com a comida no prato.

Sempre que Lutie entrava em um cômodo onde elas estavam, as mulheres a encaravam com um olhar esquisito, especulativo.

Às vezes, Lutie pegava pedaços de suas conversas sobre ela. "Claro, ela é uma cozinheira excelente. Mas eu não teria uma mocinha de cor tão bonita dentro da minha casa. Não com John. Vocês sabem que elas estão sempre dando em cima dos homens. Ainda mais dos brancos." E então: "Agora, eu me pergunto...".

Depois disso, ela continuava a servi-las em silêncio, eficiente, mas não olhava para elas – olhava ao redor delas. Lutie não ficou brava no começo. Apenas desdenhosa. Aquelas mulheres não sabiam que Lutie tinha um marido forte e bonito só para ela; que ela não queria nenhum de seus maridos magros e infelizes. Mas se perguntava por que todas elas achavam que as garotas negras eram mundanas.

Aos poucos, Lutie descobriu que aquele mundo onde ela havia entrado era muito estranho, dotado de um conjunto de valores totalmente diferente. Ela sentia como se estivesse olhando para algum jardim encantado por um buraco no muro. Podia ver, ouvir e falava a mesma língua das pessoas no jardim, mas não podia ultrapassar o muro. As figuras do outro lado assomavam em tamanho real e podiam vê-la, mas aquele muro no meio as impedia de interagir da mesma forma. As pessoas no outro lado do muro sabiam menos de Lutie do que ela sabia sobre elas.

Lutie concluiu que não era apenas por ser empregada, mas porque era negra. Ninguém achava que a garota do vilarejo que vinha ajudar quando eles davam aqueles grandes jantares receberia com entusiasmo qualquer investida por parte dos convidados. Nem o homem que cortava a grama, lavava as janelas e cuidava do jardim ficava atrás de um muro que, de forma efetiva e automática, o inseria em alguma classificação prévia. Um dia, quando ele estava indo para New Haven, a sra. Chandler lhe deu uma carona até a estação em Saybrook e, quando o homem saiu do carro, Lutie a viu cumprimentando-o com um aperto de mãos como se ele fosse um velho amigo ou um dos convidados que ela recebia nos fins de semana.

Quando estava no colégio, ela acreditava que as pessoas brancas queriam que seus filhos fossem presidente dos Estados Unidos; que a maioria delas trabalhava duro com esse objetivo em mente. E, se não presidente – bem, talvez um membro do gabinete. Até a filha dos Pizzini acabou virando professora, o que mostrava que eles também queriam mais erudição e instrução na família.

Mas aquelas pessoas eram diferentes. É claro que uma educação universitária era boa coisa e parecia ter se tornado uma necessidade mesmo no mundo dos negócios do qual eles tanto falavam, embora não fosse importante. O sr. Chandler e seus amigos tinham passado por Yale, Harvard e Princeton com objetivos casuais e pragmáticos e também por terem sido obrigados. Mas, uma vez que aqueles homens começavam a trabalhar, eles não liam mais nada além de revistas de negócios e jornais.

Ela observava o sr. Chandler lendo o jornal da manhã enquanto tomava seu café. Ele folheava as primeiras páginas, onde estavam as notícias, e quase no mesmo instante saltava para a seção de economia. Passava um bom tempo aí e então, se pudesse, dava uma olhada nas páginas esportivas. E pronto, ficava farto. Lutie percebia, só de olhar para ele, que o esforço de ler cansava um pouco o homem, como acontecia com seu pai ou com a sra. Pizzini. O pai do sr. Chandler fazia a mesma coisa. E o mesmo com os jovens que vinham de Nova York para passar o fim de semana.

Não. Eles não queriam que seus filhos fossem presidentes ou diplomatas ou qualquer coisa do tipo. Eles queriam mesmo era ser ricos – "podres" de ricos, como o sr. Chandler dizia.

Quando ela levava o café para a sala depois do jantar, a conversa era sempre a mesma.

"Maldito país mais rico do mundo..."

"Tem sempre um mercado novo. Se não aqui, na América do Sul, África, Índia... Em tudo quanto é lugar..."

"Inferno! Faça isso enquanto for jovem. Qualquer um pode fazer..."

"Passe a perna no próximo. Pense em alguma coisa antes de qualquer um. Aposente-se aos 40..."

Era um mundo de valores estranhos, onde o preço de coisas chamadas Tell and Tell, American Nickel e United States Steel afetava diretamente as emoções. Quando o preço subia, os ânimos de todos se elevavam; quando caía, eles se afundavam na melancolia.

Depois de um ano ouvindo essas conversas, Lutie passou a absorver um pouco do mesmo espírito. A crença de que qualquer um poderia enriquecer se quisesse, se trabalhasse duro o suficiente e planejasse bem. Aparentemente, foi isso que os Pizzini haviam feito. Ela e Jim poderiam fazer o mesmo, e Lutie pensou que entendera o que havia de errado com eles – eles não tinham tentado o suficiente, não tinham trabalhado o suficiente, economizado o suficiente. Eles não quiseram nada acima e além de qualquer coisa. Aquelas pessoas queriam apenas uma coisa – mais e mais dinheiro – e conseguiram. Um pouco dessa filosofia se insinuou em suas cartas para Jim.

Quando ela começou a trabalhar para os Chandler, a sra. Chandler sugeriu que, em vez de tirar um dia de folga na semana, seria uma boa ideia se ela tirasse quatro dias seguidos no fim do mês; dizendo que dessa forma Lutie poderia voltar para sua casa no Jamaica sem precisar ir e logo voltar. E conforme ouvia as conversas na casa dos Chandler, Lutie era mais e mais influenciada pela filosofia deles. Como resultado, ela começou a voltar para casa apenas uma vez a cada dois meses, explicando a Jim o quanto poderia economizar com as passagens de trem.

Ela logo descobriu que os Chandler não passavam muito tempo em casa, apesar de ter uma casa grande e perfeita. Eles sempre saíam à noite, a menos que tivessem convidados. Depois de um ano e meio lá, ela descobriu também que a sra. Chandler dava muito mais atenção aos maridos das outras mulheres que ao próprio. Depois do jantar, a sra. Chandler passeava pelo jardim com o marido de outra, mostrando a vista do rio, conversando com ele com uma animação que nunca demonstrava quando falava com o sr. Chandler. E, Lutie observava da janela da cozinha, ela se jogava demais para cima do homem.

Uma vez, quando Lutie entrou na sala, a sra. Chandler estava no sofá junto à janela com um dos convidados e os braços dele a envolviam, bem apertado, enquanto ele a beijava. O sr. Chandler apareceu bem atrás de Lutie, então viu a mesma coisa. A expressão no rosto dele não mudou – seus lábios formaram uma linha reta e fina, apenas.

Duas semanas antes do Natal, a mãe da sra. Chandler apareceu para uma visita. Era uma mulher alta e magra com olhos cinzentos e claros e o cabelo quase da mesma cor que os olhos. Ela deu uma boa olhada em Lutie e mal a esperou sair pela porta para se inclinar sobre a mesa de jantar e dizer de forma curta e grossa, que se ouviu lá da cozinha: "Veja, querida, eu me pergunto se você está sendo prudente. Aquela menina é atraente demais e os homens são fracos. Além disso, ela é negra e você sabe como elas são...".

Lutie se afastou da porta e foi até o fogão, então não pôde ouvir o restante da conversa. Estranho como aquilo sempre vinha à tona. Ela era uma mulher altamente respeitável, casada, mãe de um menino, e, apesar de tudo isso, sabendo de tudo isso, ainda assim aquelas pessoas botavam os olhos nela e no mesmo instante ficavam com aquele olhar de dúvida. Ao que parecia, era uma reação automática das pessoas brancas – se uma mulher era negra e mais ou menos jovem, ora, fazia sentido que ela fosse uma prostituta. Se não isso... pelo menos dormir com ela seria algo muito simples, pois tudo o que um homem precisava fazer era convidá-la. Na verdade, os brancos nem precisavam convidar, porque a garota os atraía com o olhar.

Lutie ficava furiosa quando pensava nisso. É claro, nenhum deles poderia saber sobre a avó que te criou, ela disse a si mesma. E desde que você atingiu idade suficiente para se lembrar das coisas que as pessoas diziam, tudo o que ouvia, repetidamente, como um relógio marcando a hora, era: "Lutie, minha filha, nunca deixe um branco encostar em você. Eles não deixam mulher negra nenhuma em paz. Parece que eles se coçam de tanta vontade de dormir com elas. Não deixe nenhum desses homens encostar em você, nunca".

Isso dito tantas vezes e com tanta seriedade se torna parte de seu ser, e você prefere ir para a cama com uma cobra a ir deitar com um branco. As amigas da sra. Chandler e a mãe dela não poderiam saber disso, não poderiam imaginar que sua desconfiança e antipatia pelos brancos eram bem mais profundas do que a desconfiança que essas mulheres sentiam por você. Nem poderiam saber que, depois de ouvir a opinião delas sobre você, nada neste mundo poderia forçá-la a ser sequer amigável com um branco.

E mais uma vez Lutie pensou na barreira existente entre ela e aquelas pessoas. O engraçado era que ela estava disposta a confiar nelas e em seus motivos sem questionar, mas, no instante em que essas pessoas viam a cor de sua pele, elas sabiam o que Lutie devia ser; e elas confiavam tanto no que ela devia ser que nem precisavam conhecê-la mais de perto para confirmar sua opinião.

O irmão do sr. Chandler chegou na véspera de Natal – um homem alto com cara de cínico. Ele se chamava Jonathan, e a sra. Chandler sorria para ele com uma simpatia que Lutie nunca vira nela antes. O sr. Chandler não tinha muito assunto para conversar com ele, e a mãe da sra. Chandler decididamente o ignorou.

Lutie os ouviu conversando na sala bem depois de ter ido se deitar. Uma discussão que ficou cada vez mais violenta, com a sra. Chandler aos berros, o sr. Chandler gritando e a mãe da sra. Chandler ralhando sempre que as outras vozes se calavam. Ela adormeceu pensando que era bom saber que os brancos tinham brigas barulhentas como as pessoas de cor.

Logo depois do café da manhã, todos foram até a sala para ver a árvore de Natal e abrir os presentes. Lutie os acompanhou, de mãos dadas com o pequeno Henry. Era uma árvore grande, e, apesar de Lutie ter ajudado a mãe da sra. Chandler a decorá-la no dia anterior, ela não deixou de se admirar com a presença imponente da árvore, ali diante das janelas que davam para o rio, alta, bem alta, cheia de enfeites cintilantes, estrelas e penduricalhos coloridos e brilhantes.

Todos se sentaram no chão perto da árvore para abrir os presentes. Lutie olhou para cima porque Jonathan Chandler tinha se afastado da árvore, e se perguntou se ele estava procurando um cinzeiro, pois havia um bem na mesinha de canto perto da árvore, e assim ele não precisaria atravessar a sala para encontrar um. Então ela o viu procurando alguma coisa na gaveta da escrivaninha. Ele mexeu ali, pegou o revólver do sr. Chandler e começou a brincar com ele. Jonathan voltou para perto da árvore, e Lutie não tinha como saber se ele havia guardado a arma ou não. Porque ele fechara a gaveta bem rápido. E ela não conseguia ver a mão dele, que estava meio escondida nas costas.

A sra. Chandler estendia um pacote para Lutie e olhava para ela tentando entender por que ela não pegava o pacote, então seguiu a direção de seus olhos. Nesse momento, ela também compreendeu que Jonathan Chandler estava andando na direção da árvore de Natal e o viu parando bem ao lado dela.

Lutie soube logo o que ele iria fazer e começou a se levantar do chão para tentar detê-lo. Mas percebeu tarde demais. Ele ergueu a arma bem rápido e disparou. Pôs a arma embaixo da orelha e apertou o gatilho.

Depois disso houve tanta confusão que Lutie só se lembrava de algumas coisas aqui e ali. A sra. Chandler começou a gritar e gritou e gritou até que o sr. Chandler disse, rude: "Por Deus, cale essa boca!".

Então ela parou. Mas foi pior depois que parou, pois permaneceu ali no chão olhando para o nada.

A mãe da sra. Chandler disse: "Que audácia. Que audácia. Envergonhando a todos nós de propósito. E na manhã de Natal".

O sr. Chandler virou uma dose depois da outra de uísque puro e então, dispensando com impaciência o pequeno copo, levou a garrafa aos lábios e entornou toda a bebida pela garganta. Lutie ficou olhando para ele, perguntando-se por que nenhum deles dizia uma palavra sequer sobre como aquilo era vexaminoso; pensando que eles estavam agindo pior do que qualquer pessoa que ela já conhecera.

Ela então se esqueceu deles, pois viu o pequeno Henry encolhido no chão, seu rostinho tão branco, tão assustado que ela quase chorou. Ninguém se importou com ele; o abandonaram como se tivessem largado o menino na porta de um orfanato. Ela o pegou no colo e o abraçou, deixando que ele sentisse os braços dela o envolvendo; dizendo-lhe com seus braços que este mundo não tinha desabado de repente em cima dele, que aqueles braços fortes que o abraçavam tanto eram confiáveis, um lugar seguro ao qual ele pertencia, onde ele estava a salvo. Lutie emitiu sons baixos, suaves e reconfortantes até que um pouco da palidez sumiu do rosto dele. Então ela o levou para a cozinha, pegou-o no colo e o embalou até o medo desaparecer de seu rosto.

Depois que o irmão do sr. Chandler se matou na sala de estar, Lutie não deixou de acreditar que era bom ter dinheiro, embora tivesse visto que a mera posse não era necessariamente uma garantia de felicidade. E o mais importante: ela aprendeu que, quando se tem dinheiro, há certas coisas desagradáveis que se podem evitar – mesmo coisas como um suicídio na família.

Ela nunca descobriu o que levou Jonathan Chandler a se matar. Não estava muito interessada também. Mas ficou interessada na forma como o dinheiro transformou um suicídio que ela tinha presenciado do começo ao fim, bem diante de seus olhos, em um "acidente com arma de fogo". Isso também foi bem simples. A mãe da sra. Chandler apenas ligou para o pai da sra. Chandler em Washington. Lutie escutou a outra ponta da conversa: "Agora, dê um jeito nisso. Ah, sim, você pode. Ele estava limpando uma arma".

E o sr. Chandler conversou muito calmamente, mas com firmeza, com o médico da região e com o legista. Foram necessários vários drinques e alguns charutos importados e caros, e Lutie apenas podia conjecturar o que mais, mas a coisa toda acabou como um acidente com arma de fogo na certidão de óbito. Todos foram muito solidários – tão trágico que tenha acontecido na manhã de Natal, bem ali na sala de estar dos Chandler.

Mas depois do acidente, ambos, o sr. e a sra. Chandler, começaram a beber muito além da conta. E a mãe da sra. Chandler ia visitá-los com frequência cada vez maior, para passar duas ou três semanas inteiras. Agora havia três carros na garagem em vez de dois. A sra. Chandler passou a ter uma empregada só para ela e eles discutiam sobre a possibilidade de comprar uma casa maior. Mas a sra. Chandler parecia se importar cada vez menos com qualquer coisa – até com as partidas de bridge e as festas.

Ela começou a comprar roupas novas. Vestidos e casacos e conjuntos. E, depois de usá-las algumas vezes, dava as roupas para Lutie porque ficava cansada de olhar para elas. E Lutie as aceitava solene, realmente agradecida. As roupas serviam muito bem, mas alguma obstinação insuperável não a deixava usá-las. Lutie enviava as roupas para a namorada da vez de seu pai, sentindo um prazer irônico ao pensar que as roupas bonitas da sra. Chandler, feitas para a vida no campo, seriam exibidas todas as noites na cervejaria na esquina da Seventh Avenue com a 110th Street.

Pois, durante aqueles dois anos com os Chandler, ela aprendeu tudo sobre a vida no campo. Aprendeu nas revistas brilhantes e volumosas que a sra. Chandler assinava e nunca lia. *Vogue*, *Town and Country*, *Harper's Bazaar*, *House and Garden*, *House Beautiful*. A sra. Chandler nem se dava ao trabalho de tirá-las da embalagem quando chegavam pelo correio, apenas entregava as revistas para Lutie, dizendo: "Aqui, Lutie. Talvez você goste de dar uma olhada".

Uma livraria de Nova York matinha a sra. Chandler abastecida com todos os livros mais recentes, mas ela nunca os lia. Dava os livros para Lutie ainda na embalagem, como as revistas. E Lutie concluiu que era quase como ter uma educação universitária gratuita. Além disso, a sra. Chandler era realmente boa para ela. O muro entre elas não era tão alto. Mas, é claro, ainda se mantinha ali.

Às vezes, quando ela voltava para o Jamaica, a sra. Chandler ia para Nova York. E elas pegavam o mesmo trem. Durante a viagem, elas conversavam – sobre alguma história publicada nos jornais, roupas ou algum filme.

Mas, quando o trem parava na Grand Central, o muro reaparecia de súbito. Tão logo saltavam do trem, quando o carregador pegava as malas de couro de porco da sra. Chandler, o muro assomava de repente. Era a voz da sra. Chandler que o erguia, sua voz alta, rude, audível, quando dizia: "Vejo você na segunda, Lutie".

Havia uma nota firme de desprezo em sua voz, de forma que os outros passageiros que saltavam do trem se viravam para ver aquela jovem rica e sua empregada negra; um tom de voz que fazia as pessoas pararem para ouvir quando é que a empregada devia se apresentar para o trabalho. Porque a voz estabelecia claramente a relação entre a jovem loira e a jovem negra.

E isso nunca deixou de despertar ressentimento em Lutie. Ela conversava consigo mesma a respeito. É claro, ela era uma empregada. Não tinha ilusões quanto a isso. Mas, embora pudesse soar incrível para qualquer um que estivesse escutando, será que a sra. Chandler cairia dura se naquele momento de despedida, uma vez que fosse, ela falasse como se fossem amigas? Apenas duas pessoas que se conheciam e para as quais fosse mero acaso que uma delas fosse branca e a outra, negra?

Mesmo enquanto falava consigo mesma, Lutie respondia com uma voz hesitante: "Sim, senhora". E carregava sozinha sua mala surrada rampa acima, apressada, andando mais e mais rápido, correndo para casa, ao encontro de Jim e Bub. Para passar quatro dias limpando a casa, com Bub por perto e tentando manter Jim por perto também, apesar do abismo que parecia crescer um pouco mais entre os dois a cada vez que ela voltava.

Fazia exatamente dois anos que Lutie trabalhava para os Chandler no dia em que recebeu a carta de seu pai. Ela ficou segurando a carta nas mãos antes de abrir. Devia ter acontecido algo terrivelmente errado se o pai teve todo aquele trabalho de escrever uma carta. Se Bub estivesse doente, ele teria telefonado. E Jim não poderia estar doente, pois o pai também teria telefonado para contar. Porque ele tinha o telefone dos Chandler. Ela havia passado o número para ele quando começou a trabalhar ali. Relutante, Lutie abriu o envelope. Era um bilhete curto: *Querida Lutie: é melhor você voltar para casa. Jim está andando com outra mulher. Pai.*

Foi como se a terra tivesse começado a girar mais rápido, de forma que tudo o que lhe era familiar ficou loucamente de cabeça para baixo, e então ela não conseguia mais encontrar nenhuma das coisas que um dia lhe pertenceram. E Lutie sentiu muito medo, pois poderia nunca mais ser capaz de encontrá-las. Ela leu uma terceira, quarta e quinta vez, e a carta ainda dizia a mesma coisa. Que Jim havia se apaixonado por outra mulher. E devia ser algo bem sério, para alarmar seu pai a ponto de ele realmente escrever uma carta para contar. Ela não achou que seu pai de repente havia ganhado algum senso de moral – ele tinha vivido com tantas Mamies e Lauras e Mollies que devia ter se esquecido havia muito dele mesmo. Então Jim devia ter assumido algum tipo de compromisso permanente com aquela mulher, seja lá quem fosse.

Lutie afastou o pensamento e foi dizer à sra. Chandler que tinha de ir para casa naquele mesmo dia porque seu filho estava muito doente. Ela não teve coragem de dizer qual era o problema de verdade porque, se a sra. Chandler tivesse algo de sua mãe, ela daria como certo que todas as pessoas de cor eram imorais, e Lutie não via razão para lhe fornecer mais evidências.

No trem, ela se lembrou das palavras da sra. Pizzini: "Não é bom pra mulher trabalhar tão jovem. Não é bom pro homem". Estranho. Embora não tivesse prestado muita atenção na época, apenas a lembrança dessas palavras a fez vislumbrar todo o interior da venda. O amarelo pálido da toranja, o verde-escuro das folhas de mostarda e de espinafre. O marrom paciente das batatas. O verde delicado das cabeças de alface. Ela pôde ver a pele escurecida e maltratada pelo tempo da sra. Pizzini e se lembrou de como ela hesitou e então se virou para dizer: "É melhor o homem trabalhar enquanto as crianças são pequenas".

Esqueceu-se de que Jim não estava à sua espera enquanto ela se apressava para chegar à sua casinha no Jamaica, sem pensar em nada, a não ser na necessidade de chegar rápido, depressa, antes que cada uma das coisas familiares que conhecia fossem destruídas.

Ainda apressada, ela abriu a porta da frente e entrou. Entrou na própria casa para descobrir que havia outra mulher morando ali com Jim. Uma garota magra e retinta cujos olhos reviraram loucamente quando ela a viu. A garota estava preparando o jantar e Jim estava sentado à mesa da cozinha olhando para ela.

Se ele não tivesse segurado os braços de Lutie, ela teria matado a outra. Mesmo agora era capaz de sentir a raiva crescendo por dentro dela só de pensar. Ela tinha enviado praticamente todos os seus salários para aquela casa, mês a mês, ficando com quase nada para si mesma; reduzira suas visitas por causa da passagem e porque estava tentando economizar dinheiro para que eles tivessem uma reserva quando se demitisse. Mês a mês, enquanto aquela preta vagabunda estava comendo da comida que ela comprava, dormindo em sua cama, fazendo amor com Jim.

Ele a forçou a se sentar em uma cadeira e a deteve enquanto a garota arrumava suas coisas e ia embora. Quando Lutie por fim se acalmou o suficiente para conseguir falar de forma coerente, Jim apenas riu dela, mesmo sabendo que ela ardia de raiva.

"O que você esperava?", ele perguntou. "Talvez você possa passar um dia depois do outro sem mais nada pra fazer além de comida pra você e uma criança. Com dinheiro que só dá pra comer e pra ter um teto em cima da cabeça. Mas eu, não. Nem pretendo."

"E por que você não disse nada?", ela perguntou ferozmente. "Por que me deixou ir trabalhar praquela gente branca e não me falou..."

Ele apenas deu de ombros e riu. Foi tudo o que Lutie conseguiu tirar dele – risadas. Que propósito... qual é o ponto... quem se importa? Se ele ao menos uma vez tivesse a abraçado, dizendo que estava arrependido, se tivesse pedido perdão, ela teria ficado. Mas Jim não fez nada disso. Então ela chamou um carreto e o mandou levar todos os móveis que eram dela. Tudo o que lhe pertencia: os móveis do quarto cheios de arranhões, o rádio, o piso Congoleum, um sofá-cama surrado, uma poltrona – e Bub. Ela não iria abandoná-lo para ser abusado ou ignorado por Jim.

Ela e Bub foram morar com o pai dela naquele apartamento abarrotado e mofado na Seventh Avenue. Lutie procurou emprego com tamanha persistência que foi finalmente recompensada, pois duas semanas depois começou a trabalhar de engomadora em uma lavanderia a vapor. Era quente. O vapor era insuportável. Mas ela se forçou a frequentar a escola noturna – para estudar taquigrafia, datilografia e arquivo. Toda vez que lhe parecia impossível reunir energia para seguir adiante com o curso, ela se lembrava de todas as pessoas que tinham chegado a algum lugar apesar das dificuldades que encontravam. Ela pensava nos Chandler e em seus jovens amigos – "Este é o maldito país mais rico do mundo".

A sra. Chandler lhe escreveu uma longa carta, que Jim encaminhou do Jamaica. *Querida Lutie, não comemos uma refeição decente desde que você foi embora. E o pequeno Henry sente tanto a sua falta que está quase adoecendo...* Lutie não respondeu. Ela tinha outros problemas além da sra. Chandler e do pequeno Henry, que sempre podiam encontrar alguém para resolver os seus se pagassem bem.

Levou um ano e meio para que Lutie se formasse em datilografia porque ela se sentia tão cansada à noite, quando ia para a escola de administração na 125th Street, que parecia não ser capaz de se concentrar no que estava fazendo. As costas doíam e ela sentia que seus braços tinham como que se deslocado das juntas. Mas ela finalmente adquiriu velocidade o bastante e pôde prestar um concurso público. Pois Lutie decidira que não lavaria mais louça nem trabalharia em lavanderia para ganhar a vida para ela e Bub.

Outro ano passou se arrastando. Um ano em que ela ficou por último na lista em quatro ou cinco concursos. Um ano que ela passou esperando e esperando por um cargo e prestando outros concursos. Foram quatro anos na lavanderia a vapor e então ela conseguiu um cargo de arquivista.

Aquela cozinha em Connecticut mudou a vida inteira de Lutie – aquela cozinha cheia de armadilhas e toda esmaltada de branco como aquela do anúncio. O trem entrou ruidosamente na 125th Street e então ela começou a abrir caminho até as portas, virando-se para dar uma última olhada no anúncio enquanto saltava do vagão.

Na plataforma, Lutie se apressou na direção do Centro e abriu o caminho com os cotovelos até a parada do trem local. Apenas alguns minutos e estaria na 116th Street. Ela não guardava nenhuma ilusão com a 116th Street como um lugar bom para viver, mas no momento o lugar representava uma pequena vitória – uma entre várias que resultaram de seu cuidadoso planejamento. Primeiro o trabalho no escritório, então um apartamento só seu, onde ela e Bub viveriam por conta própria longe dos amigos turbulentos do pai dela, longe de Lil com seu cabelo tingido e aquela voz estridente, longe da gentalha que eram aqueles inquilinos que ajudavam o pai a pagar o aluguel. Mesmo depois de duas semanas na 116th Street, o simples fato de estar lá já era uma vitória.

Quanto à rua, Lutie pensou, levantando-se quando viu as placas da estação se aproximando, ela não tinha medo de sua influência, pois lutaria contra ela. Ruas como a 116th Street, sendo um lugar de pessoas de cor ou uma combinação de ambos com tudo o que isso implicava, transformaram seu pai em um velho dissimulado que bebia demais; e mataram sua mãe quando ela estava no auge da vida.

Naquele mesmo prédio onde vivia agora, a mesma combinação de circunstâncias evidentemente forçara a sra. Hedges, a mulher que não saía da janela do térreo, a gerenciar um bordel muito bem cuidado – mas sem dúvida um bordel; e o zelador do prédio... bem, a rua o empurrara para porões tão apartados da luz e do ar livre a ponto de ele ser devorado por alguma obsessão horrível; e outras ruas, ainda, tinham transformado Min, a mulher que vivia com ele, em um burro de carga aleijado e tão fraco que a mulher acabou se transformando em algo semelhante a um pano de prato molhado. Nenhuma dessas coisas lhe aconteceria, Lutie decidiu, porque ela resistiria e jamais deixaria de resistir.

Saltou do trem, pensando que nunca se sentia realmente humana até chegar ao Harlem, longe então da hostilidade nos olhos das mulheres brancas que a encaravam nas ruas do Centro e no metrô. A salvo dos olhares abertamente elogiosos dos homens brancos cujos olhos pareciam atravessar sua roupa, alcançando suas pernas negras e longas. Nos trens, os olhares deles a atingiam furtivamente por trás dos jornais, ou meio escondidos embaixo das abas dos chapéus, ou parcialmente protegidos por suas mãos. E havia um olhar quente e úmido naqueles olhos que a fazia ficar com vontade de sair correndo.

Essas outras pessoas devem sentir a mesma coisa, ela pensou – que, uma vez libertas do desdém contido nos olhos daquele universo do Centro, elas instantaneamente se tornavam indivíduos. Aqui elas não eram mais criaturas rotuladas apenas como "negras" e, portanto, todas iguais. Ela notou que, uma vez vencida a distância da plataforma até as escadas, essa multidão se expandia quando saía para a rua. As mesmas pessoas que se encolhiam no trem, e mesmo na plataforma, de repente cresciam tanto que dificilmente conseguiam subir lado a lado as escadas. Quando chegou à rua, bem atrás da multidão, Lutie se deteve e ficou observando aquelas pessoas se espalhando em todas as direções, rindo e conversando.

3

Depois de ter saído do metrô, Lutie caminhou lentamente pela rua, pensando que, sempre que resolvia um problema, uma nova dificuldade surgia para tomar seu lugar. Agora que ela e Bub moravam sozinhos, não havia ninguém para cuidar dele depois da escola. Lutie pensou que ele poderia almoçar na escola, pois não custaria muito – só 50 centavos por semana.

No entanto, após três dias de almoços na escola, Bub protestou: "Não dá pra comer aquilo. Eles dão sopa todo dia. Eu odeio sopa".

Assim que pudesse, ela tiraria uma tarde de folga no trabalho para visitar a escola e dar uma olhada nos cardápios. Mas, até lá, Bub teria de almoçar em casa, e não havia nenhum problema nisso. Era o que acontecia com ele depois da escola que fazia Lutie franzir a testa enquanto caminhava, pois Bub poderia estar sozinho no apartamento ou brincando na rua.

Ela não sabia o que era pior – ele sozinho naqueles cômodos minúsculos e deprimentes ou brincando na rua, onde o menor dos perigos que podia enfrentar vinha do tráfego que rugia pela 116th Street: ônibus, caminhonetes dos correios e peruas que entregavam jornais se precipitando para cima e para baixo na rua, dobrando nas avenidas sem dar sinal. O tráfego era uma ameaça óbvia que ele podia enxergar e evitar. Mas Bub era muito jovem para reconhecer e se esquivar de outros perigos na rua. Havia, por exemplo, gangues de jovens que estavam sempre atrás de menininhos da idade de Bub, pois viam utilidade nas crianças mais novas, que podiam entrar pelas janelas estreitas das saídas de incêndio e distrair a atenção de um comerciante enquanto a gangue se servia do estoque despreocupadamente.

Então, apesar do apartamento pequeno e sem graça, da redução que a mudança para lá causara em seu pagamento semanal e das preocupações com Bub, que se infiltravam em seus pensamentos, ela começou a cantarolar baixinho enquanto caminhava, apertando o passo e andando cada vez mais rápido porque o ar estava fresco e revigorante, suas longas pernas eram fortes e só o movimento da caminhada fazia o sangue borbulhar por todo o seu corpo, de modo que Lutie podia senti-lo. Ela parou abruptamente no meio da quadra, pois se lembrou de repente de que não havia comprado nada para o jantar.

O açougue na Eighth Avenue estava lotado, então ela teve bastante tempo para avaliar a carne na vitrine antes de ser atendida. Não havia muita escolha, percebeu – jarrete de porco, cortes de cordeiro, bifes bem vermelhos. Alguém disse certa vez para sua avó que os açougueiros do Harlem punham formol nas peças que vendiam para dar a elas uma bela aparência de carne fresca. Lutie não acreditava nisso, mas, como acontecia com muitas coisas nas quais não acreditava, o pensamento surgiu de repente para deixá-la ali pensando e olhando fixamente para o vermelho brilhante da carne. O pensamento a fez examinar os conteúdos da vitrine com cuidado para determinar se havia outra coisa que serviria para o jantar. Não, ela concluiu. Hambúrguer seria a melhor escolha. Era rápido de cozinhar e uns 200 gramas misturados com farinha de rosca renderiam bem.

O açougueiro, um homem gordo com a cara vermelha e um avental imundo amarrado ao redor da barriga enorme, gracejava com as mulheres enfileiradas diante do balcão enquanto as atendia. Um gato laranja numa prateleira lá no alto, atrás do açougueiro, piscava para as clientes embaixo. Uma de suas patas quase tocava um cartaz que dizia: "Não vendemos fiado". O cartaz estava cheio de excrementos de mosca e poeira; suas beiradas se enrolavam por causa do calor.

"A gatinha ganhou sua carninha hoje?", uma negra bem magra perguntou, sorrindo para o gato.

"Com certeza", e o açougueiro caiu na gargalhada, e a mulher riu com ele até que o açougue ficou tão cheio de alegria que pareceu que o lugar estava abarrotado de pessoas felizes e despreocupadas.

Nem teve graça, Lutie pensou. Ainda assim, as mulheres se sacudiam e riam alto como se tivessem ouvido alguma piada sensacional, e continuaram rindo até que por fim se ouviam apenas risadinhas baixas entremeadas a um discreto grunhido. Pois até onde sabiam, ela pensou ressentida, o gato laranja podia acabar no moedor para sair dele na forma de carne moída para hambúrguer. E era provável que, nos meses frios de inverno, o açougueiro saísse à caça daqueles gatos magros e famintos que vagavam pelas ruas, arrebanhando-os lá nos fundos para esfolar os bichos e moê-los para fazer mais e mais carne de hambúrguer, que seria vendida a um preço bem alto.

"Duzentos gramas de carne moída para hambúrguer", foi tudo o que Lutie disse quando o açougueiro indicou que era sua vez de ser atendida. Duzentos gramas dariam para o jantar de hoje e Bub podia fazer um sanduíche quando voltasse para almoçar em casa.

Ela observou enquanto o açougueiro estapeava a carne embrulhada em papel-manteiga; ele dobrou o papel duas vezes e enfiou o pacote em um saco de papel pardo. Entregando-lhe uma nota de 1 dólar, ela pôs o saco embaixo do braço e segurou a bolsa na outra mão, de forma que o homem teria de deixar o troco em cima do balcão. Lutie nunca aceitava o troco direto das mãos dele e, vendo-o depositar o dinheiro no balcão, ela se perguntou por quê. Seria porque ela não queria tocar suas mãos ressecadas e ásperas? Ou porque ele era branco e forçá-lo a fazer aquele pequeno esforço a mais para pôr o troco no balcão dava a ela uma sensação de poder?

Segurando o troco solto na mão, Lutie saiu do açougue e foi até a mercearia ao lado, onde parou por um momento diante da porta para dar uma olhada na 116th Street. O sol se punha em uma explosão de cores brilhantes que banhavam a rua com sua luminosidade. Aquela rua, ela pensou, era como qualquer outra rua de um bairro pobre da cidade de Nova York. Talvez um pouco mais descuidada. As janelas das casas eram empoeiradas e havia mais lojinhas do que nas ruas em outras partes da cidade. Também havia mais crianças brincando na rua e mais pessoas vagando a esmo.

Ela entrou na mercearia, pensando que seu apartamento serviria por hora, mas que o próximo passo seria se mudar para uma vizinhança melhor. Como tinha sido capaz de chegar até onde chegou sem a ajuda de ninguém, ora, tudo o que precisava fazer era planejar cada passo, e assim poderia ir aonde quisesse. Uma onda de autoconfiança apoderou-se dela, que pensou, Sou jovem e forte, não tem nada que eu não possa fazer.

Seus braços estavam cheios de pequenos pacotes quando ela saiu da Eighth Avenue – a carne do hambúrguer, meio quilo de batatas, uma lata de ervilhas, um naco de manteiga. Além de seis pães cascudos em vez de pão fresco – grandes pães redondos com casca bem tostada. Ficariam bons de manhã, com café, depois Bub ainda podia comer um deles no almoço, com o hambúrguer que sobrasse do jantar.

Lutie caminhava lentamente, evitando o momento em que teria de entrar no apartamento para começar a preparar o jantar. Ela ajeitou os pacotes em uma posição mais confortável e, sentindo a forma arredondada e dura dos pães através do saco de papel, lembrou-se na mesma hora de Ben Franklin e seu pão. E sorriu, pensando, Você e Ben Franklin. Você devia pegar um pão e começar a comer aqui mesmo, enquanto caminha pela 116th Street. Só precisa se lembrar, enquanto estiver comendo, de que você está no Harlem e ele estava na Filadélfia uns bons anos atrás. Ainda assim, ela não conseguiu se livrar do sentimento de autoconfiança e pensou que, bem, se Ben Franklin pôde viver com tão pouco dinheiro e prosperar, então ela também podia. Apesar do dinheiro que gastara na mudança, se ela e Bub fossem bem cuidadosos, poderiam ter mais do que o suficiente até o próximo dia de pagamento; quem sabe até sobrassem alguns dólares. Se eles fossem muito cuidadosos.

A luz do pôr do sol tornava a rua radiante. A rua fica bonita com essa luz, ela pensou. O lugar fervilhava de crianças jogando bola e correndo para cima e para baixo na calçada, em complicadas brincadeiras de pega-pega. As meninas pulavam corda, passando incansavelmente pelo centro exato de um par de cordas, pulando com um pé e depois com o outro. Da esquina, ela podia ouvir grupos de crianças cantando: “Lá no Mississippi e um empurrão! Lá no Mississippi e um empurrão!”. Lutie parou para observá-las e sentiu vontade de largar os pacotes na calçada e ir pular com elas; então se deu conta de que seu pé batia na calçada no mesmo ritmo da brincadeira e que suas mãos estavam prontas para tirar a saltadora da jogada quando ouvisse a palavra "empurrão".

É melhor você ir fazer seu jantar, Ben Franklin, ela disse a si mesma e passou pelas crianças pulando corda. Para cima e para baixo, havia crianças engraxando sapatos. "Graxa, dona? Graxa, dona?", a pergunta afoita a abordava por todos os lados.

Lutie ignorou os engraxates. O tempo mudou, ela pensou. Na semana passada mesmo tinha feito um frio danado e agora havia uma suavidade no ar que sugeria o início da primavera, e o tempo bom tinha trazido muitas pessoas para a rua. A maioria das mulheres tinha ido às compras, pois elas carregavam sacolas cheias. Lutie notou como caminhavam com um andar pesado, os pés obviamente machucados, apesar dos sapatos folgados e rachados que calçavam. Estiveram o dia todo trabalhando nas cozinhas dos brancos, ela pensou, e então voltavam para casa e passavam metade da noite cozinhando e limpando para a própria família. E mais uma vez ela se lembrou das palavras da sra. Pizzini: "Não é bom pra mulher trabalhar tão jovem. Não é bom pro homem". Obviamente ela estava certa, pois aqui nesta rua as mulheres se arrastavam sobrecarregadas, esgotadas, negligenciando a própria casa enquanto cuidavam da casa dos outros, enquanto os homens gingavam pela rua de mãos abanando, bem-vestidos e despreocupados. Ou ficavam à toa recostados nas paredes dos prédios com as mãos nos bolsos olhando as mulheres que passavam, provavelmente decidindo qual escolheriam para substituir a esposa que passava o dia inteiro fora, trabalhando.

Mas, Lutie pensou, o que mais uma mulher poderia fazer quando seu homem não conseguia trabalho? O que mais ela poderia ter feito na época em que Jim não conseguia arrumar um emprego? Ela não sabia, e se demorou ali na luz do sol observando um grupo de crianças reunidas em volta de um menino que pescava alguma coisa em um bueiro na rua. Ela olhou para o bueiro, curiosa por ver que tipo de bugigangas viriam flutuando por baixo da calçada. E mais uma vez ela ouviu a pergunta afoita: "Graxa, dona? Graxa, dona?".

Ela seguiu seu caminho, pensando, E outra, essas crianças deviam ter uma forma melhor de ganhar dinheiro do que ficar engraxando sapatos. Estava tudo errado. Era como condicioná-las de antemão para o papel que supostamente deviam desempenhar. Se começam engraxando sapatos assim tão jovens, vão acabar achando certo varrer o chão e limpar escadas para o resto da vida.

Quase na porta de casa, ela ouviu a pergunta de novo: "Graxa, dona?". E então uma risadinha. "Nossa, mãe, você nem me viu."

Ela se virou rapidamente e levou um susto tão grande que teve de olhar duas vezes para ter certeza. Sim. Era Bub. Ele estava sentado em uma caixa de engraxate, sua cabeça redonda recortada contra a parede de tijolos do prédio atrás dele. Bub sorria para ela, todo feliz por ter conseguido surpreendê-la. A cabeça dele estava inclinada para trás e ela podia ver todos os seus belos dentes alinhados.

No breve momento que Lutie levou para ajeitar os pequenos pacotes embaixo do braço esquerdo, ela pôde ver os detalhes da caixa de engraxate. Tinha um pedaço de tapete vermelho gasto pregado no assento. As tachinhas de latão que seguravam o pedaço de tapete no lugar brilhavam, captando a luz do pôr do sol. Potes de graxa de 10 centavos, uma velha escova de lustrar e outra de engraxar estavam organizadamente alinhados em uma pequena prateleira embaixo do assento. Ele havia decorado as laterais da caixa com uma parte de sua coleção de caixinhas de fósforos.

Então Lutie deu uma bofetada com força no rosto dele. Sua expressão de completo espanto a fez bater nele outra vez – agora com mais violência, e ela se odiou por fazer isso, mesmo enquanto levantava a mão para dar-lhe outro tapa.

"Mas, mãe...", ele protestou, levantando o braço para proteger o rosto.

"Vá pra casa", ela ordenou e o botou de pé bruscamente. Ele se inclinou para pegar a caixa de engraxate, e ela bateu nele de novo. "Deixa essa coisa aí", Lutie disse ríspida e o sacudiu quando ele tentou lutar para se esquivar dela.

A voz dela ficou embargada de raiva. "Eu trabalho pra cuidar de você enquanto você fica aqui na rua engraxando sapato que nem esses outros moleques." E ela pensou, Você sabe que não é só isso. Acontece também que o pequeno Henry Chandler tem a mesma idade que Bub, e você sabe que o pequeno Henry está lá com seu terno cinza de flanela, boné azul-marinho, meias compridas azuis e bons sapatos de couro marrons. Fazendo sua lição de casa naquela biblioteca espaçosa e aconchegante diante da lareira. E seu filho está por aí na rua com uma caixa de engraxate. Ele está vestindo as roupas que usa depois da escola, que não são tão diferentes daquelas que usa para ir à escola – cuecas velhas e meias com furos nos calcanhares, porque não importa o quanto você costura e emenda, os pés dele acabam saindo para fora das meias.

Acontece também que você tem medo de que, se está engraxando sapatos aos 8 anos, ele estará lavando janelas aos 16 e operando um elevador aos 21 e vai seguir fazendo isso pelo resto da vida. E você tem medo de que a rua o impeça de terminar o colégio; ou algo pior, que meta Bub em alguma enrascada e o faça parar no reformatório, porque você não pode ficar em casa para cuidar dele, pois precisa trabalhar.

"Vamos", disse Lutie, e o empurrou na frente dela em direção à porta do prédio. Ela sabia que a sra. Hedges estava, como de costume, ali na janela. Empurrou Bub com mais força, fazendo-o andar mais rápido, para que se livrassem o quanto antes daquele olhar afoito da sra. Hedges. Mas a sra. Hedges observou todo o percurso deles até o hall, pois tirou tanto a cabeça para fora da janela que seu lenço vermelho ficou parecendo como que suspenso no ar.

Subindo as escadas com Bub logo à frente, Lutie pensou que viver ali era como viver em uma barraca que não fechava, e então tudo o que acontecia dentro se mostrava ao mundo. E a barraca não fechava porque a sra. Hedges ficava em sua janela no térreo mantendo-a firmemente aberta para ver o que acontecia lá dentro.

Enquanto eles subiam as escadas escuras e estreitas, mais escuras que nunca depois daquele brilho curioso que o sol poente lançava sobre a rua, ela percebeu que Bub estava chorando. Não chorando propriamente. Soluçando. Ele devia ter passado um bom tempo construindo aquela caixa de engraxate.

Onde ele teria conseguido dinheiro para a graxa e para a escova? Talvez fazendo tarefas para o zelador, pois Bub logo tinha feito amizade com ele. Ela não aprovou muito essa amizade repentina porque o zelador era – bem, a forma mais gentil de se referir a ele era chamando-o de peculiar.

Lutie se lembrava claramente de ter dito a ele que gostaria que todos os cômodos do apartamento fossem pintados de branco. Ele deve ter se esquecido, pois, quando Lutie se mudou, ela descobriu que os cômodos tinham sido pintados de azul, cor-de-rosa, verde e amarelo. Cada cômodo com uma cor diferente. As cores fizeram os cômodos parecerem ainda menores, e logo que viu, ela disse: "Que cores medonhas!". A expressão de completo desapontamento no rosto dele fez Lutie se sentir obrigada a encontrar algo que pudesse elogiar e, procurando, percebeu que as janelas tinham sido lavadas. O que era incomum, pois em geral a primeira coisa que você precisa fazer depois de uma mudança é esfregar as manchas de tinta das janelas e lavá-las depois.

Então ela disse em seguida: "Oh, as janelas foram lavadas". E quando o zelador ouviu o tom de satisfação em sua voz, ele ficou parecendo um cachorro faminto que inesperadamente ganhou um osso.

Ela se apressou pelo último lance de escadas, procurando as chaves e parando no meio do corredor para dar uma olhada na bolsa, então Bub alcançou a porta antes. Ela o afastou para o lado, destrancou a porta e a lata de ervilhas escapou de seu braço para sair rolando desajeitada pelo corredor, em sua embalagem de papel pardo. Enquanto Bub saía correndo atrás da lata, ela abriu a porta.

Uma vez dentro do apartamento, ele se virou e a encarou. Lutie sentiu vontade de abraçá-lo, pois os olhos de Bub ainda estavam cheios de lágrimas, mas ele obviamente havia reunido coragem para conseguir dizer a ela fosse lá o que estivesse passando por sua cabeça, mesmo sem saber ao certo qual seria sua reação. Então ela se virou para ele não para abraçá-lo, mas para ouvi-lo seriamente, tentando lhe dizer, com seus modos, que qualquer coisa que ele tinha para dizer era importante e que ela ouviria com toda a atenção.

"Você disse que não temos dinheiro. Você diz isso o tempo todo. Eu só estava tentando ganhar um dinheiro engraxando sapatos", ele disse, engolindo em seco. Então as palavras saíram de uma vez: "O que tem de errado nisso?".

Lutie procurou uma resposta, pensando em todas as vezes que dissera não para ele. Nada de doces, não podemos pagar. Ou sim, custa só 25 centavos o ingresso do cinema, mas esses 25 centavos podem ajudar a pagar por solas novas para os seus sapatos. Ela estava sempre dizendo para ele o quão importante era ganhar dinheiro e economizar – algo que aprendeu com os Chandler. E quando Bub tentou ganhar seu próprio dinheiro, ela o censurou, bateu nele. Então, de repente e sem nenhum aviso, ele estava totalmente errado ao fazer exatamente aquilo que ela o tempo todo dizia ser importante e necessário.

Lutie começou a dizer, escolhendo com cuidado as palavras: "É a forma como você está tentando ganhar dinheiro que me deixou brava". Então ela se inclinou até que seu rosto estivesse na altura do rosto dele, ainda falando devagar, ainda escolhendo as palavras com cuidado. "Veja, as pessoas de cor vêm engraxando sapatos e lavando roupa e esfregando o chão há muitos e muitos anos. As pessoas brancas parecem achar que é o único tipo de trabalho que podemos fazer. O trabalho duro. O trabalho sujo. O trabalho que paga menos." Ela pensou naquele apartamento minúsculo e escuro em que eles viviam, pensou na 116th Street abarrotada de gente que morava em apartamentos como aquele, pensou nas pessoas brancas nas ruas do Centro que olhavam para ela com uma hostilidade escancarada nos olhos, e então começou a falar depressa, esquecendo-se de escolher as palavras.

"Eu não vou deixar você, com 8 anos, começar a fazer o que os brancos pensam que meninos negros de 8 anos devem fazer. Porque, se você começa engraxando sapatos aos 8, é capaz de fazer a mesma coisa até os 80. E eu não vou aceitar isso."

Bub a ouvia com os olhos fixos em seu rosto, sem dizer nada, prestando atenção nas palavras dela. Sua expressão era tão séria que Lutie começou a se perguntar se devia ter dito aquilo dos brancos. Ele era jovem demais para ouvir uma coisa dessas, e Lutie não tinha certeza se tinha conseguido se fazer entender. Ela não conseguia pensar em nada que pudesse apaziguar aquilo, então afagou o ombro dele, endireitou-se e começou a tirar o chapéu e o casaco.

Lutie pegou quatro batatas do saco que havia deixado em cima da mesa da cozinha, lavou-as, pegou uma faca e, sentando-se à mesa, começou a descascá-las.

Bub veio e ficou ao seu lado, quase encostando nela, mas não totalmente, como se estivesse ganhando força e proteção com sua proximidade. "Mãe", ele disse, "por que os brancos querem que as pessoas de cor engraxem sapatos?"

Lutie se virou para ele, completamente perdida e sem saber o que dizer, pois nunca tinha sido capaz de entender por si mesma. Ela olhou para as mãos. Eram negras e fortes, com dedos longos e bem-feitos. Talvez ela não conseguisse ver nada de errado por ter nascido com a pele daquela cor. Estava acostumada. Talvez só olhar para peles escuras já fosse um choque para pessoas que tinham nascido com a pele branca. Ainda assim, peles escuras eram macias ao toque; eram quentes por causa do sangue que corria em suas veias; cobriam corpos que eram tão bem constituídos quanto os corpos cobertos por peles brancas. Mesmo que fosse um choque olhar para pessoas de pele escura, ela nunca fora capaz de entender por que pessoas de pele branca odiavam pessoas de pele escura. Deve ter sido o ódio que os fez juntar todos os negros em um só pacote rotulado como "de cor"; um pacote que demandava certos tipos de trabalho e um tratamento especial. Mas ela não sabia realmente a razão disso.

"Não sei, Bub", ela disse por fim. "Mas é pelo mesmo motivo que não podemos morar em nenhum outro lugar diferente desse aqui" – com um movimento da faca em sua mão, ela apontou para o teto rachado, para o tanque velho e para a janela estreita.

Lutie olhou para ele, imaginando o que estaria pensando. Bub se afastou dela e se inclinou sobre a mesa para pegar uma batata, que começou a descascar a esmo com o dedo. Então ele foi até a janela e ficou ali olhando para fora com o queixo apoiado nas mãos. Suas pernas estavam bem abertas, e Lutie pensou, Ele ficou com umas pernas boas e fortes. Ela sentiu um orgulho repentino dele, feliz por tê-lo como filho e preenchida por uma forte determinação em fazer um bom trabalho para criá-lo. A onda de autoconfiança que sentira na rua voltou. Isto ela também era capaz de fazer – criar Bub para ser um homem bom e forte.

O pensamento a fez começar a se mover depressa, cortando as batatas em pedaços bem pequenos para cozinhar mais rápido, separando a carne moída em bolinhos achatados, esquentando as ervilhas, arrumando a mesa, servindo um copo de leite para Bub. Ela pôs dois pães cascudos em um prato e sorriu, lembrando-se de como tinha se comparado a Ben Franklin.

Então foi até a janela e abraçou Bub. "O que você está olhando?", ela perguntou.

"Aqueles cachorros ali embaixo", ele disse, apontando. "Eu chamo uma de Mamãe Cachorro e o outro de Papai Cachorro. Tem uns filhotes mais pra lá."

Lutie olhou na direção para a qual ele apontava. Cercas quebradas dividiam uma área no fundo das casas, delimitando espaços que um dia puderam ser chamados de quintais. Mas, enquanto olhava, ela pensou que o lugar tinha se tornado um único quintal, pois as latas enferrujadas, os montes de cinzas e as ferragens de carros abandonados haviam ignorado as cercas. O lixo havia se esgueirado pelas partes quebradas das cercas até que tudo se misturou em um padrão desordenado que, de sua janela no último andar, mais parecia um enorme lixão que uma porção de pequenos quintais. Ela se inclinou mais na janela para ver os cachorros dos quais Bub tinha falado. Eles dormiam enrolados, e ela só pôde confirmar que estavam vivos por um estremecer ocasional da orelha de um ou um movimento inconstante do rabo de outro.

Bub estava explicando os detalhes da brincadeira que fazia com eles. Tinha algo a ver com quem se mexeria primeiro. Ela o ouviu distraída enquanto olhava para a pilha de lixo e para os cachorros preguiçosos. Por todo o Harlem existem apartamentos como esse, ela pensou, que não passam de armadilhas. Armadilhas sujas, escuras, imundas. Para cima. Para baixo. Por toda parte. Você cai na armadilha quando paga o primeiro mês de aluguel. Mas entre. É um país livre. Corredores escuros e estreitos. Banheiros fedorentos.

Lutie quis um apartamento só dela e foi aquilo que conseguiu. E agora, olhando para aquele acúmulo de lixo, ela ficou chocada de repente, pois não sabia qual seria o próximo passo. Não tinha pensado em nada além do apartamento. Eles iriam continuar morando ali ano após ano? Com o dinheiro contado para pagar o aluguel, comprar comida, roupas e ver um filme de vez em quando? O que viria depois?

Ela não sabia, então envolveu Bub com seus braços e o abraçou apertado. Ela não sabia o que aconteceria em seguida, mas eles nunca a capturariam em sua armadilha imunda. Ela lutaria para escapar. Ela e Bub lutariam juntos. Lutie o abraçava tão forte que Bub parou de brincar com os cachorros e olhou para ela.

"Você é bonita", ele disse, apertando o rosto contra o dela. "O zelador te acha bonita. Ele está certo."

Lutie deu um beijo em sua testa, pensando por que o zelador estaria dizendo essas coisas para Bub. E foi tomada por um medo agudo que a fez abraçar Bub mais forte. "Vamos comer", ela disse.

Durante todo o jantar, ela continuou pensando no zelador. O homem era tão alto e tão silencioso que parecia ser uma figura amaldiçoada. Lutie raramente entrava ou saía do prédio sem encontrá-lo pelos corredores ou saindo do apartamento dele, e ela se perguntava se o homem estava de olho nela. Ela havia notado que os outros inquilinos raramente falavam com ele, apenas o cumprimentavam com um aceno de cabeça quando o viam.

Geralmente ele estava na companhia do cachorro quando ficava lá na rua recostado no prédio. O cachorro ficava de boca aberta, tremendo de vontade de sair correndo pela rua. Lutie imaginou que, se um dia resolvesse satisfazer seu desejo de sair correndo, o cachorro se lançaria numa carreira desembestada pela quadra, mordendo as pessoas pelo caminho. Ele olhava para o zelador com um misto de adoração e temor, afastando-se um pouco dele, esgueirando-se lentamente, centímetro por centímetro, querendo fugir. Então o zelador dizia: "Buddy!", e o cachorro voltava para se deitar ao lado do homem.

Lutie não podia decidir o que era pior: o cachorro meio faminto e bajulador, o homem abatido ou a mulher murmurante e amorfa que morava com ele. A sra. Hedges, que sabia de tudo o que acontecia naquele e na maioria dos outros prédios da rua, havia lhe confidenciado que a esposa do zelador não era sua esposa de verdade, que só vivia ali com ele. "Eles ficam indo e voltando", a sra. Hedges acrescentou num tom suave, seus olhos escuros e penetrantes cheios de malícia.

Bub tomou uma golada de leite e se engasgou. "Desculpa", ele murmurou.

Lutie sorriu para ele e disse: "Não beba tão rápido". E seus pensamentos se voltaram para o zelador. Ela tinha de descobrir uma forma de manter Bub longe dele. Havia aquelas longas horas entre a saída de Bub da escola até sua volta do trabalho. Ela não conseguiu esquecer aquilo que Bub dissera de forma tão inocente: "O zelador te acha bonita". Não adiantaria nada mandar Bub cortar relações com o homem. Porque, depois do caso com a caixa de engraxate, Bub começaria a achar que não havia muita coisa que ele pudesse fazer depois da escola e que receberia a aprovação dela. Mas ela encontraria alguma coisa.

Lutie pensou novamente que sempre que virava o rosto havia um novo problema para resolver. Ela precisava de alguém para conversar, alguém para pedir conselhos. Naqueles anos em que passou trabalhando na lavanderia e frequentando a escola à noite, ela perdeu contato com todos os seus amigos. E seu pai se negava a discutir as dificuldades – "Você está tentando caçar problemas", era sua resposta para qualquer coisa que parecesse uma questão séria. Sua avó poderia dizer-lhe o que fazer se estivesse viva. Lutie nunca se esqueceu das coisas que a avó dissera para ela, nem das coisas que dissera para o seu pai. E estava certa na maioria das vezes. Ela costumava ficar lá sentada em sua cadeira de balanço. Cheia de rugas. Sábia. Balançando-se para a frente e para trás, falando no ritmo da cadeira. A avó tinha até previsto que haveria homens como o zelador. Ela dissera a seu pai: "Deixa ela casar, Grant. Com a aparência que ela tem, os homens vão ficar atrás dela até conseguirem alguma coisa. É melhor ela casar".

E ela se casou. Aos 17 anos, quando terminou o colégio. Acontece que o casamento acabou, rachando como um disco barato. Pensando bem, muitos casamentos entre pessoas de cor terminavam assim.

A sra. Hedges insinuou quase a mesma coisa depois que eles se mudaram. Lutie estava voltando do trabalho, e a sra. Hedges, cumprimentando-a cordialmente da janela, perguntou: "Você é casada, querida?".

As costas dela enrijeceram e ficaram tensas. Aquela mulher pensava que Bub era algum bastardo sem nome que ela tinha encontrado em um corredor escuro? "Somos separados", ela disse rispidamente.

A sra. Hedges assentiu. "Foi o que pensei. A maioria das moças aqui da rua é separada."

Um dia ela perguntaria à sra. Hedges por que a maioria das moças ali da rua era separada do marido. A sra. Hedges com certeza saberia explicar, pois conhecia melhor essa quadra entre a Eighth e a Seventh Avenues do que a maioria das pessoas conhecia a própria casa, e ela poderia dizer para Lutie se as mulheres já eram separadas antes de se mudar para cá ou se isso foi algo que a rua fez com elas. Se o que a sra. Hedges disse era verdade, então aquela rua era cheia de lares destruídos, e ela pensou que os homens deviam ser iguais a Jim – incapazes de suportar o dia a dia de uma vida monótona, sem nada por ansiar, tendo apenas o suficiente para comer e um teto em cima da cabeça. As mulheres trabalhando tanto quanto ela e os homens se entediando e indo atrás de outras mulheres.

Ela fez um movimento impaciente e afastou o prato. Bub estava brincando com uma bolota de carne, usando seu garfo para jogá-la de um lado para outro no prato, e então arranjando um círculo perfeito com as ervilhas ao redor.

"Que tal você ir ao cinema?", ela perguntou.

"Hoje?", ele perguntou, e seu rosto iluminou quando ela assentiu. Então ele franziu a testa. "Podemos pagar?"

"Claro", ela disse. "Anda logo, termina de comer." As ervilhas e o hambúrguer desapareceram de seu prato como mágica. Ele ainda estava mastigando quando se levantou da mesa para ajudar a contar o dinheiro para o ingresso.

"Ouça", ela disse. "Você pode ir sozinho hoje..."

"Posso, sim. Só preciso encontrar uma senhora e pedir pra ela me deixar entrar junto. Vou mostrar meu dinheiro pra ela saber que eu posso pagar minha entrada. Sempre funciona", ele disse confiante.

Então Bub saiu, batendo a porta atrás dele e descendo as escadas depressa. Ela pôde ouvir seus passos nas escadas. Lutie ligou o rádio na sala e ficou ouvindo a música que preencheu o cômodo, pensando que ela gostaria de ir a algum lugar onde tocassem músicas como aquela, onde houvesse dança e pessoas jovens rindo.

Na cozinha, ela respirou fundo antes de começar a lavar a louça. Bub não devia ir ao cinema sozinho à noite. De que forma ele ficou sabendo como entrar, já que a entrada de crianças desacompanhadas à noite não era permitida? Talvez tenha aprendido com as crianças da rua ou na escola. Mas não era certo. Ela devia ter dito a ele que fosse no sábado de manhã ou à tarde, depois da escola.

Devia haver algo que Bub pudesse fazer depois da escola, algum lugar para onde pudesse ir, ter alguma distração e também ficar em segurança. Ficar debruçado na janela da cozinha brincando com aqueles cachorros chafurdados no lixo lá embaixo não era exatamente uma brincadeira saudável para um menino de 8 anos de idade. Ela precisava ter se mudado justo para uma rua sem nenhuma praça ou parquinho por perto! Ele ficou tão feliz por ir ao cinema. Uma coisa tão simples como essa já o deixava todo animado. Lutie esperava que Bub soubesse que aquela havia sido uma oferta de paz por ela ter perdido a linha e batido nele na rua.

Ela percebeu que estava fazendo bastante barulho com a louça para preencher o silêncio do apartamento. O rádio estava no volume máximo, mas abaixo do som havia uma letargia que se esgueirava por todos os cômodos. São esses cômodos minúsculos e acabados, ela pensou. Ainda assim, Lutie se pegou olhando por cima do ombro, meio que esperando encontrar atrás dela alguém que pudesse ter se aproximado sorrateiramente.

Sim, Lutie pensou. O problema eram aqueles cômodos tão pequenos. Depois de permanecer neles por apenas alguns minutos, as paredes pareciam ir se aproximando, fechando-se ao redor dela. Agora que já conseguira esse apartamento, talvez a próxima coisa a fazer fosse encontrar outro com cômodos maiores. Mas ela não podia arcar com um aluguel mais alto do que o que pagava agora, e mudar-se para outra rua significaria simplesmente ter um outro endereço, pois os cômodos estreitos e escuros seriam os mesmos. Seria tudo igual – privadas que não funcionam direito, corredores frios e úmidos cheirando a urina, janelas pequenas e insuficientes. Não importava para onde fosse, como 29 dólares eram tudo o que podia pagar de aluguel, ora, ela não iria simplesmente mudar de endereço, pois o lugar para o qual se mudasse seria igualzinho ao lugar de onde saíra.

Ela pendurou os panos de prato na prateleira em cima da pia, ajeitando-os para nivelar as bainhas, e ficou ali olhando para eles sem vê-los de fato. Não fazia sentido algum conseguir um apartamento mais caro, pois ela só podia arcar com o aluguel daquele onde morava. Ela se perguntou se os senhorios sabiam o que era ser assombrado pelo medo de não conseguir pagar o aluguel. Depois de um tempo, a palavra “aluguel” cresceu tanto que dominou todos os seus pensamentos.

Algumas pessoas tiravam um bocado de dinheiro de seus envelopes de pagamento, semana a semana, metiam as notas no meio dos livros ou enfiavam nos armários, dentro de canecas, bules ou açucareiros, para no fim do mês terem a quantia certa para ser entregue ao corretor, ao zelador ou seja lá quem recebesse o aluguel. Mas, se alguém ficava com dor de dente ou perdia o emprego ou se algum outro inquilino ficava devendo, no fim do mês o dinheiro do aluguel não dava. Então o senhorio pedia o dinheiro a cada duas semanas, e às vezes toda semana, se duvidasse particularmente de seus inquilinos.

Até onde se lembrava, seu pai preferia pagar semanalmente, pois nas noites de sábado ele fechava um bom negócio vendendo a bebida caseira que ele mesmo produzia, e assim, no domingo de manhã, ele já possuía o dinheiro do aluguel da semana pronto para ser entregue ao corretor.

Desde que sua mãe morreu, quando Lutie tinha 7 anos, até ela completar 17 e se casar com Jim, as noites de sábado eram sempre as mesmas. Logo depois que ela ia para a cama, ouvia-se uma batidinha furtiva na porta. O pai atravessava o corredor pé ante pé e entabulava uma conversa sussurrada na porta. Então voltava pelo corredor e depois de alguns minutos estava na porta mais uma vez. Ouvia-se o tinir de moedas e a porta se fechava sem barulho. A avó soltava uma bufada tão alta que se ouvia no apartamento inteiro, porque ela sabia que o pai de Lutie havia vendido outra garrafa e não aprovava aquilo, ainda que cada batida significasse que eles estavam mais perto de conseguir o dinheiro do aluguel.

O pai irritava ainda mais a avó ao anunciar em alto e bom som, enquanto fazia as moedas tilintarem no bolso: "Maravilha. Isso aqui faz crescer pelo em lombo de cachorro, levanta qualquer morto".

Às vezes, o pai ia atrás de um trabalho normal e estável e voltava depois de algumas horas para passar o resto do dia dizendo furioso: "Aqueles brancos não têm nada de bom". Então começava a preparar mais uma leva do seu suco de dólar, como ele chamava, resmungando: "Não tem trabalho pra mim. Os brancos pegaram todos".

A avó olhava friamente para ele com os lábios curvados enquanto se balançava e franzia a testa, dizendo: "Homens feito o seu pai não vão chegar a lugar nenhum, Lutie. Pensam que os outros devem alguma coisa pra eles. E podem até dever, só não do jeito como ele pensa".

Lutie se pegava imaginando se seu pai seria diferente se tivesse vivido em outra parte da cidade e se tivesse conseguido encontrar um trabalho decente que o faria gastar toda a sua energia e usar aquele talento oculto que ele possuía. Seu pai não era nenhum estúpido. Parecia apenas que a vida o atacara tanto a ponto de ele se tornar um homem dissimulado e algo desonesto. Talvez fosse sua forma de reagir.

Mesmo a sucessão de namoradas que teve início logo depois que sua mãe morreu podia ser resultado de sua frustração – uma forma que encontrou de provar a si mesmo que pelo menos em um campo de realização na vida ele era igual a qualquer outro homem, branco ou negro. Embora ele explicasse publicamente todas aquelas namoradas com o simples fato de não desejar se casar de novo. "Não deu certo da primeira vez. E eu preciso da minha liberdade."

A avó desaprovava abertamente a procissão de amigas rechonchudas, algo que ela expressava apertando os lábios em uma linha reta e se balançando cada vez mais rápido. Às vezes, o olhar sinistro da avó desencorajava até a mais destemida entre elas, mas algumas semanas depois outra gorda apareceria para dividir cama e comida com seu pai.

Mais uma vez, Lutie percebeu o silêncio sob o som do rádio. Então foi até a sala e se sentou perto do rádio para que a música calasse o silêncio. Ela fora tão decidida a se afastar do pai e de Lil e a conseguir aquele apartamento para ela e Bub que não tinha parado para pensar no que aconteceria depois. Ouvindo a música, pensou que não seria possível continuar vivendo ali sem ansiar por mais nada. Ali sentada, pareceu-lhe que o tempo se estendia tanto diante dela que não podia ser medido; impossível de ser contido nem mesmo visualizado, se no fim das contas ela permanecesse naquele lugar por anos e anos.

O que mais havia? Não podia esperar um aumento sem prestar outro concurso, pois mais dinheiro dependia de uma classificação maior, e levaria dois anos, dez anos, até vinte anos para que isso acontecesse. A única outra forma de sair dali era encontrar um homem que tivesse um bom trabalho e quisesse se casar com ela. E as chances de isso acontecer eram bem remotas, pois, assim que descobriam que ela não era divorciada, eles perdiam o interesse no casamento e se ofereceriam para dividir apartamento com ela.

E seriam necessários mais anos do que gostaria de imaginar para conseguir o divórcio, pois era um negócio caro. Ela precisaria se mudar para outro estado e firmar residência lá e ainda por cima ter dinheiro para pagar pelo divórcio, ou teria de conseguir evidências suficientes para provar que Jim estava vivendo com outra mulher e ainda por cima contratar um advogado. De qualquer forma que a coisa fosse feita, custaria a ela 200 ou 300 dólares, e ela levaria anos e anos para conseguir juntar essa quantia.

Lutie se levantou da cadeira, pensando, Não posso ficar aqui neste lugar apertado nem mais um minuto. Vou sair pra dar uma caminhada. Enquanto trocava de roupa, ela pensou, Aconteceu a mesma coisa com Jim. Ele não conseguiu ficar trancado naquela casinha no Jamaica, como não consigo ficar aqui trancada neste apartamento. Só que eu tenho um trabalho que me tira de casa todos os dias e preciso ser capaz de suportar melhor. Mas não consigo. Parece que a vida está passando por mim tão rápido que eu nunca serei capaz de acompanhá-la, e não ligo para isso particularmente, mas não consigo ver nada na minha frente além dessas paredes que me sufocam.

Ela não pretendia ir a nenhum lugar, apenas caminhar, mas acabou se arrumando devagar e com apuro, como se fosse encontrar alguém, com um vestido preto simples e uma corrente dourada pendurada no pescoço. Lutie pegou no guarda-roupa seu melhor casaco, que era perfeitamente simples também, embora pendesse dos ombros, caindo solto e folgado nas costas. Ela mesma fizera aquele casaco, economizando dinheiro para comprar o material, cortando-o em sua cama no apartamento do pai, costurando-o na máquina de Lil. Ela só usava aquele casaco quando ia a algum lugar especial à noite ou quando saía para caminhar com Bub nas tardes de domingo.

Esta noite não tinha nada de especial. Quando vestiu o casaco, ela tinha em mente que usá-lo lhe daria a sensação de que estava a caminho de um lugar onde pudesse se esquecer por um momento da conta de gás, do aluguel, da conta de luz. Um lugar com bastante espaço, onde as paredes não se inclinassem continuamente em sua direção – oprimindo-a.

Lutie pegou um par de luvas brancas numa gaveta e, enquanto as calçava, soube para onde estava indo.

"Um copo de cerveja", ela disse num tom suave. "Vou beber um copo de cerveja no Junto, ali na esquina." Isso daria um jeito na solidão.

Lá fora na rua, ela se sentiu levemente triunfante, pois pelo menos uma vez conseguira passar pela janela da sra. Hedges sem ser vista. Apenas uma vez. Mas não...

"Querida, eu estava aqui pensando...", a voz da sra. Hedges a deteve.

A sra. Hedges a estudou de cima a baixo com um olhar perspicaz. "Se você quiser ganhar um dinheirinho extra, ora, me diga. Faz pouco tempo, conheci um cavalheiro bom, branco..."

Lutie continuou a andar sem responder. A voz da sra. Hedges a seguiu. "Basta dizer, querida."

É claro, Lutie pensou enquanto caminhava, se você mora nesta maldita rua, vai querer ganhar um dinheiro extra passando a noite fora. Com cavalheiros bons e brancos.

Quando chegou à esquina e alcançou o Junto Bar & Grill, ela estava andando tão rápido que quase passou o estabelecimento.

4

Jones, o zelador, saiu de seu apartamento bem a tempo de ver Lutie andando a passos largos na direção do Junto. Ela andava tão rápido que seu casaco flutuava por cima da saia.

Enquanto os olhos dele acompanhavam seu rápido progresso pela rua, o zelador desejou que ela não estivesse usando um casaco tão largo, de forma que ele pudesse ter uma visão melhor de seus belos quadris enquanto ela se apressava até a esquina. Desde a noite em que ela tocou sua campainha pela primeira vez para perguntar sobre o apartamento, ele não tinha conseguido tirá-la da cabeça. Ela era tão alta, negra e jovem. E o fez perceber ainda mais a solidão mortal que o consumia dia e noite. Uma solidão decorrente dos anos que ele passou morando em porões e dormindo em colchões junto às caldeiras.

Os primeiros trabalhos que teve foram em navios, e Jones continuou neles até lhe parecer às vezes que tinha sido enterrado vivo nos porões. Ele falava sozinho e sonhava com mulheres – mulheres negras que ele tomaria nos braços quando voltasse para terra firme. Costumava planejar em detalhes seus atos de amor até que, quando o sonho se tornava realidade e estava em terra firme de verdade, ele quase enlouquecia com uma espécie frenética de fome que afastava as mulheres. Quando era mais jovem, não tinha nenhum problema em conseguir mulheres – mulheres jovens e robustas. E não ligava se o abandonassem depois de alguns dias, pois ele sempre podia encontrar outras para substituí-las.

Depois de ter deixado o mar para trás, ele ocupou uma sucessão de postos de vigia. E estava sozinho mais uma vez. Era pior que os navios. Porque ele tinha de ficar sentado em porões e corredores de prédios enormes e vazios repletos de sombras, quando os únicos sons que lhe chegavam aos ouvidos eram os passos de algum pedestre ocasional que ecoavam e reverberavam em seus tímpanos. Por fim, ele não conseguiu mais suportar isso e aceitou um trabalho como zelador de um prédio no Harlem, pois dessa forma estaria rodeado de pessoas o tempo todo.

Fazia cinco anos que vivia na 116th Street. Ele conhecia melhor os porões e depósitos subterrâneos dali do que o exterior das ruas alguns quarteirões adiante. Ele alimentara caldeiras, limpara escadarias e trocara arruelas de torneiras, tornando-se cada vez mais abatido e solitário conforme os anos se arrastavam. Passou de um colchão junto a uma caldeira para quartos em porões até finalmente conseguir três cômodos só para ele ali, naquele prédio – sem ter de pagar aluguel.

Mas agora que tinha um apartamento só para si, Jones já envelhecera tanto que achava cada vez mais difícil conseguir uma mulher para viver junto dele. Mesmo aquelas à procura de um refúgio e que não esperavam encontrá-lo em nenhum outro lugar ficavam só uns três meses e então iam embora. Ele pensou que, trabalhando como zelador de prédio, conviveria com mais pessoas, mas ainda se via cercado de silêncio. Pois os inquilinos não gostavam dele, e o único momento em que se envolviam com ele era quando um telhado pingava ou uma vidraça desencaixava ou havia algo errado com o encanamento. E assim ele desenvolveu o hábito de passar seus momentos de folga do lado de fora dos prédios onde trabalhava; olhando as mulheres que passavam, estudando, desejando essas mulheres.

Fazia três anos desde a última vez que esteve com uma mulher realmente jovem. A última foi embora depois de três dias de seus atos de amor violentos. Ela parou na porta e gritava para ele com uma voz alta e estridente de raiva. "Seu bode velho!", ela disse. "Você acha que eu vou ficar aqui nesse lugarzinho imundo com você babando em cima de mim todo dia?"

Depois dela, recomeçou aquela sucessão de mulheres sem graça, maltratadas e de meia-idade. Como resultado, ele desejava aquela jovem – aquela Lutie Johnson – mais do que qualquer coisa que desejara na vida. Ele a observava desde a mudança dela. Ela era louca pelo filho. Então ele precisou se esforçar para fazer amizade com o menino.

"Ei, moleque, vai comprar um maço de cigarros pra mim", e lhe dava uma moeda pela encomenda. Ou: "Vai ali na esquina pegar um jornal pra mim", e lhe dava alguns centavos quando o menino voltava com o jornal.

Eles planejaram a caixa de engraxate juntos e a construíram no porão. Jones levou um martelo e uma serra, um pedaço de carpete velho que pescou no lixo, mais uns pregos, e mostrou ao menino como usar o martelo.

"Caramba, minha mãe vai ficar orgulhosa de mim", Bub disse. Suando, ele se ajoelhou e sorriu para o zelador.

O homem mexeu as pernas, inquieto. Ele estava ali perto da caldeira e se lembrou do quão difícil era evitar franzir a testa, pois, observando o menino dali onde estava, ele podia ver sua cabeça arredondada, a constituição sólida de seu corpo, os princípios daquele que um dia seria um peito forte, a força de suas pernas, a forma como seu cabelo caía enrolado na testa.

E de repente ele odiou a criança com uma intensidade tão profunda que o fez tremer. Ele se parece com o preto safado que trepava com ela, Jones pensou, e sua mente se prendeu aos detalhes. Ele podia ver Lutie nitidamente, negra e de pernas longas, agarrada bem forte ao corpo daquele outro homem, um homem de cabelos cacheados, peito largo, costas eretas e boas pernas.

"Pro inferno com ele", o homem murmurou.

"Que foi, tio?", Bub perguntou. "Ei, você não parece bem."

"Vai embora", o homem gesticulou com violência enquanto o menino se levantava. O zelador sentiu que, se Bub tentasse tocá-lo, era capaz de ele tentar matar o moleque. Porque ele era uma réplica exata do pai – aquele homem desconhecido que tomou Lutie nos braços, acariciou os seios dela, sentiu seu corpo tremendo contra o dele. Ele viu o menino se afastando, viu que seus olhos estavam arregalados de medo, e conseguiu se controlar com um esforço prodigioso. Não assusta o moleque, ele disse a si mesmo. E mais uma vez, Não assusta o moleque. Você vai assustar a mãe dele se fizer isso, e ela é o que você quer – o que você precisa ter.

"Estou com dor de cabeça", ele murmurou. "Vamos pregar o carpete no assento."

Ele se forçou a ajoelhar ao lado do menino, esticando o carpete enquanto Bub o pregava no lugar. O menino ergueu o martelo e começou a manuseá-lo num ritmo regular, para cima e para baixo, para cima e para baixo. Observando Bub, o zelador pensou, Quando crescer, ele vai ser forte e grande como o pai dele. O pensamento o fez se afastar daquele menino que era a cara do pai – o homem que possuiu Lutie quando ela era virgem. Ele não conseguia mais olhar para Bub depois de pensar nisso, então se concentrou na poeira e no acúmulo de fuligem nos canos da caldeira que corriam lá em cima.

Agora, ali na rua vendo Lutie indo em direção à esquina, ele percebeu que a sra. Hedges estava na janela olhando para ele. Jones foi tomado por uma grande inquietação, pois tinha certeza de que ela podia ler seus pensamentos. Às vezes, quando estava ali parado na rua, ele se esquecia de que ela estava lá e lançava olhares famintos para as mulheres que passavam. A sra. Hedges fez algum movimento que atraiu sua atenção e ele olhou para a janela, vendo que ela estava ali observando-o maliciosamente.

Quando Lutie desapareceu na esquina, ele olhou para cima e a sra. Hedges se virou para ele, sorrindo.

"Não fique tão animado, querido", ela disse. "Já tem outros interessados."

O zelador franziu a testa. "Do que você está falando?"

"Da sra. Johnson, claro. De quem você acha que estou falando?" Ela se inclinou ainda mais para fora da janela. "Só estou dizendo para o seu bem, querido. Não adianta se animar pra cima dela. Ela está guardada pra outro."

A sra. Hedges ainda sorria, mas seu olhar era tão frio que Jones virou o rosto, pensando, Ela não consegue cuidar da própria vida. Se pudesse, ele a teria trancafiado faz tempo. E ela devia estar na cadeia mesmo, por tocar o tipo de lugar que ela tocava.

Jones a odiava desde a tarde em que lhe dera uma indireta, depois de ter passado meses olhando para as garotas que moravam com ela. Ele perguntou: "Posso aparecer uma noite dessas?". Tentou empregar um tom suave e falar de forma que ela de imediato percebesse o que ele queria.

"Podemos falar de qualquer coisa aqui na janela, querido. Estou bem aqui sempre, onde todo mundo pode ver", ela disse com tanta frieza e tão alto que qualquer um que estivesse passando na rua podia ouvi-la.

Jones ficou de tal modo furioso e frustrado que se convenceu a encontrar uma forma de puni-la. Devia haver, ele pensou, algo de que pudesse prestar queixa para a polícia. Ele falou com o zelador do prédio ao lado sobre isso.

"Claro", o homem disse. "Cuidar de um recinto indecente. Vai lá na delegacia e conta pra eles."

O policial com quem ele falou na delegacia era jovem, e Jones achou que ele ficou muito satisfeito com o motivo de sua visita. Ele começou a preencher um longo formulário. E tudo estava indo bem até um tenente chegar e olhar por cima do ombro do policial enquanto ele escrevia.

"Qual é o nome dela?", ele perguntou com rispidez, embora estivesse olhando diretamente para o nome que o policial escreveu no papel.

"Sra. Hedges", o zelador disse ansioso e pensou, Talvez exista alguma outra coisa contra ela, e ele vai prender aquela mulher por um bom tempo. Talvez ela passe o resto da vida enfiando aquela cabeçorra dela entre as grades. O lenço vermelho ficaria muito bem no pátio de uma prisão.

O tenente franziu a testa para ele e apertou os lábios. "Você tem como provar isso?"

"Sou o zelador do prédio", ele explicou.

"Já ouviu alguma coisa? Os vizinhos reclamaram? Os moradores da casa reclamaram?"

"Não", ele disse lentamente. "Mas eu vejo aquelas garotas que ela tem lá. E os homens entrando e saindo."

"As garotas moram lá? Ou chegam da rua?"

"Elas moram lá", ele disse.

O tenente arrancou o formulário do policial e a caneta dele deslizou pelo papel, pois ele ainda estava escrevendo. O tenente rasgou o formulário em pedacinhos, que caíram lentamente de suas mãos em uma lixeira ao lado da escrivaninha. Conforme os pedacinhos caíam, o rosto do policial foi ficando mais e mais vermelho.

O tenente disse: "Não há evidências suficientes para uma queixa", virou-se e foi embora.

Jones e o policial se olharam. Enquanto se dirigia até a porta, Jones pôde ouvir o policial praguejando baixinho. Ele voltou e ficou ali do lado de fora do prédio. Não podia entender. Tudo estava indo bem até o tenente aparecer. O policial estava anotando tudo, então de repente: "Não há evidências suficientes".

Ele perguntou ao zelador do prédio ao lado o que aquilo significava. "Você precisa conseguir mais gente pra reclamar dela. E daí levar todo mundo com você até a delegacia", o homem explicou.

Jones tentou conversar com as pessoas do prédio. Falou com algumas das mulheres primeiro, num tom casual. "Aquela sra. Hedges está cuidando de um lugar indecente lá embaixo. Ela não pode mais morar aqui."

Tudo o que ele conseguiu foram olhares indignados. "As garotas da sra. Hedges cuidaram de mim quando fiquei doente." Ou: "A sra. Hedges fica de olho no Johnnie depois da escola".

"Aquelas garotas dela não são boa gente", ele argumentou.

"São tão boas quanto a maioria aqui. E elas cuidam da vida delas. Deixa a sra. Hedges em paz...", e batiam a porta na cara dele.

Os homens riam alto. "Qual é o problema, camarada? Ela não deixa você consumir nada lá?" Ou: "O que é isso, homem, aquelas meninas são o puro creme do quarteirão". "Deus, ela tem um lugarzinho fino ali. Do que você tá reclamando?"

E então não houve nada que ele pudesse fazer com a sra. Hedges. Resignou-se a ficar olhando para as garotas que moravam no apartamento e a visão delas apenas aumentou seu apetite por uma jovem só para ele. De alguma forma, a sra. Hedges estragou até mesmo a fresca que ele desfrutava na rua, pois Jones se convenceu de que ela podia ler seus pensamentos. Era botar os olhos em alguma beldade para logo perceber a presença da sra. Hedges assomando maior que a própria vida na janela – olhando para ele sem dizer nada, apenas olhando, e, ele tinha certeza, lendo seus pensamentos.

E ele estava certo disso porque, logo depois de ter tentado trancafiar a mulher, o corretor que passava para coletar os aluguéis, um homem branco, disse a ele: "Eu te aconselho a deixar a sra. Hedges em paz".

"Não tenho nada com aquela lá", ele disse soturno.

"Você tentou botar ela na prisão, não tentou?"

Jones encarou o homem com assombro. Como ele podia saber? Ele não dissera nada para os inquilinos sobre mandar a mulher para a prisão. Então ele começou a acreditar que a sra. Hedges, olhando para ele ali da janela, podia saber exatamente o que ele estava pensando. Isso o deixou com tanto medo que ele parou de apreciar suas saídas para a rua. Só conseguia ficar ali por pouco tempo, pois, sempre que olhava, a sra. Hedges o encarava com um sorriso zombeteiro nos lábios.

"Ela está sempre ali naquela janela", ele disse na defensiva para o corretor.

O homem jogou a cabeça para trás e gargalhou. "Você quer prender a mulher porque ela fica na janela? Você é louco." Ele parou de rir de repente e sua voz ganhou um tom ríspido. "Lembre-se apenas de deixar a mulher em paz."

Estão todos do lado dela, Jones pensou. E então ele se deu conta de que ainda estava ali na rua sendo observado por ela. Tentou pensar em uma boa resposta para dar, mas não pôde, então assobiou para o cachorro e entrou no prédio, segurando o impulso de sacudir os punhos para a sra. Hedges.

Ele ligou o rádio na sala e se jogou na poltrona velha ao lado. Jones não virou o rosto quando ouviu o barulho de uma chave girando timidamente na fechadura. Sabia que era Min, a mulher disforme que morava com ele. Jones passara um tempo com ela quando a mulher batia em sua porta a cada duas semanas para pagar o aluguel. Ele vivia sozinho na época, pois a última velha com quem morara tinha ido embora fazia quase dois meses.

Min costumava sentar-se e conversar com ele enquanto Jones fazia o recibo do aluguel, e depois ficava ali na porta falando, falando, falando. Um dia, quando ela veio bater em sua porta, as chaves do apartamento dela pendiam soltas de sua mão. Em geral ela as segurava firme na palma, como se fossem um bem precioso. "Preciso me mudar", ela disse simplesmente.

Jones estendeu a mão para pegar as chaves, pensando que estava se sentindo solitário em seu apartamento, sobretudo à noite, quando não podia enxergar nada lá fora e ficava dentro de casa sozinho. E ficar em pé lá fora daquele jeito também era cansativo. Se ele tivesse uma janela por onde pudesse olhar a rua, como a sra. Hedges, seria diferente, mas as únicas janelas do apartamento ficavam nos fundos e davam para um quintal com grandes montes de latas enferrujadas, jornais velhos e outras porcarias.

"Você pode ficar aqui", ele indicou seu apartamento, virando a cabeça. O som da mulher falando espantaria sua solidão e ela ficaria um bom tempo ali, pois o marido a abandonara. Ele ouviu um dos inquilinos contando para a sra. Hedges. Ele viu um olhar quente de prazer iluminar o rosto dela e pensou, Ora, ela tem que gostar de mim. Ela tem que gostar de mim.

Min foi morar com ele no mesmo dia. Ela não tinha muitos móveis, então não foi um problema fazê-los caber no apartamento. Uma cama, uma cômoda, uma mesa de cozinha, algumas cadeiras e uma mesa comprida com pés entalhados cheios de adornos. "Ganhei de uma patroa", ela explicou e lhe pediu para ser cuidadoso com o móvel nas escadas.

Os dois passaram muito bem até a mudança de Lutie Johnson. Então ele começou a sentir que não podia mais suportar a visão de Min. Em sua cabeça, o corpo disforme dela ao seu lado na cama se tornou uma barreira entre ele e Lutie. Min usava chinelos de feltro em casa e eles batiam contra a palidez escura de seus calcanhares quando ela andava. Ouvia-se um farfalhar quando ela ia do fogão até a pia, como estava fazendo agora. Sempre que ouvia o som, ele pensava nos sapatos de Lutie e no estalo dos saltos conforme ela caminhava. O farfalhar dos chinelos de Min calavam esse outro som, e suas pernas pretas e cheias de calombos se sobrepunham, nos sonhos dele, às pernas longas e acastanhadas de Lutie.

Ali sentado, ouvindo Min chapinhar para lá e para cá na cozinha, Jones se deu conta de que a odiava. Sentiu vontade de machucá-la, de fazê-la se encolher toda bem longe dele, até se sentir tão infeliz quanto ele.

"O jantar está pronto", ela disse com sua voz cantada.

Jones não se levantou da cadeira. E não comeria com ela nunca mais. Tomou essa decisão repentina ali mesmo, ouvindo o suave galopar de seus chinelos enquanto Min ia e voltava pela cozinha.

Ela veio até a porta. "Não vai comer?"

Ele balançou a cabeça e esperou que ela perguntasse por quê, e então poderia gritar com ela e ameaçá-la com violência. Mas ela voltou para a cozinha sem dizer nada e ele se sentiu trapaceado. Jones ouviu os sons dela comendo. O tilintar do garfo contra o prato, um copo de chá sendo mexido, o barulho alto que fazia ao beber o chá, a faca batendo no prato. Min serviu mais um copo de chá do bule em cima do fogão, e Jones ouviu os chinelos arrastando enquanto ela voltava para a mesa.

Então ele se levantou abruptamente e saiu do apartamento. Não suportaria permanecer ali com ela por mais um momento sequer. Iria descer e botar carvão na caldeira e ficar ali por um tempo. Quando voltasse para cima, ele comeria e então ficaria lá fora na rua, onde poderia dar uma olhada em Lutie quando ela regressasse.

Quando ele saiu para o corredor, a porta da rua se abriu. Bub entrou de um salto, com o rosto ainda iluminado pelas memórias do filme que tinha visto. O menino parou quando viu Jones. "Ei, tio", ele disse.

O zelador assentiu, pensando, Ela não está em casa. Só imagino o que ele fica fazendo sozinho lá em cima quando ela não está.

"Minha mãe não gostou da caixa de engraxate", ele disse. "Ela ficou muito brava."

Jones ficou olhando para o menino sem dizer nada.

"Vai ver o fogo?", Bub perguntou.

"Sim", Jones disse e caminhou rapidamente na direção da porta do porão que ficava embaixo das escadas. Ele passou o trinco na porta, pensando que não poderia suportar a visão do menino hoje. Não da forma como estava se sentindo.

Jones jogou várias pás de carvão na caldeira. Então encarou o fogo, vendo a chama azul que lambia o carvão fresco e estudando a intensa vermelhidão que brilhava sob ela.

Seus pensamentos se voltaram quase no mesmo instante para Lutie e ele ficou ali escorado na pá, indiferente ao calor intenso que emanava da porta aberta. Então ela não tinha gostado da caixa. Que pena. Ele pensou que Lutie ficaria muito satisfeita, então desceria e tocaria sua campainha e ficaria ali sorrindo para ele. Alta, esbelta e jovem. Com os seios apontando para ele. Talvez ela tocasse a campainha dele mais vezes.

"Passei pra dizer um oi", ela diria.

"Que gentil da sua parte, sra. Johnson", e ele afagaria seu braço ou talvez seguraria a mão dela por um momento.

Ele não faria nada que a assustasse. Apenas seria amigável e lhe daria uns presentinhos no início. "Vi isso numa loja. Achei que iria gostar, sra. Johnson." Talvez um par de meias. Sim, seria isso – meias. Um par daquelas longas, de malha. A sra. Greene do terceiro andar trabalhava no Centro – ela poderia comprá-las para ele.

"Oh, não precisava, sr. Jones", Lutie diria, pousando a mão no ombro dele.

"Que tal me deixar ver como elas ficam?" Era isso. Na brincadeira. Sem fazer nada que pudesse assustá-la.

Ele soltou mais o peso em cima da pá, imaginando como seria. Vê-la em seu apartamento com uma das pernas esticada – uma perna nua, acastanhada, com aquele treco vermelho nas unhas do pé. Ele abriria a longa meia e vestiria lentamente o pé dela. Aquela pele negra e suave se mostraria através da malha enquanto ele subia e subia a meia, cobrindo a carne macia. Ele se inclinaria mais e mais, conforme a meia fosse alcançando a parte roliça da perna dela, onde a curva de gordura se formava, até pressionar a boca bem perto dessa curva. Mais e mais perto, até que ele pudesse prová-la com a boca, mordiscando a curva de sua perna, e a pele dela teria um gosto doce de sabonete e seria fria em contraste com a quentura da boca dele.

Ele precisava parar de pensar nisso. E enquanto estava ali, Jones pôde ver todas as outras mulheres que viveram com ele, entre as quais apenas uma era jovem e tinha ido embora depois de três dias. As outras foram mulheres ossudas com mais de 50, mulheres banguelas com mais de 50, grandes e pequenas – todas com mais de 50. E ainda por cima nenhuma ficava muito tempo. Três meses, seis meses, e iam embora.

Todas a não ser Min. Min já estava com ele fazia dois anos. Falando, falando, falando. No começo, ele pensou que era quase uma alegria tê-la por perto. Ela não deixava o lugar ficar tão quieto. Agora o som de sua voz calava Lutie e ele não conseguia mais se lembrar de como era a voz dela. A voz de Min afastava o som da voz de Lutie no mesmo minuto em que ele começava a tentar se lembrar dela.

Ele tinha de se livrar de Min. Ela era provavelmente o motivo pelo qual Lutie nunca nem sequer olhara para ele, só meio que balançando a cabeça quando passava. Ele devia ter expulsado Min naquela primeira noite em que viu Lutie. Ele se lembrou das pernas dela subindo as escadas à sua frente. Só vê-la daquele jeito já o fez desejá-la tão gravemente que era como uma dor no peito. Aquelas pernas longas subindo e subindo na frente dele, suas ancas rebolando de um lado para outro enquanto ela caminhava. Ele se lembrou de como seus dedos se curvaram – inconscientemente, incontrolavelmente, enquanto subia ali atrás dela.

E ele ficou ali na sala do apartamento, com a luz da lanterna apontada para os pés para que ela não pudesse ver a expressão em seu rosto, enquanto ele lutava consigo mesmo para não pular em cima dela quando Lutie estava no quarto iluminando as paredes. Ela foi até a cozinha, depois ao banheiro e ele se forçou a ficar parado. Pois sabia que, se a seguisse, ele a jogaria no chão, na madeira gasta do piso. Ele tentou imaginar como seria a sensação de ter o corpo dela embaixo do seu – macio e quente, acompanhando seu ritmo. Então fez um barulho engasgado e sufocado na garganta.

"O que é isso?", ela perguntou. E ele viu a luz de sua lanterna vacilar com o tremular da mão dela.

Ele a assustara. Jones tentou falar num tom suave, de modo que o som de sua voz a tranquilizasse, mas sua garganta trabalhava com tanta violência que ele não conseguiu emitir nenhuma palavra. Por fim, disse: "Eu limpei a garganta, senhora", e mesmo aos próprios ouvidos sua voz soou esquisita.

Depois de ter lhe dado um recibo do depósito que Lutie deixou pelo apartamento, ele tentou pensar em algo que pudesse fazer por ela. Algo especial que a fizesse gostar dele. Então decidiu dar uma boa pintura no apartamento – não aquela pintura branca sem graça que ela pediu. Ele pintou a sala de verde, a cozinha de amarelo, o quarto de rosa-escuro e o banheiro de azul-marinho. Quando terminou, ficou muito orgulhoso de seu trabalho, a melhor pintura que já tinha feito. E fez algo a mais também. Esfregou a tinta das janelas, aqueles respingos longos deixados por seu pincel, e lavou-as. O corretor quase o pegou fazendo isso. Felizmente ele tinha trancado o apartamento, mas o homem esmurrou a porta e ficou gritando por um bom tempo. "Ei, Jones! Jones! Mas onde diabos ele se meteu?" Ele ficou quieto lá dentro segurando o pano de limpeza nas mãos até o homem ir embora.

Quando Lutie apareceu para pegar as chaves, pela primeira vez ele pôde dar uma boa olhada nela à luz do dia. Seus olhos eram grandes e escuros, a boca rosada e pintada de batom. Ela tinha um narizinho arrebitado que fazia seu rosto parecer muito jovem e sua pele era tão macia e acastanhada que ele não conseguia parar de olhar para ela.

"Você pode ter problemas com a porta", ele disse. "Vou mostrar como funciona." Jones mal podia esperar para ver sua cara quando ela descobrisse o maravilhoso trabalho que ele tinha feito no apartamento. E assim, mais uma vez, ele subiria as escadas atrás dela. Mas ela disse: "Você primeiro", e ficou ali parada esperando, até que ele teve de ir adiante e começar a subir na frente dela.

No apartamento, ela deu uma olhada nos quartos e não falou nada no começo, até olhar o banheiro, quando disse: "Que cores medonhas!". Ele não pôde evitar transparecer seu desapontamento, mas então ela prosseguiu com surpresa na voz: "Ora, as janelas foram lavadas. Maravilha". E então ele começou a se sentir melhor.

Hoje Lutie tinha saído de casa e o menino estava lá em cima sozinho. Para onde ela poderia ter ido? Devia ter ido encontrar algum homem, supôs. Um homem de peito largo como o pai do moleque. Provavelmente agora, neste momento, eles estavam sozinhos em algum lugar. O suor brotou de sua testa e pela primeira vez ele tomou consciência do calor que vinha da porta aberta da caldeira. Jones pôs a pá no chão, fechou a porta e se afastou da caldeira. Ele sentiu uma vontade repentina de ver como o apartamento tinha ficado agora que ela morava lá. Tudo bem, ele pensou. Ela poderia voltar para casa enquanto ele estava lá em cima e ficaria feliz por ele estar com Bub. Era isso. Ele subiria e faria companhia a Bub enquanto ela estava fora. Poderia ver como o lugar tinha ficado e também daria uma olhada no quarto dela.

Jones subiu as escadas lentamente, forçando-se de propósito a ir devagar quando o que ele queria era ir correndo até lá em cima. Parou diante da porta. Um fio de luz escapava por baixo da porta e o rádio estava ligado. Talvez Lutie tenha voltado para casa enquanto ele estava lá embaixo no porão. Nesse caso, ele explicaria que subiu até lá só para ver se Bub estava bem, pois tinha pensado que Bub estivesse lá sozinho...

Bub entreabriu a porta, cauteloso, em resposta ao seu chamado. Quando viu Jones, ele abriu a porta por completo. "Ei, tio", ele disse e sorriu abertamente.

"Pensei em subir aqui e ver se está tudo bem."

"Entra."

Jones entrou na sala e olhou ao redor. O apartamento tinha um cheiro doce, de alguma fragrância suave que vinha do quarto. Ele olhou ansiosamente na direção do cômodo. Era o lugar que mais queria ver.

"Sua mãe não voltou ainda?"

Bub balançou a cabeça. "Eu estava no cinema", ele disse. "Você precisava ver. Era um camarada que foi pro Oeste e ia ser advogado. Ele montou o negócio dele e um homem rico que perdeu a terra dele..."

O menino não parava de falar e Jones se esqueceu de que ele estava ali. Ele estava imaginando Lutie aninhada no sofá onde Bub estava sentado. Jones não se sentaria ao lado dela; ele ficaria onde estava e conversaria com ela. Ele não a assustaria. Seria muito cuidadoso – sem movimentos bruscos em sua direção.

"Está tudo bem?", ele perguntaria.

"Tudo bem."

"Eu trouxe um presentinho pra você", ele enfiaria a mão no bolso e tiraria de lá um par de brincos – argolas longas e douradas.

"Quer colocar em mim?"

"Eu sou meio desajeitado", ele diria, gracejando. E então se sentaria ao lado dela no sofá. Bem ao lado dela no sofá. Ele poderia puxá-la para perto, bem perto. Tão perto que ela ficaria colada nele. Jones olhou para baixo, para o seu macacão. A roupa tinha sido azul um dia, mas desbotou de tanto lavar, ganhando um tom acinzentado. Pelo menos está limpo, ele pensou na defensiva. Mas, na próxima vez que subisse até lá, ele estaria vestindo seu terno preto bom e uma camisa branca. Mandaria Min engomar o colarinho.

E então ele se lembrou de que se livraria de Min. Seria fácil. Ele daria um jeito nela, então Min sairia correndo, às pressas, para nunca mais voltar. Ela, aqueles chinelos velhos e sua voz sussurrada. Ele mexeu os ombros, desgostoso. Por que tinha de pensar nela quando estava ali no apartamento de Lutie? Ele franziu a testa.

"Você está bravo com alguma coisa?", o menino perguntou.

Jones se mexeu na cadeira, incomodado, fazendo um esforço para suavizar a testa. Agora, de que bobagem o moleque estava falando mesmo – ah, sim, o filme que ele tinha visto. "Não, não estou bravo. Só pensando", ele disse e pensou, Preciso fazer ele continuar falando. Deixar ele bem ocupado. Jones pegou um cigarro e o acendeu. "Você viu só um?"

"Não. Dois."

"O outro era sobre o quê? Aquele primeiro parece bom."

"Gângsteres", o menino disse, animado. "Um homem que prendeu eles. Ele fingia que era gângster, mas na verdade era policial. Eles tinham metralhadoras e espingardas de cano curto e..."

Isso vai segurar o moleque por um tempo, ele pensou. Devia haver alguma maneira de conseguir dar uma olhada no apartamento. Ele se levantou de repente. "Quero um copo d'água", ele explicou e começou a andar na direção da cozinha antes que o menino pudesse se levantar do sofá.

Mas o menino pegou a água tão rápido que ele não teve chance de ver muita coisa. Ele viu que havia três garrafas de cerveja e umas garrafas de Pepsi-Cola vazias embaixo da pia da cozinha. Mesmo enquanto bebia a água, sua mente continuava espiando dentro do quarto. Em que tipo de cama ela dormia? Talvez ele pudesse abrir a porta do armário e tocar nas roupas dela penduradas lá. Seriam macias e teriam um perfume doce.

De volta à sala, o menino continuou com seu falatório interminável sobre o filme, e Jones pensou que devia haver uma forma de conseguir dar uma olhada no quarto.

"Sua mãe precisa de umas prateleiras no armário dela?", ele perguntou de repente.

Bub parou de falar e olhou para o zelador. Por que ele ficava interrompendo toda hora? Ele balançou a cabeça e disse, indiferente: "Não". Então continuou a história: "Esse cara, que na verdade era um policial…".

Jones acendeu outro cigarro. O cinzeiro se enchia lentamente de bitucas. Sua garganta e sua boca estavam quentes com a fumaça. Sentia que estavam em carne viva, e o ardor começava a descer por dentro dele.

"Vamos jogar cartas", ele disse abruptamente. "Podemos apostar uns fósforos", sugeriu.

Ele viu o menino indo até a cozinha, levantou-se de um salto e foi na direção do quarto na ponta dos pés. E estava quase lá dentro quando ouviu Bub indo para a sala. Ele amaldiçoou o menino em pensamento enquanto, no meio da sala, fingiu que estava se espreguiçando.

"Puxa sua cadeira, tio", Bub disse. "Podemos jogar nessa mesa." Ele afastou um vaso de flores artificiais que estava em cima da mesinha de centro com tampo de vidro azul diante do sofá.

"Puxa sua cadeira, tio", ele repetiu quando o homem não se mexeu.

Jones olhava fixamente para um batom em cima da mesinha. Estava bem ao lado do vaso de flores, então ele ainda não tinha notado o batom. Seu invólucro era cor de marfim e havia uma linha fina e vermelha ao redor da base. Ele continuou olhando fixo para o batom e quase involuntariamente esticou o braço sem mover a cadeira e o pegou. Abriu a tampa e olhou para o bastão vermelho lá dentro. Estava arredondado pelo uso, e a suavidade do vermelho tinha uma aparência granulosa do contato com a boca de Lutie.

Ele sentiu vontade de levar o batom aos lábios. Era o cheiro que a boca dela teria, e a boca dela seria como aquela coisa, morna. Segurando o batom na mão, ele pôde sentir o cheiro nitidamente – era doce como o sabonete que aquela garota usava. Aquela que ficou três dias e foi embora. Ele levou o batom aos lábios, então o menino repentinamente estendeu o braço, tirou o batom da mão dele e o enfiou no bolso da calça. Foi um gesto ligeiro, instintivo, protetor.

“Minha mãe achou que tinha perdido”, ele disse, quase se desculpando.

Jones olhou para o menino. Ficara tão envolvido em seus pensamentos que tinha esquecido de que ele estava lá. E segurava o batom tão frouxamente que Bub o tirou dele sem nenhum esforço. Ele nem tinha visto o menino esticando o braço. Então Jones pensou novamente no pai de Bub e achou que o menino sabia que havia algo errado em seu gesto de levar o batom aos lábios. Ele tomou consciência do tiquetaquear de um pequeno relógio que ficava numa mesinha ao lado do sofá. Dava para ouvir o tique-taque incessante por cima do som do rádio. Ele se inclinou, percebendo que tinha ficado em silêncio por tempo demais.

“Vamos começar esse jogo”, ele disse bruscamente.

Ele ensinou o menino a jogar vinte e um. Bub aprendeu rápido e começou a jogar com uma espécie conservadora de ousadia que fez a pilha de fósforos diante dele crescer continuamente. Jones estudava seu reflexo pelo tampo de vidro azul. Devia haver alguma forma de tirar aquele batom do menino. Seria bom segurá-lo à noite antes de dormir, para encher suas narinas com aquele cheio doce. Ele podia levá-lo consigo no bolso, onde seria possível tocá-lo durante o dia, pegá-lo e acariciá-lo junto à caldeira.

Quando estivesse na rua, não poderia tocá-lo, mas saberia que o batom estava ali, descansando no fundo de seu bolso. Ele quase podia senti-lo agora – quente contra seu corpo. A sra. Hedges podia olhar para ele até cair morta e não saberia do batom. Pensar nela despertou em Jones um desejo desesperado de apenas uma vez poder pôr as mãos naquela mulher. Que apenas uma vez ela saísse e ficasse ali ao lado dele na rua. “Ela está guardada pra outro.” Ela sorria como um macaco quando disse isso, com os olhos frios e maldosos como os de uma cobra. Não havia nenhuma expressão neles, mas dava para saber que você não estava seguro. “Não fique tão animado, querido.” E aqueles olhos perfurando, atravessando, ameaçando. Nem a sra. Hedges nem ninguém afastaria Lutie dele. Ele a viu primeiro. Sim, senhor. E ele teria Lutie.

Jones acendeu outro cigarro e, quando tragou, percebeu que a quentura seca da boca e da garganta descia por todo o seu corpo. Ele baixou as cartas na mesa. Precisava de um gole de cerveja. E precisava muito.

"Ei, moleque, vai lá embaixo pegar uma cerveja e um maço pra mim", ele enfiou a mão no bolso e pôs 35 centavos na mesa. "Pode ficar com o troco."

Quando o menino bateu a porta, Jones se perguntou por que não tinha pensado nisso antes. Ele conseguiu ficar sozinho no apartamento fácil assim – só mandou o menino fazer alguma tarefa. Ele ouviu Bub descendo as escadas às pressas, levantou-se calmamente e entrou no quarto.

Jones ficou imóvel lá dentro. O cheiro doce era mais forte ali. Vinha da lateral do quarto. Ele saiu à procura do interruptor e bateu o joelho numa cômoda. Ficou ali por um momento esfregando o lugar da pancada e praguejando. Então acendeu a luz. A cama estava coberta com uma colcha florida e o mesmo tecido cobria a saída de ar. Era tudo tão amontoado que ele podia ver o quarto inteiro sem se mexer.

O cheiro doce vinha de uma lata de talco em cima da cômoda. Ele pegou a lata e ficou olhando. Ela passava aquele talco embaixo do braço e entre as pernas – era assim que ela cheiraria quando ele chegasse perto dela. Bem assim. Ele abriu a tampa da lata e jogou um pouco do pó na mão. O pó era muito branco contra a palidez escura de sua palma. Ele esfregou as mãos e o cheiro doce tomou o quarto.

Jones se virou abruptamente. Não podia ficar ali por muito tempo, pois o menino voltaria logo. Da forma como desceu as escadas correndo, ele não demoraria muito para chegar à venda. Provavelmente tinha corrido daquele jeito até a esquina. Jones queria que Lutie voltasse para casa enquanto ele ainda estivesse ali. Mas o menino podia voltar a qualquer momento, ele pensou ansioso. Chegando em casa, Lutie poderia não gostar de descobrir que ele tinha mandado o menino comprar coisas à noite. Por que ele estava demorando tanto? Ela podia chegar em casa a qualquer minuto agora. Por que ele não pediu para o menino comprar duas garrafas de cerveja? Podia ter dado a ele dinheiro suficiente para duas garrafas e então ela e ele podiam beber cerveja sentados no sofá da sala.

Ele abriu a porta do guarda-roupa. Pareceu-lhe que as roupas se inclinavam para ele enquanto olhava lá dentro – um vestido azul, o casaco que ela usava para trabalhar, uma saia xadrez, algumas blusas. Ele olhou as blusas de perto. Sim, ali estava aquela blusa fina e branca que ele viu um dia, quando Lutie desceu as escadas com o casaco aberto. Tinha uma gola baixa e redonda, e o drapeado de pano na frente formava um ninho para os seios dela. Ele tirou a blusa do armário e olhou para a peça. Cheirava como o talco e ele amassou violentamente a roupa entre as mãos, apertando o tecido macio e fino com mais e mais força até que restou apenas uma pequena bola em suas mãos, a não ser pela parte de cima, que estava presa ao cabide de metal.

Então ele tentou endireitar a blusa, alisando o tecido com a mão e pensando que devia sair dali rápido. Agora. De uma vez. Antes que o menino voltasse, e então ninguém veria a expressão em seu rosto. Enfiou a blusa no guarda-roupa, fechou a porta, esticou o braço e apagou a luz.

Jones se apressou até a sala, na intenção de ir embora antes que o menino voltasse. Parou diante da porta aberta do banheiro. Não faria mal algum dar uma olhada lá dentro, ver como a pintura azul tinha ficado. Havia toalhas brancas penduradas em uma prateleira acima da banheira. Ele entrou no pequeno banheiro tentando imaginar como Lutie ficaria com a água do chuveiro caindo pelo corpo. Ou ali deitada na banheira, o castanho quente de sua pele contrastando bem contra o branco da banheira. O lugar estaria quente com o vapor da água e adocicado pelo cheiro de sabonete. Ele apenas conseguiria ter um vislumbre dela através do vapor. Talvez pudesse segurá-la bem de perto enquanto secava seu corpo com uma daquelas toalhas brancas.

Por que o menino estava demorando tanto? Jones sentiu muita raiva dele. Lutie podia chegar em casa a qualquer minuto agora. Ela não iria gostar de saber que o filho estava na rua. Jones se forçou a tirar os olhos da banheira e se deu conta de que sua sede ardia. Ele se sentou sobre a tampa da privada e enterrou a cabeça entre as mãos. Instantaneamente seu nariz foi preenchido pelo cheiro do talco que ele tinha esfregado nas palmas.

Jones começou a pensar em Min. Ele a expulsaria hoje. Tinha de se livrar dela hoje mesmo. Não seria mais capaz de suportar a visão dela depois de ter ficado tão perto de Lutie daquele jeito. Ouviu o menino subindo as escadas, esticou o braço e apagou a luz. Ele estava em pé na sala quando o menino abriu a porta.

"Pega um abridor pra mim", ele ordenou e pegou o saco de papel pardo que Bub estava carregando. Seguiu o menino e ficou ali no meio da cozinha, embaixo da lâmpada brilhante e desprotegida, enquanto levava a garrafa à boca. Nem se deu ao trabalho de tirar a garrafa do saco, bebendo em longos goles – mais e mais rápido. Jones suspirou quando baixou a garrafa vazia. "Obrigado, moleque", ele disse. "Era o que eu estava precisando." E começou a andar em direção à porta.

"Você vai embora?"

"Sim. Vejo você amanhã."

Ele desceu as escadas com passos pesados. Estava cansado. E pensou, Vai ser logo. Precisava tê-la logo. Não podia mais continuar só olhando para ela. Acabaria partindo em dois desse jeito. Devia haver alguma forma de tirar o batom daquele pirralho. Pensou com desprezo na sra. Hedges. "Tem outros interessados." É. Mas não tão interessados quanto ele.

Jones abriu a porta de seu apartamento, pensando que expulsaria Min com tanta força que ela atravessaria a rua quando fosse passar na frente do prédio. Ele preparou terreno deixando a porta bater atrás dele, de forma que o som subiria mais e mais através das paredes finas do prédio até se tornar apenas um estalo baixo quando alcançasse o último andar.

Lá dentro, ele ficou imóvel porque todos os cômodos estavam escuros. Buddy, o pastor-alemão, veio na sua direção uivando do fundo da garganta. Jones tateou à procura do interruptor na entrada e afastou o cachorro com o pé.

Min não estava na cozinha, nem no banheiro, nem no quarto. Uma olhada em cada um dos cômodos simplesmente confirmou o que ele já sabia quando encontrou o apartamento no escuro. Por mais incrível que parecesse, ela tinha ido embora. Ela nunca ia a parte alguma à noite. Sempre voltava do trabalho e ficava em casa até sair para trabalhar no dia seguinte. Ocorreu a Jones que ela o deixara, como as outras fizeram. E mesmo que ele tivesse descido as escadas decidido a expulsá-la, o pensamento de que ela o havia abandonado era insuportável.

No quarto, ele abriu a porta do guarda-roupa em um tipo de frenesi. As poucas roupas dela ainda estavam penduradas ali – vestidos disformes que ela usava em casa e o casaco puído que vestia todos os dias. Os chinelos de feltro puídos estavam no assoalho do guarda-roupa, com suas laterais levantadas como testemunhos mudos do tamanho dos joanetes que ela tinha nos pés. Mas seu melhor chapéu e seu melhor casaco não estavam lá; nem aqueles oxfords pretos e feios que ela calçava em suas idas ocasionais à igreja.

Ela tinha ido embora, abandonando-o como as outras? Era impossível saber pelo conteúdo do guarda-roupa – aqueles vestidos esgarçados eram importantes para ela. Mas ela podia comprar outros. E os chinelos de feltro, embora caíssem bem nos pés dela, estavam praticamente se deteriorando. E Min não tinha uma mala, então não dava para saber se ela voltaria.

Se ela realmente o abandonou, isso não ajudaria muito em suas chances com Lutie. Pela primeira vez ele duvidou de que Lutie o aceitaria. Até agora esteve confiante de que tê-la era apenas uma questão de tempo. E então ele não podia ter tanta certeza, porque, se uma criatura como Min não o queria, não havia razão para acreditar que Lutie o aceitaria.

Ainda assim, Jones não sabia ao certo. Ele esticou o braço e afastou as roupas para o canto com um gesto muito violento como se, ao ameaçar as roupas, elas pudessem revelar se Min o abandonara ou não. Jones tomou a direção da sala abruptamente, pois lhe ocorreu que era muito fácil saber se ela tinha ido embora de vez. Apenas uma olhada seria suficiente. Não. Ele assentiu com satisfação. Ela não tinha ido embora. Porque a mesa grande e brilhosa com pés em garra ainda estava ali encostada à parede da sala. Min não deixaria aquela coisa para trás. Tudo o que ele tinha de fazer era se sentar e esperar por ela. Porque ele a expulsaria hoje, e aquela mesa brilhosa podia ir junto com ela.

Ele cochilou na poltrona ao lado do rádio, esperando ouvir o barulho da chave de Min se encaixando na fechadura, imaginando para onde ela poderia ter ido. Até onde ele sabia, era a primeira vez que ela saía de casa depois de voltar do trabalho. Pois ela fazia compras na volta do trabalho, então cozinhava e limpava e chapinhava os pés pelo resto da noite. Ela não visitava nenhuma amiga. A raiva de Jones cresceu enquanto esperava, porque ele queria pensar em Lutie e em vez disso se pegou ansioso, imaginando para onde Min tinha ido.

5

Mais cedo, quando Min estava na cozinha jantando, ela teve certeza de que Jones estava planejando alguma maldade ali sentado na sala. Ainda que ele não tenha respondido quando ela disse que o jantar estava pronto, o pensamento dele ali sentado sozinho, provavelmente faminto, mas teimando, enfim a fez ir até a porta e perguntar: "Não vai comer?".

Jones balançou a cabeça e ela voltou para a cozinha, serviu mais um copo de chá e passou bastante manteiga em uma terceira fatia de pão, pensando, Ele não me conhece. Ele acha que eu não sei qual é o problema dele.

Min o pegou olhando para a jovem sra. Johnson naquela noite em que ela pagou o depósito pelo apartamento do último andar. Ele quase a comeu com os olhos, maravilhado com a altura dela, pela forma como seu corpo bem-feito era tão jovem e saudável. Depois disso, por três vezes ela abriu uma fresta da porta e o viu lá fora olhando a jovem sra. Johnson enquanto ela subia as escadas.

"Ele pensa que eu não sei o que passa na cabeça dele", ela disse a si mesma.

Min sabia muito bem, e também sabia o que faria a respeito. Mas antes ela precisaria ver com a sra. Hedges o lugar certo para ir. Ela tinha certeza de que a sra. Hedges saberia e ficaria muito feliz em dizer, porque estava sempre disposta a ajudar as pessoas. Embora Jones não pensasse assim, pois não gostava da sra. Hedges. Ele também não sabia que ela sabia disso. Mas ela o viu revirando os olhos para a janela da sra. Hedges;

sua cara ficou tão cheia de ódio que ele parecia o próprio Satã – preto e mau.

Jones saiu do apartamento e Min se levantou da mesa da cozinha, foi discretamente até a porta e deu uma olhada no corredor. Ele estava falando com o menino da sra. Johnson – um menino de aparência saudável também. Talvez ela devesse dar uma dica para a sra. Johnson, dizendo que não era boa ideia deixar o filho andando por aí com Jones. Não que houvesse algo errado com Jones; só que ele tinha vivido em porões por tanto tempo que acabou ficando meio esquisito, com ideias sobre as coisas na cabeça.

Ela ficou ali na porta até ver Jones abrindo o porão e ouvir seus passos pesados descendo as escadas. Ele ficaria ali tempo suficiente para ela se vestir e ir se consultar com a sra. Hedges.

Ela lavou a louça às pressas, pensando que faria diferença se ele voltasse do porão antes que ela pudesse voltar do lugar para onde estava indo. Min se vestiu apressadamente, colocando seu vestido bom, seu melhor casaco preto e até os oxfords novinhos em folha. Não soube bem se deveria usar um chapéu. O xale que ela amarrava na cabeça para ir e voltar do trabalho era muito mais confortável, mas um chapéu passava mais dignidade. Então ela prendeu um chapéu de feltro preto e alto no topo da cabeça com longos alfinetes, ancorando-o, assim, contra o vento que às vezes soprava na rua tão forte e veloz.

Min deu uma olhada na sala, movendo-se com cuidado, só para ter certeza de que Jones não tinha voltado enquanto ela se vestia. Às vezes, ele entrava em casa tão silenciosamente que ela não o ouvia, mas ao se virar descobria que ele estava ali sentado na poltrona ao lado do rádio ou parado quase atrás dela na cozinha. Feito um fantasma.

Só para ter certeza de que estava sozinha, ela foi olhar no banheiro e na cozinha. Então se dirigiu até a grande mesa na sala e, abaixando-se com cuidado para que o casaco não encostasse no chão, esticou o braço por baixo do móvel. Quando se endireitou, ela estava segurando um rolo fino de notas na mão. Era o dinheiro que vinha economizando para seus dentes postiços. Min olhou para o dinheiro, tentando decidir se deveria levar tudo consigo. Sim, ela pensou, enfiando as notas na bolsa, pois não havia maneira de saber a quantia necessária.

Antes de sair da sala, Min deu uns tapinhas na mesa. Era o melhor lugar que já teve para guardar dinheiro. Ela amava a superfície lisa e brilhante do móvel, a forma como as curvas dos pés em garra brilhavam quando a luz batia neles, mas o mais importante era sua gaveta secreta. Até ganhar aquela mesa, ela nunca tinha conseguido economizar. Pois seus maridos encontravam o dinheiro dela, mesmo que fosse apenas uma nota de 1 dólar ou algumas moedas, não importava onde guardasse. Era quase como se pudessem sentir o cheiro do dinheiro, seja lá onde estivesse, em potes de café, embaixo dos pratos, na geladeira, embaixo do colchão, entre os lençóis ou embaixo de tapetes.

Big Boy, seu último marido antes de Jones, rasgava suas meias para arrancar as notas delas e metia as garras em seus vestidos na ânsia pelo dinheiro. Mas, com aquela mesa, Big Boy se frustrou. Foi por isso mesmo que ele a deixou. E ela nem se importou com a partida dele, porque Big Boy estava sempre bêbado, falido e faminto, e tentar alimentar aquele homem era como tentar encher um poço sem fundo.

Então, quando Jones a convidou para morar com ele, Min logo aceitou. Porque ela não tinha nenhum outro lugar em particular para ir. Além disso, ela tinha a mesa, e, se Jones se mostrasse como os outros, isso não importaria, pois a mesa protegeria o dinheiro dela, e um dia desses ela teria dinheiro suficiente para comprar uma dentadura. Mas Jones não era igual aos outros. Ele nunca lhe pedia dinheiro. Isso e o fato de que ele a convidara para morar com ele deram a Min um sentimento de segurança, de alegria. Jones a queria por ela mesma, e não pelo dinheiro que pudesse tirar dela.

Então, quando chegava do trabalho, ela limpava o apartamento, cozinhava para ele e passava suas roupas. Ela comprou um canário e uma gaiola adornada para o pássaro, pois achou que devia embelezar um pouco o lugar para mostrar o quão agradecida estava. Sem precisar pagar nenhum aluguel, ela estava juntando dinheiro tão rápido que logo teria sua dentadura, e tinha também todas aquelas coisinhas que ela via e comprava nas lojas da Eighth Avenue.

Não se importava que Jones fosse meio quieto, nem com seus acessos de mau humor – quando tinha esses acessos, ela e o cachorro precisavam ficar fora do caminho dele. Do seu jeito silencioso e melancólico, Jones se apegou a ela e realmente precisava dela. Min não sabia se já tinha sido tão feliz. E essa felicidade como que borbulhava nela, que falava e falava e falava com Jones e com o cachorro. E quando ele e o cachorro saíam para ficar lá na frente do prédio, ela falava consigo mesma, mas baixo, para que as pessoas não ouvissem e pensassem que ela era esquisita.

Tudo ia bem até a jovem sra. Johnson vir para cá. Então Jones mudou, ficando cruel e melancólico o tempo todo. Chutava Buddy, rosnava para ela, batia nela. Ontem à noite mesmo, quando ela se abaixou para tirar uns feijões do forno, ele a chutou como se ela fosse o cachorro. Ela teve de se virar para segurar a panela de feijão, sem dizer nada, engolindo o choro doloroso que subia por sua garganta, pois sabia qual era o problema com ele. Ele estava comparando a aparência dela de costas com a aparência que a jovem sra. Johnson teria ali abaixada.

Então a dentadura teria de esperar um pouco mais, pois ela usaria o dinheiro dos dentes para poder continuar naquele apartamento. Min fechou a porta gentilmente. "Bendita mesa", ela disse alto e foi lá para fora, postando-se embaixo da janela da sra. Hedges.

"Sra. Hedges", ela chamou timidamente.

"Olá, Min", a sra. Hedges disse de imediato e pousou os braços confortavelmente no parapeito da janela, preparando-se para uma longa conversa.

"Estou pensando se posso ir até aí um minuto", Min disse. "Tenho uma coisa importante pra conversar com a senhora."

"Claro, querida. É só entrar. A porta está sempre aberta. Só é melhor tocar algumas vezes para as meninas não acharem que é cliente."

Min tocou a campainha duas vezes e abriu a porta, pensando, Se ela não me ajudar, não sei mais o que fazer. Ela pode me ajudar se quiser, mas às vezes as pessoas não fazem as coisas por pura maldade. Mas não a sra. Hedges, ela pensou esperançosa. Certamente não a sra. Hedges.

Ela nunca tinha visto o interior do apartamento da sra. Hedges antes, então parou para olhar ao redor, surpresa por ver o quão aconchegante era ali dentro. A porta do corredor dava para a cozinha, que tinha um linóleo novinho no piso e cortinas novas, e as panelas e frigideiras penduradas em cima da pia brilhavam de tão bem areadas. Plantas cresciam em vasos numa prateleira embaixo da janela e Min teria gostado de olhar mais de perto, mas não queria que a sra. Hedges achasse que estava sendo enxerida, então atravessou a cozinha até o próximo cômodo, onde a sra. Hedges estava sentada à janela.

"Puxe uma cadeira, Min", a sra. Hedges disse. Ela percebeu que Min estava usando seu casaco e chapéu bons e disse: "O que está acontecendo, querida?".

"É o Jones", Min disse e parou, sem saber como continuar. A campainha tocou e ela começou a se levantar, pensando que poderia ser Jones, que a viu entrando e a seguiu, querendo saber o que ela estava fazendo ali.

"Tudo bem", a sra. Hedges balançou a mão, indicando que Min deveria voltar a se sentar. "É só um cliente de alguma das meninas. Eu o vi passando pela janela." Ela fez uma pausa, esperando que Min continuasse, e quando Min não disse nada, só ficou ali encarando-a com olhos miseravelmente tristes, a sra. Hedges perguntou: "Qual é o problema com Jones, querida?".

Quando começou, parecia que Min não pararia de falar. "Ele está de olho naquela sra. Johnson. Desde que ela mudou, Jones está tão desesperado atrás dela que virou um homem mesquinho com quem não se pode viver." Ela se inclinou na direção da sra. Hedges em um esforço de expressar a urgência da situação. "Eu nunca tive nada só meu. Nenhum dinheiro pra gastar como quero. E agora que vivo com ele sem precisar pagar aluguel, ora, eu posso ter minhas coisas. E tudo ia bem até a sra. Johnson vir morar aqui. Ele vai me botar pra fora logo. Dá pra saber pela forma como ele se comporta. E, sra. Hedges, eu não vou voltar a não ter nada na vida. Vivendo pra pagar aluguel. Jones não pede nenhum dinheiro pra mim e ele nunca foi mau assim até a sra. Johnson chegar. E eu não vou ser chutada pra fora."

Ela parou para tomar fôlego e continuou: "Eu vim procurar a senhora porque pensei que podia me dizer onde encontrar um curandeiro que me ajude. Porque eu não vou ser chutada pra fora", ela repetiu firme. Abrindo a bolsa, Min pegou o rolo fino de notas. "Posso pagar", ela disse. "É o dinheiro que eu estava juntando pros meus dentes", ela completou.

A sra. Hedges olhou para o rolo de notas e começou a se balançar, virando a cabeça ocasionalmente para espiar a rua. "Ouça, querida", por fim ela disse. "Eu não conheço nenhum curandeiro. Nunca me prendi a eles porque sempre achei que, no que toca aos meus próprios negócios, sempre fui muito capaz de fazer o que qualquer um deles pode fazer."

O rosto de Min se anuviou de desapontamento e a sra. Hedges continuou logo em seguida: "Mas as meninas dizem que o melhor curandeiro da cidade fica na Eighth Avenue com a 140th Street. Dizem que resolve tudo, de marido genioso a doenças do corpo. O nome dele é David. É só o que diz na placa – só David, o Profeta. E se eu fosse você, querida, eu não deixaria o homem ver essas notas todas de uma vez. Curandeiro ou não, ele deve estar tão faminto quanto você e eu".

Min se levantou da cadeira tão ansiosa para ver o curandeiro que quase se esqueceu de agradecer à sra. Hedges. Ela já estava no meio do cômodo quando se lembrou e se virou para dizer: "Ah, sra. Hedges, não tenho como agradecer". Ela abriu a bolsa e tirou uma nota. "Vou deixar isso", ela disse, colocando o dinheiro em cima da mesa.

"Imagina, querida", a sra. Hedges disse. Os olhos dela se demoraram na nota por um longo momento e foi com visível esforço que ela desviou o olhar do dinheiro. "Ponha de volta na sua bolsa", ela disse por fim.

Min hesitou e então pegou a nota. Quando olhou para trás, a sra. Hedges estava ali sentada olhando pela janela, matutando sobre a rua como se pensasse que, se desviasse o olhar por mais de um minuto, o lugar inteiro desmoronaria.

Antes de sair para o corredor, Min abriu uma fresta da porta da sra. Hedges e espiou lá fora para garantir que não esbarraria em Jones. Ficou ali escutando para ter certeza de que ele não estava subindo as escadas do porão, e ouviu passos pesados subindo as escadas, do segundo para o terceiro andar. Parecia Jones. E, ouvindo com mais atenção, ela soube que era Jones. Por que ele estava subindo? Ela abriu mais a porta para ouvir melhor. Os passos continuaram subindo e subindo, ficando cada vez mais distantes. Ele estava indo até o último andar.

"Você está deixando o frio entrar, querida", a sra. Hedges gritou.

Min fechou a porta bem rápido e saiu apressada para a rua. Ela acenou brevemente na direção da janela da sra. Hedges e foi até o ponto de ônibus na esquina quase correndo. O que ele estava indo fazer lá em cima no apartamento da sra. Johnson? Ela tremeu. O ar não estava gelado, mas parecia atravessar seu casaco, embora ela estivesse andando bem rápido. Sempre faz mais frio nessa rua do que em qualquer outro lugar, ela pensou irritada, e Jones deixava o apartamento tão quente que ela sentia o frio penetrando-a assim que saía. E pensar nele a fez andar mais rápido. A visita de Jones ao apartamento da sra. Johnson significava que a sra. Hedges falou sobre o profeta David bem a tempo.

O ônibus para a Eighth Avenue estava tão lotado que ela teria de aguentar até a 140th Street agarrando-se a uma alça o melhor que podia, pois seus braços eram curtos e ela precisava se esticar toda para segurar a alça. Assim que o ônibus se pôs em movimento, seus pés começaram a doer, rebelando-se contra os oxfords novos. Pois o couro duro apertava tanto seus joanetes que eles queimavam e latejavam de dor, forçando-a a dividir o peso entre um pé e outro no esforço de aliviá-los.

Podem continuar doendo, ela pensou soturnamente, pois não importa pelo que teria de passar, não importa quanto dinheiro lhe custasse, ela não deixaria Jones expulsá-la. Ela ia para a frente e para trás enquanto o ônibus balançava, tentando afastar o pensamento da dor que sentia nos pés, repetindo com determinação: "E eu não vou ser chutada pra fora".

Que gentileza da parte da sra. Hedges dizer onde podia encontrar um curandeiro, Min pensou. Mas, agora que estava realmente a caminho de se consultar com ele, ela se sentia um pouco culpada. O pastor da igreja que frequentava certamente desaprovaria, porque, aos seus olhos, se envolver com um curandeiro era tão bom quanto dizer que os poderes das trevas eram mais fortes que os poderes da Igreja. Embora não fosse muito à igreja, pois geralmente tinha de trabalhar aos domingos, pensar no pastor a perturbou. Mas ele não precisava saber que ela estava indo, Min concluiu. Além disso, até o pastor deve saber que existem coisas com as quais a Igreja não pode lidar, não tem recursos para tanto. E era esse o caso – uma situação que nem suas orações podiam resolver.

Ela desceu desajeitadamente do ônibus na 140th Street, pondo seu peso nos pés com cautela para protegê-los da breve pontada de dor que qualquer movimento repentino e descuidado causaria. Antes de descer todos os degraus, ela já podia ver a placa do curandeiro e acabou esbarrando nos passageiros que esperavam para embarcar. Alguém pisou nos pés dela e de imediato os dedos quentes da dor agarraram seus joanetes, subindo pelas pernas e pelas coxas, fazendo-a prender a respiração bruscamente.

Então ela olhou para a placa e se esqueceu da dor. Ficava bem na esquina, como a sra. Hedges havia dito – uma placa grande que piscava, brilhando e sumindo no escuro, de forma que ela pensou que as palavras "David, o Profeta" eram como uma mão quente e amiga acenando para que ela saísse do frio. Min ficou olhando para a placa por tanto tempo que seus olhos começaram a piscar, abrindo e fechando, como a placa. Então ele era um profeta de verdade. Ela pensou que a sra. Hedges tinha inventado essa parte de ele ser um profeta. Era bom, pois ele poderia lhe dizer como seu futuro seria.

Parada diante da loja, Min não encontrou um lugar muito grande, mas havia uma vitrine larga, brilhando de tão limpa. Ela parou para ver os objetos dispostos na vitrine. Alguns eram familiares, mas a maioria ela nunca tinha visto e podia apenas conjecturar as formas como eram usados. Velas coloridas, incensórios, raízes estranhamente retorcidas, caixinhas com pós finos, livros dos sonhos, livros de números da sorte, medalhões, miniaturas de macacos e elefantes, alguns pés de coelho, pelo de macaco e castiçais de todos os tamanhos e formas. Também havia muitas imagens da Virgem Maria, iluminadas por luzes vermelhas. E eram tantas as imagens e as luzes que acabavam lançando um brilho cor-de-rosa na calçada.

Ela tentou ver o interior da loja, mas uma cortina na vitrine e outra na porta bloqueavam bem sua visão. Lembrando-se do conselho da sra. Hedges, ela pegou parte das notas da bolsa e, abrindo o casaco, enfiou-as bem fundo no vestido. Então abriu a porta.

O ar lá dentro era carregado com o cheiro de incenso, e ela viu que o cheiro vinha de um queimador em cima do balcão que ia de um lado a outro em uma parte da pequena loja. Sua primeira impressão confusa foi que o lugar estava cheio de gente, mas um segundo e cuidadoso olhar revelou que cinco ou seis mulheres estavam sentadas em cadeiras alinhadas na longa parede oposta ao balcão. Havia três mulheres diante do balcão e ela foi andando na direção delas imensamente desapontada porque o Profeta não estava ali atrás do balcão, no lugar daquela jovem que atendia as clientes. Com sua aproximação, a menina olhou para cima e disse baixinho: "Sim?".

Min notou que os olhos da garota eram amendoados e então olhou para o balcão. Havia um livro bem grosso em uma das pontas. O restante estava coberto de bandejas com pós brilhantes e coloridos – laranja, verde, roxo, amarelo, vermelho. Min olhou para os pós fascinada, notando o quão finos eram, imaginando para que serviriam e qual deles o Profeta lhe recomendaria. Ela se esqueceu da garota atrás do balcão.

"Sim?", a jovem repetiu.

Min se segurou no balcão, sem palavras, repentinamente amedrontada por ter ido mesmo até aquele lugar. Seu assombro a confundiu de tal forma que por um momento ela não conseguiu lembrar por que estava ali. Jones. Tinha a ver com Jones, e ela se soltou do balcão. "Vim ver o profeta David", ela disse com sua voz cantada, e as palavras saíram meio abafadas, então pareceu que estava sussurrando.

"Quer se sentar?" A garota apontou com a cabeça na direção da fileira de cadeiras no outro lado. "Aquelas senhoras também estão esperando pra ver o Profeta. Ele atende uma de cada vez."

Min se sentou ao lado de uma mulher de compleição clara cujo rosto era coberto de sardas e, olhando para ela, pensou, É melhor ter pele escura; muitas vezes essas mulheres de pele clara têm sardas por toda parte, parecem que foram marcadas pelos dedos do diabo. A mulher girava e girava a bolsa nas mãos, com gestos nervosos que por fim fizeram os olhos das outras mulheres seguirem o movimento constante e inquieto das mãos dela. Havia um pacote grande e estranhamente embrulhado em seu colo e, para continuar girando a bolsa nas mãos, ela tinha de ficar com os braços esticados, abraçando o pacote.

Por que ela não coloca o pacote numa cadeira em vez de ficar segurando no colo?, Min pensou. E tentou conjecturar o que havia ali dentro – seja lá o que fosse, o pacote se avolumava aqui e ali, e Min não conseguiu pensar em nada que pudesse ficar daquele jeito depois de ter sido embrulhado, então parou de pensar nisso. Ela se mexia impaciente na cadeira de encosto reto, pensando que ficar ali sentada daquele jeito esperando era o suficiente para levar uma pessoa à loucura. O pensamento que a assustou quando ela estava no balcão voltou de repente. Como ela pôde se atrever a ir até lá?

Era o primeiro gesto desafiador que ela fazia na vida. Até agora, sempre aceitou qualquer coisa que lhe acontecesse sem fazer nenhum esforço para evitar ou mudar uma situação. Naqueles anos que passou fazendo trabalhos domésticos em meio período, ela nunca fez nenhuma objeção contra as ações de seus empregadores cruelmente indiferentes. Ela se deixou sobrecarregar com a lavagem de roupa de uma família inteira quando a agência que a encaminhou para o trabalho havia especificado apenas "peças de uso pessoal". Quando a senhora acrescentou lençóis, toalhas, fronhas, camisas, colchas, cortinas – ela simplesmente se deixou ser enterrada embaixo daquelas pilhas enormes de roupa suja e levou dias para conseguir se livrar delas, sem ganhar nenhum dinheiro a mais pelo tempo extra de trabalho.

Em outros trabalhos, a tarefa de cuidar de inúmeras crianças foi adicionada, mesmo se o acordo original determinasse que ela deveria cozinhar e fazer uma limpeza superficial. A limpeza superficial aumentava mais e mais até incluir a lavagem das janelas, das paredes e encerar o chão. Algumas de suas patroas eram mulheres descaradamente cínicas que riam na cara dela quando lhe davam mais trabalho; agindo como se ela fosse uma coisa surda, burra, cega completamente desprovida de entendimento, mas apta a trabalhar, trabalhar, trabalhar. Foram anos e anos assim.

Ela não protestou nem uma vez. Nem uma vez, Min pensava com orgulho, ela tinha deixado um emprego, não importava a quantidade de trabalho que tivesse de fazer ou o quão mal as pessoas a tratassem. Contanto que a pagassem, ela continuava, mesmo se voltassem atrás depois de ter lhe dado dias de folga, mesmo tendo de trabalhar aos domingos, sem poder ir à igreja, apesar de, quando começava em um trabalho, sempre deixar acordado que não trabalharia aos domingos. Dia após dia, até as pessoas se mudarem ou conseguirem outra pessoa. Ela nunca foi aquela que fazia a mudança acontecer.

O mesmo se deu com os vários maridos que Min teve. Eles tiraram dinheiro dela, abusaram dela e não deram nada em troca, mas ela nunca foi a pessoa que ia embora.

E lá estava ela sentada, esperando para ver o profeta David – cometendo um ato abertamente desafiador pela primeira vez na vida. E, pensando assim, Min se assustava com a própria audácia. Pois ir até lá daquele jeito, numa tentativa de evitar que Jones a expulsasse de casa, era realmente um esforço de sua parte para mudar uma situação. Não. Era melhor pensar que se tratava de um esforço para manter a situação como era antes. Quer dizer, ela estava tentando ficar na casa dele porque lá se via livre do jugo desta palavra: aluguel. Essa palavra que significava portas trancadas a cadeado com senhorias desbocadas paradas diante delas ou buracos de fechadura selados com oficiais agitando longos papéis brancos. Então ela pensou que, se Jones descobrisse que ela tinha ido até ali, ele tentaria matá-la, pois estava determinado a ter aquela jovem sra. Johnson.

Enquanto esperava, ela percebeu que as mulheres no balcão estavam havia um bom tempo olhando aquele livro grosso tão bem alinhado em cima do balcão. Elas viraram as páginas e falaram com a menina atrás do balcão antes de finalmente fazer um pedido.

Quando disseram para ela o que queriam, suas vozes tinham um tom firme e uma nota subjacente de triunfo. "Quinze centavos do 492." A menina pegava os pós em uma prateleira atrás dela ou de uma bandeja no balcão e então os pesava na balança. "Cinquenta centavos do 215"; ou: "Acho que 10 centavos do 319 vai servir".

Ouvindo aquelas mulheres, Min ficou cheia de inveja. Observou enquanto elas se afastavam do balcão com seus pacotinhos guardados em segurança na bolsa ou enfiados no fundo dos bolsos do casaco, e viu um tal brilho de satisfação no rosto delas que pensou que, se soubesse o que escolher, ela compraria também e voltaria para casa sem ter de esperar pelo Profeta. Mas ela não saberia como usar nenhum daqueles pós depois de comprá-los. Alguns, ela sabia, deviam ser espalhados pela casa, outros, misturados ao café ou ao chá, e outros tinham de ser queimados em incensórios como aqueles na vitrine, mas ela não sabia diferenciar um do outro. Não faria sentido algum olhar as páginas grossas daquele livro em cima do balcão, pois a mera visão de tantas letras impressas apenas a confundiria.

Então ela se esqueceu do livro quando uma mulher surgiu de trás das cortinas brancas penduradas no fundo da loja. Todas as mulheres sentadas nas cadeiras se mexeram ligeiramente quando viram o homem que seguiu a mulher, vindo de trás das cortinas. Ele era alto e usava um turbante branco na cabeça. A brancura do turbante acentuava o escuro de sua pele. Ele acenou na direção da fileira de cadeiras e a mulher sentada mais perto do fundo da loja se levantou e desapareceu por detrás das cortinas com ele. As cortinas baixaram com um movimento gracioso.

Como as outras, Min mudou de posição na cadeira quando o viu – mexendo os pés, inclinando-se para a frente e voltando a se encostar. Aquele lá deve ser o Profeta, ela pensou. Embora escutasse atentamente, ela não ouviu nenhum som vindo de trás das cortinas. Nenhum burburinho. Nada. O silêncio atrás das cortinas a perturbou tanto que ela desejou não ter ido até aquele lugar. Então, lembrando-se de que estava decidida a não ser expulsa, decidida a manter Jones longe da jovem sra. Johnson, ela cruzou as mãos sobre a bolsa, satisfeita em esperar a sua vez, determinada a concluir a ação que tinha começado.

Mas sua tranquilidade foi perturbada pela mulher sardenta sentada ao seu lado. A mulher continuou girando e girando a bolsa, para um lado e então para o outro, até que aqueles movimentos inquietos e constantes se tornaram insuportáveis.

Em desespero, Min se virou para a mulher. "Já veio aqui antes?", perguntou e viu com alívio que a bolsa ficou imóvel no colo da outra.

"Já", a mulher disse. "Venho uma vez por semana."

"Oh", Min tentou esconder sua decepção, tentou não deixá-la transparecer em seu rosto. "Pensei que, vindo uma vez, ele já podia resolver tudo numa viagem só." Ela não podia vir toda semana. Estava fora de questão, pois nunca ia a parte alguma à noite, e Jones desconfiaria e provavelmente ficaria mais maldoso do que nunca se ela começasse a sair sempre, quando nunca fez isso antes.

"Depende do que é", a mulher disse. "Algumas coisas não são fáceis. Meu caso não é fácil. O Profeta ajudou muito, mas as coisas não se resolveram ainda."

"Não?" Min esperava que, se ela se mostrasse interessada, mas não muito interessada, a mulher contaria sobre seu caso. Então ela poderia ter alguma ideia sobre o caso dela e de Jones – se teria de pagar por visitas semanais ao Profeta ou se apenas aquela já seria suficiente.

"Não", a mulher baixou levemente o tom de voz. "Sabe, Zeke, meu marido, deu um jeito de não ficar na cama à noite. Ele desaparece do nada. Vai pra cama como qualquer um e então, de repente, desaparece. Já passei a noite em claro e nunca consegui pegar o homem saindo. De manhã, ele aparece para o café e diz não saber nada daquilo de não ter passado a noite na cama. Diz que não sabe por onde andou, nem nada."

Min ouviu a mulher com a testa franzida. Achou que o marido a estava enganando. Provavelmente com outra mulher. "O Profeta não sabe como resolver isso?", ela perguntou e esperou impaciente pela resposta, começando a duvidar do poder do Profeta, começando até a questionar sua honestidade, pois pareceu-lhe que qualquer um podia ver que o marido estava enganando a mulher.

"Oh, sim, ele parou de desaparecer tanto. O Profeta deu um jeito nele", a mulher disse, ansiosa. "Mas ele diz que Zeke não está ajudando." Ela apontou para o pacote volumoso em seu colo. "O Profeta vai espargir os sapatos dele hoje. Ele adiou isso, mas disse que não tem mais o que fazer agora, já que Zeke não ajuda."

Min queria fazer mais perguntas, mas bem naquele momento o Profeta apareceu, vindo de trás das cortinas, e acenou para a mulher. Ela observou seu percurso até as cortinas brancas, pensando que talvez a sra. Hedges tivesse razão em não botar nenhuma fé em curandeiros, pois certamente a mulher das sardas não precisava vir aqui toda semana. Mas Min ficou feliz por ter falado com ela, pois, se após alguns minutos de conversa com o Profeta ela decidisse que ele só a estava ludibriando como obviamente fazia com aquela mulher, ora, então ela não lhe daria nenhum dinheiro – iria embora e procuraria outro curandeiro que fosse honesto.

Espargir os sapatos não levou muito tempo, Min pensou, pois, quando ela ergueu os olhos, a mulher sardenta surgia de trás das cortinas. Seu rosto estava iluminado por um sorriso tão alegre e radiante que Min não conseguiu parar de olhar para ela, pensando, Bem, seja lá do que o Profeta era capaz, ele merecia algum crédito por fazer aquela mulher desassossegada parecer tão feliz. O Profeta acenou na direção da fileira de cadeiras.

"É sua vez", disse a mulher gorda sentada ao lado dela.

Min caminhou em direção às cortinas no fundo da loja e, quanto mais perto chegava, mais fortemente desejava não ter vindo ou ter se levantado e ido para casa enquanto estava ali fora sentada esperando. Seu coração se pôs a pular de tal forma que ela começou a respirar pesado. Então as cortinas farfalharam, fechando-se atrás dela, e Min se encontrou numa saleta. O Profeta já estava ali sentado atrás de uma escrivaninha, olhando para ela.

"Você pode fechar a porta, por favor?", ele disse.

Ela se virou para fechar a porta, pensando, É por isso que não dá pra ouvir nada lá fora. Porque havia uma parede grossa atrás das cortinas, uma parede que ia até o teto, separando bem a saleta da loja. Com a porta fechada, nenhum som escapava.

Sentada diante do Profeta, ela percebeu que não conseguia olhar diretamente para ele, então ficou encarando seu turbante. Como acontecia com a sra. Hedges e aquele lenço que ela usava o tempo todo, não dava para saber que tipo ou cor de cabelo um acessório daqueles poderia esconder. E olhando para o turbante do Profeta, ela teve um pensamento repentino de que talvez a sra. Hedges usasse aquele lenço o tempo todo porque era careca. Devia haver algum motivo que explicasse por que nenhum morador do prédio nunca a vira sem o lenço.

"Você está passando dificuldade?", perguntou o profeta David.

Foi pior do que quando ela tentou começar a contar para a sra. Hedges. Ela se encolheu na cadeira, perguntando-se por que tinha pensado que seria capaz de contar a um estranho sobre Jones, a sra. Johnson e ela. Quanto mais pensava nisso, mais perdida ficava, até que por fim, em sua confusão de pensamentos, ela tirou os olhos do turbante e olhou diretamente para ele.

"Conte-me", ele a encorajou. Como ela não disse nada, o Profeta perguntou: "É seu marido?".

"Sim", ela disse ansiosa e parou de falar. O marido dela. Jones não era mais seu marido do que aqueles homens com quem ela viveu nesse meio-tempo. Min não via o marido fazia 25 anos. Ela tinha ficado com os outros porque uma mulher sozinha não tem muita chance; e porque era muito solitário viver sozinha em um cômodo alugado. Com um homem ao lado, ela podia morar em um apartamento – numa casa de verdade.

"Conte-me", o Profeta disse mais uma vez.

Se ele era um profeta, então deveria saber o que era sem que ela precisasse contar, Min pensou ressentida. Então o ressentimento a abandonou porque ele tinha um olhar profundo e seus olhos não continham aquele olhar de desprezo que Min estava acostumada a ver nos olhos das pessoas. Ele estava ali olhando para ela e seu jeito era tão calmo e tão paciente que, sem pensar muito a respeito, Min começou a falar. De repente, foi muito fácil dizer para o Profeta que ela nunca teve nada antes e contar sobre Jones e a sra. Johnson.

"E eu não vou ser chutada pra fora", ela concluiu num tom desafiador. Então completou: "Foi por isso que vim procurá-lo. Pra você me dar alguma coisa que possa resolver a situação e então eu não serei chutada pra fora".

"O que é mais importante? Você não ser expulsa de sua casa ou Jones esquecer a jovem?"

Min olhou para ele, pensando bem. "As duas coisas", ela disse por fim. "Porque, se ele perde o gosto pela sra. Johnson, ele não me põe pra fora."

"Uma coisa depende da outra. É isso?"

"Sim."

"A maioria dessas coisas depende." O Profeta fechou as mãos, colocando a ponta dos dedos nas palmas, e encarou-as.

Min seguiu a direção dos olhos dele e viu que suas mãos eram longas, os dedos flexíveis. A pele das mãos dele era tão macia quanto a de seu rosto. O Profeta olhou atentamente para ela uma ou duas vezes e então voltou a estudar as mãos.

"Posso dar um jeito de você não ser expulsa", ele disse por fim. "Vou ver o que posso fazer pra tirar a jovem da cabeça de Jones, mas não prometo resultado."

Ele se levantou para abrir as portas de madeira de um armário que ficava bem atrás da escrivaninha. Suas prateleiras eram repletas de frascos, garrafas e pequenos pacotes.

"Ele bebe café de manhã?", o Profeta perguntou por cima do ombro.

"Sim."

Ele encheu um frasquinho de vidro com um líquido bem vermelho. O frasco era tão pequeno que ele teve de usar um conta-gotas para enchê-lo. Depois colocou um pó verde-claro em uma caixa de papelão quadrada, e, observando-o, Min ficou um pouco desapontada, pois era um pó opaco, não brilhante como aqueles no balcão lá fora. Ele pôs duas velas brancas atarracadas em cima da escrivaninha e, esticando o braço bem fundo no armário, pegou uma cruz que segurou com cuidado entre as mãos por um momento e deixou ao lado das velas.

Sentado atrás da escrivaninha, ele disse: "Essas coisas e a consulta vão custar 10 dólares. Não darei nenhuma garantia sobre a jovem. Mas posso garantir que você não vai ser expulsa. Está tudo bem assim?".

Min abriu a bolsa, tirou duas notas velhas de 5 dólares e as depositou sobre a escrivaninha. O Profeta dobrou as notas e enfiou no bolso do colete.

"Agora ouça com atenção. Toda manhã, pingue uma gota desse líquido vermelho no café dele. Só uma gota. Não mais que isso." Quando Min indicou que tinha entendido, ele continuou: "Toda noite, às dez em ponto, acenda essas velas por cinco minutos. Você deve limpar o apartamento todos os dias. Limpe bem, até não sobrar nem um cisco. Limpe os cantos. As prateleiras dos armários. Os parapeitos das janelas".

Min pensou na poeira nos cantos da soleira do guarda-roupa – as tábuas rústicas e lascadas pareciam atraí-la. E havia a gordura que ela deixara acumular no fogão. A fuligem nos parapeitos das janelas. Ela daria um jeito em tudo isso assim que chegasse em casa.

Ele apontou para a cruz com um de seus longos dedos. "Isso aqui", ele disse, "vai resguardar você à noite. Pendure bem em cima da sua cama. E o pó", ele se inclinou em sua direção e começou a falar mais devagar, "é muito poderoso. Você só vai precisar de uma pitada por vez. Tenha sempre um pouco com você porque, se Jones tentar colocar você pra fora, esse pó vai impedi-lo. Jogue um pouco do pó no chão se Jones ficar violento, e ele não vai se atrever a encostar em você".

A cruz, as velas e o frasquinho com o líquido vermelho formaram um bom pacote, pois o Profeta pôs tudo numa caixa de papelão e a embrulhou com um papel branco. Ele entregou para Min a caixinha com o pó. "Guarde no bolso do seu casaco", ele ordenou, "porque você talvez precise dele hoje à noite. Passe no balcão na saída, e a garota vai te dar um conta-gotas."

"Oh, obrigada", ela disse. "Você não sabe o que fez por mim".

Então ele a cumprimentou com um aperto de mão e Min pensou que falar com ele foi a experiência mais satisfatória que já teve na vida. É verdade, o homem não falou muito, a não ser no final, quando lhe disse como usar as coisas. A satisfação que ela sentiu foi pela forma como ele a ouviu, em silêncio e com toda a atenção. Ninguém tinha feito isso antes. Os médicos que ela via de vez em quando na clínica eram bruscos, apressados, impacientes. Mesmo quando faziam perguntas – dói aqui? dói sempre? seus sapatos estão no tamanho certo? –, eles não se concentravam nela como uma pessoa. Eles olhavam os pés dela, mas não como se lhe pertencessem e fossem, portanto, diferentes, individuais, por serem dela. Tudo o que eles viam era um par de pés com joanetes inchados e dolorosos – pés de preto. As palavras se mostravam na expressão deles. Mesmo com os médicos de cor, ela se sentia humilhada, pesarosa.

Nem Jones, quando estava de bom humor, nunca a escutava. Ela podia muito bem nem estar ali. Sempre que ela falava, a cabeça dele estava em outra coisa, algo que o fazia fechar a cara e morder os lábios. E as patroas dela. E as patroas dela – baixas, gordas, nervosas, calmas, bêbadas –, nenhuma jamais a ouviu quando ela falava. Elas davam ordens para algum ponto acima de sua cabeça, de forma que às vezes Min se sentia tentada a olhar para cima para ver se havia outra cabeça sobre a cabeça dela – uma cabeça que cresceu nela sem seu conhecimento. E, no momento em que começava a responder, elas viravam a cara. Nas poucas vezes em que teve chance de conversar com o pastor na igreja, ele a interrompia com: "Todos temos nossos problemas, irmã. Todos temos nossos problemas". E então ele também virava a cara.

Mas aquele homem a ouviu com interesse e, enquanto ela falava, nenhuma vez ele desviou o olhar, então, quando ela saiu de trás das cortinas brancas, a satisfação por sua escuta atenta, o triunfo por possuir meios reais de controlar Jones, faziam seu rosto brilhar. As mulheres à espera nas cadeiras lá fora olharam para ela e Min passou por elas despreocupada, pois conseguiu o que tinha vindo buscar. E foi tudo simples, fácil e não tão caro quanto esperava.

No ônibus a caminho da 116th Street, Min decidiu que, sempre que soubesse de alguma pobre mulher em apuros, ela a mandaria para o profeta David. Era muito fácil falar com ele, seus olhos eram tão gentis, e o homem sabia o que estava fazendo. E, como a sra. Hedges foi a responsável por Min tê-lo encontrado, ela realmente devia fazer algo para retribuir. Agarrada à alça do ônibus, ela imaginou o que poderia ser. E pensou tanto nisso que passou a 116th Street e o ônibus já estava na 112th Street antes que se desse conta.

Min subiu a Eighth Avenue ainda pensando na sra. Hedges. Parou para olhar a vitrine de uma floricultura e entrou na loja.

"Quanto custam os cactos na louça cinza que estão na vitrine?", ela perguntou.

"Saem por 1 dólar e 25 centavos."

"Embrulhe um", ela pediu, e, quando o vendedor alcançou uma das plantas na vitrine, ela tirou dos seios o que restou do rolo de notas. Pegando 2 dólares, viu que não tinha sobrado muita coisa, mas o que recebeu em troca por ter gastado o dinheiro valia mais do que tinha pagado.

Havia uma luz fraca na sala da sra. Hedges, e, quando Min virou na esquina do prédio, a voz dela veio da janela: "Resolveu suas coisas, querida?", ela perguntou.

"Resolvi, sim", Min disse. Sua voz estava tão cheia de vida e confiança que a sra. Hedges a encarou maravilhada. "Vi que a senhora gosta de plantas", ela continuou. "Então trouxe um presentinho." Ela entregou o pacote para a sra. Hedges.

"Que gentileza a sua, querida." A sra. Hedges se inclinou para pegar a planta, esperando para ouvir sobre o profeta David. Mas Min se apressou na direção da porta do prédio. Havia tanta energia e firmeza em seu jeito de andar que as sobrancelhas da sra. Hedges se ergueram enquanto ela esticava o pescoço para vê-la melhor.

Jones, que cochilava na poltrona ao lado do rádio, ouviu a chave de Min se encaixando na fechadura. Era o som pelo qual estava esperando, então ele se levantou da cadeira e se espreguiçou no meio da sala para despertar completamente. O cachorro também se levantou, erguendo as orelhas com o estalo da fechadura.

Era o som que ele estava esperando para ouvir, mas esse som atingiu suas orelhas com uma altura ofensiva e decisiva. Em geral, a chave de Min era timidamente enfiada na fechadura, com um movimento vago e hesitante, e, quando a fechadura finalmente encaixou em seu lugar, ela ficou ali parada por um segundo, como que perplexa pelo som que a fechadura fez. A chave foi enfiada com segurança na fechadura, e a porta se abriu logo depois. Jones franziu a testa enquanto ouvia porque, além de tudo, Min bateu a porta. Deixou-a escapar de sua mão com uma batida que ecoou pelo apartamento e no corredor lá fora, podendo até ser ouvida indistintamente nas escadas.

Suas ações não habituais o surpreenderam tanto que, quando ela entrou na sala, em vez de começar a enxotar Min e sua mesa imediatamente, Jones se pegou dizendo: "Por onde você andou?".

"Por aí", ela disse e entrou no quarto.

E Jones voltou a se sentar, chocado com o pensamento de que ela poderia ter saído na companhia de outro homem. Ele cerrou o punho lentamente e então relaxou os dedos até que sua mão descansasse solta no braço da poltrona. Lá estava ele pensando em Min de novo quando quem ele queria era Lutie. E Lutie nem sequer olharia para ele enquanto Min estivesse ali. Jones viu Lutie mais uma vez em sua imaginação – suas pernas longas e acastanhadas, a forma como seus seios aguçados despontavam por baixo do tecido da roupa. O pensamento fez Jones andar a passos largos na direção do quarto, as mãos coçando para agredir Min. Até seu pé coçava, ele pensou, pois ele iria meter o pé bem naquele traseiro largo e sem forma dela.

Min estava soltando seu chapéu de coroa alta, olhando-se no espelho sobre a cômoda enquanto puxava os longos alfinetes. Havia algo tão presunçoso e exultante nela, e seu rosto sem graça e achatado refletido no espelho era tão feio que a visão dela ali sentada olhando a si mesma com satisfação fez uma onda de fúria atravessá-lo.

Jones avançou para cima dela e viu seus olhos se mexendo no espelho. Ele virou a cabeça para ver o que ela estava olhando, era alguma coisa que devia estar perto da cama, e ele seguiu a direção do olhar dela. Quando Jones viu aquela cruz grande e dourada pendurada sobre a cabeceira, ele ficou paralisado. Era como um dedo acusador apontando para ele.

Quase no mesmo instante, ele começou a se afastar da visão daquela cruz, voltando para a sala, onde não dava para ver aquilo. Embora não acreditasse em religião e nunca fosse à igreja, embora só tivesse desprezo pelas pessoas que se queixavam de seus pecados e passavam os domingos implorando perdão, ele nunca foi capaz de se livrar de um medo que o assombrava, um medo do castigo sobre o qual ouvira falar na infância. Um castigo, por exemplo, reservado aos homens que cobiçavam mulheres – um homem como ele.

Assim, para Jones, uma cruz era um objeto assustador e desagradável, pois era um símbolo de poder. A cruz se misturava em sua cabeça com os espíritos malignos e os poderes das trevas que era capaz de evocar contra aqueles que desrespeitavam as leis da Igreja. Foi o medo do mal que a cruz podia conjurar que forçou Jones a sair do quarto e o fez voltar a se sentar na poltrona.

Jones cobriu os olhos com as mãos, pois lhe parecia que a grande cruz dourada estava pendurada bem diante dele, e não sobre a cabeceira da cama, onde ele a vira antes. Ele resmungou baixinho e se levantou uma vez para chutar violentamente o cachorro, então voltou a se sentar.

No quarto, Min sorria enquanto se curvava para acender as velas brancas e grossas que ela havia colocado em cima da cômoda, uma de cada lado.

6

Havia sempre uma porção de gente na frente do Junto Bar & Grill na 116th Street, pois no inverno fazia frio na rua. O vento soprava montes da neve que se acumulava no meio-fio por semanas, escurecendo aos poucos com a fuligem até não poder mais ser reconhecida como neve, parecendo antes uma erupção escura que surgiu da própria rua.

Conforme os dias frios se sucediam apressados, um no encalço do outro, a superfície dos montes congelados ia ficando incrustada de sacos de lixo, sapatos velhos, jornais, cordões de espartilhos. O entulho congelado e o vento gélido faziam da rua um lugar desolador no inverno, e as pessoas encontravam algum abrigo na frente do Junto, onde a luz que escapava das janelas e a música do jukebox criavam um oásis de calor.

No verão, a rua ficava quente e empoeirada, sem nenhuma árvore para fazer sombra, de forma que o sol se refletia diretamente nas calçadas de concreto e nos prédios de alvenaria. O interior dos prédios quase fumegava; os corredores escuros mais pareciam fornos. Até os corrimãos das escadas mais altas eram mornos ao toque.

Com a temperatura subindo cada vez mais, as pessoas da rua ficavam fora de casa porque o interior dos prédios era insuportável. Os adultos relaxando nas cadeiras na frente dos prédios e as crianças seminuas brincando nas calçadas transformavam a rua em uma sala de estar ao ar livre. E porque as pessoas se punham a dormir nos telhados, saídas de incêndio e bancos de praças, a rua também se transformava em um enorme quarto ao ar livre.

As mesmas pessoas que encontravam abrigo na frente do Junto no inverno permaneciam ali no verão. Na verdade, havia mais gente no verão, pois o zunido dos ventiladores e o som do gelo tilintando em copos altos alcançavam a rua, criando uma ilusão de frescor.

Assim, fosse inverno ou verão, as pessoas se amontoavam na frente do Junto desde que suas portas se abriam bem cedo pela manhã até se fecharem com firmeza atrás do último bêbado do bar na manhã seguinte.

Os homens que não trabalhavam – que jamais tiveram um emprego e nunca teriam – ficavam na frente do bar pela manhã. Conforme o dia avançava até a tarde, a eles se juntavam os homens que colhiam apostas e aqueles que trabalhavam no turno da noite em fábricas e depósitos. À noite, a calçada transbordava de homens que operavam elevadores, limpavam prédios e varriam o chão do metrô.

Todos eles – os desocupados e os exauridos depois de um dia de trabalho – encontravam uma trégua e nova energia dentro ou diante das portas do Junto, que servia como um clube ou lugar de encontro. Do lado de fora, um homem podia ficar sabendo de todas as notícias do dia: as pontuações do beisebol, o número que deu na loto, as últimas fofocas da vizinhança. Os interessados em mulheres podiam fazer uma avaliação acurada das garotas que passavam em suas saias apertadas e curtas. Um beberrão de bolsos vazios sabia que, ficando ali por tempo suficiente, logo chegaria um amigo com dinheiro e se ofereceria para lhe pagar uma bebida. E um homem solitário que não estivesse interessado em bebida ou mulheres podia aproveitar algo do calor e das risadas que escapavam do bar para a rua.

O interior do Junto também estava sempre lotado, pois os barmen brancos em seus casacos imaculados recebiam os clientes com muita afabilidade. Sua simpatia cortês aquecia os corações e ajudava a recuperar egos magoados e maltratados no curso de um dia de trabalho.

O Junto representava algo inteiramente diferente para as mulheres da rua, e esse significado dependia em grande medida de sua idade. Mulheres mais velhas que passavam por ali se arrastando exibiam carrancas ferozes, as pesadas sacolas de compras balançando nos braços, de forma que os maços de aipo e de mostarda que carregavam pareciam tremer de raiva diante da visão das portas do Junto. Algumas dessas mulheres paravam para resmungar o ódio que sentiam pelo lugar, sacudindo os punhos num repentino acesso de cólera, então os homens ali na calçada se aproximavam uns dos outros, formando uma ilha protetora com os ombros, falando e rindo mais alto, de forma a apartar o som e a vista das mais velhas.

Mulheres jovens a caminho de casa depois do trabalho – sujas, cansadas, deprimidas – ansiavam pelo momento em que trocariam de roupa e se dirigiriam àquela graciosa amplidão do Junto. Elas se vestiam às presas em seus quartos escuros e minúsculos, tão impacientes pela luz suave, a música e a diversão que as esperavam que acabavam se atrapalhando em sua afobação.

Pois as jovens sentiam um desejo faminto por companhia, e o Junto oferecia homens de todos os tamanhos e atributos: homens elegantes e bem-vestidos que ganhavam a vida como coletadores de apostas; homens mais bem-vestidos e mais bem-apessoados que lucravam ainda mais com o fornecimento de mulheres para um mercado bem aquecido; estivadores enormes e encardidos que eram dados a repentinas explosões de generosidade; empregados da Pullman[3] em jornadas noturnas, vindos de Washington, Chicago, Boston; e, por volta do primeiro dia do mês, marinheiros e soldados abastecidos de notas novinhas em folha.

Por outro lado, algumas dessas jovens frequentavam o Junto apenas pelo desejo ávido de ver e ouvir outras pessoas jovens e porque o silêncio rastejante que se ouvia sob o som estridente de rádios e das brigas embriagadas nos outros quartos não era mais tolerável.

Lutie Johnson era uma delas, pois não ia até o Junto para fisgar um homem ou para saciar uma sede compulsiva e constante.

3 Fundada em 1867, a Pullman Palace Car Company foi uma empresa ferroviária que contratava exclusivamente trabalhadores negros para executar tarefas como carregar bagagens, engraxar sapatos, limpar as cabines dos trens e servir os passageiros.

Ela ia até lá para, por um momento, poder capturar a ilusão de que possuía algumas das coisas que lhe faltavam.

Enquanto se apressava até o Junto, ela reconheceu o fato de que não podia pagar por um copo de cerveja no bar. Sairia mais barato comprar uma garrafa na *delicatessen* e beber em casa, se cerveja fosse o que ela queria. Mas a cerveja era incidental, não tinha importância. Ela estava em busca das outras coisas que o Junto oferecia: o som das risadas, o burburinho das conversas, a visão das pessoas e as luzes brilhantes, o resplendor do grande espelho, a música ritmada do jukebox.

Uma vez lá dentro, Lutie hesitou, tentando decidir se deveria ficar em pé no balcão lotado, buscar um lugar para se sentar sozinha em uma das mesinhas que ficavam no meio do bar ou em algum dos reservados nas laterais. Ela se virou abruptamente para o longo balcão, pensando que necessitava de pessoas ao seu redor esta noite, ainda que fosse aquela multidão espremida no balcão.

As pessoas estavam ali pelo mesmo motivo que ela – porque não suportariam passar uma noite sozinhas em algum quartinho escuro; porque não suportariam encarar aquilo que podiam vislumbrar do futuro enquanto ouviam o rádio ou tentavam ler o jornal da noite.

"Uma cerveja, por favor", ela pediu ao barman.

Havia garrafas enfileiradas nas prateleiras em cada um dos lados do grande espelho que ficava atrás do balcão. As garrafas refletiam no espelho e, olhando para o reflexo, Lutie percebeu que seu tamanho era aumentado, e que brilhavam tanto a ponto de dar a impressão de terem sido preenchidas com ouro derretido.

Lutie estudou a si mesma e as pessoas no balcão para ver que mudanças o espelho fabricava nelas. Havia em todas uma alegria e um charme prazenteiros. Lutie, ela mesma, se achou mais jovem – muito jovem e feliz – refletida naquele espelho.

Seus olhos vagaram pelo bar, que cintilava no espelho. Havia nas pessoas um tipo de entusiasmo. Em todas elas, exceto pelo velho Junto, que estava sentando sozinho numa mesa perto dos fundos do bar.

Lutie olhou para ele uma e outra vez, pois seu reflexo no espelho a fascinava. De alguma forma, mesmo àquela distância, sua figura atarracada era capaz de dominar o bar inteiro. Isso se devia, ela pensou, ao volume dos ombros dele, que eram totalmente desproporcionais em comparação ao restante do corpo.

Sempre que Lutie ia até lá, o homem estava sentado na mesma mesa com a mão em concha atrás da orelha como se para ouvir o som da caixa registradora; ficava ali sentado sozinho observando tudo – os clientes, os barmen, os garçons. Por uma mera fração de segundo, seus olhos encontraram os de Lutie no espelho e ele virou o rosto.

Então ela se esqueceu do homem, pois o jukebox no canto mais distante do bar começou a tocar *Swing It, Sister*. Lutie cantarolou enquanto ouvia a música, sem nem se dar conta de que cantarolava ou por que fazia isso, apenas ciente de que se sentia livre ali, onde havia tanto espaço.

O grande espelho diante dela fazia do Junto um lugar enorme, ampliando as paredes ao infinito. Refletia as luzes do teto e a iluminação que brilhava nos cantos do bar. Emprestava um brilho rosado aos homens e mulheres no balcão; punha em seu devido lugar aquele mundo das pias de cozinha de outras pessoas e destruía a existência de ruas imundas e cômodos escuros.

Lutie terminou sua cerveja com uma golada demorada. O gosto bom e amargo ainda estava em sua boca quando o garçom lhe estendeu uma nota.

"Vou beber mais uma", ela disse num tom suave.

Não importa quanto custava, as pessoas tinham de frequentar lugares como o Junto, ela pensou. Elas tinham de substituir os silêncios perturbadores daqueles cômodos alugados e apartamentos minúsculos pelo murmúrio de vozes, pelo som de risadas; tinham de esvaziar dois ou três copos de líquidos dourados para que pudessem voltar a acreditar em si mesmas.

Lutie franziu a testa. Bastavam duas cervejas e os filmes de Bub para arruinar o orçamento que ela havia planejado com tanto cuidado. Se fizesse aquilo com mais frequência, não havia razão para ter um orçamento – pois seria impossível orçar algo que não tinha.

Por um breve momento, Lutie tentou vislumbrar o futuro. Ainda não conseguia ver nada – não conseguia ver nada além da 116th Street e um trabalho que mal pagava por comida, aluguel e um punhado de roupas. Ano após ano nessa mesma situação. Ela tentou reconquistar a autoconfiança que havia sentido à tarde, mas esse sentimento se recusava a retornar, pois ela estava revoltada com a lembrança de dia após dia de trabalho e noite após noite aprisionada naquele apartamento que, por mais que se esfregasse, nunca ficava realmente limpo.

Ela empurrou o copo, que deixou um anel molhado no balcão, e voltou a empurrar, tentando sobrepor os anéis. A temperatura estava agradável no Junto, as luzes eram suaves e a música que vinha do jukebox era boa. Ela ouvia atentamente o disco. Tocava *Darlin'* e, quando o vocal fez uma pausa, Lutie começou a cantar: *There's no sun, darlin'. There's no fun, darlin'.*[4]

Os homens e mulheres apinhados no balcão pararam de beber para observar Lutie. A voz dela continha um traço de tristeza que ressaltava a importância da música e fazia a canção contar uma história que não era contada em sua letra – uma história de desespero, de solidão, de frustração. Uma história que todas aquelas pessoas sabiam de cor e sempre souberam, pois haviam aprendido logo que nasceram e continuariam escrevendo até o dia de sua morte.

Um pouco depois do fim do disco, a voz dela se deteve em uma nota tão baixa e sustentada por tanto tempo que era impossível dizer onde parou. Houve um momento de silêncio no balcão, então copos foram levantados, os barmen voltaram a devolver os trocos e a abrir garrafas, as conversas foram retomadas.

O barman lhe estendeu outra nota. Ela a pegou com um gesto mecânico e a colocou em cima da primeira, segurando os papéis soltos na mão. Já tinha bebido dois copos e era melhor que fosse embora antes de ceder e pedir outro. Lutie calçou as luvas lentamente, passando as notas de uma mão para a outra, querendo se demorar naquele bar de teto alto onde não havia silêncios sombrios nem cantos escuros; pensando que deveria ter feito a cerveja durar mais, com goles cuidadosos em vez de goladas gananciosas que fizeram a bebida desaparecer tão rápido.

4 Balada composta por Lucky Millinder (1910-1966) e Frances Kraft Reckling (1906-1987), gravada pela primeira vez em 1944. A improvisação de Lutie ("Não faz sol, querida/ A vida não tem alegria, querida"), no entanto, não corresponde exatamente à letra da canção (*There'll be no play/ Until the day*).

A mão de um homem se fechou sobre a dela, pegando gentilmente as duas notas. “Deixa comigo”, disse uma voz ao pé do ouvido de Lutie.

Ela olhou para a mão dele. As unhas eram limpas, aparadas. Havia uma fina camada de base nelas. A pele era macia. Era o tipo de homem que ganhava a vida de alguma forma que não demandava o uso e a destruição de suas mãos. Lutie olhou no espelho e viu que o homem que havia pegado as duas notas estava bem atrás dela.

Seu sobretudo marrom estava aberto, de forma que Lutie conseguiu vislumbrar um terno marrom e uma camisa marrom-clara. Os olhos do homem encontraram os dela no espelho e ele disse: “Você é cantora profissional?”.

Lutie estava ciente de que o velho Junto a estudava pelo espelho e voltou o olhar para o homem atrás dela. Ele estava esperando para descobrir se Lutie o ignoraria ou responderia à pergunta dele. Teria sido tão simples se ela pudesse dizer com franqueza que tudo o que desejava era alguma companhia, alguém para rir junto, para conversar, alguém que a levaria para lugares como o Junto e ao cinema sem que ela precisasse pensar nos custos – apenas isso, mais nada; e então explicar logo de uma vez que ela não podia se casar porque não tinha se divorciado e que nada do que o homem pudesse oferecer a convenceria a se deitar com ele.

Estava fora de questão dizer qualquer uma dessas coisas. E nem fazia sentido puxar essa conversa, pois, quando descobrisse – e acabaria descobrindo eventualmente – que Lutie não iria dormir com ele, o homem desapareceria. Levaria uma semana ou um mês, mas tudo acabaria assim.

Não. Não fazia sentido responder a ele. O que ela devia fazer era pegar as notas da mão dele sem falar nada e ir para casa. Ir para casa e lavar um par de meias para ela, mais um par de meias e uma camisa para Bub. Lutie passava noite após noite assim e, até onde sabia, a mesma coisa a aguardava no futuro. Haveria os três cômodos com aquele silêncio e as paredes opressoras...

“Não, não sou”, ela disse e se virou para encará-lo. “Nunca pensei em tentar.” E soube que, enquanto dizia isso, de qualquer maneira as paredes já a teriam derrotado ou ela teria derrotado as paredes, de qualquer maneira.

"Sabe, você podia tentar", ele disse. "Aceita mais uma bebida?"
"Cerveja, por favor." Ela hesitou e então falou: "Você quer dizer que acha que eu poderia ganhar a vida cantando?".
"Claro. Você tem o tipo de voz que faz muito sucesso." Ele abriu espaço com os cotovelos atrás dela no balcão. "Cerveja para a senhorita", ele disse para o barman. "E o de sempre pra mim." Ele se inclinou, aproximando-se de Lutie: "Eu sei do que estou falando. Minha banda toca no Casino".
"Ah", ela disse. "Você é..."
"Boots Smith." O homem disse antes que ela pudesse terminar a frase. E o olhar que lançava para o rosto de Lutie era tão astuto, tão intenso, que ela logo pensou nos tordos que tinha visto no gramado dos Chandler em Lyme, e no gato esguio, todo espichado, sorrateiro, atento à sua presa. A imagem piscou em sua cabeça e se esvaiu, pois o homem disse: "Quer tentar com a banda amanhã à noite?".
"Você quer dizer cantar num baile? Sem ensaio?"
"Apareça às dez e tentamos algo. Para ver como nos saímos."
Lutie estava segurando o copo de cerveja com tanta força que podia sentir seu relevo nos dedos e o soltou, com medo de quebrá-lo ao meio. Não podia evitar transparecer a animação que borbulhou dentro dela; não conseguia cessar o fluxo dos planos que corriam em seus pensamentos. Trabalhar como cantora significaria que ela e Bub podiam ir embora da 116th Street. Ela podia conseguir um apartamento em algum lugar que tivesse árvores, onde as ruas fossem limpas e os quartos, iluminados. Não haveria mais nenhuma preocupação com o aluguel e contas de gás, e ela poderia estar em casa quando Bub voltasse da escola.
O homem estava tão perto dela, observando-a com tanta intenção, que mais uma vez ela pensou num gato se esgueirando pela grama, à espreita, lento, mal mexendo a grama e se aproximando cada vez mais.
A única diferença na técnica era que ele tinha posto uma isca diante de Lutie – uma isca suculenta e tentadora. E estava esperando para ver se ela morderia ou se ele teria de usar uma isca diferente.
Lutie tentou pensar friamente na proposta. A voz dela não era melhor nem pior do que a voz das mulheres que cantavam

com suas bandas no rádio. Era apenas uma voz mediana e boa que, com algum treinamento, podia muito bem ser melhor que a média. Provavelmente ele só tinha lançado essa oferta repentina com a esperança de que ela mordesse a isca.

Mas ela não morderia. Ela iria engolir a isca toda de uma vez e voltar para buscar mais até acabar se tornando a vocalista da banda dele. Lutie se virou e olhou para o homem a fim de estudá-lo para aumentar suas chances.

O rosto dele era rígido, firme, inescrupuloso. Havia uma cicatriz longa e fina na bochecha esquerda. Uma linha escura que se destacava bem contra o marrom-escuro da pele. E ela pensou que em algum momento alguém deve ter achado insuportável aquela falta de escrúpulos e em desespero tentou fazer algo a respeito. Ele era esbelto e tinha ombros largos e, enquanto descansava ali, com o braço no balcão e os músculos relaxados, Lutie pensou mais uma vez em um gato se esgueirando sorrateiro atrás de sua presa.

Não havia nenhuma expressão nos olhos dele, nenhuma gentileza, nada que pudesse indicar que aquele homem se preocuparia em levantar um dedo sequer para ajudar alguém a não ser ele mesmo. Não seria fácil usá-lo. Mas Lutie queria tanto aquilo que ela queria que decidiu se arriscar.

"Venha, vamos dar o fora daqui", o homem sugeriu. Ele empurrou uma nota de 10 dólares novinha para o garçom e sorriu para ela enquanto aguardava o troco, obviamente satisfeito com o que havia lido em seu rosto. Lutie notou que, embora sua boca estivesse curvada para cima quando ele sorriu, seus olhos continuaram sem expressão, e ela pensou que ele devia ter perdido totalmente o jeito de sorrir de verdade.

Ele a conduziu para a rua com a mão embaixo do cotovelo dela. "Quer dar um passeio?", ele perguntou. "Ainda tenho três horas pra matar antes do trabalho."

"Eu adoraria", ela disse.

A Eighth Avenue era repleta de lojas. E enquanto caminhavam na direção da 117th Street, Lutie olhava para cada uma das lojas de perto, reagindo de forma tão violenta quanto se nunca as tivesse visto antes. Todas ofereciam um contraste chocante e repentino com o interior grande e suavemente iluminado do Junto.

Nas vitrines dos açougues havia grandes pilhas de pés e tripas de porco, pescoços, estômagos, rabos de boi, bucho – todas as partes que não custavam muito porque não ofereciam muita carne, ela pensou. Os armarinhos eram uma confusão de meias vermelho-escuras, bolsas de couro falso, lingeries de raiom cafonas com bainhas grosseiras de renda amarela, blusas de segunda mão – em sua maioria, coisas boas para usar uma vez e nunca mais, pois a lingerie iria desbotar e desfiar depois da primeira lavagem e as bolsas começariam a se desintegrar depois de terem sido abertas e fechadas algumas vezes.

Laranjas e batatas-doces mirradas, couves e quiabos murchos se empilhavam nas bancas de verdura – frutas e vegetais passados, maduros e machucados. Lutie olhou de soslaio para Boots, que caminhava sorrateiro e silencioso como um gato atrás dela.

Foi bom ela ter passado por aquelas lojinhas ordinárias na companhia de Boots Smith, pois a visão delas fortaleceu sua determinação de deixar ruas daquele tipo para trás – ruas escuras repletas de figuras sombrias que carregavam consigo o horror dos lugares em que viviam, lugares como seu próprio apartamento. De outra forma, ela teria ficado com medo dele.

Lutie pensou nas lojas mais uma vez. Todas elas – os açougues, os armarinhos, as bancas de vegetais –, todas elas vendiam as sobras, os refugos, as mercadorias impossíveis de vender, as raspas e os restos especialmente reservados para o Harlem.

Ainda assim, apesar da comida ruim, as pessoas continuavam vivendo e se reproduzindo. A maioria das crianças tinha bons ossos e dentes brancos e fortes. Mas era impossível continuar desse jeito. Até mesmo a herança mais forte cederia um dia. Bub era saudável, robusto e forte, mas não poderia seguir assim se continuasse vivendo naquele lugar.

"Eu nunca vi você no Junto antes, boneca", Boots Smith disse.

"Não vou muito lá", Lutie falou. Havia algo levemente desdenhoso na forma como ele disse "boneca". Ele falou arrastado e a palavra escapuliu de sua boca num tom casual e desembaraçado, como se "boneca" fosse o termo sempre à mão que ele dispensava às mulheres.

Então, ainda pensando nas lojas e em seus produtos, ela disse: "Vendo as carnes nessas vitrines, muito me admira que as pessoas no Harlem ainda estejam vivas".

"Elas não precisam comer isso", ele disse com indiferença.

"E o que vão fazer? Parar de comer?"

"Se fizerem um bom dinheiro, não precisam comer essas coisas."

"Mas é justamente isso. A maioria não ganha dinheiro suficiente pra comprar coisa melhor."

"Se você souber como, dá pra fazer muito dinheiro no Harlem."

"Claro", ela disse. "Dinheiro nasce em árvore. É só chacoalhar e pronto."

"Veja, boneca", ele disse. "Não estou interessado no que as pessoas fazem pra comer ou no que comem. Agora só o que me interessa é você."

Ambos ficaram em silêncio depois disso. Então era possível fazer muito dinheiro no Harlem. Lutie supôs que sim, se as pessoas estivessem dispostas a ganhar esse dinheiro fazendo coisas que as deixassem dois passos fora da lei. De outra forma, precisavam suportar uma existência miserável.

Eles viraram na 117th Street e Lutie se perguntou se um passeio com Boots significava pegar um táxi ou se ele teria um carro. Se havia tanto dinheiro voando pela cidade, então era de supor que tivesse um carro próprio. Então, quando Boots abriu a porta de um automóvel estacionado próximo ao meio-fio, Lutie não ficou muito surpresa com aquele carro grande, brilhoso e com ar de caro. Pelo menos foi o que ela pensou, vendo o estofado de couro vermelho, os pneus com faixas brancas e a capota, que podia ser aberta no tempo quente.

Ela entrou no carro, pensando, Esse é o tipo de carro que a gente vê nos filmes, o tipo que passa por você cheio de atrevimento na Park Avenue, o tipo que fica estacionado na frente daquelas lojas pomposas da Fifth Avenue, onde um porteiro todo enfeitado com galões e botões de cobre abre a porta para as pessoas. As garotas que saltam de carros como esse levam casacos de pele pendurados desajeitadamente nos ombros e usam cachecóis de zibelina jogados por cima de tailleurs justos de lã.

Esse é um mundo cheio de contrastes, ela pensou, e, se sua parte mais rica precisava ser cercada para que pessoas como ela pudessem apenas olhar sem nenhuma expectativa de poder entrar, então seria melhor ter nascido cega para não ver, ter nascido surda para não ouvir e ter nascido sem tato para não poder sentir. Melhor ainda, seria melhor ter nascido sem cérebro para ser uma pessoa completamente alheia a qualquer coisa, que nunca saberia que existem lugares repletos de luz do sol e boa comida, onde as crianças vivem em segurança.

Boots deu a partida no carro e por um momento ficou tão perto de Lutie que ela pôde sentir o cheiro de loção pós-barba que ele usava e um cheiro suave e frutado do uísque que tinha bebido. Lutie não se afastou dele; ela simplesmente o encarou com uma espécie de surpresa fria que o fez se atrapalhar com a embreagem. Então o carro se afastou do meio-fio.

Ele seguiu para o norte. "Temos tempo de subir uma boa parte do Hudson. Tudo bem?"

"Tudo bem. Faz anos que não venho pra esses lados."

"Faz tempo que você mora em Nova York, boneca?"

"Nasci aqui." E em seguida Boots perguntaria se ela era casada. Lutie não sabia qual seria sua resposta.

Porque agora ela queria algo, e isso fazia a diferença. Lutie sabia exatamente como a coisa se daria – como um padrão que se repetia uma e outra vez ou como o início de uma refeição. A mesa posta com faca, garfo e colheres, o guardanapo à esquerda do garfo e o copo d'água na ponta da faca. Apenas em algumas ocasiões o copo era fino e delicado e o guardanapo, em vez de papel, era feito de um linho grosso, brilhando depois de ter sido passado ainda úmido com um ferro quente; e a faca e o garfo eram de prata, não aqueles de inox com cabo vermelho que se encontravam na loja de variedades.

Boots disse que havia muito dinheiro no Harlem, então evidentemente aquele era um caso do tipo copo fino, guardanapo grosso, porcelana cara e prataria polida. Mas o padrão era o mesmo. A sopa seria retirada e o prato principal seria trazido. Lutie sempre se curvava quando o prato principal era servido, mas dessa vez tinha de descobrir como protelar o prato principal, como fazer parecer que o recebia bem, e ainda assim não partilhar dele, continuando a brincar com a comida até que finalmente conseguisse ser lançada como cantora.

Eles já haviam deixado o Harlem antes que ela pudesse se

dar conta de que era noite de lua cheia – uma lua pálida e distante, apesar do tamanho. Conforme seguiam rumo ao norte, passando pelas ruas comerciais, e logo deixando Manhattan, Lutie pensou que as ruas ali tinham uma aparência fria e deserta. Os prédios pelos quais passavam estavam escuros. O céu só podia ser visto por cima dos prédios e, assim, também parecia distante. E os prédios assomavam sombrios contra o céu.

Então eles se encontraram em uma estrada de concreto cinza e esbranquiçada que serpenteava à luz do luar. Estavam indo cada vez mais rápido. E ela sentiu que Boots Smith não tinha uma relação qualquer com aquele carro veloz. Ele não era só um negro dirigindo um carro em um ritmo descontrolado. Boots perdia toda a noção de tempo e espaço conforme o carro mergulhava na noite fria e clara.

O ato de dirigir aquele carro o fazia se sentir como um ser poderoso capaz de conquistar o mundo, vencendo as ladeiras e acelerando na descida. Era como brincar de Deus, ordenando que tudo ao redor despertasse e ouvisse seu comando. As pessoas dormindo nas casas de campo brancas estavam à mercê do ronco de seu motor que atravessava a noite. O barulho deixava essas pessoas meio acordadas – perturbadas, inquietas. O gado nos estábulos se mexia em protesto, as galinhas se reviravam em seus poleiros e, antes que pudessem analisar o som que os despertara, ele já tinha ido embora – adentrando cada vez mais a noite.

Lutie sabia também que esse era o motivo pelo qual as pessoas brancas desdenhavam quando pessoas negras as ultrapassavam nas rodovias, com um "Esses pretos ficam loucos num carro" no olhar. Pois sentiam que os homens negros tinham de passar por elas rugindo, tinham de se sentir iguais e superiores por um breve momento; tinham de se arriscar nas curvas e ladeiras, pois assim seriam mais capazes de encarar um mundo que tentava a todo custo fazer esses homens sentirem que não pertenciam, que eram inferiores.

Porque, naquele momento em que ultrapassavam um homem branco num carro, eles podiam se sentir bem, e essa sensação boa duraria o suficiente para que pudessem ficar de cabeça erguida até o dia seguinte e no dia depois dele. E as pessoas brancas nos carros odiavam isso porque... – a mente dela vacilou nesse pensamento e então continuou – ... porque talvez elas precisassem também continuar a se sentir superiores. Pois, se não se sentissem assim, isso prejudicaria o delicado equilíbrio do mundo no qual transitavam, quando pudessem ver por si mesmas que um homem negro em um carro potente podia ultrapassá-las em uma ladeira. Porque, se nada mais sobrasse para elas além daquela coisa de se sentirem superiores às pessoas negras, algo que lhes era tomado naquela fração de segundo em que um carro ultrapassava o outro, as pessoas brancas não teriam mais nada.

Ela parou de encarar a estrada e voltou o olhar para Boots. Ele estava debruçado sobre o volante, com as mãos bem fechadas nas laterais. Sim, ela pensou, nesse momento ele se esquecia de que era negro. Nesse momento e no ato de conduzir esse carro a toda a velocidade pela noite, ele está compensando muitas das coisas que lhe aconteceram e o tornaram o homem que ele é. Ele está provando todo tipo de coisas para si mesmo.

"Você é casada, boneca?", ele perguntou. Sua voz ressoou alta por cima do ronco do motor. Boots não olhou para ela. Seus olhos estavam fixos na estrada. Depois de ter feito a pergunta, ele acelerou o carro.

"Sou separada", Lutie respondeu. Foi estranho quando ele fez a pergunta, pois a resposta dela estava na ponta da língua. E foi uma resposta verdadeira, a resposta certa, que não ergueu nenhuma barreira para o próximo passo – a retirada dos pratos de sopa, o momento de servir o prato principal. E também não acelerou o processo.

"Pensei que fosse casada", ele disse. "Nunca encontrei uma lindeza assim sem dono."

Lutie não viu razão para dizer a ele que não pertencia a ninguém; que ela e Jim estavam tão separados quanto se estivessem divorciados, e que a separação não resultou de alguma briga repentina, mas de um rompimento óbvio que durou anos. Lutie não mencionou Bub de propósito, pois Boots Smith obviamente não era o tipo de homem que sustentaria até mesmo um interesse passageiro por uma mulher que fosse mãe de uma criança de 8 anos de idade. E, sem dizer nada sobre Bub, ela sentiu como se o tivesse tirado de sua vida, rejeitado o filho.

Boots diminuiu a velocidade quando eles passaram por Poughkeepsie, parando apenas o tempo necessário para pagar o guarda na entrada da Mid-Hudson Bridge. Uma vez no outro lado do rio, Lutie se deu conta da proximidade das montanhas, pois a lua as recortava nitidamente contra o céu. As elevações pareciam subir mais e mais alto acima de sua cabeça.

"Não gosto de montanhas", ela disse.

"Por quê?"

"Tenho a impressão de que elas estão vindo pra cima de mim. É só uma ideia louca", ela completou depressa, pois relutava diante da possibilidade de Boots perceber o menor indício da sensação de aprisionamento que ela sentia quando não havia um bom espaço vazio ao redor.

"Talvez seja por isso que você canta tão bem", ele disse. "Você sente as coisas com mais força que os outros." E então: "Que músicas você conhece?".

"As mais famosas. *Night and Day*. *Darlin'*. *Hurry Up, Sammy* e *Let's Go Home*."

"Foi difícil aprender?"

"Não. Nunca tentei aprender as músicas, só memorizei de ouvir no rádio."

"Você precisa aprender algumas novas", ele conduziu o carro para o acostamento e estacionou em um lugar onde havia uma vista livre para o rio.

O rio era bem largo naquele ponto e Lutie se aproximou de Boots para ter uma vista melhor. As águas estavam silenciosas, embora ela pudesse ver a direção de seu fluxo entre as grandes montanhas que as ladeavam. Esse rio correu assim silencioso por anos, ela pensou. E continuaria assim para sempre – silencioso, forte, ciente de onde estava indo e sem parar diante de tempestades, pontes ou fábricas. E isso era o que estava havendo de errado com ela naquelas últimas semanas – ela não sabia para onde estava indo. Provavelmente nunca soube, na verdade. Mas, se pudesse cantar, trabalhar com afinco nisso, estudar e realmente chegar a algum lugar, ela teria alguma direção na vida – e saberia para onde estava indo.

"Não sei como você se chama, boneca", Boots disse num tom suave.

"Lutie Johnson."

"Sra. Lutie Johnson", Boots disse lentamente. "Belo nome. Belo, belíssimo."

A maneira suave e satisfeita com que ele disse essas palavras deixou Lutie bem alerta para o fato de que não havia nem uma casa à vista e que nenhum carro passara na estrada desde que eles haviam estacionado. Ela não tinha entrado por acaso nessa situação. Tinha pulado de cabeça, mordendo com avidez a isca que Boots balançara à sua frente, pois atingira um tal estado de desespero que teria se agarrado a uma palha se isso pudesse oferecer meios de tirar Bub e a si mesma daquela rua.

Conforme seu rosto duro e inescrupuloso se aproximava cada vez mais do rosto dela, Lutie se lembrou de que tudo o que sabia de Boots era que ele tinha uma banda, dirigia um carro caro e acreditava que havia montes de dinheiro no Harlem. E ela saiu correndo e saltitando até o carro dele, dando gritinhos de alegria. Até o momento, não havia lhe ocorrido que, do ponto de vista de Boots, ela era uma garota fácil.

Quando ele virou o rosto dela em direção ao seu, Lutie sentiu a dureza de suas mãos por baixo das luvas de camurça que ele usava. Boots a encarou por um longo momento. "Bela, belíssima", ele repetiu e se inclinou para beijá-la.

Ela procurou alguma maneira plausível de frustrá-lo sem ofender. E não conseguiu pensar em nada. Ele a segurava tão firme e sua boca era tão insistente e brutal que Lutie se revirou para se livrar dos braços dele, sem se importar com o que o homem poderia pensar, apenas com a intenção de escapar daquelas mãos e boca cruéis.

O relógio do painel marcava nove horas. Lutie sentiu vontade de afagá-lo em agradecimento.

"Você vai se atrasar", ela disse, apontando para o relógio.

"Diabos!", ele murmurou e alcançou a chave na ignição.

7

Eles voltaram pela Storm King Highway. "É o caminho mais rápido", ele explicou. "Mas é melhor você se segurar firme, boneca." A estrada, sinuosa, girava e girava, para lá e para cá, a ponto de deixá-la tonta. Eles faziam todas aquelas curvas abruptas tão rápido que Lutie teve de se segurar na porta com as duas mãos para não ser lançada contra Boots.

Ele parecia ter se esquecido de que ela estava sentada ao seu lado. Lutie percebeu que ele estava jogando um jogo perigoso e audacioso – pagando para ver o quão rápido podia dirigir por aquelas curvas repentinas e enjoativas sem capotar o carro. Boots mantinha os olhos na estrada, que serpenteava para lá e para cá diante deles. E levava um meio sorriso no rosto, como que se divertindo com os riscos que corria. Conforme o balanço aumentava, ela começou a acreditar que o carro se mantinha na estrada apenas porque Boots o forçava.

Os faróis iluminavam as placas que ladeavam a estrada. "Estrada sinuosa. Diminua a velocidade"; "Cuidado: pedras na estrada". Ela perdeu o interesse em qualquer desafio que Boots estivesse lançando para as montanhas altas lá em cima e para o rio embaixo. Se eles caíssem no rio, Bub jamais saberia o que teria acontecido com ela. Ninguém saberia. O carro iria afundar, afundar no rio que o engoliria em silêncio e seguiria calmamente seu rumo em direção ao mar. Ou aquelas elevações enormes poderiam cuspir de repente montanhas de rochas e esmagá-los.

Lutie pensou no apartamento em que morava com um acesso de afeição repentino, pois era melhor estar lá viva do que enterrada no fundo daquele rio silencioso ou presa embaixo de um monte de pedras na estrada.

Então eles começaram a descer. Quando a estrada se endireitou em uma ampla rodovia de concreto, Lutie relaxou no banco. O trânsito estava escasso. Eles só passaram por um veículo ocasional e um caminhão pesado e carregado.

"Como você consegue gasolina?", ela perguntou.

"Pagando mais. Tem bastante gasolina por aí se você souber onde procurar."

Sim, ele sabia aonde ir para conseguir gasolina e o que mais quisesse. E sabia onde e como conseguir dinheiro para pagar. O dinheiro fazia toda a diferença em relação às coisas que você podia ter e àquelas que lhe eram negadas – até mesmo gasolina racionada. Mas havia algumas coisas... "Por que você não serviu no Exército?", ela perguntou.

"Quem... eu?" Ele jogou a cabeça para trás e pela primeira vez riu alto – um som suave e sarcástico que preencheu o carro. O pensamento o divertiu tanto que ele continuou gargalhando até ser incapaz de falar. "Você acha que eu me meteria nessa enrascada?"

"Mas por que você não foi recrutado?", ela insistiu.

Boots se virou para ela e franziu a testa. A longa cicatriz em sua bochecha parecia mais nítida do que Lutie se lembrava. "Um probleminha no ouvido", ele disse, e sua voz soou tão desagradável que Lutie não comentou nada a respeito.

Conforme se aproximavam da parte alta do Bronx, ele diminuiu a velocidade, mas não o suficiente. Em algum lugar atrás deles, ouviu-se um apito estridente.

Um policial de motocicleta ultrapassou o carro rugindo e acenou para que eles estacionassem no meio-fio. "Estão indo apagar um incêndio?", ele perguntou.

Ele deu uma espiada dentro do carro e Lutie percebeu que seu rosto enrijeceu de leve. Isso significava que o policial havia percebido que eles eram negros. Lutie esperou as próximas palavras do policial com uma sensação de estremecimento, pensando que aquilo era como ter uma ferida antiga que nunca sarou, ver alguém vindo em sua direção prestes a bater na ferida e perceber que já é tarde demais para se esquivar, e então aquela horrível fração de segundo em que você espera pelo impacto, antecipando a dor e tremendo diante dela antes mesmo de começar a doer.

A boca do policial se retorceu em uma linha terrível. "Vocês..."

"Desculpe, senhor", Boots interrompeu. "Minha banda vai tocar no Casino hoje. Estou atrasado e pisei fundo. Eu já devia estar lá faz meia hora." Ele pegou a carteira de um bolso interno, oferecendo um cartão e sua licença de motorista para o policial.

A expressão do policial suavizou. Quando devolveu a licença e o cartão para Boots, o homem quase sorriu. Lutie percebeu que ele segurava algo mais na mão. Era uma nota, mas ela não conseguiu ver o valor.

O policial olhou para ela. "Não sei se posso culpar você por estar atrasado, camarada", insinuou. "Bem, até a próxima."

E ele foi embora. Até com policiais o dinheiro faz diferença, ela pensou. Ainda que você seja negro, faz diferença – não tanto, mas o suficiente para tornar sua posse importante. O dinheiro podia transformar um suicídio em um acidente com arma de fogo; aparentemente podia livrar Boots do Exército, pois ela não acreditou naquele negócio de ele ter um problema no ouvido. Boots agiu de forma muito estranha quando comentou o assunto.

O dinheiro podia fazer um policial branco quase sorrir durante a abordagem de um homem negro que foi surpreendido dirigindo em alta velocidade. Era a única coisa que podia tirar Bub e ela daquela rua. E a falta de dinheiro manteria os dois lá para sempre. Lutie reafirmou sua intenção de usar Boots Smith. De alguma forma, ela conseguiria se esquivar daquelas mãos grossas e ávidas sem ofendê-lo até conseguir assinar um contrato para cantar com a banda dele. Depois de assinado o contrato, ela poderia lhe dizer abertamente que não estava nem um pouco interessada em conhecê-lo melhor.

Lutie contemplou esse objetivo com satisfação, e aquele velho sentimento de autoconfiança se elevou dentro dela. Ela era capaz de conseguir o que queria e faria isso.

Boots deu partida no carro. "Estou muito atrasado, vou ter que deixar você na 135th Street, em frente ao Casino." Ele ficou em silêncio por um momento e então perguntou: "Onde você mora, boneca?".

"Na 116th Street. Não fica longe do Junto."

Eles permaneceram em silêncio durante o restante do caminho até o Centro. Boots aproveitou cada abertura no trânsito, mal esperando que os semáforos ficassem verdes, passando por eles enquanto ficavam vermelhos nos cruzamentos.

Ele parou o carro entre as placas de proibido estacionar na frente do Casino. "Espero você amanhã à noite, boneca", ele disse. "Apareça lá pelas dez e você pode passar algumas coisas com a banda."

"Está bem." Ela saiu do carro sem esperar que ele abrisse a porta.

"Use um vestido longo, hein?", ele disse, saiu do carro e se aproximou dela na calçada.

Quando Boots começou a enlaçar a cintura de Lutie, ela sorriu para ele e se afastou. "Boa noite", ela disse por cima do ombro.

Boots ficou olhando para Lutie até ela alcançar a esquina. "Bela, belíssima", disse num tom suave e virou-se para o Casino.

Lutie atravessou a Seventh Avenue pensando que no dia seguinte, naquela hora, ela saberia se poderia deixar a 116th Street ou se continuaria morando lá. E foi tomada pela dúvida. Nunca na vida ela havia cantado com uma banda, nem sabia as técnicas de cantar em um microfone – e se não conseguisse?

Um ônibus de dois andares da Fifth Avenue parou ruidosamente em um ponto na esquina. Discutindo consigo mesma, Lutie subiu os degraus estreitos até o andar de cima. Dez centavos por uma passagem era pura extravagância. Mas não importava muito, pois Boots havia pagado a cerveja que ela bebeu no Junto, então seu orçamento não tinha sido tão reduzido quanto ela havia antecipado. Mas o ônibus da Eighth Avenue só custava 5 centavos. Sim, e ela teria de fazer o trajeto até sua casa a pé; além disso, economizar 5 centavos não fazia tanta diferença.

O ônibus começou a descer a rua com um ranger de marchas, estrondos e gemidos que Lutie imediatamente comparou com o movimento veloz e silencioso do carro de Boots. Ele podia gastar dinheiro sem preocupação. Nunca precisou parar e calcular a diferença de preço entre dois meios de transporte.

Ela começou a compará-lo com Jim. Havia um traço de crueldade em Boots que se mostrava abertamente em seu rosto. O rosto de Jim era franco, honesto, jovem. Pensando bem, quando ela e Jim se casaram, parecia que eles teriam um casamento feliz e bem-sucedido. Eram jovens e se amavam bastante para tanto. Mas voltavam sempre ao mesmo ponto. Jim não conseguia arranjar um emprego.

Então, dia após dia, mês após mês, aquele Jim forte e de ombros largos se desfazia em pedaços porque não tinha um trabalho e não conseguia nada na vida. Ele se acostumou a encarar o fato de que não podia sustentar a esposa e o filho. E isso o devorou. Lentamente, mordida por mordida, isso abalou sua confiança em si mesmo até ele não conseguir suportar mais. E acabou conquistando uma mulher, de forma que, naqueles momentos em que se agarrava a ela na cama, ele pudesse provar que ainda era necessário, querido. Seu amor-próprio era momentaneamente restaurado por meio do desejo que aquela mulher sentia por ele. E assim Jim também pôde escapar da triste monotonia de sua existência.

Lutie examinou essa linha de pensamento com cuidado, um pouco surpresa ao perceber que de alguma forma nos últimos anos ela tinha parado de odiá-lo, finalmente alcançando um ponto em que podia pensar nele de forma objetiva. O que aconteceu com eles foi em parte culpa dela, Lutie supunha. Será que foi mesmo? Eles conseguiam viver da renda das crianças adotadas naquela casa no Jamaica, e eles perderam as crianças por culpa dela.

Lutie começou a repassar tudo, passo a passo. A mãe de Jim morreu quando Bub não tinha nem 2 anos. A casa era hipotecada e a hipoteca tinha de ser paga.

"Não precisamos nos preocupar com nada, Lutie", Jim dissera. "Minha mãe deixou mil dólares do seguro."

Então ele passou a não se esforçar tanto para conseguir um emprego. E de alguma forma os mil dólares se esvaíram – os juros da hipoteca, os impostos, a conta de gás e de luz devoraram o dinheiro. O funeral da mãe dele levou 350 dólares da quantia. Eles precisavam de roupas e de comida.

Seis meses depois do funeral, já não havia dinheiro no banco. Ela encontrou a caderneta em cima da mesa da cozinha. Suas páginas estavam perfeitamente perfuradas com as palavras

"Conta encerrada". Onde devia constar o saldo da conta, havia uma bela fileira de zeros. Jim começou uma busca séria por trabalho e não conseguiu encontrar nada.

Por fim, eles foram até o Harlem para consultar o pai dela. Era domingo – um dia quente de primavera. Irene, sua namorada da vez, serviu cerveja e eles se sentaram na mesa da cozinha para beber.

"Vocês têm a casa", o pai disse. Ele falava lentamente, como se estivesse refletindo profundamente. "Vou dizer o que vocês devem fazer. Adotem umas crianças. O Estado paga uns 5 dólares por cabeça toda semana. Vocês conseguem quatro ou cinco e podem viver com esse dinheiro."

Lutie bebia a cerveja e pensava na casa. Havia um cômodo inacabado no sótão e três quartinhos no segundo andar. Se pusessem duas crianças em cada quarto, poderiam ficar com seis – seis vezes cinco seriam 30 dólares por semana.

"Ele tem razão, Jim", ela disse. "Seriam 30 contos por semana." Lutie deu uma golada na cerveja. "Dá pra viver com isso."

Havia uma papelada para preencher e fiscais para satisfazer, mas por fim as crianças chegaram. Lutie ficou surpresa com a facilidade da coisa. Surpresa e um tanto desgostosa, pois o arranjo deles não era completamente honesto. Eles tinham garantido que Jim trabalhava no Harlem e um amigo confirmou a informação quando foram verificar. Então o Estado não sabia que as crianças eram sua única fonte de renda. E isso a deixou apreensiva, pois não parecia muito certo que dois adultos e uma criança vivessem à custa do dinheiro que supostamente devia ser usado apenas com as crianças do Estado.

Lutie teve de se esforçar muito para manter o orçamento. Ela tentava cozinhar refeições boas e apetitosas, o que significava passar a maior parte do tempo em busca de barganhas nos mercados e preparando receitas complicadas e demoradas. Foi nessa época que ela aprendeu tudo sobre sopas, ensopados, feijões cozidos e caçarolas, inventando receitas novas com massas e espaguetes.

Não havia mais nada além de trabalho, trabalho, trabalho – manhã, tarde e noite –, fazendo pão, lavando e passando, cuidando das crianças e limpando a casa. A assistente social costumava elogiá-la: “Sra. Johnson, a senhora faz um trabalho maravilhoso. A casa e as crianças estão impecáveis”.

Lutie tinha de morder os lábios para evitar dizer que aquela não era nem metade da história. Ela sabia que estava fazendo um bom trabalho, alimentando oito pessoas com o dinheiro de cinco e ainda tirando o valor do aluguel na barganha. De tal forma que, à noite, ela não conseguia dormir sem ver formas dançando diante dos olhos, e quando despertava pela manhã estava tão cansada que daria qualquer coisa só para ficar ali deitada na cama em vez de ter de se levantar para cozinhar enormes quantidades de mingau, que era mais em conta e satisfazia bem, e andar doze quadras para conseguir leite mais barato na cooperativa.

Lutie ouvia “barato”, “barato”, “barato” acordada ou dormindo. A palavra dominava todos os seus pensamentos. Cortes baratos de carne, sabão em barra barato, fermento a granel porque era barato, batatas comuns porque eram baratas e sustentavam, suco de tomate em vez de suco de laranja porque era mais barato; e ela nem passava os lençóis para economizar energia. Eles iam para a cama mais cedo para baixar a conta de luz. Jim fumava cachimbo, pois cigarros eram um luxo pelo qual não podiam pagar. Parecia-lhe que toda a vida deles girava em torno do valor das coisas e, com o passar das semanas, Lutie ficava um pouco mais nervosa, cada vez mais impaciente e irritável.

Por fim, Jim parou de procurar emprego. Mas na verdade ele ajudava com a casa – lavava roupa, fazia mercado, limpava. Porém, quando não tinha nada para fazer, ele lia jornais do dia anterior e ouvia o rádio ou se sentava ao lado do fogão para fumar seu cachimbo até Lutie sentir que, se tivesse de desviar daquelas pernas compridas dele mais uma vez, se sentisse mais uma baforada daquele cachimbo fedido, ela enlouqueceria.

Então seu pai quase foi pego comercializando sua bebida caseira e encerrou o negócio. Ele também não conseguia arranjar um emprego, de forma que não podia pagar o aluguel de seu apartamento, e uma noite, voltando para casa, encontrou uma daquelas longas notas de despejo embaixo da porta.

E ele foi até o Jamaica só para contar a ela.

“Você pode ficar aqui até as coisas melhorarem, se não se importar em dormir na sala”, ela ofereceu.

"Você não vai se arrepender, minha querida", ele disse afetuoso. "Vou recompensar você." Os lábios dele roçaram a bochecha de Lutie e ela sentiu um cheiro forte do uísque barato que ele andara bebendo.

Da pequena varanda envidraçada, ela observou o pai caminhando pelo quintal da frente. Ele não parecia ter envelhecido nada, seus ombros não haviam caído; seus passos eram firmes. Na verdade, sua postura ficava mais ereta a cada ano que se passava. Ela suspirou enquanto observava o pai atravessando a rua, indo em direção ao ponto de ônibus. E ele podia ficar cada vez mais ereto com o passar dos anos, mas bebia mais e mais conforme envelhecia.

À noite, depois do jantar, ela contou para Jim. "Meu pai foi despejado. Ele vai ficar com a gente."

"Ele não pode ficar aqui", Jim protestou. "O homem bebe sem parar. Ele não pode ficar aqui com essas crianças."

Lutie se lembrou de que, quando estava na pia da cozinha lavando louça, fez um movimento abrupto e derramou água nas pernas. Ela nunca vestia meias em casa porque era mais barato não usá-las e sentiu a água da louça morna e pegajosa nas pernas nuas, então fez uma careta e pensou mais uma vez na palavra "barato". Ela estava cansada e irritável e a menor coisinha a aborrecia.

Lutie não pôde evitar dar uma resposta a Jim e estava muito exausta para ser persuasiva, muito enfurecida com as críticas que fizera ao pai para deixar as coisas como estavam e tocar no assunto de novo mais tarde, quando o conduziria sem discussões, mostrando gentilmente que não havia mais nada a fazer.

"Ele é meu pai e não tem pra onde ir. Ele vai ficar aqui." Lutie usou um tom obstinado, despejando as palavras com franqueza e sem nenhum tato.

Jim se levantou da cadeira e ficou em pé diante dela com o jornal na mão. "Você é louca!", ele gritou.

Então os dois começaram a gritar. O pequeno cômodo vibrava com o som de sua raiva. Por tanto tempo eles tinham vivido à beira do nada que finalmente haviam chegado a um ponto em que nenhum dos dois era capaz de suportar qualquer oposição por parte do outro, não podiam nem iriam tolerar sequer a insinuação de estarem errados.

A briga terminou tão depressa quanto havia começado, pois ela disse num tom firme: "Tudo bem, eu sou louca". Sua voz estava cheia de raiva. "Mas ou meu pai fica aqui ou eu vou embora."

Então seu pai foi morar com eles. No início, ele sentia muito por estar ali e era tão discreto que ela apenas o percebia como uma figura quieta e grisalha que ia às compras, enxugava a louça e era gentil com as crianças. E Lutie pensou que a coisa estava funcionando às mil maravilhas. Jim, como sempre, estava enganado.

Depois das primeiras semanas, seu pai começou a beber sem disfarçar. Lutie o encontrava na porta da casa com um saco de papel pardo na mão. Saindo do banheiro, ele descia as escadas muito ereto e jantava com um humor cordial e expansivo, exalando um cheiro muito forte de uísque barato.

Ele implorou para que ela e Jim começassem a sair à noite. "Vocês não passam de duas crianças", ele disse, mexendo as mãos com altivez para enfatizar suas palavras e emprestar aos gestos a sensação de liberdade e alegria próprias dos jovens. "Não deviam ficar o dia inteiro presos em casa. Vamos, saiam e tirem um tempinho pra vocês dois. Eu cuido das crianças."

De alguma forma, ele sempre tinha algum dinheiro e tirava duas ou três notas velhas do bolso para metê-las nas mãos relutantes da filha. Quando ela protestava, sua resposta invariável era: "Ah, chame isso de aluguel, se quiser ser formal".

Jim e Lutie iam direto para o Harlem. A saída raramente incluía algo mais que uma noite bebendo cerveja na sala de alguém e dançando ao som de um rádio. Mas era como sair da prisão poder se esquecer de uma casa cheia de crianças e da falta de dinheiro. Às vezes, eles paravam no Junto Bar & Grill, não tanto para beber cerveja, mas para ouvir o jukebox e o fluxo rico e quente de conversas e risadas que se agitavam pelo lugar. Os sons alegres e animados dentro do Junto faziam ambos acreditarem que um dia eles poderiam entrar num mundo como aquele, onde ficariam para sempre.

De volta para casa, no metrô, Jim a abraçava e dizia: "Um dia eu vou compensar tudo isso pra você, Lutie. Espere e verá. Vou te dar tudo o que você sempre quis".

Apenas estar perto de Jim daquele jeito, sabendo que ambos pensavam a mesma coisa, calava o rugido e as investidas do trem, fazia os outros passageiros sumirem. Lutie voltava para casa sonhando com um tempo em que ela, Jim e Bub estariam juntos – seguros e sozinhos.

Eles sempre chegavam tarde em casa. E andando pela rua pequena e silenciosa em que moravam, passando pelas casinhas que pareciam se acotovelar umas contra as outras na escuridão, Lutie costumava imaginar que o mundo àquela hora pertencia a ela e a Jim. Apenas eles dois viajando sozinhos por um mundo adormecido. Era fácil acreditar nisso, pois não havia nenhum ruído, a não ser o som dos próprios passos na calçada.

Eles entravam na ponta dos pés na casa para não acordar o pai e as crianças. E sempre encontravam a sala com um cheiro forte de uísque.

"A casa está cheirando a boteco", ela dizia e soltava risadinhas enquanto subiam para o quarto. Porque, de alguma forma, o fato de ter saído um pouco e a hora avançada, a maneira furtiva como haviam entrado na casa, faziam Lutie se sentir jovem e despreocupada.

Enquanto subiam as escadas, Jim abraçou-a pela cintura. Seu silêncio e o volume de seus ombros no escuro transformavam a relação deles em algo misterioso e excitante, e Lutie sentia vontade de adiar o instante em que se deitaria nua ao lado dele na cama, desejando retardar e ao mesmo tempo apressar esse momento.

Eles iam ao Harlem duas ou três vezes na semana. Queriam ir de qualquer forma, e o pai dela facilitava muito as coisas, pois insistia que deviam ir e invariavelmente oferecia uma ou duas notas amassadas para financiar o passeio.

Até que toda a diversão acabou. Certa manhã, a sra. Griffin, vizinha deles, bateu bem cedo na porta da cozinha. A mulher estava tomada por uma indignação que projetava sua boca para a frente em um bico tão zangado que Lutie se preparou para ouvir algo realmente desagradável.

"Vocês estão fazendo uma barulheira danada de noite e meu marido e eu não conseguimos dormir", ela disse francamente.

"Barulheira?", Lutie a encarava, sem ter certeza de que tinha ouvido direito. "Que tipo de barulho?"

"E eu lá sei", ela disse. "Mas isso tem que acabar. É tanto barulho que parece uma grande festa. Noite passada, foi até altas horas. E meu marido disse que vai prestar queixa se não pararem com isso."

"Peço desculpas. Vou cuidar pra que não aconteça de novo", Lutie disse depressa, pois sabia do que se tratava. Seu pai estava dando festas enquanto eles iam para o Harlem.

Assim que a sra. Griffin foi embora de sua cozinha batendo a porta, Lutie perguntou ao pai sobre o caso.

"Festas?", ele disse inocente e franziu a testa como se estivesse tentando descobrir o que ela estava falando. "Eu não dei nenhuma festa. Uns amigos meus vieram algumas vezes. Mas não dei nenhuma festa." Sua voz parecia magoada.

"Vocês devem ter feito muito barulho", ela disse, ignorando as negativas do pai. "Temos que tomar cuidado, pai. Os vizinhos podem reclamar pros funcionários do Estado."

Depois disso, Lutie tentou acabar com as visitas ao Harlem. Mas Jim começou a suspeitar de forma inexplicável e violenta das dores de cabeça que surgiam de repente, pouco antes da partida deles, e das outras desculpas esfarrapadas que ela encontrava para não ir com ele. Lutie não podia dizer que estava com receio de ir e deixar o pai sozinho em casa.

"Você acha que eu sou muito maltrapilho pra sair comigo", Jim disse. E depois: "Ou conseguiu outro namorado?".

Lutie não engoliria seu orgulho para lhe contar sobre o pai, então eles continuaram a ir para o Harlem duas ou três vezes por semana. Além disso, toda vez que Jim dizia que ela tinha um namorado, a expressão dele ficava ressentida e amuada, e Lutie não podia suportar vê-lo daquele jeito, então parou de inventar desculpas e começou a fingir uma expectativa e um entusiasmo que não sentia pelos passeios que faziam.

Agora, na volta para casa, ela era tomada por um medo que a fazia caminhar mais e mais rápido, se apressando na direção da rua em que moravam em sua ânsia de se certificar de que a casa estava escura e quieta. Uma vez na cama, ela se revirava pelo resto da noite, esperando impaciente a chegada da manhã, quando os vizinhos logo a informariam se algo havia acontecido enquanto eles estiveram fora.

Lutie se lembrava vividamente da noite em que eles voltaram de seu passeio e encontraram a casa toda acesa. O estômago dela se revirou, pois havia um alvoroço tão grande lá dentro que podia ser ouvido do começo da rua. Conforme se aproximava da casa, Lutie viu que havia uma ou duas viaturas estacionadas em sua porta.

Eles entraram na sala e um policial disse com um sorriso cheio de sarcasmo: "Chegaram tarde, hein? A festa já acabou".

"Nós moramos aqui", Jim explicou.

"Jesus!" O policial cuspiu no chão. "Não admira que não deixem vocês morarem perto de gente decente."

O pai dela estava muito bêbado. Levantando-se do sofá, ele balançava de um lado para outro, mas conseguiu ficar bem ereto quando encontrou equilíbrio. A dignidade das reprovações que ele dirigia ao policial foi arruinada pelo fato de que a mulher gorda que estivera dependurada nele continuava a estender as duas mãos em sua direção. Ela estava tão bêbada que meio que sorria e meio que chorava ao mesmo tempo. As palavras dela saíam em uma torrente confusa: "Quenhé meu papai? Quenhé meu papai? Quenhé meu papai?".

"Você não tem nenhum direito de falar desse jeito com um cidadão", o pai dela disse, livrando-se das garras da mulher.

Lutie desviou o olhar do pai. A sala estava cheia de pessoas estranhas, uma confusão só, barulhenta e cheia de garrafas de uísque vazias. As crianças choravam no andar de cima.

Jim levou quase meia hora para convencer os policiais a não prenderem todo mundo, meia hora durante a qual Lutie viu seu orgulho e amor-próprio se esvaírem lentamente enquanto ele implorava, fingindo não ouvir as grosserias que os policiais diziam sobre aqueles "pretos cachaceiros".

Antes de irem embora, um dos policiais se virou para Jim. "Certo", ele disse. "Mas deixa eu te dizer uma coisa, garoto. Tudo isso aqui vai pro relatório."

Tudo o que Jim disse para ela naquela noite foi: "Foi você quem quis aquele vagabundo bêbado aqui. Espero que esteja satisfeita agora".

Na tarde seguinte, uma mulher branca com um ar desaprovador foi até lá e levou as crianças embora. "Elas não podem viver num lugar onde acontece esse tipo de coisa."

Lutie suplicou para a mulher, prometendo que tudo seria

diferente, que aquilo não aconteceria de novo se ela deixasse as crianças ficarem.

A mulher ficou impassível. "Essas crianças pertencem à sua própria raça, e, se você tivesse algum sentimento, não iria gostar que elas ficassem aqui", a mulher disse, saindo pela porta. Em menos de meia hora, ela já havia arrumado as crianças e as enfiava dentro de uma caminhonete. A mulher se movia com total competência, sem desperdiçar nenhum movimento.

Lutie ficou observando a mulher da varanda. Malditos brancos, ela pensou. Para o inferno com eles. E então – mas não é culpa dela. A culpa é sua. Sim, mas o pai veio morar aqui porque não conseguia um emprego e ela teve de adotar as crianças do Estado porque Jim não conseguia um emprego. Malditos brancos, Lutie repetiu.

A casa ficou muito quieta e vazia sem as crianças. Seu pai ficou andando para lá e para cá por um tempo, então pôs o chapéu e vestiu o casaco. "Tenho assuntos pra resolver no Harlem", ele explicou, sem olhar para ela.

Enquanto o dia se arrastava, Lutie pensava com muito receio naquilo que Jim diria quando voltasse para casa. Ele tinha saído cedo para procurar trabalho. Lutie esperava que dessa vez ele voltasse gingando todo triunfante por ter conseguido algo. Ela não parava de relembrar a forma como ele implorou para os policiais na noite anterior. Conseguir um emprego o faria se esquecer disso. Ele nem notaria a ausência das crianças.

Lutie alimentou e banhou Bub e o levou para dormir mais cedo que de costume. Era algo concreto a fazer. Ela continuou esperando o barulho da chave de Jim na fechadura. Quando ouviu um som fraco na porta da frente, já passava das nove e ela se apressou até o pequeno hall. Mas era seu pai, que pareceu envergonhado e pesaroso ao vê-la.

"Pai", ela disse, "agora que as crianças foram embora, você pode dormir num dos quartos".

"Certo", ele disse humildemente.

Lutie se despiu e foi para a cama, mas não conseguiu dormir. Ela se lembrou de como saiu da cama várias vezes para dar uma olhada na rua, espiando o relógio e tentando ouvir passos. Quando Jim finalmente chegou, às onze, Lutie não o ouviu até ele abrir a porta da frente. Ele subiu direto as escadas e ela acendeu a luz para que o marido soubesse que estava acordada.

Jim se deteve no corredor minúsculo e abriu a porta dos quartos – dos dois quartos. Ela esticou os ouvidos para ter alguma pista de sua reação quando visse que Bub estava em um dos quartos e o pai dela, no outro. Mas houve apenas silêncio.

Então ele se pôs diante da porta do quarto deles. Jim ainda estava de chapéu e sobretudo e sua visão encheu Lutie de raiva. Ele entrou no quarto e o cômodo foi preenchido pelo cheiro de gim barato. E, ela pensou, ele está fedendo a bebida. Então é assim que ele procura emprego – em bares, botecos e tavernas.

"Onde estão as crianças?", ele perguntou.

"Você jantou?", ela retrucou.

"Inferno – você ouviu o que eu perguntei. Onde estão as crianças?"

"Foram embora. A assistente social veio e levou as crianças embora de manhã."

"Acho que você sabia que eu teria que arranjar um trabalho se aqueles pirralhos fossem levados daqui. Que eu teria que sair e inventar um. Ou comprar, talvez."

"Ah, Jim, não...", ela protestou.

"Você sabia o que ia acontecer quando trouxe aquele beberrão pra dentro de casa."

Talvez se ela ficasse quieta e o deixasse esbravejar sem dizer nada, ele se cansasse e parasse com aquilo. Lutie mordeu o lábio, desviou os olhos dele e as palavras saíram sem controle: "Não fala do meu pai desse jeito".

"Ah, ele é um santo, não é?", ele zombou. "Ele e aquelas putas velhas com quem ele dorme. Eu não devo ser bom o bastante pra falar dele."

"Ah, cala a boca", ela disse exausta.

"Talvez seja de família. Talvez seja por isso que você deixou ele morar aqui. Porque descobriu que podia se livrar das crianças desse jeito. E daí teria mais tempo pra dormir com algum preto do Harlem em quem você anda de olho. É isso, não é?"

"Cala a boca!" Dessa vez ela gritou. E viu seu pai atravessando o corredor em silêncio com sua mala velha e surrada na mão. A visão chocou Lutie. Ele não tinha para onde ir, mas estava indo embora por causa do escândalo que ela e Jim estavam fazendo. "Oh, Jim", ela disse. "Não vamos brigar. Está tudo acabado. Não tem por que discutir assim."

"Ah, não? Isso é o que você pensa." Ele se inclinou por cima da cama. Os olhos dele estavam injetados, furiosos. "Eu devia encher você de porrada." E deu um tapa no rosto dela.

Lutie se viu fora da cama em um segundo. Ela pegou uma cadeira, a única que havia no quarto – de madeira e encosto reto. Ela havia pintado aquela cadeira com verniz amarelo pouco depois do casamento deles, quando dissera: "Jim, olha. Essa cadeira faz a luz do sol entrar no quarto".

Jim tinha olhado para ela agachada no chão, de pincel na mão, sorrindo para o marido com uma expressão radiante. Ele se inclinara e dera um beijo em sua testa, dizendo: "Querida, você é toda a luz que eu preciso na vida".

Era a mesma cadeira. E Lutie a mirava na cabeça dele enquanto gritava: "Isso mesmo, chega mais perto e me ajuda a te matar".

Foi uma briga barulhenta, amarga e vulgar que acordou Bub e o fez começar a chorar. E eles só conseguiram acertar as coisas mais de uma semana depois. Nesse meio-tempo, a hipoteca tinha vencido e, embora Jim não dissesse nada, Lutie sentia que seria culpa dela se eles perdessem a casa por não conseguir pagar os juros.

O ônibus da Fifth Avenue parou em um ponto de ônibus na 116th Street. Ela desceu as escadas íngremes até o primeiro andar, pensando que, se eles não fossem tão pobres, ela e Jim poderiam estar casados ainda. Era como um círculo. Não importava seu ponto de partida, Lutie sempre acabava no mesmo lugar. Ela conseguiu o trabalho em Connecticut para que eles pudessem manter a casa. Enquanto estava fora, Jim arranjou uma garota magra e escura cujas coxas o fizeram voltar a acreditar em si mesmo e o libertaram momentaneamente de sua vida monótona.

Lutie nunca mais o vira desde aquele dia em que foi até a casa no Jamaica e encontrou aquela outra mulher lá. A única vez que teve notícias dele foi quando Jim lhe encaminhou a carta da sra. Chandler – e então tudo o que ele fez foi escrever o endereço do pai dela no envelope. Não houve nenhuma mensagem, nenhuma carta – nada durante todos aqueles anos.

Uma vez seu pai disse: "Ouvi dizer que Jim foi embora da cidade. Ninguém sabe pra onde".

E ela estava tão indiferente a qualquer coisa que dissesse respeito a Jim que não comentou nada. Lutie ficou observando até o ônibus desaparecer de vista, no cruzamento da Seventh Avenue com a 110th Street. E teve um claro entendimento daquilo que levou Jim a ir atrás daquela mulher, porque a mesma coisa estava acontecendo com ela. Lutie se via incapaz de suportar uma vida sem graça e solitária presa naqueles três cômodos escuros.

Inquieta, ela se perguntou se estava enganando a si mesma ao acreditar que poderia deixar aquela rua trabalhando como cantora. E se não desse certo e ela tivesse de ficar ali, o que aquela rua lhe faria? Ela pensou na sra. Hedges, no zelador, em Min, nas garotas da sra. Hedges. Qual deles ela seria, digamos, daqui a cinco anos? E o que seria de Bub? A caminho de casa, Lutie estremeceu.

8

Era uma noite fria e triste. Mas, apesar do frio, a rua estava cheia de gente conversando nas esquinas, relaxando com o corpo meio dentro e meio fora de corredores e nos alpendres das casas, observando a rua e falando. Algumas pessoas voltavam do trabalho, de encontros na igreja e de reuniões de fraternidades, outras não estavam voltando de lugar nenhum nem indo a parte alguma, apenas adiando o momento em que teriam de entrar em seus cômodos apertados onde passariam a noite.

No meio da quadra havia uma súbita explosão de luz muito forte e brilhante onde as lâmpadas da grande sinuca alcançavam, afastando a escuridão. Um grupo de homens se amontoava do lado de fora de suas janelas, assistindo aos jogos que aconteciam lá dentro, a cabeça deles recortada contra a luz.

Lutie, que atravessava a quadra depressa, deu uma olhada neles e então nas mulheres que andavam em sua direção, vindo da Eighth Avenue. Elas caminhavam lentamente. Seus ombros vergavam com o peso das sacolas de compras que carregavam. Lutie pensou, É isso que está errado. Não temos tempo nem dinheiro suficiente pra viver como as outras pessoas porque as mulheres têm de trabalhar feito burros de carga enquanto os homens ficam desocupados.

Lutie mexeu os ombros com impaciência. Ela não tinha como saber se aos 50 anos não estaria deformada, pisando nas laterais dos sapatos por causa dos pés doloridos; arrumando-se para ir à igreja aos domingos e passando a semana sendo escravizada na cozinha de alguém.

Isso podia acontecer. Mas ela conseguiria levar uma boa vida por si mesma. Tinha chegado até ali pobre, preta e silenciada, como se uma porta tivesse sido batida na sua cara. Bem, ela abriria essa porta; bateria e espancaria e a empurraria e a arrombaria com um formão.

Quando abriu a porta do prédio, no mesmo instante Lutie se deu conta do silêncio que preenchia o hall. A sra. Hedges estava quieta também, pois, ainda que estivesse em sua janela, não dera nenhum sinal de sua presença.

Não havia som algum, a não ser pelo vapor assobiando no aquecedor. O silêncio, a iluminação fraca do corredor e o cheiro de ar velho a deprimiram. Foi como se um peso morto tivesse atingido seu peito. Ela disse a si mesma que não devia depositar muita esperança em conseguir o trabalho de cantora. Podia acontecer quase tudo. Boots poderia mudar de ideia.

Lutie subiu as escadas pensando, Mas ele não pode fazer isso. Ela não permitiria. Significava muito para ela. Era uma saída – a única saída daquele lugar, e ela e Bub tinham de sair dali.

Ela se deteve no patamar do terceiro andar. Tinha um homem no corredor, com as costas viradas para ela. Lutie hesitou. Não era muito tarde, mas não havia luz no corredor e ela estava sozinha.

Então ele se virou e Lutie viu que o homem estava entrelaçado a uma garota, e estava tão colado e tão curvado sobre ela que os dois davam a impressão de serem uma figura só. Ele usava um uniforme de marinheiro e a gola de seu casaco estava virada para cima, pois fazia frio no corredor.

A garota aparentava ter uns 19 ou 20 anos. Era muito magra. Seu cabelo preto, cheio de brilhantina, cintilava na luz fraca. Havia uma rosa branca artificial presa no centro do topete *pompadour* que se erguia acima de seu rosto pequeno e escuro.

Lutie a reconheceu. Era Mary, uma das garotas que moravam com a sra. Hedges. O marinheiro lançou para Lutie um olhar rápido e avaliador e então se virou para a garota, escondendo-a. Os braços finos da menina estavam ao redor do pescoço dele.

"Mary", Lutie disse, parando bem atrás do marinheiro.

O rosto da garota apareceu por cima do ombro dele.

“Olá”, ela disse soturna.

“Está tão frio aqui”, Lutie disse. “Por que você não entra?”

“A sra. Hedges não deixa mais ele entrar lá”, Mary disse. “O dinheiro dele acabou. E ela disse que não trabalha de brincadeira.”

“Você não pode conversar com ele em outro lugar? Não pode ir pra casa de uma amiga?”

“Não, senhora. E nem adiantaria. Ele tem que voltar pro navio hoje à noite.”

Lutie subiu o restante das escadas enfurecida com a sra. Hedges. O marinheiro voltaria para o seu navio levando consigo a memória daquele corredor escuro e estreito, da sra. Hedges e daquela garota magra e resignada. A rua estava cheia de garotas magras como aquela, que carregavam uma nota de resignação na voz e uma expressão sem esperança, sem vida. Lutie estremeceu. Ela não podia permitir que Bub crescesse em um lugar como aquele.

Lutie enfiou a chave na porta sem fazer barulho, tentando evitar o som alto da fechadura girando. Abriu a porta, visualizando mentalmente o trajeto da sala até seu quarto. Uma vez dentro do quarto, ela acenderia a luz com a porta fechada para não acordar Bub. Então Lutie viu que a luz da sala estava acesa e bateu a porta ruidosamente. Ele devia ter ido dormir faz umas duas horas pelo menos, ela pensou e foi andando em direção ao sofá-cama, os saltos repicando no piso Congoleum.

Bub se sentou e esfregou os olhos. Por um momento, ela percebeu algo assustado e amedrontado na expressão dele que, no entanto, desapareceu quando Bub viu a mãe.

“Por que você não foi se deitar?”, ela perguntou.

“Eu cochilei.”

“Vestido?”, ela perguntou e completou: “E de luz acesa? Você deve estar querendo aumentar a conta…”, então parou abruptamente. Ela estava sempre falando de dinheiro com o filho. Isso não era bom. Logo ele não estaria pensando em nada além disso. “Como foi no cinema?”, ela perguntou.

“Foi bom”, ele disse entusiasmado. “Tinha um homem que prendia gângsteres…”

“Pule essa parte”, ela interrompeu. “E vá logo pra cama, mocinho. Ainda não entendi o que você está fazendo acordado…”

Os olhos dela pousaram no cinzeiro em cima da mesinha de vidro azul. Estava cheio de bitucas de cigarro. Engraçado. Ela tinha esvaziado todos os cinzeiros quando lavou a louça do jantar. Estava certa disso. Então, Lutie olhou as bitucas mais de perto. Estavam úmidas. Seja lá quem havia fumado aqueles cigarros, não os havia segurado entre os lábios, mas bem dentro da boca, de forma que o papel ficou molhado e manchado pelo tabaco. Ela se virou para Bub.

"O zelador veio aqui." Os olhos de Bub seguiram os dela. "A gente jogou baralho."

"Você quer dizer que ele esteve aqui?", ela perguntou bruscamente. E pensou, Claro, sua boba, por trás de uma porta fechada, ele não poderia jogar as bitucas de cigarro no seu cinzeiro.

"A gente jogou baralho", Bub repetiu.

"Vamos combinar uma coisa." Ela apoiou as mãos nos ombros dele. "Quando eu não estiver em casa, não é pra você deixar ninguém entrar aqui. Ninguém. Entendeu?"

Ele assentiu. "Nem o zelador?"

"Nem ele. Agora vá se deitar logo pra não se atrasar pra escola."

Enquanto Bub se despia, ela tirou a capa do sofá-cama, alisou o cobertor fino e os lençóis, enfiou uma fronha em uma das almofadas. Bub parecia estar se demorando demais no banheiro. "Ei", ela disse por fim. "Vamos logo com isso. Desse jeito, você não vai pro céu."

Lutie o ouviu rindo e sorriu com o som de sua risada. Então ficou séria. Ela olhou ao redor da sala. Qualquer dia desses, Bub teria um quarto de verdade só para ele em vez dessa sala feia e escura. O xadrez do piso Congoleum azul estava desbotado na parte que ficava diante do sofá-cama e havia desgastado até o forro na ponta que alcançava a porta do pequeno hall. Tudo naquela sala era surrado e velho – o sofá-cama encaroçado, a poltrona, a mesa dobrável que fazia as vezes de escrivaninha, a estante cheia de livros de segunda mão e revistas velhas. O tampo de vidro azul da mesinha de centro era todo riscado e lascado. O pequeno rádio tinha uma porção de marcas de cigarro. A primeira coisa que ela faria seria se mudar e então arranjar uma mobília decente.

Bub se deitou, puxando as cobertas até o queixo. "Boa noite, mãe", ele disse.

Ele estava quase dormindo quando Lutie se inclinou e lhe deu um beijo na testa. Ela acendeu a luz do quarto e voltou para apagar a luz da sala.

"Durma bem!", ela disse. Sua única resposta foi um murmúrio sonolento – meio risada, meio suspiro.

Lutie se despiu, pensando no zelador ali sentado em sua sala de estar e na ocasião em que ela foi visitar o apartamento, quando ele ficou parado naquela mesma sala em que Bub dormia agora, segurando a lanterna de forma que a luz recaía nos pés dele. E agora ele tinha voltado, havia se sentado em seu sofá e jogado cartas com Bub como se estivesse na casa dele.

O que ele teria conversado com Bub? O pensamento daquele homem fazendo amizade com seu filho era assustador. Mas o que ela podia fazer além de dizer a Bub que ele não podia mais receber o zelador no apartamento? Não havia maneira de saber o que se passava na mente de um tipo daqueles – um homem que passou a vida em porões, um homem que nunca podia ficar muito longe de qualquer prédio do qual fosse responsável.

A última coisa em que Lutie pensou antes de finalmente ir dormir foi que o zelador era algo menos que humano. Ele tinha sido acorrentado a todos aqueles prédios a ponto de quase se transformar em um animal.

Lutie sonhou com ele e acordou horrorizada, sem saber ao certo se tinha sido um sonho, e ouviu o vento soprando na saída de ar. Então se pôs a dormir e voltou a sonhar com o homem.

Ele e o cachorro haviam se tornado um só. O zelador ainda era alto, abatido, silencioso. Era o mesmo homem, mas com a bocarra de lobo e os dentes do cachorro – brancos, afiados e pontudos, contrastando com a vermelhidão de sua boca. Sua garganta se comportava como a garganta do cachorro, e ele emitia um ganido queixoso que vinha bem lá do fundo. Ofegava e lutava para se libertar e sair correndo pelo quarteirão, mas o prédio estava acorrentado aos seus ombros, como uma enorme casa de bonecas feita de tijolos. Lutie podia ver as pessoas se movendo lá dentro, subindo infelizes a pequena escada, espremendo-se em corredores estreitos. E ali estava a sra. Hedges, sentada em seu apartamento do primeiro andar e sorrindo para uma jaula cheia de meninas.

O prédio era tão pesado que o zelador mal podia andar carregando esse peso sobre os ombros. Era um arrastar doloroso, lento e horrível – hesitante, diminuía em velocidade, parava completamente e então recomeçava. Ele adulava as pessoas na rua e se aproximava até ficar diante delas, apontando para o prédio e para as correntes. "Me solta! Me solta!", ele implorava. Sua voz falhava e mal se fazia ouvir.

Min andava atrás dele repetindo as mesmas palavras. "Solta ele! Solta ele!", e lutava para alcançar o cadeado que prendia as correntes.

O zelador pensava que ela, Lutie, tinha a chave. E o homem a seguia pela rua, ganindo, fuçando atrás dela com sua cara comprida de cachorro. Ela tentava andar mais e mais rápido, mas o som cambaleante, lento e doloroso dos passos dele seguia em seu encalço, os sons dos ganidos tão próximos como se alguém estivesse falando ao pé de seu ouvido.

Lutie olhou para a própria mão e viu que a chave do cadeado que prendia as correntes estava ali. Ela se deteve e então se ouviu um coro de vozes em protesto: "Vergonha! Vergonha! Ela tem as chaves e não solta o homem!".

A janela da sra. Hedges surgiu de repente diante dela. A sra. Hedges acenou com a cabeça: "Se eu fosse você, querida, eu o libertaria. É tão fácil, querida. Tão fácil, querida. Fácil... fácil... fácil".

Lutie estendeu a mão na direção do cadeado e aquelas presas longas e brancas se fecharam nela. A mão e parte do braço foram engolidas por aquela bocarra de lobo. Lutie via horrorizada seu braço desaparecendo pouco a pouco até restar apenas o ombro, e então as mandíbulas dele se fecharam e Lutie sentiu os dentes afiados afundando e atravessando seu ombro. Seu braço se foi e o sangue jorrou.

Ela gritou, gritou, janelas se abriram e as pessoas saíram aos borbotões dos prédios – milhares, milhões delas. Lutie percebeu que elas tinham se transformado em ratos e enchiam tanto a rua que ela mal podia andar. Os ratos se aglomeravam ao redor dela, aos saltos. Cada um tinha um prédio nas costas e todos gritavam: "Me solta! Me solta!".

Lutie despertou e se levantou da cama, incapaz de afastar o terror de seu sonho. Tateou em busca do braço. Ainda estava ali, intacto. Sua boca estava bem aberta, como se estivesse gritando, e seca por dentro. Ela devia ter sonhado que estava gritando, pois Bub ainda dormia – aparentemente, não tinha emitido nenhum som. Ainda assim, estava tão apavorada com a lembrança do pesadelo que permaneceu imóvel ao lado da cama, incapaz de se mover por muito tempo.

O ar estava frio. Por fim, Lutie pegou o roupão de flanela ao pé da cama e o vestiu. Ela se sentou na cama, sobre os pés, e cuidadosamente os cobriu com o roupão, com receio de voltar a dormir, com medo de voltar a sonhar.

O quarto estava escuro. No ponto em que a saída de ar fendia a parede, havia um tipo mais suave de escuridão – a sugestão de um espaço azul-escuro. Mesmo naquela escuridão, a consciência da posição de cada um dos móveis a tornava ciente da pequenez do quarto. Caso se levantasse rápido, ela sabia que esbarraria no pequeno baú e, se fosse além, bateria na cômoda.

Ali encolhida na cama, a mente ainda anuviada com a memória do sonho, o corpo gelado por causa do frio, Lutie pensou no quarto, não com ódio nem desprezo, mas com medo. Na escuridão, o cômodo parecia se fechar sobre ela a ponto de se tornar a soma de todas as coisas que temia, e Lutie se aproximou da parede porque o quarto diminuía e os móveis cresciam mais e mais até ela sentir como se estivesse sufocando.

Supondo que ela acabaria se acostumando com aquilo, que aceitaria e se resignaria com aquele quarto e tudo o que ele representava, havia um pensamento que a fazia murmurar: "Eu não devo me acostumar. Nunca. Tenho que continuar lutando pra sair daqui".

Ela era totalmente responsável por Bub. Dependia de Lutie mantê-lo em segurança, tirá-lo dali para que ele tivesse a chance de crescer bem e forte. Pois aquela rua e outras ruas iguais àquela fariam um mal terrível a Bub se ele ficasse tempo demais nelas. Cedo ou tarde, também fariam um mal igualmente terrível a ela. E ali no escuro Lutie começou a pensar nas coisas que tinha visto em ruas como aquela em que vivia.

Houve aquela tarde na primavera anterior, quando ela saiu do metrô na Lenox Avenue. Era fim de tarde. O sol da primavera estava forte e claro. A rua estava cheia de gente aproveitando o ar ameno depois de um inverno inteiro longe do sol, podendo se despir de seus casacos de inverno, suéteres e cachecóis.

Crianças de patins e crianças precariamente empoleiradas em patinetes feitos em casa passavam zunindo inesperadamente por entre grupos de pessoas amontoadas na calçada. O sol estava morno e lançava seus raios nos meninos e meninas que passavam de braços dados, dando ao rosto deles uma aparência muito suave, jovem e descansada.

Lutie caminhava lentamente, pensando que o sol transformava tudo aquilo que tocava, de forma que as pessoas conversando na frente dos prédios, os ambulantes nas ruas laterais, os vendedores de amendoim e de batata-doce, todos tinham uma graciosidade inusitada no rosto e na postura. Até mesmo os tijolos sem cor dos prédios ganhavam um tom rosado bem escuro.

Assim, ela alcançou de repente uma multidão de pessoas, sem saber que aquilo era uma multidão. Lutie passou por algumas das pessoas antes de sentir um impulso em comum que fez aquela massa de gente ficar imóvel e algo reservada no meio da rua. Ela também se deteve. E percebeu nitidamente um silêncio sombrio e uma letargia curiosa que a cercavam. Ela avançou até a frente da multidão, espremendo-se por entre as pessoas, forçando seu caminho na direção de seja lá o que estivesse mantendo todas elas naquele silêncio estranhamente contido.

Havia um espaço aberto próximo aos prédios, e um punhado de policiais, câmeras e repórteres com cartões cor-de-rosa presos na fita do chapéu estavam nele, olhando para alguma coisa de cabeça baixa. Lutie se aproximou o quanto pôde do espaço aberto – tão perto que estava quase tocando o policial à sua frente.

E Lutie viu o que eles estavam olhando. Havia um homem estatelado no chão – magro, maltrapilho e alto, a julgar pelo pedaço de calçada que seu corpo ocupava. Havia sangue na calçada, e Lutie percebeu que vinha de algum lugar embaixo do homem. O que parecia um pedaço de lona branca cobria parte do corpo e do rosto.

Lutie jamais conseguiu se esquecer dos sapatos dele. Apenas os cabedais estavam intactos. Tinham sido pretos um dia, mas ganharam um tom cinza-escuro com o uso prolongado. As solas estavam gastas. Eram meras palmilhas presas aos cabedais. Lutie percebeu as camadas de uso. A primeira camada externa de couro foi mantida perto das bordas, e então havia enormes buracos no centro, onde o couro havia se desgastado por completo, de forma que o homem deve ter passado semanas andando praticamente descalço na rua.

Lutie olhou fixamente para os sapatos, tentando imaginar como seria caminhar descalça nas calçadas de concreto da cidade. Ela se perguntou se alguma vez ele tinha ido ao Centro, e, se foi, no que teria pensado quando passou pelas vitrines das lojas repletas de peles elegantes, pratos fabulosos e roupas feitas de materiais tão bons que, só de olhar, se podia dizer que seriam como espuma do mar ao toque?

Como o homem se sentiu quando aqueles carros grandes e compridos passavam roncando enquanto ele aguardava o sinal abrir, ou quando olhava para um táxi e via uma mulher bonita, delicada e afável com seu olhar voltado para um homem vestido com opulência? A mulher com os cabelos brilhantes e resplandecentes, a boca perfeitamente desenhada com batom vermelho. E aquele concreto duro sob os pés do homem.

As pessoas atrás dela não se moviam. Não falavam. Apenas ficavam ali olhando. Ela viu um policial mexendo com o pé em um dos sapatos puídos e cinzentos do homem. E Lutie sentiu um mal-estar, pois os sapatos engraxados do policial brilhavam e a luz cálida do sol da primavera se refletia neles.

Um dos fotógrafos e um jornalista abriram caminho pela multidão. Eles levavam uma garotinha escura e magra pelo braço e a conduziam na direção de um homem de terno cinza.

“Ela acha que é o irmão dela”, o repórter disse.

O homem encarou a menina. “Por que você acha isso?”

“Ele saiu pra comprar pão e não voltou.”

“São as roupas dele?” O homem acenou com a cabeça para a figura na calçada.

“Sim.”

Um dos policiais se abaixou e descobriu o rosto do homem.

Lutie não olhou para o rosto dele. Em vez disso, olhou para a menina e viu algo – algum sentimento que não pôde nomear – se acendendo no rosto dela. Foi como se por uma fração de segundo alguma coisa – ódio, pesar ou surpresa – tivesse se mexido dentro dela, refletindo-se em seu rosto. Seja lá o que fosse, desapareceu tão rápido como surgiu e foi substituído por um olhar de resignação, de total aceitação. Uma expressão que dizia que a menina não esperava nada mais da vida, pois outras coisas que lhe aconteceram pavimentaram o caminho, de forma que ela havia perdido a habilidade de protestar contra qualquer coisa – até mesmo uma morte repentina como aquela em plena primavera.

“Sempre pensei que isso fosse acontecer”, ela disse em voz baixa.

Por que ela não gritava? Lutie pensou com raiva. Por que ficava ali parada daquele jeito? Por que não tentava descobrir como aquilo tinha acontecido, nem saía aos berros batendo nas pessoas? Quanto mais Lutie olhava para aquela expressão calma e resignada no rosto da menina, mais raiva ela sentia.

Por fim, ela abriu caminho por entre a multidão. “O que aconteceu com ele?”, Lutie perguntou num tom firme.

Uma mulher com um punhado de jornais embaixo do braço respondeu. Ela passou os jornais de um braço para o outro. “Um branco matou ele com uma faca de pão na padaria.”

Houve um momento de silêncio e outra voz completou: “Ele andou até a esquina com a faca enfiada nele. Os policiais o trouxeram até aqui e ele morreu onde o deixaram”.

“O branco diz que o menino tentou roubá-lo.”

“Se aquele branquelo bastardo puser os pés pra fora, a gente mata ele. Com policial ou sem policial.”

Ela foi para casa se lembrando não da ameaça de violência contida naquela multidão silenciosa e à espera, mas dos sapatos surrados e sem sola do homem e da expressão resignada no rosto da menina. Lutie nunca foi capaz de se esquecer dessas duas coisas. O menino era tão magro – dolorosamente magro –, e ela se pegava pensando nas caminhadas que ele fazia descalço pela cidade. Ele e a irmã eram jovens demais.

No dia seguinte, os jornais diziam que um "negro forte" tinha falhado em sua tentativa de assalto a uma padaria, pois o proprietário o surpreendera, resistindo e apunhalando-o com uma faca de pão. Lutie segurou o jornal na mão por um bom tempo, tentando seguir o raciocínio que fizera aquele menino maltrapilho se transformar em um "negro forte" aos olhos de um repórter. E ela concluiu que a aparência dessas coisas dependia do ponto de vista. Se você olhasse para elas do interior de um quadro composto de um generoso salário semanal e se pensasse que as pessoas de cor são naturalmente criminosas, então seria impossível enxergar a real aparência de uma pessoa negra. Não seria possível, pois um negro nunca era visto como um indivíduo, mas como uma ameaça, um animal, uma maldição, uma praga ou uma piada.

Era como os Chandler e seus amigos em Connecticut, que olhavam para ela e não a enxergavam, vendo uma mocinha sem moral, fácil de conquistar. O repórter viu um negro morto que tentou assaltar um estabelecimento, portanto não pôde realmente enxergar a aparência do homem que jazia naquela calçada. Não pôde ver os sapatos surrados, um menino magro e faminto. Em vez disso, ele viu a imagem que já guardava na mente: um homem negro enorme, musculoso, violento, ignorante, com tendências criminosas que empunhava uma faca tomado de ira numa tarde de primavera no Harlem e acabou sendo esfaqueado.

Ela passou pela padaria na tarde seguinte. As vitrines tinham sido quebradas e ao que parecia a porta da frente fora arrombada, pois o lugar estava fechado com tábuas. Havia mensagens escritas com giz na calçada. Todas diziam a mesma coisa: "Branco, não volte". Lutie ficou surpresa ao ver que ainda havia homens por ali, nas esquinas mais próximas e do outro lado da rua, com o rosto voltado para a padaria. Eles não falavam. Apenas estavam ali com as mãos nos bolsos – à espera.

Duas viaturas estavam estacionadas na frente da padaria, com o motor ligado. Havia dois policiais balançando os cassetetes na porta. Lutie passou por eles, pensando que aquilo era como uma guerra que ainda não tinha começado, embora os dois lados estivessem reunindo munições e reservas, esperando por qualquer coisa, pela menor desculpa, um gesto, uma palavra, um barulho alto e repentino – e puf!, a guerra começaria.

Lutie se mexeu desconfortável na cama. Apertou mais ainda o roupão ao redor do corpo. Todas essas ruas são cheias de violência, pensou. Você vira uma esquina, atravessa uma quadra e esbarra nela de repente, quando menos espera.

Também foi no fim daquela primavera que ela levou Bub para o hospital Roundtree. Havia uma chuva de vento fria, e ela hesitava em enfrentá-la. Mas Bub tinha caído na calçada e cortado o joelho. Lutie voltou do trabalho e o encontrou desconsolado na cozinha do pai dela. Era um corte fundo e bem feio, então ela o levou para o pronto-socorro do Roundtree para saber o tamanho do estrago.

Lutie e Bub se sentaram no longo banco que ficava no meio da sala de espera. Havia duas pessoas na frente deles, e Lutie esperava com impaciência porque deveria estar em casa preparando o jantar e arrumando as roupas de Bub para a escola no dia seguinte.

Cada vez que as grandes portas que davam para a rua se abriam, uma rajada de vento úmido soprava pela sala. Lutie começou a observar as pessoas que entravam, imaginando coisas sobre elas. Um policial entrou na companhia de um velho com aparência de cansado. Ele vestia um terno puído, mas bem passado, e levava um colarinho branco e rígido.

O policial o conduziu até o banco. “Senta aqui”, ele disse. O homem não deu nenhuma indicação de ter ouvido. “Senta aqui”, o policial repetiu. “Não”, e o homem começou a andar. “Senta aqui, pai, por favor.” E por fim o velho se sentou.

Lutie o observou de rabo de olho. Ele encarava a parede branca do hospital com uma curiosa falta de interesse. Enfermeiras e residentes apressados de jalecos brancos passavam por ele. Houve uma comoção quando um homem atarracado e grisalho de pincenê surgiu do elevador. “Como vai, doutor?” “Que bom ver o senhor de volta, doutor.”

O velho se mostrou completamente indiferente à agitação ao seu redor. Ele não tirava os olhos da enorme parede diante dele.

Bub se aproximou dela. “Ei, mãe”, ele sussurrou, “o que tem de errado com ele?”.

"Não sei", ela disse suavemente. "Talvez só esteja cansado."

Bem do outro lado de onde estavam sentados, havia uma salinha cheia de motoristas de ambulância voluntários. Eles se esparramavam nas cadeiras, com os colarinhos abertos e fumando cigarros. A névoa azul da fumaça flutuava até a sala de espera. O policial entrou na salinha para usar o telefone.

Lutie pôde ouvi-lo bem. "Não sei. Peguei ele na Eighth Avenue. A mulher da doceria disse que ele passou o dia todo lá. Não. Nos degraus. Sim. Acho que é psicopatológico."

O velho não se mexeu e, ao que pareceu, não ouviu nada. Lutie julgou o velho uma figura estranhamente perturbadora, pois em seu olhar embaciado havia uma resignação da mesma qualidade daquela que ela vira no rosto da menina na Lenox Avenue no início da primavera. Lutie se lembrava de como tentou relacionar os dois e chegar a uma conclusão sobre eles, o que não foi possível porque o homem era velho. Ela ficou pensando que, se ele tinha vivido tanto tempo assim, deveria ter sido capaz de desenvolver uma força interior que lutaria contra o motivo daquele olhar desnorteado.

O telefone na salinha tocou e Lutie se esqueceu do velho. A mulher que atendeu disse: "Entendido. Agora mesmo". Ela se virou para um dos motoristas, deu a ele um endereço na Morningside Avenue e disse: "Rápido! Disseram que é grave".

Lutie torceu para poder levar Bub para a emergência antes que a ambulância estivesse de volta, para que ele não ficasse arregalado de medo quando eles chegassem ao hospital trazendo seja lá o que fosse "grave". Ela não parava de dizer a si mesma que não deveria ter levado Bub àquele lugar, mas o valor da consulta era tão baixo que era praticamente um atendimento gratuito.

As grandes portas que davam para a rua se abriram de repente e uma maca surgiu. Os homens que a levavam se moviam rápido e com tal precisão que a maca já estava praticamente em cima deles antes que Lutie pudesse se dar conta. A sala se encheu de gemidos baixos, terríveis. A menina na maca tentava se sentar e o sangue jorrava do meio de seu corpo.

Uma mulher grisalha andava ao lado da maca. Ela dizia: "É grave! É grave! É grave!" – sem parar, num tom monótono. Chovia tanto que a mulher ficou encharcada só de andar da rua até a sala de espera, seu casaco e as abas do chapéu pingavam água.

Houve um momento longo e terrível, quando eles passaram pelo banco com a maca e a menina gemeu e tentou falar, gritando de vez em quando – um som agudo, fraco, desencorpado. O policial olhou assustado para a menina, mas o velho nem se mexeu.

Lutie pegou Bub e cobriu seu rosto com o rosto dela para que ele não visse nada. Ele tentou se livrar de seus braços e Lutie o segurou mais perto e com mais força. Quando ela levantou a cabeça, a maca já tinha sumido.

Bub se levantou e olhou ao redor. "O que aconteceu com ela?", ele perguntou.

"Ela se machucou."

"Como?"

"Não sei. Pode ter sido um acidente."

"Será que alguém machucou ela?" E, quando Lutie não respondeu, ele repetiu: "Será?".

"Pode ser, mas não sei o que aconteceu de verdade."

"Machucaram um dos meninos lá da escola assim", ele disse. E então: "Por que você não me deixou ver, mãe?".

"Porque eu não acho que seja bom pra você ver essas coisas. E, quando as pessoas se machucam daquele jeito, não ajuda em nada ter gente olhando pra elas."

Enquanto o residente fazia um curativo no joelho de Bub, Lutie pensava na menina na maca. Era só uma criança. Não devia ter mais de 16 anos e já tinha aquele mesmo olhar terrível de resignação, de quem não esperava nada melhor da vida. Era como a menina da Lenox Avenue que olhou para o irmão morto na calçada e disse: "Sempre pensei que isso fosse acontecer".

Lutie ficou ali imóvel, encarando a escuridão. Estava com frio, mas ainda assim não se mexia. Pensou no velho, nas meninas. Que razão havia para ter acreditado que ela e Bub não ficariam tão acostumados à visão e ao som da violência e da morte a ponto de não protestar mais – eles se resignariam ou Bub acabaria em uma calçada com uma faca enfiada nas costas?

Ela sentia que conhecia os passos que a menina tinha dado até aquela maca no hospital. Era capaz de traçá-los com facilidade. E Bub poderia seguir o mesmo caminho.

Provavelmente a menina frequentou o colégio por alguns meses e então se cansou. Ela não tinha lugar para estudar à noite, pois sua casa era cheia de inquilinos, e também não encontrava nenhum incentivo porque não tinha uma casa de verdade. A mãe passava o dia inteiro fora trabalhando e o pai devia ter ido embora havia muito tempo. Ela descobriu que os meninos gostavam dela e começou a levá-los para casa. A mãe não estava lá para saber o que se passava.

Eles não tinham casas de verdade, nenhuma base, nenhuma vida em família. Então, aos 16 ou 17 a menina já estava aprontando por aí com dois ou três meninos diferentes. Um deles ficou sabendo dos outros. E, como os demais, ele tinha apenas um tipo curioso e extremamente sensível de orgulho que o mantinha de pé, então ele precisava se vingar e facas eram baratas.

Isso acontecia muitas e muitas vezes por todo o Harlem. E Lutie via em sua imaginação a curiosa procissão de pessoas que tinha encontrado saindo da 121st Street. Elas caminhavam na direção da Eighth Avenue.

Ela estava na padaria que vendia pães amanhecidos na Eighth Avenue e parou na esquina para esperar o sinal abrir. Ao longo da quadra, ela viu esse grupo de pessoas. À primeira vista, elas formavam algo que se parecia com uma procissão, pois caminhavam lentamente, com passos duros. Havia um bom espaço entre cada uma delas, como se não quisessem ficar muito perto umas das outras, embora tivessem se juntado pela comoção. Eram jovens – 16, 17, 18, 19 anos –, mas caminhavam como sonâmbulos.

Então Lutie percebeu que elas acompanhavam o ritmo da menina que ia adiante. Alguém a conduzia pelo braço, e ela caminhava lentamente, o corpo fatigado e os ombros caídos.

Lutie se encolheu diante da visão do rosto da menina. Por um momento, não pôde recompor seus pensamentos e então quase automaticamente as palavras repetidas e sem tom da mulher grisalha no hospital Roundtree lhe voltaram: "É grave! É grave!".

E ela não pôde realmente ver o rosto da menina, pois o sangue se derramava desde a testa, escorrendo pelos olhos, pelo nariz, pelas bochechas, pingando da boca. O sangue vermelho e brilhante transformou o que havia sido seu rosto em uma máscara de mau gosto, com manchas marrons aqui e ali nas partes em que a pele se mostrava.

Lutie sentiu o mesmo sobressalto, primeiro em choque e depois com raiva, pois aquelas pessoas, todas elas – a menina, a multidão atrás dela –, não demonstraram nenhum horror, nenhuma surpresa, nenhum desânimo. Elas estavam esperando por aquilo, estavam acostumadas, resignadas.

Sim, Lutie pensou, ela e Bub tinham de sair da 116th Street. Era uma rua ruim. Então pensou nas outras ruas. Não era apenas dessa rua que ela tinha medo, nem apenas aquela rua era ruim, mas qualquer uma onde as pessoas se espremiam como sardinhas em lata.

E não era apenas aquela cidade, mas qualquer uma em que eles tivessem traçado uma linha, dizendo que as pessoas negras deviam ficar deste lado, e as pessoas brancas do outro lado, de forma que as pessoas negras ficassem empoleiradas umas por cima das outras – apertadas e espremidas à força no menor espaço possível até ficarem totalmente desprovidas de luz e ar.

Qualquer lugar onde as mulheres tinham de trabalhar para sustentar a família porque os homens não conseguiam emprego, ficavam entediados e iam embora, deixando as crianças sem um lar de verdade porque não havia ninguém por perto para construir um lar. Sim. Qualquer lugar onde as pessoas fossem tão pobres que não tinham tempo para fazer mais nada além de trabalhar, encontrando no corpo sua única fonte de alívio da pressão sob a qual viviam; onde todas aquelas aglomerações fazia as meninas saberem mais que o apropriado para sua idade.

E tudo isso apontava para a mesma coisa, Lutie concluiu – pessoas brancas. Ela as odiava e sempre odiaria. Então forçou-se a deter essa linha de pensamento, que não levava a lugar algum e era muito desagradável.

Lutie se despiu do roupão de lã, voltou para a cama e ficou ali deitada tentando se convencer de que não precisava continuar vivendo naquela rua ou em nenhuma outra como aquela se batalhasse o suficiente. Bub não precisava acabar seus dias estendido em uma calçada com uma faca enfiada nas costas. Ela voltaria a dormir e não sonharia com zeladores que se transformavam em cães ferozes com prédios acorrentados nas costas.

Lutie vasculhou a mente em busca de algum pensamento agradável para cair no sono. E então começou a construir uma imagem de si mesma diante de um microfone em um vestido de tafetá longo que farfalhava suavemente quando ela se mexia; um salão cheio de pessoas que paravam de dançar para ouvir seu canto, olhando para ela com expectativa e adoração.

Lutie acordou cedo na manhã seguinte, bocejou e se espreguiçou, tentando se lembrar do que poderia ter despertado nela aquela ansiedade. Enterrou a cabeça bem fundo no travesseiro depois de ter dado uma olhada no pequeno relógio em cima da cômoda, pois podia ficar na cama por mais alguns minutos.

E então ela se lembrou. Naquela noite iria cantar no Casino. Talvez, quando aquela noite chegasse ao fim, ela pudesse ir embora daquela rua e daqueles cômodos minúsculos e escuros, aquelas paredes que a sufocavam. Seria como descartar um vestido velho, rasgado pelo uso, desbotado depois de tantas lavagens e cujas costuras estavam sempre cedendo. O pensamento a fez tirar os braços para fora das cobertas. Então ela puxou as cobertas e as ajeitou ao redor do pescoço, pois o quarto estava gelado e o vapor só fazia barulho no radiador.

Imediatamente, ela começou a planejar as coisas que tinha de fazer. Quando voltasse do trabalho, lavaria e cachearia os cabelos, então passaria a saia preta longa de tafetá que, com a blusa branca e lisa, serviria de traje mais formal para a noite. E não usaria seu casaco de inverno, embora fizesse frio, pois o casaco preto curto cairia melhor.

Os ponteiros do velho relógio marcaram as sete horas e Lutie pulou da cama, tremeu com o ar frio e fechou a saída de ar.

Vestiu o roupão e foi até a sala. Bub ainda dormia e Lutie enfiou bem as cobertas embaixo de seu queixo, pensando que em breve o filho acordaria em um quarto só dele. Os móveis seriam de madeira escura e a colcha e as cortinas teriam estampas de navios e barcos. O quarto teria muitas janelas e vista para um parque.

Na cozinha, ela encheu uma panela com água, acendeu o fogão e ficou esperando a água ferver. Enquanto misturava a aveia com a água fervente, Lutie começou a se perguntar se não deveria vestir aquela blusa de verão fina e branca em vez da outra, de mangas compridas. A blusa de verão tinha uma gola decotada e redonda, que lhe conferiria uma aparência muito mais arrumada. Lutie abaixou o fogo em que cozinhava a aveia, pôs a mesa, encheu os pequenos copos com suco de tomate, pensando que Bub podia dormir mais quinze minutos. Assim ela teria tempo de tomar um banho.

Mas primeiro daria uma olhada na blusa para ver se não precisava passá-la. Ela foi até o quarto e abriu a porta do guarda-roupa sem fazer barulho. A blusa estava toda amarrotada entre um terninho e seu casaco pesado de inverno. Ela estendeu a mão para pegar a blusa, pensando, Mas que descuido o meu. Deve ter ficado tão amassada porque enfiei a blusa aqui de qualquer jeito.

Tirou a blusa do guarda-roupa e a segurou diante de si, olhando-a com estranhamento. Ora, está toda amassada e suja, ela pensou – manchada e enrugada, como se alguém a tivesse amassado. Mas o que Bub andou fazendo com ela?

Lutie foi acordá-lo. "O que você andou fazendo no meu guarda-roupa?", ela perguntou.

"Guarda-roupa?" Bub olhou para ela com os olhos inchados. "Eu *num* mexi no seu guarda-roupa."

"Pare de dizer *num*, fale direito", ela disse. "O que você andou aprontando com a minha blusa?" Lutie segurou a roupa diante dele.

Bub estava bem desperto agora, e olhou para Lutie com um espanto tão óbvio que ela soube que o filho estava dizendo a verdade. "É sério, mãe", ele protestou. "Eu não fiz isso."

Sem pensar, ela afastou a blusa de si, segurando-a pelo cabide de metal e pensando, Bem, então quem foi? Ela sabia que não tinha pendurado a blusa amassada e suja. Então Lutie se lembrou de que Jones, o zelador, estivera no apartamento na noite passada jogando cartas com Bub. Mas ele não seria capaz, ela pensou – o que ele poderia ter feito com a blusa dela e quando fez isso?

"Bub", ela disse bruscamente, "você saiu enquanto o zelador esteve aqui?"

Ele assentiu. "Fui comprar cerveja pra ele."

Lutie se virou e foi até a cozinha para que Bub não visse a expressão em seu rosto, pois ela estava com medo e nervosa e enjoada ao mesmo tempo. Ela conseguia vê-lo ali em seu quarto, ávido e abatido, com a blusa entre as mãos.

Lutie abriu as torneiras da banheira, jogou sabão em flocos dentro – muito sabão – e deixou a água quente correr até a espuma subir bem. Ela quase deixou a banheira transbordar, pois ficou ali parada diante dela, pensando, O homem é um lunático. Absolutamente lunático.

Por fim, ela desligou a torneira e mergulhou a blusa bem fundo na água quente e cheia de sabão. Lutie não poderia vesti-la de novo – por um bom tempo. E com certeza não a usaria naquela noite.

9

Bub ficou parado na porta do quarto de Lutie, vendo-a se vestir. Eram nove e meia, e ele pensava, Se ela está saindo tão tarde, vai demorar muito pra voltar. Bub não queria que a mãe soubesse que ele tinha medo de ficar sozinho em casa. Desejou que houvesse alguma forma de fazê-la ficar ali com ele sem ter de dizer que estava com medo.

Seria como na noite anterior. Bub não tinha dormido de luz acesa, como disse. Depois que o velho foi embora, ele se sentou no sofá e se deitou, mas não apagou a luz porque, mesmo de olhos bem fechados, dava para ver a escuridão ao seu redor. A mobília ficava diferente no escuro – cada móvel ganhava uma forma estranha e ameaçadora que transformava a sala inteira.

Ele se apoiou no batente da porta, sustentando o peso em um pé e depois no outro para tentar ver quanto tempo aguentava em um pé só sem perder o equilíbrio nem se cansar. Lutie pegou um batom e Bub a observou com atenção enquanto ela pintava os lábios com uma cor vermelho-rosada. Ela franzia a testa de leve enquanto se olhava no espelho.

"Você está muito bonita", ele disse. Sua mãe vestia uma saia preta longa que fazia um barulhinho quando ela andava, uma blusa branca e um lenço vermelho amarrado em volta da cintura. "Aonde você vai, mãe?"

"Para um baile no Casino. Vou cantar lá hoje."

Bub aceitou o fato de que ela iria cantar assentindo em aprovação, pois ele adorava ouvi-la cantar ou cantarolar, e tomou como certo que outras pessoas também adorariam. Mas, se a mãe iria para um baile, então ela voltaria bem tarde para casa. O chão iria ranger e o vento sacudiria as janelas como se alguma coisa lá fora estivesse tentando entrar para pegá-lo, e ele estaria sozinho em casa. Quando a mãe estava lá, ele nunca ouvia barulhos desse tipo – passos no corredor lá fora e portas que batiam, fazendo o maior barulho. Ele nunca acordava assustado e sem saber por que estava assustado, como acontecera na noite anterior. O escuro não o incomodava quando a mãe estava com ele, pois Bub sabia que tudo o que tinha de fazer era chamá-la, e então ela viria.

"Você vai demorar?", ele perguntou.

"Não muito. Vou pôr você na cama antes de ir." Ela tirou os olhos do espelho. "Vai já se arrumar, assim posso apagar a luz quando sair."

Ele se demorou na porta, vendo-a afivelar os sapatos de salto vermelhos, querendo pedir que ela não apagasse a luz quando saísse e lembrando que, quanto mais a luz ficava acesa, mais cara a conta ficava.

"Posso ler um pouco antes de dormir?"

"Sou obrigada a dizer que não. Você vai já pra cama." E quando Bub ficou ali, segurando um dos pés por trás do corpo, Lutie se levantou e afagou seu ombro. "Vamos, meu bem. Não tenho muito tempo."

Bub foi com relutância até o banheiro e passou um bom tempo vestindo o pijama. Examinou os sapatos e as meias com muita atenção, como se nunca os tivesse visto antes e estivesse pensando em como poderiam ser usados. Abriu a torneira da pia do banheiro e mexeu na água com um dedo lânguido, observando as pequenas ondas que se formavam enquanto seu dedo ia e voltava, desejando ser capaz de ir em frente e dizer para a mãe que estava com medo de ficar sozinho. Talvez assim a mãe pudesse perguntar se ele queria que o zelador lhe fizesse companhia até ela voltar. E ele viria. Mas a mãe não parecia gostar muito dele. Bub lavou o rosto e as mãos, pegou suas roupas e foi até a sala.

Lutie estava fazendo a cama dele e Bub ficou parado no meio da sala observando a forma como a saia longa meio que esvoaçava ao seu redor quando ela se mexia. Era como se a barra da saia se curvasse para ela, e, quando ela se inclinou e então se endireitou, as pontas da faixa vermelha se mexeram rápido, como se a faixa estivesse dançando. Bub olhou para a faixa com deleite.

"Está bem", ela disse. "Vou vestir o casaco enquanto você se ajeita pra dormir."

Ele se deitou no meio do sofá e olhou para o teto, tentando pensar em algo que pudesse adiar a saída dela. Quando a mãe não estava por perto, Bub era tomado por um sentimento de perda. Não era só o escuro, pois a mesma coisa acontecia durante o dia, quando ele voltava da escola. No instante em que abria a porta, Bub era acometido por um sentimento de desolação, pois a casa estava vazia, quieta e estranha. Ao meio-dia, ele almoçava às pressas e ia para a rua. Depois da escola, ele trocava de roupa bem rápido e, mesmo enquanto se trocava, não importava o quão rápido fosse, mesmo assim a casa ficava assustadora e fria. Mas, quando a mãe estava lá, o lugar era quentinho, acolhedor e familiar.

Um colega da escola precisou ficar em casa por cinco dias por causa de uma dor de dente. Bub podia dizer que estava com dor de dente. Mas não tinha certeza de quanto tempo os dentes demoravam para crescer e não queria que a mãe soubesse que ele estava inventando coisas assim que o ouvisse dizendo que estava com dor. Ou dor de crescimento podia ser melhor – muitas crianças na escola tinham dor de crescimento. Ele estava tentando decidir onde a dor de crescimento seria quando a mãe voltou para a sala. Ela foi até o hall e acendeu a luz.

Então Lutie se curvou para lhe dar um beijo e Bub sentiu seu cheiro suave e doce e a abraçou bem forte com os dois braços, pensando que bom seria se ela pudesse ficar apenas o tempo suficiente para ele cair no sono. Não demoraria muito, pois ele dormiria bem rápido com a mãe ali perto.

Bub soltou os braços e se deitou, com medo de que a mãe ficasse brava com ele ali pendurado nela daquele jeito, pois se lembrou de como ela tinha ficado brava de manhã por causa da blusa amassada, e ele podia amassar aquela que ela estava usando ao apertá-la tão forte daquele jeito. Lutie alcançou a luz ao lado da cama e Bub tocou seu casaco num gesto suave e carinhoso.

"Até logo, querido", ela disse e apagou a luz.

Instantemente a sala mergulhou na escuridão. Bub arregalou os olhos, numa tentativa de ver algo além daquele breu repentino. Os cantos da sala estavam ali, ele sabia, mas não podia vê-los. Tinham sido apagados pelo escuro. Bub sentia como se estivesse pendurado num espaço vazio e não soubesse quanto espaço havia ali além daquele que seu corpo ocupava.

A poltrona perto do sofá se tornara uma massa de escuridão e não se parecia mais com uma poltrona. Era um objeto estranho e assustador, como a mesa dobrável diante da janela e a estante. Foi como se mãos muito rápidas e ligeiras tivessem substituído os móveis por outras coisas assim que a luz se apagou. Aos poucos, seus olhos se acostumaram com o escuro e Bub viu que um pouco da luz fraca do corredor entrava na sala, formando um quadrado de luz amarela e fraca no piso Congoleum. E até isso era perturbador, pois ele não conseguia distinguir o xadrez familiar do piso.

"Você não vai deixar ninguém entrar aqui, certo?", Lutie perguntou.

Bub tinha se esquecido de que a mãe ainda estava na sala e olhou na direção da voz dela, grato por ouvi-la. "Não, senhora."

A voz de Bub soou algo tensa e ofegante, e Lutie se voltou para ele. "Você está se sentindo bem, querido?", ela perguntou.

"Sim." Bub esperava que a mãe notasse que havia algo errado com ele. Então, quando ela notou, de repente Bub não queria que ela descobrisse que ele era um covarde que tinha medo do escuro e de ficar sozinho. Bub se lembrou dos caubóis durões, dos detetives altivos e corajosos dos filmes, dos meninos grandes e valentões da 6ª B, e disse: "Sim, estou bem".

Lutie foi na direção do quadrado de luz e ele a enxergou nitidamente por um momento – o brilho do cabelo no topo da cabeça, a saia longa com seus movimentos suaves, o casaco curto e largo.

"Até logo", ela disse mais uma vez e se virou para o filho, sorrindo.

"Tchau, mãe", ele respondeu. Então a luz do hall se apagou. Mas ela continuava ali, pois Bub a ouviu abrindo a porta e por um instante a luz do corredor entrou na sala. Bub se inclinou na direção da luz, que projetava sombras escuras nos cantos da sala, até mesmo na entrada. Então ela fechou a porta.

O apartamento inteiro foi engolido pela escuridão. Bub ouviu o som da chave de Lutie se virando na fechadura. Seus saltos fizeram barulho enquanto ela atravessava o corredor. Bub se sentou, endireitando-se, para ouvir melhor. Ela estava descendo as escadas. Seus passos ficaram cada vez mais distantes até que, por mais que se esforçasse, ele não podia mais ouvi-los.

Bub se deitou, puxou as cobertas até o queixo e fechou bem os olhos, que não manteve fechados. Ele ficou abrindo e fechando os olhos, pois, mesmo quando fechados, Bub estava ciente da escuridão ao seu redor, que tinha uma qualidade pesada e densa – como um melado, mas preto.

Era pior quando Bub estava de olhos abertos, pois ele não conseguia enxergar nada e ficava imaginando que a sala inteira tinha se transformado e mudado de lugar. Ele espiava escuridão adentro, tentando ver o que estava acontecendo. Bub se sentou, voltou a se deitar e então cobriu a cabeça. Havia uma qualidade ainda mais estranha no escuro embaixo das cobertas. Ele fechou os olhos e então voltou a abri-los logo depois, sem saber o que poderia encontrar ali aninhado junto dele embaixo dos lençóis, sentindo medo de olhar e medo de não olhar.

Passos pesados subiram as escadas, então Bub jogou as cobertas e se sentou para ouvir. Talvez fosse o zelador, pensou. Os passos passaram pela porta, seguindo adiante no corredor, e Bub voltou a se deitar, desapontado. Os degraus lá fora rangeram. Um ruído baixo e insistente começou a soar nas paredes, um som ligeiro e galopante que o fez tremer e se encolher embaixo das cobertas, pois Bub se lembrava das histórias tão vívidas que Lil lhe contou sobre ratos e ratazanas que devoraram as pessoas.

Estava havendo uma briga no apartamento vizinho. Num primeiro momento, Bub julgou bem-vindo o som de vozes altas e raivosas, pois abafavam o som das ratazanas nas paredes. Uma louça quebrou. Alguma coisa bateu pesadamente contra a parede e fez o reboco se soltar. Bub ouviu o som do reboco caindo, caindo. As vozes ficaram mais violentas e a mulher começou a gritar.

Bub enfiou os dedos nas orelhas. Com o movimento dos braços, sua cabeça ficou descoberta e num instante a escuridão da sala o envolveu. Bub agarrou as cobertas com força, cobrindo bem a cabeça, e o som horrível das vozes e dos gritos se fazia ouvir nitidamente pelo cobertor e pelos lençóis.

"Sua preta vagabunda, eu devia ter matado você faz tempo."

"Não chega perto de mim. Não chega perto de mim", a mulher dizia ofegante.

Alguém jogou uma garrafa por uma janela do quarto andar, que foi pousar no pátio lá embaixo com um tilintar que ecoou e ecoou. Por um momento, tudo ficou em silêncio. Então um cachorro começou a latir e as vozes do apartamento ao lado recomeçaram.

A mulher soluçava e, ouvindo o som de seu choro, Bub ficou com mais medo. Era um som tão solitário e que fazia a sala estremecer, de forma que ele quase pôde ver o som passeando pela escuridão. Ao seu redor, não havia nada que fosse familiar, nada que já tivesse visto antes. Seu rosto endureceu. Ele estava ali sozinho, perdido no escuro, perdido em um lugar estranho e cheio de coisas terríveis.

Ele se esticou, tateou em busca da luz, encontrou o interruptor e ligou. Num instante, ali estava a sala ao seu redor – familiar, segura, da forma como ele sempre a conheceu. Bub estudou o lugar com cuidado. Todas as coisas que conhecia tão bem estavam exatamente no lugar ao qual pertenciam – a poltrona, a mesa dobrável, o rádio, o piso Congoleum. Nada havia mudado. Mas no escuro aquelas coisas desapareciam e eram substituídas por formas estranhas e desconhecidas.

Os soluços da mulher no apartamento vizinho cessaram. De algum lugar lá embaixo, vinham os sons de risada e de copos batendo. Bub se deitou tranquilo, não mais assustado. A mãe ficaria furiosa quando voltasse e o encontrasse dormindo de luz acesa, mas ele não podia voltar a apagá-la.

Então lhe ocorreu que a mãe não se importaria com a luz acesa se ele pudesse descobrir uma forma de ganhar dinheiro para ajudar a pagar a conta. Bub franziu a testa. Ela não tinha gostado da caixa de engraxate. Mas devia haver alguma outra forma de conseguir dinheiro que ela aprovasse. Por fim, Bub caiu no sono, ainda pensando em algo que pudesse fazer para ganhar dinheiro.

Quase no mesmo momento em que Bub adormecia, Lutie entrou no saguão do Casino, onde o odor do piso encerado, da poeira, da bebida e do perfume pairava no ar.

Naquela hora, o salão de dança estava deserto e sem vida. As garotas de olhar atrevido no guarda-volumes conversavam preguiçosamente. Seus olhos estavam sempre espiando os pires de porcelana grossos e brancos nas prateleiras diante delas, como se estivessem fascinadas com a perspectiva dos trocados que poderiam se juntar às solitárias moedas de 25 e 10 centavos que elas tinham colocado ali no início da noite. As fileiras e mais fileiras de cabides vazios atrás delas enfatizavam o ar silencioso e de espera do lugar.

Enquanto entregava o casaco para uma das garotas do guarda-volumes, Lutie se perguntou se Bub não tinha medo de ficar sozinho e sentia vergonha de admiti-lo, pois se lembrou de sua expressão repentina e assustada quando ela o acordou ao abrir a porta na noite anterior.

Ela aceitou mecanicamente um disco branco da garota e o guardou na bolsa. Quando está vazio, o Casino tem uma tristeza inexplicável, ela pensou. Dava para saber o valor das coisas ali, e nunca era bom ver nada dessa forma. O tapete vermelho do saguão estava surrado e havia pontos escuros onde os cigarros tinham sido apagados. As palmeiras artificiais em grandes vasos de cobre na entrada estavam cinza de poeira. Até mesmo a escadaria que conduzia ao salão de baile lá em cima precisava muito de uma mão de tinta.

A saia preta longa caía em seus pés enquanto Lutie subia as escadas. Ela ficou surpresa ao se dar conta de que não estava nervosa nem animada por cantar com a banda de Boots Smith. Agora que estava prestes a fazê-lo, Lutie recuperou seu sentimento de autoconfiança e caminhava depressa, de cabeça erguida e cantarolando.

O salão de dança brilhante e encerado parecia imenso. Embora ainda restasse mais uma hora até as pessoas começarem a chegar para dançar, as luzes coloridas já estavam posicionadas – azul-claro, tons delicados de rosa e amarelo –, cores do arco-íris que se moviam de lá para cá, banhando o piso enorme e muito liso em faixas de luz suaves e errantes.

Enquanto atravessava o salão na direção do palco onde a banda tocava baixo, Lutie notou que os seguranças do Casino já estavam ali, reunidos em um pequeno grupo num canto. Os smokings não podiam ocultar seus longos braços e os ombros brutais. Todos eles tinham sinais evidentes de ex-boxeadores, desde o rosto cheio de cicatrizes e as orelhas horríveis até a forma como inclinavam a cabeça na direção dos ombros, como se estivessem se esquivando de socos.

Boots saltou do palco quando a viu. Ele a encontrou no meio do caminho. "Sabe", ele disse, "tinha começado a achar que você não viria. Não sei por quê". Os olhos dele viajaram lentamente dos cachos arranjados no alto da cabeça até os sapatos vermelhos nos pés dela. "E você está uma maravilha, boneca", disse num tom suave.

Boots deu o braço para ela e a conduziu até a banda. "Meninos, conheçam Lutie Johnson", ele disse. "Ela vai cantar com a gente hoje. Com qual você quer começar?", ele perguntou, virando-se para ela.

"Oh, não sei." Ela hesitou, tentando refletir. "Acredito que *Darlin'* seja melhor." Foi a música que Boots a ouviu cantando no Junto e gostou.

Ela evitou os olhares dos homens da banda, pois os pensamentos deles estavam estampados em seu rosto. O pianista gordo abriu um grande sorriso. Um dos trompetistas piscou para o baterista. Os outros se acotovelaram e assentiram, cheios de intenções. Um dos saxofonistas ergueu seu instrumento em uma saudação zombeteira para Boots. Era bem óbvio o que estavam dizendo a si mesmos e uns para os outros, É, Boots arranjou uma garota nova e está tentando seduzir ela com esse negócio de cantar.

Boots os ignorou. Ele marcou o ritmo com o pé e a música começou. Lutie caminhou na direção do microfone e ficou ali esperando que a melodia se repetisse. Ela tocou o microfone e então o agarrou com as duas mãos, pois o metal era frio e suas mãos tinham esquentado de repente. Enquanto segurava o microfone, Lutie sentiu como se sua voz estivesse escorrendo pela haste fina de metal, e essa ideia a deixou aterrorizada.

A música cresceu atrás dela. Lutie começou a cantar timidamente no começo e então sua voz ficou mais forte e sonora, pois ela aos poucos foi se esquecendo dos homens da banda, esquecendo-se até mesmo de que estava ali no Casino e por quê.

Embora cantasse a letra da música, Lutie estava pensando e punha em suas palavras algo totalmente diferente: ela indo embora daquela rua com seus corredores escuros, aqueles quartos arruinados e miseráveis; ela levando Bub consigo para um lugar onde não haveria nenhuma sra. Hedges nem garotas resignadas e desiludidas, nenhuma criatura semi-humana como o zelador. Ela e Bub indo embora para um lugar bem longe dali para nunca mais voltar.

Os últimos acordes baixos da melodia se dissiparam e Lutie ficou segurando o microfone, imóvel. Havia um completo silêncio atrás dela, que se virou para a banda preenchida por uma dúvida repentina, desejando que tivesse mantido a cabeça naquilo que estava fazendo, na letra da música, em vez de ficar sonhando acordada.

Os homens da banda se levantaram. Eles estavam fazendo uma reverência para ela. Era um gesto exagerado, pois eles se abaixaram tanto que por um momento tudo o que ela pôde ver foram as costas deles – arredondadas e arqueadas enquanto se curvavam. Lutie se encheu de triunfo com essa visão, pois sabia que aquela mesura absurda e despropositada era sua forma de dizer que eles a aceitavam como cantora por seu próprio mérito, e não porque ela era a mais nova namorada de Boots.

"Eu…", ela se virou para Boots.

"O trabalho é seu, boneca", ele disse. "Todo seu. Dito e feito, por quanto tempo quiser."

Depois que Boots disse isso, Lutie não pôde se lembrar de muita coisa mais. Ela sabia que cantou outras músicas – novas e antigas – e, a cada vez que cantava, o sorriso de satisfação no rosto de Boots crescia. Mas isso foi algo que Lutie percebeu em meio a um borrão e uma névoa de felicidade e contentamento, pois ela havia encontrado uma forma de ir embora daquela rua.

Quando os ponteiros do grande relógio na parede marcaram onze e meia, o grande salão se encheu de pares de dança. As pessoas chegavam em grupos de nove e dez. As mesas ao redor do salão transbordavam de gente – garotas, soldados, marinheiros, homens e mulheres de meia-idade. Os seguranças de smoking andavam cautelosamente por entre a multidão, sempre rodeando as pessoas, misturando-se a elas. O longo bar na lateral do salão estava quase escondido pelas pessoas ao seu redor. Os barmen se moviam com rapidez, servindo bebidas, substituindo copos cheios por outros vazios.

As luzes suaves e coloridas brincavam sobre os dançarinos. Havia mulheres em trajes de noite, garotas com saias curtas bem apertadas e suéteres colados aos seios jovens. Garotos de calças justas, um pouco acima dos tornozelos, ensaiavam coreografias agressivas com as jovens. Alguns dos pares faziam os movimentos extravagantes do *jitterbug*, dançavam a rumba, inventavam novos e intrincados passos de dança. As luzes, sempre em movimento e mudando de cor, destacavam rostos e figuras dentre a multidão, acrescentando uma impressão de excitação e um ar risonho aos dançarinos. As pessoas nas mesas bebiam em copinhos de papel, comiam frango frito, bolo e sanduíches de presunto bem recheados.

Lutie cantava em intervalos frequentes, sempre recebendo muitos aplausos. Mas, mesmo enquanto estava cantando, ela podia ouvir o balbuciar de vozes sob a música. Garçons em casacos brancos se apressavam para lá e para cá nas mesas, carregando bandejas pesadas cheias de baldes de gelo, garrafas de refrigerante, canecas grandes espumando cerveja. E o tempo inteiro os dançarinos se moviam diante dela, balançando e gingando. Alguns até cantavam com ela.

O ar ficou pesado com o calor do corpo das pessoas, o cheiro de cerveja, de uísque e de fumaça de cigarro que pairava sobre o grande salão como uma nuvem carregada. E Lutie pensou, Não importa quem está cantando ou se canta bem ou mal, pois ninguém ouve de verdade. Todo mundo aqui está ocupado namorando, brigando, bebendo ou dançando.

Durante o intervalo, Boots lhe perguntou: "O que acha de uma bebida, boneca?".

"Aceito", Lutie disse. Pela primeira vez ela percebeu o quão cansada estava. Na volta do trabalho, ela tinha comprado comida em lojas abarrotadas de gente, depois preparara o jantar para ela e Bub, lavara e passara camisas para ele e uma blusa para ela mesma. A animação de ir até ali, de cantar, de saber que conseguiria aquele trabalho que significava tanto para ela obscurecera totalmente qualquer sensação de fadiga. Agora que tudo tinha acabado, ela estava consumida, exausta.

"Eu adoraria beber alguma coisa", ela disse grata.

Boots fez o pedido para o garçom e a conduziu para uma das mesinhas que rodeavam o salão. Um garçom de casaco branco empurrou um pequeno copo na mesa para Boots. Então ele abriu a garrafa de cerveja que estava em sua bandeja, serviu a bebida em uma caneca grossa e a posicionou tão perfeitamente diante de Lutie que ela se perguntou se ele tinha medido a distância.

Boots encheu seu copo com a bebida de uma garrafinha que pegou do bolso. Então começou a deslizar o copo para a frente e para trás na mesa, segurando-o delicadamente entre o polegar e o indicador. Ele olhou para Lutie e sorriu. A cicatriz longa e fina em sua bochecha subia na direção dos olhos quando ele sorria.

"Sabe, boneca, eu poderia me apaixonar facilmente por você", Boots disse. E, ele pensou, era verdade. E também pensou que, se não pudesse consegui-la de nenhuma outra forma, iria em frente e se casaria com ela, então riu, pois o pensamento de ser um homem casado o divertiu. Ele empurrou o copo para a frente e para trás e sorriu mais uma vez para Lutie.

"Verdade?", ela disse. A coisa estava começando rápido demais. Mas tudo bem, pois ela tinha conseguido o trabalho e era isso o que importava. Ela procurou uma resposta que não o rejeitasse totalmente, mas que pudesse detê-lo. "Eu me apaixonei uma vez e penso que, quando você aposta tudo nisso, não sobra muita coisa pra mais ninguém", ela disse com cuidado.

"Você está falando do seu marido?"

"Sim. Não foi culpa dele não ter dado certo. E acho que não foi culpa minha também. Nós éramos muito pobres e muito jovens pra suportar a pobreza."

São todas iguais, ele pensou. É dinheiro que elas querem, até essa daqui, com esse rosto tão meigo e jovem. E ele quase ronronou, pensando que o casamento nem seria necessário. Era uma questão de tempo, bem pouco tempo. Ele se inclinou na mesa para dizer: "Você não precisa mais ser pobre. Não depois de hoje. Tudo o que precisa fazer agora é cuidar bem de mim, boneca".

Boots pensou que Lutie lhe daria alguma indicação de que cuidar bem dele seria algo fácil para ela. Em vez disso, ela se levantou da mesa, franzindo a testa de leve. A caneca diante dela não estava nem na metade.

"Ei, você não terminou sua cerveja", ele protestou.

"Eu sei", Lutie acenou na direção do palco, onde a banda se alinhava. "Os meninos estão prontos pra começar", ela disse.

Eram três horas quando o arco-íris de luz parou de passear pelo salão. Ao toque final dos trompetes, a banda começou a guardar os instrumentos. As pessoas se enfileiravam, deixando o grande salão devagar e relutantes. A escadaria ornamentada ficou abarrotada de gente, pois as pessoas caminhavam muito próximas umas das outras, como se ainda unidas pela memória da música e da dança.

As garotas do guarda-volumes sorriam enquanto tiravam os casacos dos cabides e pegavam os chapéus nas prateleiras. Moedas tilintavam nos pires brancos e grossos. Os homens se amontoavam diante dos espelhos, ajeitando lenços coloridos em volta do pescoço, abotoando casacos, dando forma aos chapéus e encaixando-os na cabeça com absoluto cuidado.

Boots se virou para Lutie. "Posso te oferecer uma carona pra casa, boneca?"

"Seria bom", ela disse de pronto. Talvez assim Boots lhe dissesse o valor do salário que ela receberia pelo trabalho. E talvez ele também – e esse pensamento a desagradou – fizesse a primeira tentativa de avançar para o próximo passo – aquele negócio de que ela deveria cuidar bem dele. Naquele momento, Lutie se sentia tão forte e tão confiante que estava certa de que poderia dispensá-lo com habilidade, seguindo dessa forma até assinar o contrato de trabalho.

Quando eles chegaram ao saguão, havia apenas um punhado de retardatários por ali, ainda ajeitando chapéus e casacos, os homens se olhando cobiçosamente no espelho, as mulheres posando no banco circular que ficava no meio do saguão. As mulheres pisavam fundo no tapete vermelho, aproveitando a sensação na sola dos sapatos e admirando os vislumbres que captavam do próprio reflexo nos espelhos da parede.

Ao pé da escada, um dos maiores seguranças do Casino pousou uma mão grande e rechonchuda no braço de Boots. Lutie o encarou, pois de perto a pele maltratada de seu rosto, a estranha deformação das orelhas e o volume enorme dos ombros sob o tecido macio do smoking eram impressionantes.

"Ei, Boots", ele disse. "Apareça no Junto. Ele quer te ver." As palavras saíram do canto da boca do homem, que mal mexeu os lábios.

"Ele telefonou?"

"Sim. Uma hora atrás, mais ou menos. Disse pra você dar uma passada lá quando estivesse por aqui."

"Certo, amigo."

Boots pegou o casaco de Lutie no guarda-volumes e o segurou para ela, abriu as grandes portas do Casino e a conduziu até seu carro, não pensando nela realmente, mas se perguntando o que o velho Junto queria de tão importante que não podia esperar até o dia seguinte.

Ele dirigiu pela Seventh Avenue em silêncio, conjecturando sobre isso. Quando finalmente se lembrou de que Lutie estava ali no carro com ele, Boots pegou a 125th Street. "Onde eu deixo você?", ele perguntou distraído.

"Na esquina da 116th Street com a Seventh."

Ele parou o carro na esquina da 116th Street e passou por cima dela para abrir a porta. "Vejo você amanhã à noite, boneca?", ele perguntou. "No mesmo horário, pra gente ensaiar mais algumas?"

"Sem falta", ela disse e ficou um tanto espantada, pois as mãos dele tinham voltado para o volante e ali ficaram. Boots olhava adiante, para a rua, com os pensamentos obviamente distantes, nem um pouco preocupado com ela.

Lutie ficou olhando para o carro até ele desaparecer de vista, tentando descobrir o que havia distraído e perturbado tanto Boots a ponto de tirá-la completamente de seus pensamentos.

O vento ergueu as dobras de sua saia e soprou seu casaco curto e largo. Lutie encolheu os ombros. Fazia muito frio para ficar ali naquela esquina, intrigada com o que se passava na cabeça de Boots Smith.

A caminho de seu prédio, ela passou por umas poucas pessoas apressadas. Fora isso, a rua estava mergulhada em um silêncio mortal. Quase todas as casas estavam escuras.

O frio não podia atingi-la, mesmo com aquele casaco fino, Lutie pensou. Pois o fato de que ela não precisaria viver naquela rua por muito mais tempo servia de barreira contra o frio, surtindo mais efeito que o casaco mais grosso e mais quente. Lutie brincava com os números. Talvez ela fosse ganhar 40, 50, 60, 70 dólares por semana. Todos esses valores soavam incrivelmente altos. E ela pensou que, independentemente da soma, seria como uma riqueza grande e repentina em comparação ao seu salário atual.

Um homem apareceu de supetão bem diante dela – uma figura furtiva e ligeira que logo desapareceu na escuridão da rua. Enquanto Lutie se aproximava da porta da qual ele tinha surgido, uma mulher apareceu cambaleando, aos gritos: "Ele levou minha bolsa! O maldito levou minha bolsa!".

Janelas se abriram por toda a rua, de cima a baixo. Cabeças apareceram nas janelas – cabeças silenciosas e observadoras que formavam globos escuros contra os espaços escuros que eram as janelas. A mulher ficou no meio da rua, berrando a plenos pulmões.

Lutie deu uma boa olhada na mulher quando passou por ela. Ela usava um chapéu de feltro masculino que quase lhe cobria os olhos e calçava sapatos de homem. Seu casaco estava bem fechado com alfinetes. Ela brandia os pulsos enquanto praguejava contra o homem que já tinha sumido muito tempo antes.

Reprimendas grosseiras vinham das janelas:

"Ah, cale a boca! As pessoas querem dormir."

"Mas o que você tinha nessa bolsa? Seu aluguel?"

"Vá pra casa, sua velha, antes que eu jogue um presentinho nessa sua cara feia."

Quando a voz da mulher baixou, transformando-se em resmungos, as cabeças desapareceram e as janelas foram fechadas. A rua voltou a ficar quieta. E Lutie pensou, Ninguém pode viver numa rua dessas e manter a decência. A rua pegaria as pessoas uma hora ou outra, sugando a humanidade delas – aos poucos, de maneira certa e inevitável.

Lutie olhou para cima, para os apartamentos escuros onde as cabeças surgiram. Eram fileiras após fileiras de janelas estreitas – andares após andares abarrotados de gente. Ela olhou para a rua, ladeada de latas de lixo. Gatos meio famintos vagavam pelas lixeiras – fazendo papéis farfalharem, roendo ossos. E mais uma vez ela pensou que não era apenas aquela quadra, aquela rua em particular. Era assim por todo o Harlem, em qualquer lugar onde os aluguéis eram baixos.

Mas ela e Bub estavam deixando ruas como essa para trás. E o pensamento de que ela tinha conseguido realizar isso sozinha, sem a ajuda de ninguém, fez Lutie abrir a porta de seu prédio com vigor. O pensamento a fez se deter lá dentro por um momento, sem enxergar o saguão pouco iluminado, mas vendo que ela e Bub viviam juntos em um lugar grande e espaçoso. Bub crescendo bem e forte.

O vento da rua ergueu a saia ao redor de suas longas pernas e, ali sorrindo, o rosto e o corpo dela irradiavam triunfo. Lutie quase parecia dançar.

10

Depois que Min pendurou a cruz em cima da cama, Jones passou a dormir na sala. Ele não podia mais suportar a visão daquela cruz, mas sabia que estava ali, e isso o deixava nervoso e incomodado.

No fim das contas, parecia que ele estava sempre dando de cara com a cruz. Para onde quer que olhasse, Jones via um vislumbre de seus contornos. Seus olhos desenhavam uma linha horizontal no longo fio que pendia da luz do teto e num instante lá estava a cruz, pendurada diante dele. Jones procurava e encontrava a forma de uma cruz nas vidraças da janela, nas cadeiras, nas barras da gaiola do canário. Quando olhava para Min, ele via os contornos da cruz tão nitidamente que era como se estivesse sobreposta ao seu corpo flácido e disforme.

Ele desenhava uma linha imaginária da cabeça dela até os pés, acrescentando outra linha transversal, e então, sempre que olhava em sua direção, Jones via a cruz. Quando Min falava com Jones, ele não olhava mais para ela, com medo de ver não Min, mas a grande cruz dourada que ela tinha pendurado em cima da cama.

Jones se revirava no sofá pensando na coisa. Por fim, sentou-se. Min roncava no quarto. Ele quase podia ver o lábio inferior dela tremendo com o sopro de sua respiração saindo pela boca aberta. Esse som preenchia a sala, acompanhado pela respiração pesada do cachorro.

Jones ficou irritado ao ver que Min e o cachorro se perdiam confortavelmente em sonhos enquanto ele estava bem acordado — dolorosamente acordado. Ele pensou no apartamento de Lutie no último andar. Era como um ímã que o atraía, puxando-o para lá com firmeza, de modo irresistível. Ele se vestiu às pressas no escuro. Precisava subir até lá para ver se Lutie estava em casa. Talvez ele conseguisse dar mais uma olhada nela.

Jones subiu as escadas a passos firmes, com os pensamentos voando longe. Dessa vez, ele lhe diria que tinha subido até lá para vê-la. Lutie o convidaria para entrar e os dois se conheceriam de verdade. Os degraus rangiam com o peso dele.

Não havia luz embaixo da porta do apartamento dela. Jones hesitou, sem saber o que fazer. Não tinha lhe ocorrido que ela pudesse estar fora. Ele olhou inexpressivo para a porta e então seguiu pelo corredor, subindo o pequeno lance de escada que conduzia ao telhado. Ficou olhando para baixo, para a rua escura, estudando os contornos dos prédios recortados contra o céu.

Aos poucos, começou a discernir a forma de uma porção de cruzes nos prédios. Então, Jones desceu as escadas sem fazer barulho e entrou em seu apartamento. Não se despiu, apenas tirou os sapatos e se deitou ouvindo o som do ronco de Min e a respiração pesada do cachorro. Estava cheio de ódio.

Ele não conseguia dormir. Seus pensamentos estavam repletos de uma vasta e terrível confusão, na qual imagens de Lutie guerreavam com imagens de Min. O amor e o desejo que sentia por Lutie se misturavam ao ódio e à aversão que tinha por Min. Jones estava preso a ela, não tinha sido capaz de mandá-la embora. E quanto mais tempo Min ficava ali, mais certeza Jones tinha de que nunca convenceria Lutie a viver com ele. Jones pensava na figura dela, talhando sua imagem na escuridão. Ela não era o tipo de garota que se envolveria com um homem que trazia uma mulher lastimável presa a ele.

Devia haver alguma forma de se livrar do medo provocado por aquela cruz que Min pendurara em cima da cama. Mas, embora pensasse nisso demoradamente, ele sabia que jamais seria capaz de tocar naquela coisa por tempo suficiente para tirá-la da casa. E Min ficaria ali com ele enquanto a cruz estivesse lá.

A sala tinha um ar frio e ameaçador. Ele jogou a colcha de retalhos no chão e alcançou os sapatos pesados de trabalho sem acender a luz, pois queria sair logo dali e descer até o porão, onde havia o calor do fogo na caldeira. A luz que saía pela porta aberta lhe faria companhia e o embalaria até o sono, como tantas vezes aconteceu quando Jones dormia em porões.

Um dos sapatos escorregou de sua mão e caiu no chão com um baque alto. Min parou de roncar. Jones ouviu as molas rangendo quando ela se virou na cama. Ele acendeu a luz e se curvou para amarrar os sapatos, sem se importar que Min soubesse que ele estava de saída. Jones pensou em Min com desdém. Provavelmente ela estava sentada na cama, com a cabeça inclinada para o lado como o cachorro fazia, imaginando que barulho foi aquele que a acordou.

No corredor, Jones abriu a porta do porão, mas parou com a mão na maçaneta quando a porta da rua se abriu. Ele se virou para ver qual dos inquilinos estava chegando tão tarde e viu Lutie parada na entrada do prédio, com sua saia longa esvoaçando ao redor do corpo. Lutie parecia iluminar o hall inteiro. Havia um meio sorriso em seus lábios, e Jones pensou que Lutie sorria diante da visão dele, completamente atraída.

Jones tirou a mão da maçaneta com um gesto lento e expansivo e começou a andar na direção dela, pensando que a teria naquele instante, naquela noite, tremendo com esse pensamento. Seu corpo longo e esguio parecia maior do que nunca naquela luz fraca. Os olhos dele estavam arregalados, fixos nela. Ele respirava depressa em sua excitação, ofegando audivelmente.

Lutie captou o movimento de sua mão soltando a maçaneta, viu aquela figura indo em sua direção. Ela não conseguia ver quem ou o que se movia, pois a porta do porão estava mergulhada nas sombras, de forma que não pôde discernir as sombras e o movimento. Então Lutie viu que era o zelador. Ou ele estava descendo para o porão ou saindo de lá. Num primeiro momento, Lutie não podia dizer o que ele estava fazendo porque mal dava para reconhecer sua figura esguia na luz fraca.

O zelador caminhava em sua direção. Lutie deduziu que ele estivesse indo para o apartamento dele. Quando ela fosse subir as escadas, teria de passar muito perto dele, e esse pensamento a encheu de medo. Ela se lembrou de sua blusa toda amarfanhada e pensou que ele poderia tê-la amassado, ao agarrá-la entre as mãos. Por um momento, Lutie não conseguiu se mover. Sua garganta ficou seca e apertada de medo.

Ela se forçou a ir até a escada, ciente de que seus passos eram duros e pouco naturais, como se seus músculos dela se rebelassem contra qualquer movimento. O zelador não estava a caminho do apartamento dele. Ele se deteve e ficou parado diante dela. De alguma forma, Lutie tinha de passar por ele sem olhar para o homem, e tinha de fazer isso naquele instante, rápido, sem pensar muito.

O zelador deu um passo para o lado e bloqueou a passagem dela para a escada. Ele pôs a mão no braço de Lutie. "Você é uma graça, uma graça. Uma belezinha, uma belezinha."

Lutie mal pôde entender as palavras, pois o homem estava tão excitado que sua voz soava baixa e rouca. Mas ela captou a palavra "graça" e se afastou dele. "Não", ela disse bruscamente. A porta da rua estava atrás dela. Se fosse rápida o suficiente, poderia conseguir sair.

Num instante, o braço dele estava em volta de sua cintura. Ele empurrou suas costas, deixando Lutie de frente para ele. Jones a estava conduzindo na direção da porta do porão.

Lutie agarrou a balaustrada. Os dedos dele abriram sua mão à força. Ela se contorcia e se retorcia nos braços dele, plantando os pés no chão e arranhando o rosto do zelador. Ele ignorou seu esforço frenético de se livrar dele, empurrando-a para a porta do porão. Lutie o chutou e sua saia longa se enrolou nas pernas, de forma que ela cambaleou, aproximando-se ainda mais dele.

Ela tentou gritar e nenhum som saiu quando abriu a boca; então Lutie pensou que aquilo era pior que qualquer pesadelo, pois aqui não existia nenhum som. Havia apenas o rosto dele perto do seu – uma cara assustadora e contorcida, os olhos brilhando, a boca aberta – e o corpo dele, tenso e suado, conduzindo-a à força na direção da porta entreaberta do porão.

Então, de repente, ela recuperou a voz. Alguém no apartamento dele devia ter aberto a porta, ou ela já estava aberta durante todo aquele tempo. Pois o cachorro estava solto e se lançava na direção deles pelo corredor escuro, rosnando. Lutie sentiu que Jones se sobressaltou atrás dela. O horror da situação era insuportável, pois o homem tremia de desejo por ela enquanto a arrastava para o porão, o corredor escuro estava tomado pelo fedor do cachorro e o corpo do homem pesava nas costas dela.

Lutie gritou até conseguir ouvir a própria voz gritando feito louca pelas escadas acima, parando nos andares, virando nos cantos, atravessando os corredores, ganhando volume ao voltar a subir as escadas. Então os gritos dela desceram as escadas até que o prédio inteiro ecoasse aquele som frenético e desesperado.

Um par de mãos poderosas a agarrou pelos ombros, arrancando-a com violência dos braços do zelador e jogando-a contra a parede. Ela ficou ali tremendo, a boca ainda aberta, ainda gritando, incapaz de deter os sons que a garganta emitia. As mesmas mãos poderosas dispararam e empurraram o zelador com toda a força contra a porta do porão.

"Fique quieta", a sra. Hedges ordenou. "Quer acordar o prédio todo?"

A boca de Lutie se fechou. Ela nunca tinha visto a sra. Hedges fora de seu apartamento e, de perto, a mulher era impressionante. Era quase tão alta quanto o zelador, mas o que ele tinha de magro e abatido, a sra. Hedges tinha de firmeza e vigor – a mulher era uma montanha.

Ela vestia uma camisola de flanela de mangas compridas e gola alta. A camisola era tão branca que sua pele se mostrava intensamente negra em contraste. Estava descalça. Suas mãos, seus pés e o que se podia ver das pernas formavam uma massa de cicatrizes – cicatrizes terríveis. A pele brilhava e se esticava nos pontos em que aparentemente havia se retesado no processo de cicatrização.

A grande camisola branca era tão folgada que, apesar do volume de seu corpo, a roupa tinha a aparência de um balão, ondulando enquanto ela ofegava levemente por conta de seu esforço, as mãos nos quadris, os olhos duros e sinistros fixos no zelador. Até naquele momento seu lenço cafona estava amarrado na cabeça com nós firmes e apertados, de forma que nenhum vestígio de cabelo se mostrava. E, observando aquela camisola larga que se movia suavemente com a corrente de ar do corredor, Lutie pensou que a sra. Hedges tinha a aparência de uma criatura vinda de outro planeta.

Sua voz sonora e agradável encheu o corredor, e ao som dela, o cachorro se afastou com o rabo entre as pernas. "Você passou tanto tempo nesses porões que já nem é mais humano. Tem até mofo crescendo em você", ela disse para Jones.

Lutie se afastou deles, na intenção de subir as escadas o mais rápido possível. Suas pernas se recusaram a levá-la e de repente ela se sentou ao pé da escada. A saia longa de tafetá se arrastou no chão de ladrilhos, agitando restos de tabaco e a poeira fina da rua. Ela não fez nenhum esforço para recolhê-la. Lutie encostou a cabeça nos joelhos, perguntando-se como conseguiria reunir forças para subir as escadas.

"Se você olhar pra essa menina de novo, eu vou trancar você. Já era pra você estar preso, de qualquer forma", a sra. Hedges disse.

Ela fez uma cara bem feia para o zelador e se virou, tocando no ombro de Lutie e ajudando-a a se levantar. "Fique um tempo na minha casa até você se acalmar, querida."

A sra. Hedges abriu a porta de seu apartamento com uma mão poderosa e acomodou Lutie em uma cadeira na cozinha. "Volto já. Fique aqui, que eu vou fazer um chá. Você vai se sentir melhor."

O zelador estava entrando no apartamento dele quando a sra. Hedges voltou para o corredor. "Vou dizer para o seu próprio bem, querido, que é o sr. Junto que está interessado na sra. Johnson. E eu não vou dizer pra você controlar suas mãos de novo", ela disse.

"Ah, merda!", ele disse com veemência.

Os olhos dela se estreitaram. "Você ficaria muito bem com essas asinhas cortadas, querido. E tem gente por aí disposta a fazer isso se qualquer um atravessar o caminho."

A sra. Hedges se afastou dele e entrou em seu apartamento, batendo a porta com firmeza. Na cozinha, ela pôs uma chaleira de cobre para ferver, arrumou xícaras e pires na mesa, então cuidadosamente despejou uma medida de chá em um grande bule marrom. Lutie, que a observava andando descalça no linóleo colorido, pensou que, em vez do chá, ela devia estar preparando alguma poção de bruxa.

O chá estava bem quente e cheiroso. Enquanto bebia, Lutie podia sentir um pouco daquele medo terrível se esvaindo dela.

"Quer outra xícara, querida?"

"Sim, por favor."

Lutie estava quase terminando a segunda xícara quando se deu conta do quão atentamente a sra. Hedges a estudava, encarando sua saia longa e o casaco curto. Mais de uma vez os olhos da sra. Hedges passeariam nos cachos que caíam do topo da cabeça de Lutie. Ela deveria sentir gratidão pela sra. Hedges. E sentia. Mas os olhos da outra pareciam pedras polidas. Não havia emoção, nenhum sentimento neles, nada visível, a não ser uma superfície brilhante e lisa. Jamais seria possível desenvolver algum afeto por ela.

"Você estava num baile, querida?"

"Sim. No Casino."

A sra. Hedges apoiou sua xícara gentilmente. "Os jovens têm que dançar", ela disse. "Ouça, querida", a sra. Hedges continuou. "Sobre hoje...", jogando a cabeça para trás, ela apontou o corredor lá fora. "Não se preocupe, que o zelador não vai mais mexer com você. Ele não vai nem mais olhar pra você."

"Como a senhora sabe?"

"Porque eu assustei o homem, e agora ele vai ter medo da própria sombra." Ela sussurrou.

Lutie pensou, Você está certa, ele não vai mais mexer comigo. Porque amanhã à noite ela saberia quanto seria seu salário e então iria embora daquele lugar.

"Ele não é inteiramente culpado", a sra. Hedges continuou. "Jones passou tanto tempo em porões que acabou enlouquecendo."

"Tem gente que já viveu em porões e não enlouqueceu."

"As pessoas são diferentes, querida. Muito diferentes. Algumas aguentam coisas que outras não aguentam. E nunca dá pra saber quanto uma pessoa aguenta."

Lutie apoiou a xícara na mesa. Suas pernas estavam mais fortes, e ela se levantou. Estava pronta para subir as escadas. Pôs a mão no ombro da sra. Hedges. A carne por baixo da flanela da camisola era dura. Os músculos saltavam. E Lutie tirou a mão dali, repelida pelo contato.

"Obrigada pelo chá", ela disse. "Eu não sei o que teria feito se a senhora não tivesse aparecido no corredor..." Sua voz oscilou com o pensamento de se ver arrastada pela escada do porão, até a caldeira...

"Tudo bem, querida." A sra. Hedges a encarou sem piscar. "Não se esqueça do que eu te disse sobre aquele cavalheiro branco. Sempre que quiser ganhar um dinheirinho extra."

Lutie se virou. "Boa noite", ela disse. Então subiu as escadas lentamente, apoiando-se no corrimão. Ela parou uma vez e se encostou na parede, tomada por um nojo de si mesma, imaginando se qualquer coisa nela pudesse ter minimamente sugerido ao zelador que ela aceitaria de bom grado suas investidas, imaginando se a mesma coisa teria levado a sra. Hedges a acreditar que ela agarraria a oportunidade de ganhar dinheiro dormindo com homens brancos, então se lembrou das mulheres na casa dos Chandler, que botaram os olhos nela e concluíram que Lutie desejava seus maridos. Ela levou um bom tempo para chegar ao último andar.

A sra. Hedges ficou sentada à mesa da cozinha, olhando para as cicatrizes em suas mãos e pensando em Lutie Johnson. Fazia muito tempo que ela não pensava no fogo. Mas hoje, ao ficar tão perto de Lutie por tanto tempo, estudando a garota enquanto ela bebia o chá vendo a forma como o cabelo subia de sua testa com tanta suavidade, admirando sua pele macia e imaculada e, então, observando-a enquanto ela caminhava na direção da porta com a saia longa esvoaçando atrás dela, a sra. Hedges voltou a pensar no fogo – a fumaça, as chamas, o calor.

Sua mente se afastou da recordação como quem foge de uma dor aguda e repentina. Ela começou a pensar na época em que ia com frequência a agências de empregos para buscar trabalho. Quando entrava nesses lugares, uma repulsa incontrolável surgia no rosto das pessoas brancas ali, que olhavam espantadas para o seu tamanho enorme, para a escuridão de sua pele. Elas trocavam olhares, tentavam em vão controlar suas expressões ou nem se davam ao trabalho de tentar, deixando simplesmente que ela visse a monstruosidade que essas pessoas pensavam que ela era.

Naqueles anos ela dormia numa cama de campanha no corredor do apartamento de uns amigos na Geórgia. Não conseguia ajuda do governo, pois não vivia na cidade por tempo suficiente. Seu corpanzil fora tomado por uma fome persistente e insaciável que a fazia sair pelas ruas à noite, abrindo as pesadas tampas de metal das lixeiras, vasculhando-as em busca de comida.

Ela calçava sapatos masculinos usados, com o couro rachado e gasto. Os sapatos eram muito pequenos para ela, que mancava ao usá-los. Suas roupas eram finas, gastas. Chegou a um ponto em que conhecia mais a noite que o dia, pois não conseguia mais se forçar a sair na luz do sol. E frequentemente desejava nunca ter deixado sua cidadezinha natal na Geórgia. Mas ela era tão grande que as pessoas nunca se acostumavam realmente com sua imagem. Ela pensara que não seria notada em uma cidade grande e esperava encontrar um homem que se apaixonasse por ela.

Numa noite fria e úmida, a sra. Hedges viu Junto pela primeira vez. O frio havia esvaziado a rua. Ela estava inclinada sobre as lixeiras alinhadas diante de uma fileira de casas de arenito geminadas, silenciosas e escuras. Tinha encontrado um osso de galinha que estava roendo, devorando a carne, comendo até o osso, quando ergueu o rosto e viu um homem atarracado e baixo olhando para ela – um homem branco.

"Tá olhando o quê, branquelo?"

"Você", ele disse com tranquilidade.

Ela ficou surpresa com a calma que ele demonstrou ao olhar para ela, sem nenhum medo.

"Você está no meu pedaço", ele disse. "Chegou antes de mim." Ele apontou para uma carroça no meio-fio apinhada de garrafas quebradas, pedaços de roupas, fardos bem amarrados de jornais.

"Tenho o mesmo direito que você", ela disse com truculência.

"Eu não disse que não tem." O homem continuou a estudá-la, o osso de galinha na mão, o casaco surrado amarrado ao redor do corpo, os sapatos de homem nos pés. "Já que começou o trabalho antes de mim, eu estava pensando que você podia ganhar um dinheiro com isso."

"Dinheiro?", ela disse desconfiada.

"Sim. Pegue as garrafas e os metais. Pago por tudo. Não vai dar muita coisa. Mas eu posso cobrir um espaço maior se tiver ajuda."

E assim a sra. Hedges e Junto viraram parceiros de negócios. Foi ela quem lhe sugeriu expandir, conseguir outras carroças e mais homens que trabalhassem para ele. Quando comprou sua primeira propriedade, Junto lhe ofereceu o trabalho de zeladora e coletora de aluguéis.

Era um prédio de cinco andares com estrutura de madeira abarrotado de inquilinos. Quase ninguém sabia que Junto era o dono do lugar. As pessoas pensavam que ele aparecia ali para comprar lixo – ferro-velho, jornais e retalhos. Quando comprou seu segundo prédio, Junto implorou que ela se mudasse para lá, mas a sra. Hedges se recusou. Em vez disso, ela sugeriu que Junto dividisse os cômodos ao meio para obter um lucro maior. E, claro, ela também conseguiu fazer mais dinheiro, pois ganhava uma comissão pelos aluguéis que coletava. A sra. Hedges tinha o cuidado de gastar muito pouco, pois se convencera de que, se tivesse dinheiro suficiente, poderia conseguir um homem que ficaria feliz em tê-la.

O fogo começou tarde da noite. A sra. Hedges estava dormindo no porão e acordou com uns estalos bem fortes – um som crepitante e contínuo que só aumentava conforme ela ouvia. Além do som, havia fumaça e calor. Quando ela alcançou a porta, o corredor era uma massa de chamas vermelha e furiosa. Ela bateu a porta e foi até a janela do porão.

Era uma abertura estreita, insuficiente para seu corpo volumoso. Ela sentiu a pele rasgando e então rompendo enquanto lutava para sair, forçando o corpo por aquele espaço tão pequeno. O fogo ardia atrás dela. Brasas quentes caíam do teto. Ela tentou manter o rosto coberto com as mãos para não ver o que estava enfrentando e para protegê-lo da fumaça e das chamas.

Mesmo enquanto lutava, ela pensava que tudo o que não precisava era se queimar gravemente, aí é que nunca na vida homem nenhum iria olhar para ela e desejá-la. Não importava quanto dinheiro conseguisse, ainda assim não a desejariam. Nenhuma quantia seria suficiente para fazer com que eles a quisessem.

Não havia mais nada ao redor a não ser fumaça e chamas vermelhas, e ela se perguntou por que continuava lutando para escapar. Podia sentir o cheiro do cabelo queimando, o cheiro da pele queimando, e ainda assim lutava, tão determinada a fazer seu corpo passar por aquela janela estreita que moveria até as pedras da fundação para fazer aquela janela ceder.

A sra. Hedges era uma bola de chamas quando finalmente caiu rolando no chão. Os bombeiros que foram em seu socorro olharam para ela com espanto. Ela estava inconsciente quando foi resgatada, a única sobrevivente daquele prédio cheio de gente.

Junto só foi autorizado a visitá-la no hospital depois de três semanas. “Você é uma mulher corajosa, sra. Hedges”, ele disse.

A sra. Hedges olhava para ele por baixo de um monte de faixas que cobriam sua cabeça e parte do rosto.

“Sair por aquela janela foi um feito maravilhoso, maravilhoso.” Ele observava com curiosidade a espécie de tenda que haviam construído para manter os lençóis do hospital apartados do grande volume de seu corpo – um volume aumentado por curativos e gazes –, maravilhado com sua indomável ânsia por sobrevivência, aquele absoluto desejo de viver, que a fizeram forçar o corpo por um espaço tão pequeno.

“Você vai ficar bem, sabe?”, ele disse.

“O médico disse”, ela falou num tom monótono e desinteressado. “Não vai sobrar nem um fio de cabelo na minha cabeça.”

“Você pode usar uma peruca. Ninguém nunca vai notar a diferença.” Junto hesitou, querendo dizer o quão incrível ele achava que ela era e que teria feito a mesma coisa, mas havia cruzado com poucas pessoas no mundo que possuíam tamanha força de vontade. Junto tocou com gentileza em uma de suas mãos enfaixadas querendo dizer tudo isso, mas sem saber como. “Sra. Hedges”, ele disse lentamente, “você e eu somos o mesmo tipo de gente. Temos que ficar juntos depois disso. Bem juntos. Nós podemos ir longe”.

Ela pensou em seu couro cabeludo – no quão terrível seria sua aparência, cheio de cicatrizes. Seu cabelo nunca voltaria a crescer. A sra. Hedges encarava Junto sem piscar. Ele provavelmente seria o único homem que a admiraria na vida. Ele era atarracado. Os ombros eram grandes demais para o corpo. O pescoço era enfiado nos ombros, como o de uma tartaruga. Sua pele era tão cinzenta quanto os olhos. E ele era branco. A sra. Hedges desviou o olhar para não vê-lo mais.

“Você é uma mulher admirável”, ele dizia num tom suave.

E nem ele jamais a desejaria como mulher. Junto tinha por ela uma franca admiração, do tipo que sentiria por outro homem –

um homem que ele considerava um igual. Marcada daquele jeito e careca, ela nunca teria o amor de um homem. De qualquer maneira, pensando de forma realista, era algo que nunca tivera. E ela poderia ter comprado esse amor, mas não do jeito que se encontrava.

Ela fechou a boca em uma linha fina e reta. "Sim. Nós podemos ir longe."

Lutie Johnson fez a sra. Hedges se recordar de muitas coisas. Ela ainda podia ouvir o farfalhar suave da saia de Lutie, ver seus cabelos brilhantes arranjados no topo da cabeça, o marrom-escuro impecável de sua pele. E pensou com repulsa no próprio corpo marcado.

Quando Junto voltou ao hospital depois dessa primeira visita, ele ficou olhando para a sra. Hedges por um bom tempo.

"Podemos pensar numa cirurgia plástica", ele sugeriu com delicadeza.

A sra. Hedges balançou a cabeça. "Não quero passar mais tempo no hospital. No meu caso, não valeria a pena."

"Eu pago."

"Não. Eu não consigo passar mais esse tempo todo no hospital."

Ela morreria se fizesse isso. O tempo que passara ali já tinha sido difícil o suficiente e prolongá-lo seria insuportável. Quando as enfermeiras e os médicos se inclinavam sobre ela para trocar os curativos, a sra. Hedges os observava com um olhar duro e pernicioso, esperando pelo momento em que eles iriam expor toda a feiura de seu corpo queimado e marcado. Eles não conseguiam disfarçar a expressão em seu rosto. Às vezes era apenas um lampejo de consternação ou, em outras, um terror puro que qualquer um podia ver – manifesto, incontrolável.

"Agradeço, mas já fiquei tempo demais aqui."

A sra. Hedges passou semanas no hospital, durante as quais a determinação de nunca expor a si mesma aos olhos abelhudos e curiosos do mundo crescia e se cristalizava. Quando finalmente teve alta, ela se mudou para um dos prédios de Junto na 116th Street.

"Tem um bom apartamento lá no primeiro andar que reservei pra você, sra. Hedges", ele disse. "Eu até mobiliei o lugar."

Antes de sair do hospital, a sra. Hedges decidiu encontrar alguém que pudesse morar com ela para fazer compras e outras tarefas. Assim, em seus primeiros dias no novo apartamento, ela ficou sentada à janela procurando uma menina que pudesse servir aos seus propósitos. Uma menina passou por ali algumas vezes, uma coisinha magra, jovem e abatida que nunca tirava os olhos da calçada.

"Querida, venha cá", a sra. Hedges chamou. De perto, o cabelo da menina era grosso e duro, mas poderia ficar muito bom com algum cuidado.

"Sim, senhora", a garota disse, mal levantando a cabeça.

"Onde você mora?"

"Descendo a rua", ela apontou na direção da Eighth Avenue.

"Você trabalha?"

"Não, senhora", a menina olhou para a sra. Hedges. "Eu trabalhava, mas meu marido me deixou. Eu não consegui mais me concentrar no que estava fazendo depois disso, então a patroa me mandou embora faz umas duas semanas."

"Por que você não vem morar comigo, querida? Moro sozinha aqui."

"Não consigo pagar o aluguel da minha casa. Não adianta vir morar aqui."

"Se você fizer compras pra mim, não precisa se preocupar com o aluguel."

Então Mary foi morar com a sra. Hedges e aos poucos foi perdendo seu ar abatido. Ela ria e falava, limpava o apartamento e cozinhava. A sra. Hedges começou a sentir uma espécie de orgulho pela forma como Mary florescia.

Certa noite, um homem alto e jovem passou pela janela e foi em direção à porta do prédio.

"Quem você está procurando, querido?", a sra. Hedges perguntou.

"Vim ver Mary Jackson", ele disse, olhando uma vez para a sra. Hedges e então virando o rosto.

"Mary foi fazer compras. Ela mora comigo. Quer entrar e esperar?"

A sra. Hedges o estudou com cuidado depois de ele, constrangido, ter escolhido um lugar para se sentar na sala. O chapéu de abas largas, cinza-claro, quase branco, as calças justas, os ombros largos de seu casaco com ombreiras, os sapatos amarelos de bico fino, tudo somado a um tipo que raramente se casava ou, quando o fazia, não se aquietava. A sra. Hedges o encarou até ele mexer os pés e girar o chapéu cinza-claro entre as mãos, medindo seu peso e examinando-o como se estivesse julgando suas qualidades com o objetivo de comprá-lo.

A rua estava cheia de homens como ele. A sra. Hedges deteve seu escrutínio tempo suficiente para se perguntar se uma criatura como aquela teria sido o resultado de uma exposição à luz elétrica em vez da luz escaldante do sol; se teria respirado um ar cheio de fuligem ou um ar tomado pelo cheiro de terra úmida e de plantas; ou se operaria elevadores e limpava chãos em vez de fazer o tipo de trabalho que faz crescer músculos nos ombros e nas coxas.

"O que você faz pra ganhar a vida?", ela perguntou abruptamente.

"Senhora?"

"Eu perguntei o que você faz pra ganhar a vida."

"Bem, eu..." Ele equilibrou o chapéu em um dedo. "Não estou exatamente trabalhando no momento", ele se esquivou.

"E com o que você trabalhava antes?"

"Trabalhei num restaurante por um tempo. Lavando a louça. E antes eu ficava na porta de um bar." Ele pôs o chapéu em uma mesinha ao lado da poltrona. "Não eram trabalhos bons. Cansei de limpar a sujeira dos brancos e me demiti." Havia uma qualidade dura, ressentida e algo feroz em sua voz quando ele disse "brancos".

"E o que você faz pra viver agora?" E, quando ele não respondeu, a sra. Hedges perguntou enfaticamente: "Como você faz pra comer?".

"Bem, eu faço alguns trabalhos pro camarada dono daquele bilhar a uns dois quarteirões daqui. Ele cuida de um jogo nos fundos do lugar e eu meio que ajudo nisso."

Sim, ela pensou, então você viu Mary e pensou que conseguiria uma noite de amor de graça. Não seria assim. Ele teria de pagar por isso. Mary ganharia dinheiro e ela, a sra. Hedges, tiraria dinheiro dos ganhos de Mary. Quanto mais pensava nisso, mais satisfeita ficava com a ideia, pois fazer e guardar dinheiro tinha se tornado um hábito para ela.

A rua proveria muitos clientes. Pois ali havia muitos homens como ele, que sabiam vagamente que não conseguiriam nada na vida, mesmo quando não sabiam o que queriam; homens que odiavam brancos, às vezes sem ao menos saber o porquê; homens que precisavam se esquivar de suas esperanças e medos, mesmo que por pouco tempo. A sra. Hedges lhes forneceria um escape em troca de alguns dólares.

Encarando-o com seu olhar duro e parado, a sra. Hedges pôde ver em detalhes uma empresa próspera e eficiente. Ela conseguiria várias meninas como Mary – meninas que tinham sido abandonadas pelo marido. A rua estava cheia delas.

"Temos uma ou duas coisinhas pra resolver antes de Mary voltar", ela disse.

"Senhora?" A expressão dele ficou contrariada.

"Quanto você pode pagar pra ver Mary?"

"Hein?", ele perguntou surpreso.

"Mary e eu não vivemos de ar", ela disse com frieza. "Se quer dormir com ela, tem que pagar."

E foi como tudo começou. Foi dessa forma, simples e fácil. A sra. Hedges contou seus planos para Junto, que ficou de falar com o pessoal da delegacia para que eles não a incomodassem.

"Mas nada de brancos", ela alertou. "Mande eles pras casas que você tem em Sugar Hill. Aqui eles não pisam."

Junto riu alto, algo que raras vezes fazia. "Sra. Hedges, acho que a senhora é preconceituosa. Não sabia que era esse tipo de gente."

"Não sou preconceituosa", ela disse com firmeza. "Só não preciso dos brancos. Não quero eles perto de mim. Não quero nem olhar pra cara deles. Eu te aguento porque você não perde tempo pensando se as pessoas são brancas ou pretas, você nem se importa. Isso meio que te exclui dessa classe de gente branca."

"Você é uma mulher admirável, sra. Hedges", ele disse num tom suave. "Uma mulher admirável."

Sim. Ela e o sr. Junto iriam longe. Muito, muito longe. Às vezes, a sra. Hedges surpreendia a ambos e a si mesma com as coisas que sugeria a ele. E todas as suas ideias vinham do tempo que passava observando a rua, o dia inteiro. Havia tantas pessoas passando por ali, tantas pessoas com fardos pesados demais para carregar, jovens perdidos, velhos que abriram mão de qualquer esperança, pessoas de meia-idade acabadas e tão perdidas quanto os jovens, e a sra. Hedges aprendia muito só de observá-las.

Ela disse para Junto que as pessoas tinham de dançar, beber e fazer amor para esquecer os problemas, e assim os bares, salões de dança e prostíbulos eram os melhores investimentos. Aos poucos e com muito cuidado, o sr. Junto se tornou o proprietário de todos esses tipos de estabelecimento, embora ainda tivesse alguns imóveis.

A sra. Hedges ficava maravilhada com a vida agitada, fervilhante e vigorosa que passava bramindo por sua janela. Ela sabia tanto daquela quadra em particular que passou a achá-la diferente de qualquer outro lugar. Quando se referia àquela quadra como "a rua", os lábios dela pareciam se demorar nas palavras, como se em pensamento ela tivesse pausado seu som para escrevê-las em maiúsculas e deixá-las entre aspas – destacando e separando aquela rua de qualquer outra da cidade, dando ao lugar uma identidade singular e à parte.

E ficar olhando pela janela também era bom para os negócios. Havia sempre garotas solitárias e tristes recém-chegadas do Sul ou meninas cansadas de frequentar o colégio, que tinham assistido a muitos filmes e não tinham dinheiro para comprar todas as coisas que desejavam.

A sra. Hedges podia identificá-las facilmente quando passavam por ali. Elas usavam vestidos muito coloridos e curtos e argolas douradas nas orelhas. A boca se destacava bem vermelha no rosto escuro. Elas vacilavam um pouco nos sapatos de salto extravagantes. Faziam um topete alto e alisado, estilo *pompadour*.

E havia as outras meninas um pouco mais velhas que foram casadas e um belo dia acordaram pela manhã e descobriram que o marido tinha ido embora. Sem aviso. De repente. O choque da situação ficava estampado no rosto delas.

"Querida", a sra. Hedges dizia, e os olhos dela sempre se demoravam nos penteados altos sobre rostos pequenos e finos, "tenho te visto por aí. Me pergunto se você não gostaria de ganhar um dinheirinho extra um dia desses."

Ela e o sr. Junto fizeram muito dinheiro. Mas nenhuma quantia fez seu cabelo voltar a crescer. Nenhuma quantia apagou de seu corpo aquelas cicatrizes horríveis e arroxeadas.

De vez em quando, no decorrer dos anos, Junto fazia gestos tímidos na direção da sra. Hedges, tentativas de transformar a relação deles em algo mais pessoal – gestos que ela ignorava resolutamente. Pois a sra. Hedges não pretendia jamais revelar a ninguém a extensão de sua deformidade – menos ainda para Junto, que a conhecia tão bem.

Ao que parecia, ele ainda não havia perdido a coragem, pois em outra noite, quando foi visitá-la, Junto levou consigo uma peruca, que jogou no colo da sra. Hedges. Era um cabelo preto, longo e sedoso. Seus fios eram macios ao toque, se enrolavam e se agarravam às mãos dela, quase como se estivessem vivos. Era o tipo de cabelo que as mãos de um homem desejariam tocar por instinto. A sra. Hedges repeliu a peruca com violência, pensando na aparência que a carne dura e preta de seu rosto, suas mandíbulas pronunciadas e as cicatrizes no pescoço ganhariam sob aqueles cabelos macios e cacheados.

"Leve embora, não quero."

"Mas..." Ele começou a protestar.

"Alguns assuntos são muito íntimos", ela disse, tocando o lenço grosso e vermelho e lançando um olhar feroz para Junto.

"Perdão", ele disse. Pegou a peruca e guardou de volta na caixa. "Pensei que você fosse gostar." Ele procurou as palavras certas. "Faz anos que temos sido bons amigos, sra. Hedges. E eu pensei que, entre amigos, podíamos nos entender sobre qualquer coisa. Se eu lhe causei algum mal por ter trazido isso pra cá, digo que fiz isso com boas intenções. Mas entendo por que você não quer. Entendo melhor do que pensa."

Aquela foi a única noite em que a sra. Hedges foi realmente má com Mary. Ela não conseguia tirar da cabeça a lembrança daquele cabelo macio, bom e pegajoso. Ficava se lembrando de como Junto havia dito que entendia seus motivos de não querer a peruca. E lá estava Mary, com seu penteado alto sobre aquele rostinho fino, os fios cheios de brilhantina da cabeleireira.

Havia uma rosa branca no centro do seu *pompadour* – a rosa parecia se aninhar ali.

"Sra. Hedges, Tige precisa voltar pro navio hoje à noite", Mary disse.

A sra. Hedges estava olhando a rua e pensando na peruca. "Quem é Tige, querida?", ela perguntou distraída.

"O marinheiro que estava aqui na noite passada."

Então a sra. Hedges se lembrou dele. O menino, muito jovem, tinha passado sob a sua janela todo emproado em suas calças azuis e apertadas de marinheiro. Era tão jovem que seu olhar era vivo, cheio de alegria; e o chapéu de marinheiro estava tão jogado para trás, em ângulo tão incerto, que parecia que qualquer movimento repentino poderia lançá-lo para longe de sua cabeça. As mãos dele estavam bem enfiadas nos bolsos do casaco curto e a lã grossa da roupa não disfarçava o quão fina era a cintura, que se estreitava até os ombros largos em uma linha bem reta. Era um garoto jovem, muito jovem.

"Sim?", ela disse.

Mary ajeitou um fio solto e os olhos da sra. Hedges seguiram o movimento de sua mão, ficando ali na curva alta do *pompadour*, na rosa branca que parecia se aninhar na densidade dos cabelos.

"Ele gastou o dinheiro que tinha ontem", Mary continuou. "E eu quero saber se ele pode voltar hoje. Ele disse que pode enviar o dinheiro pra você por correio." Ela hesitou e completou com timidez: "Eu gosto dele".

"É claro que não", a sra. Hedges disse com amargura. "Você acha que eu estou aqui de brincadeira?" Ela não conseguia tirar os olhos do cabelo da menina. "Você pode se encontrar com ele no parque. Uma noite fria dessas deve dar uma esfriada em vocês dois."

A sra. Hedges desviou o olhar do rosto de Mary. Toda a vivacidade lhe escapara, deixando-o velho, cansado e tristonho. Havia linhas fundas ao redor da boca. A bobinha deve estar apaixonada por ele, a sra. Hedges pensou.

O menino foi embora de sua casa cerca de meia hora depois, arrastando os pés. Ele parecia sem ânimo, miserável. Esses dois devem ter ficado ali no corredor, pensou. Ele precisava voltar para o navio naquela noite. Voltar a lutar a guerra dos brancos por eles.

"Marinheiro!", ela disse bruscamente quando ele se aproximou de sua janela.

"O que você quer?"

"Por onde você e Mary andaram?"

"Ficamos conversando no corredor. Onde você acha que ficamos?"

"Quanto tempo você ainda tem?"

"Umas duas horas."

"Ouça, querido, venha aqui e toque a campainha. Diga a Mary que, da minha parte, está tudo bem."

O menino disparou tão rápido que a sra. Hedges precisou gritar para alcançá-lo antes que ele abrisse a porta da rua.

"Ouça bem, marinheiro, mande meu dinheiro logo no primeiro dia do mês."

"Sim, senhora. Sim, pode deixar, senhora." O menino parou na frente da porta para executar um passo de dança. E então lhe fez uma mesura, tirando o chapéu de marinheiro de tal forma que a fez voltar a pensar, Ele é tão jovem... tão, tão jovem.

Os pensamentos da sra. Hedges se voltaram para Lutie Johnson. Com aquele cabelo cheio e macio, Lutie oferecia grandes possibilidades de fazer dinheiro. O sr. Junto estaria disposto a pagar muito bem por ela. Muito, muito bem, pois, quando se cansasse dela, ele poderia levá-la para um daqueles estabelecimentos que tinha em Sugar Hill. Com um cabelo daqueles – seu rosto se contraiu, ela se levantou da mesa da cozinha e foi até a sala para se sentar à janela.

A janela estava meio aberta e o ar que soprava do exterior era frio. A rua estava quieta e vazia. Enquanto ela olhava para fora, o vento erguia pedaços de papel e restos de lixo, carregando tudo pelo meio-fio, como se uma mão invisível com uma vassoura tivesse surgido ali na rua para varrer os papéis.

O vento soprou, afastando a camisola branca de seus pés. A sra. Hedges se aproximou da janela. Desde o incêndio, ela nunca mais tinha sentido frio de verdade.

11

Apesar do adiantado da hora, ainda havia grupos de homens na frente do Junto Bar & Grill, pois as luzes que brilhavam nas janelas do estabelecimento formavam uma barreira contra o frio e a escuridão do restante da rua. Sempre que as portas do lugar se abriam e fechavam, a luz na calçada se intensificava. E porque os homens se moviam ligeiramente, rindo e falando um pouco mais alto a cada vez que a luz batia mais forte de repente, eles pareciam mariposas voando ao redor da chama de uma vela gigante.

Boots Smith, que tinha estacionado seu carro na esquina, via os homens sem enxergá-los de verdade. Alguma coisa deve ter metido muito medo no Junto pro velho me pedir pra vê-lo a essa hora, Boots pensou. Ele odiava ser pego de surpresa e ainda estava tentando imaginar o que poderia ter preocupado Junto a esse ponto.

Por fim, Boots deu de ombros, preparou-se para sair do carro e então se deteve com a mão na porta. Só podia ser uma coisa. Em algum momento, a informação de como ele conseguiu se safar do Exército deve ter vazado. Ele tirou a mão da porta. Certo, Boots pensou. Ele não iria brincar de soldado agora, como se recusara também a fazer naquele dia em que foi convocado para se reportar à junta de alistamento para um exame físico. Nesse dia, ele levou a notificação para Junto no começo da tarde e estava tão nervoso que falou de forma fluida, solta e leve – algo que raramente fazia.

"Dá um jeito nisso, Junto." Ele estapeou o envelope na mesa, diante do outro.

"O que é isso?" Junto deu uma olhada no envelope, seu pescoço de tartaruga desaparecendo por completo entre os ombros.

"Uma notificação de avaliação física. O primeiro passo pra entrar no Exército."

"Você não quer lutar?"

"Por que deveria?"

"Não sei. Estou perguntando pra você."

Boots puxou uma cadeira e se sentou diante de Junto. "Ouça, Junto", ele disse. "Eles podem balançar suas bandeiras. Eles podem dizer que os alemães fazem bebês em picadinhos, estupram mulheres e escravizam negros. Eles podem dizer o que for. Não significa nada pra mim."

"Por quê?"

"Porque não importa o quanto os alemães metem medo. Eles têm mais medo de mim. Eu sou negro, entende? E eles odeiam os alemães, mas me odeiam muito mais. Se não fosse assim, eles não teriam um exército só de homens negros. Essa é boa. Mandar um exército de negros até a Europa pra brigar com os alemães. E ainda de vassoura e pá na mão."

Junto olhou pensativo para ele e então para o envelope.

"Tem certeza de que é por isso?", ele perguntou. "Tem certeza de que não está com medo de lutar?"

"E eu teria medo de quê? Passei a vida toda lutando. Os alemães não têm o poder de fazer um homem morrer duas vezes. Não são capazes de ressuscitar um homem e matar o camarada duas, três vezes. Não, eu não tenho medo de lutar."

"Suponha que não existisse um exército exclusivo, que houvesse apenas um exército. Você se sentiria de outra forma?"

"Diabos, não. Veja, Junto", ele se lembrou de como tinha se inclinado para o outro por cima da mesa, falando depressa e com tanta energia e paixão que fazia as palavras transbordarem de sua garganta, "muita coisa precisaria mudar pra que eu saísse correndo até aquela junta militar. Os camaradas brancos do Exército estão lutando por alguma coisa. Eu não tenho motivo pra lutar. Se não estivesse trabalhando pra você, eu estaria trocando lençóis nas cabines da Pullman. E reaprendendo todo dia que eu não pertenço a lugar nenhum. Nem a este país onde eu nasci. E dizendo 'sim, senhor', 'não, senhor' até esfolar a garganta. Até me sentir sujo. Eu guardo um ódio pelos brancos aqui dentro", ele apontou para o peito, "um ódio tão grande e tão profundo que não levantaria um dedo pra ajudá-los a derrubar os alemães ou seja lá quem for".

"E o que faz você pensar que a vida seria melhor se os alemães governassem o país?"

"Não acho que seria melhor. Eu não disse que pensava assim."

"Então, eu não entendo..."

"É claro que não", Boots interrompeu. "E nunca vai entender, porque você nunca soube como é viver num lugar onde não te querem e onde cada branquelo filho da puta que te vê desvia o caminho pra mostrar que não te querem aqui. Jesus, não tem uma espelunca nessa cidade em que eu não pense duas vezes antes de entrar pra comprar uma merda de café porque qualquer bastardo branquelo ali vai tentar me mostrar de um jeito ou de outro que lugar de preto é no Harlem. Não me venha falar de alemães. Eles só estão fazendo na Europa a mesma coisa que fazem aqui desde a fundação do país."

"Mas..."

"Ouça", Boots interrompeu Junto com um aceno de mão. "Um dos camaradas da banda apareceu de uniforme na noite passada. Você sabe o que ele estava fazendo?"

Junto balançou a cabeça.

"Ele estava brincando de carregar e descarregar o navio de alguma maldita companhia portuária. O camarada consegue fazer um violino falar. Dizer 'tio'. Rir. Chorar. Então os outros lá tiveram a ideia de acabar com as mãos dele fazendo o sujeito carregar navios. Ele tentou tocar na noite passada." Boots pegou o envelope com a notificação e dobrou a ponta com o polegar. "Jesus! O homem não aguentou e começou a chorar que nem criança." Depois disso, um longo tempo se passou antes de Boots dizer qualquer coisa.

Então, por fim, ele disse lentamente: "Eu já rastejei o suficiente na vida. E não pretendo rastejar mais. Nunca mais. Por ninguém. Não me vejo indo pra Europa rastejando com uma vassoura e uma pá em cada mão." Ele empurrou o envelope pela mesa. "O que você vai fazer sobre o assunto?"

Junto o encaminhou para um médico que fez uma pequena, delicada e perigosa operação em seu ouvido.

"Você deve ficar bom dentro de um mês, mais ou menos", o médico disse. "Nesse meio-tempo, envie essa carta para a junta." A carta atestava que Boots Smith estava doente e incapaz de se apresentar para um exame físico. E, claro, quando examinado, ele foi rejeitado.

É isso, Boots pensou. Deve ser isso. Ele tentou imaginar o que poderia acontecer com ele, Junto e o médico. E não conseguiu. Ele abriu a porta do carro e saltou na calçada. Bem, pelo menos ele sabia o que Junto queria.

Quando Boots abriu a porta do bar, a expressão de Junto não deu nenhuma indicação de que ele estivesse preocupado. Boots olhou para o longo balcão onde havia três filas de homens e mulheres amontoados, e percebeu que o burburinho das conversas e das risadas quase abafava a música do jukebox.

A hora de fechar se aproximava. Os barmen de casacos brancos serviam bebidas e devolviam trocos às pressas. Garçons passavam por ali equilibrando bandejas pesadas com os últimos drinques que seriam servidos antes de as grandes portas serem fechadas, encerrando a noite.

Boots se deteve na porta por um momento, admirando a forma como a agitação das pessoas ao redor do balcão e nas mesas se refletia e se multiplicava nos espelhos brilhantes. Ele acenou para os barmen atrás do balcão, procurou Junto e o encontrou sentado em uma mesa perto dos fundos, então foi se sentar ao lado dele sem dizer nada.

"Quer beber alguma coisa?", Junto perguntou.

"Claro."

Junto chamou um garçom que passava por ali. "Uísque pra ele. Uma soda pra mim."

O garçom pôs os copos na mesa e foi tirar os pedidos de uma mesa ao lado cheia de clientes escandalosos que falavam para o homem se apressar antes que o bar fechasse.

Junto pegou seu copo e bebericou a soda lentamente. Ele ficou rolando a soda pela boca antes de engolir, como se quisesse conservar por mais tempo possível o gosto da bebida. Boots o observou em silêncio, esperando para ver como o outro iria introduzir o assunto do Exército.

"Aquela garota", Junto disse, sem olhar para Boots, mas com os olhos postos nas pessoas amontoadas no balcão. "Aquela garota... Lutie Johnson..."

"Sim?", Boots se inclinou sobre a mesa.

"Nem pense em pôr as mãos nela. Tenho outros planos pra moça."

Então não era o Exército. Era Lutie Johnson. Boots começou a deslizar o copo de uísque para a frente e para trás em cima da mesa, imaginando se estava conseguindo esconder sua surpresa. Então, quando sua ficha caiu e ele entendeu o completo significado das palavras de Junto, Boots franziu a testa. Ele já tivera todo tipo de garota: altas e baixas, de traseiros avantajados, peitos grandes e pequenos, de cabelos lisos e cacheados, escuras e claras – todo tipo.

Mas aquela – Lutie Johnson – era a primeira em muito tempo que ele desejava de verdade. Até tinha pensado em se casar com ela se não pudesse tê-la de outra forma. Ele ficou observando Junto rolando a soda pela língua e se surpreendeu ao descobrir que o pensamento de Lutie – com suas pernas longas, costas retas, aquela pele acastanhada e macia e os olhos sorridentes – dormindo com o velho Junto não lhe agradava.

E não pelo fato de Junto ser branco. Boots não sentia por ele o mesmo que pela maioria dos homens brancos. Desde que se conheceram, nunca houve nada nas maneiras de Junto, nenhuma entonação em sua voz, nenhuma expressão em seu olhar, nada que tivesse dito ou feito que indicasse que ele estava ciente de que Boots era um homem negro.

Boots observava o outro com cautela, descrédito e suspeita. Junto sempre se comportou do mesmo jeito, tratando os brancos que trabalhavam para ele exatamente da mesma forma que tratava os negros. Não, não era por Junto ser um homem branco que lhe desagradava pensar nele dormindo com Lutie Johnson.

Era simplesmente pelo fato de que ele não gostava da ideia de qualquer um possuindo Lutie, a não ser ele mesmo. Será que ele estava apaixonado pela garota? Boots examinou com cuidado seus sentimentos em relação a ela. Não. Ele apenas a desejava. Estava intrigado com ela. Havia um desafio na forma como Lutie andava de cabeça erguida, na forma engenhosa como evitava suas tentativas de fazer amor com ela. Era mais uma vontade de tê-la nos braços que qualquer outra coisa.

"E se eu mesmo quiser me deitar com ela?", Boots perguntou.

Junto olhou nos olhos de Boots pela primeira vez. "Eu te criei. E, se fosse você, não esqueceria de que aquele que faz um homem também pode acabar com ele."

Boots não respondeu. Ele estudou as bolhas que se formavam nas laterais do copo de Junto.

"E então?", Junto perguntou.

"Não decidi ainda. Estou pensando."

Ele cutucou a longa cicatriz em sua bochecha. Junto podia direitinho acabar com ele. Seria fácil. Não havia muitos lugares que aceitavam bandas de pessoas de cor, e Junto poderia mexer os pauzinhos para que ele não conseguisse arranjar um lugar para tocar dali até a costa. Ele gerenciava outras bandas e tudo o que precisou fazer foi se recusar a mandar uma delas para lugares estúpidos o suficiente para contratar a banda de Boots. Era tão fácil para Junto extorquir as pessoas que nem tinha graça. E Boots pensou, De empregado da Pullman a braço-direito de Junto. Que salto. Havia sido um caminho longo e difícil para chegar aonde ele estava agora.

Sim, ele pensou, os Pullmans. O trem rugindo noite adentro. Os vagões balançando. Um sino que tocava e tocava e tocava e se recusava a parar de tocar. Um sino que invadia seu sono à meia-noite, à uma, às duas, três, quatro horas da manhã. Porque as brancas com aquelas caras pálidas e flácidas queriam outro cobertor, porque aqueles brancos nojentos com a pele vermelha feito lagosta cozida não conseguiam dormir por causa do ronco de alguém no outro lado do corredor.

Garoto! Garoto isso, garoto aquilo. Fulano. Sicrano. Beltrano. Ele conseguia um punhado de moedas no fim de cada trajeto, mas nem uma montanha de moedas poderia compensar um homem por esse tipo de anonimato. Fulano, engraxe meus sapatos. Sicrano, segure meu casaco. Beltrano, escove minha roupa. Fulano, carregue minhas malas. Fulano. Fulano.

Pretos roubam, melhor trancar sua bagagem. Pretos mentem. Onde está minha bolsa? Chame o condutor. Aquele fulaninho ali... Pretos estupram, melhor se cobrir. Você viu aquele preto olhando pra você? Maldito seja! Cadê aquele garoto? Garoto! Garoto!

Avalie Lutie Johnson. Pese Lutie Johnson. Pernas longas e boca quente. Pele macia e seios firmes. Costas retas e estreitas, cintura fina. Uma boca que guarda dentes muito, muito brancos. Não é suficiente. Ela não pesa o bastante quando comparada com uma vida em que se tem de dizer "sim, senhor" para qualquer bastardo branquelo que pudesse comprar um bilhete da Pullman. Lutie Johnson ao final de uma viagem da Pullman. Não é suficiente. Nem cem Luties Johnson valeriam a pena.

Ele tentou lamentar o fato de que Lutie não valia a pena, até tentou fabricar um certo desprezo por si mesmo. Você venderia sua avó se tivesse uma, Boots disse consigo. Sim, eu venderia tudo o que tenho sem pensar duas vezes porque não quero ter de aprender a rastejar de novo. Por ninguém.

Porque antes da Pullman houve o Harlem durante a Depressão, quando ele era um pianista desempregado que tremia de frio nas esquinas, enrolado num cobertor fino. A fome tinha aberto em seu estômago um buraco tão grande quanto a entrada do metrô. Nas noites frias, ele costumava se proteger do vento em soleiras de portas, e cedo ou tarde chegava um policial rosnando: "Ei, você, vamos saindo!".

Ele conheceu a dor perturbadora e lancinante de um cassetete descendo na sola dos pés quando dormia nos bancos de parque. "Cai fora, vagabundo!"

Sim. Ele era um pianista desempregado, que vivia cheio de fome e de ódio e conseguia uns bicos em espeluncas fedidas, fumacentas e imundas, onde tinha a sensação de estar drogado o tempo inteiro. E estava. Mas seus problemas eram a fome e o ódio, e não a cocaína.

Ele ganhava uma refeição por tocar nesses botecos, e os brancos emburrados que eram donos dos lugares jogavam uns trocados para ele quando estava de saída, dizendo: "Ei, toma aqui!". Sua vontade era jogar as notas de volta, mas aceitava o dinheiro porque tinha de viver, embora nem sempre fosse capaz de evitar seu olhar de ódio.

Ele tocou em botequins de quinta, cabarés e bordéis, em festas organizadas para arrecadar dinheiro de aluguéis e festas de arromba. O cheiro de fumaça de cigarro, bebida barata e gordura grudava em seu nariz.

A coisa chegou a tal ponto que Boots passou a odiar a visão dos bêbados e charlatões que frequentavam os lugares onde ele tocava. Eles nunca ouviam seu piano, pois não se importavam com nada nem ouviam nada. Mas Boots tinha de comer, então continuava tocando.

Mais vezes do que ele conseguia se lembrar, algum casal de brancos bêbado cambaleava na direção do piano, balbuciando: "Vamos, negrinho, cante" ou "Vamos, negrinho, dance". E Boots sentia um desprezo por si mesmo por não avançar neles, mas se mantinha firme no banco do piano, pois a soma miserável que receberia no fim da noite de trabalho era a única maneira de aplacar aquela sua fome constante.

Policiais brancos faziam batidas nesses lugares em intervalos regulares, quebrando móveis e janelas com uma eficácia violenta. Quando encontravam mulheres brancas por lá, eles já chegavam balançando despreocupadamente os cassetetes.

Boots aprendeu a vigiar as portas com um olhar atento, e, no instante em que entrava em um lugar, ele já localizava uma saída fácil antes de se sentar para tocar.

Quando conseguiu trabalho na Pullman, ele prometeu que nunca mais, se Deus o ajudasse, encostaria num piano. E no lugar daquelas espeluncas ele passou a enfrentar quilômetros de "Aqui, garoto", "Ei, garoto", "Vai, garoto", "Vamos logo, garoto", "Pare aí, garoto", "Venha aqui, garoto". E o trem balançando e rugindo noite adentro. Ele não sentia mais fome. Só ódio. "Venha aqui, garoto." "Vai, garoto." "Sim, senhor." "Não, senhor." "É claro, senhor."

Não, Lutie Johnson não valia tanto a pena. E mesmo que valesse, ele não tinha como saber se um dia não iria voltar para casa e encontrar um movimento suspeito. Ainda hoje, ele não podia ver o vento balançando uma cortina para a frente e para trás sem se lembrar daquele curioso mal-estar que sentiu ao entrar em seu apartamento e encontrar o aposento ainda vibrante de um movimento que havia cessado no momento em que ele pôs os pés lá dentro.

Tudo no lugar se mantinha imóvel, a não ser pelas cortinas finas e transparentes que inflavam com a brisa. Tudo congelado, sem movimento; até mesmo Jubilee, sentada inerte na poltrona com aquele seu casaco muito largo que costumava usar em casa. Apenas as cortinas em movimento e o resto da sala tomado pelo fantasma do movimento. E Boots não conseguia tirar os olhos das cortinas.

Era uma noite quente de primavera – uma noite agradável e amena, que envolvia o trem como os braços de uma mulher enquanto a locomotiva rugia em direção a Nova York. Era uma noite branda e tentadora, e Boots não parava de pensar em Jubilee, que o esperava no fim de sua jornada. Ele mal podia esperar para se encontrar com ela. Seguindo para o norte de metrô, Boots teve a sensação de que o trem diminuía a velocidade, parando nos trilhos, demorando-se nas estações, fazendo tudo o que podia para evitar que ele chegasse logo em casa.

Na rua havia aquele mesmo calor ameno e pegajoso, que parecia se espalhar por todos os lugares ao seu redor. Ele disparou pelas escadas e enfiou a chave na fechadura. A chave travou e Boots praguejou, pois isso o atrasou ainda mais. No instante em que abriu a porta, ele soube que havia algo errado. A sala estava preenchida por movimentos apressados, que não haviam cessado suficientemente rápido. Ele ficou ali na entrada do apartamento observando a sala à procura de algo que pudesse estar errado.

Jubilee estava sentada na poltrona grande, com um sorriso engraçado no rosto. Boots podia jurar que ela tinha ido se sentar na poltrona quando ouviu o barulho de sua chave na fechadura.

As cortinas finas e transparentes inflavam com a brisa que entrava pelas janelas abertas, balançando para a frente e para trás nas janelas dianteiras e na janela que servia de saída de incêndio. Mas a saída de incêndio estava sempre fechada. Jubilee deixava essa janela fechada, pois dizia que não era seguro ficar numa sala no Harlem com a saída de incêndio aberta. Era assim que as pessoas acabavam sendo roubadas. Mesmo nos dias mais quentes, a janela ficava fechada. Eles tinham discutido por causa disso no verão anterior:

"Por Deus, boneca! Abra essa janela!"

"Não. Não é seguro."

“Desse jeito eu vou morrer de calor aqui dentro.”

“Melhor que ser roubado…”

Ele atravessou a sala a passos largos, abriu as cortinas e olhou para baixo. Um homem descia às pressas a escada de incêndio. Ele não olhava para cima, só continuava descendo e descendo, com um paletó pendurado no braço. Toda vez que o homem passava diante de uma janela iluminada, Boots podia vê-lo claramente. Por fim, o homem olhou para cima. Ele segurava a gravata na mão. E era branco. Inconfundivelmente – branco.

Quando se voltou para a sala, Boots estava tão cego de raiva que não conseguiu enxergar nada por um momento. Então Boots viu Jubilee sentada na poltrona, congelada de medo.

“Sua vagabunda maldita!”, ele disse, arrancando Jubilee da poltrona e jogando-a contra a parede.

Ele a puxou e bateu nela. E jogou-a mais uma vez contra a parede. Então a puxou e bateu nela e voltou a jogá-la contra a parede. De novo e de novo. O rosto dela ia inchando sob a mão dele. Boots a ouviu gritando e lhe agradou saber que Jubilee estava com medo dele, pois iria matá-la e queria que ela soubesse disso em primeira mão e sentisse medo. Ele gastaria um bom tempo nisso para que ela ficasse bem assustada antes de morrer.

Mas Jubilee o enganou. Ela se esquivou por baixo do braço dele e escapou. Boots levou um tempo para se virar, pois não havia lugar para onde ela pudesse fugir. Jubilee não poderia escapar dele e seria divertido brincar de gato e rato com ela numa sala daquele tamanho.

Quando Boots se virou, Jubilee estava segurando uma faca. Ele foi para cima dela mais uma vez e ela cortou-lhe o rosto.

Boots se afastou. O sangue escorreu lentamente por sua bochecha. Era morno. Ele ficou atordoado. Não valia a pena ir parar no xadrez por causa dela. A mulher era uma vagabunda e seria bom para ele se livrar dela, pois ela não valia o que comia.

Ele arrancou a faca da mão de Jubilee. Ela se encolheu como se pensasse que ele iria cortá-la. Boots jogou a faca no chão e começou a rir.

“Nem vale a pena te cortar, boneca”, ele disse. “Não vale a pena ir pro xadrez por sua causa. Você não vale nada.” E voltou a rir. “Diz pro seu namoradinho branquelo que ele pode se mudar quando quiser. Pra mim chega, boneca.”

O som dos soluços de Jubilee o seguiu até o hall. Enquanto passava pelas portas silenciosas que se alinhavam no corredor, Boots pensou, Engraçado que, com toda aquela gritaria, ninguém tenha tentado saber o que estava acontecendo. Ele poderia ter matado Jubilee fácil, fácil e ninguém nem bateria na porta. Então Boots se perguntou o que poderia acontecer dentro daqueles outros apartamentos para tornar seus moradores tão desinteressados.

Boots sentiu vontade de rir de si mesmo e de Jubilee. Ele viajando naqueles trens da Pullman todo santo dia e juntado aqueles punhados de moedas para sustentá-la naquele apartamento e comprar roupas para ela. Humilhando-se porque o pensamento de tê-la à sua espera no fim da viagem impedia que ele se engasgasse com aqueles “Sim, senhor” e “Não, senhor” que dizia sem parar semana após semana. Boots se deteve na escada pensando que deveria voltar lá e terminar o assunto, pois deixar as coisas daquela forma era o mesmo que assumir que ele valia menos que a metade de um homem, pois nem ao menos tinha uma mulher só dele. Pois ele não precisava apenas dizer “Sim, senhor”, também devia ficar ali parado sem fazer nada enquanto um branco chegava e arrancava o que era dele.

Matar Jubilee não mudaria nada. Mas, se tivesse uma arma, poderia ter atirado naquele bastardo na escada de incêndio. Boots desceu as escadas lentamente. Ele nunca tinha percebido a linha tênue que é preciso cruzar para cometer um assassinato. Uma linha fina, curta, estreita, menos que um risco de lápis. Um homem se acaba num Pullman enquanto a mulher se diverte por aí, e o homem não pode engolir isso porque ainda tem muito a rastejar, então o homem passa o resto da vida atrás das grades. Não. Ele acaba numa cadeira elétrica. Ou será que eles enforcam naquele estado? Boots não saberia, pois, felizmente, Jubilee tinha cortado seu rosto.

Ele escondeu o corte com seu lenço, pensando que havia uma farmácia para negros ali perto e o camarada que trabalhava lá poderia fazer um curativo.

O farmacêutico olhou para o sangue no rosto dele. "Você se cortou?", ele perguntou de forma pragmática.

"Sim. Você pode fazer um curativo?"

O farmacêutico lhe aplicou um lápis hemostático. "É melhor procurar um médico", ele disse. "Você vai ficar com uma cicatriz bem feia." E pensou que uma mulher devia ter feito aquilo com ele. Um homem daquele tipo não deixaria outros camaradas chegarem perto o suficiente para talhá-lo com uma faca. Provavelmente ele avançou na mulher e ela não se aguentou.

"Uma cicatriz não é nada", Boots disse.

"O que aconteceu? Uma briga?"

"Não. Uma dama. Dei umas porradas nela e ela me deu isso de brinde."

Houve muitas outras mulheres depois de Jubilee. Boots não se lembrava de nenhuma delas, mas sabia que tinha dado uns tapas em todas. E, pensando nisso agora, talvez tenha batido nelas por vingança. Ele só conseguia pensar em Jubilee quando se deparava com a visão de cortinas sopradas por uma brisa. A cicatriz em seu rosto virou uma linha fina. Na maior parte do tempo, Boots se esquecia de que estava ali, embora de alguma forma tenha adquirido o hábito de tocá-la quando pensava a fundo em alguma coisa.

Ele olhou para Junto, que esperava pacientemente por uma resposta. Boots não estava pronto para responder. Que o outro ficasse se remoendo por um tempo. Em sua cabeça, não havia nenhuma dúvida de que Lutie Johnson não valia o preço que ele teria de pagar por ela, tampouco a desconfiança que Lutie estaria sempre criando nele.

Em suas idas e vindas entre Nova York e Chicago, Boots costumava ficar ansioso para dar uma passada no Junto. Ele se sentia confortável e perfeitamente à vontade lá. Os brancos atrás do balcão obviamente não se importavam com a cor da pele de um homem. Eram educados e amigáveis – não tão amigáveis, mas o suficiente. Isso o fazia se sentir bem lá, onde ninguém se preocupava em misturar uma pitada de desprezo nas bebidas porque a única coisa que importava era se você tinha dinheiro para pagar pelo que bebia.

Certa vez, quando passou por lá para tomar alguma coisa, ele estava transbordando de ódio. Então tomou duas doses. Três.

Quatro. Cinco. Para tirar o gosto do "ei, garoto" da boca, para livrar os ouvidos dessas palavras, para lavá-las de sua pele. Depois de seis doses, ele estava se sentindo bem.

Havia um piano surrado no canto do bar. O mesmo piano que estava lá agora. E Boots estava se sentindo tão bem que se esqueceu de que tinha prometido nunca mais tocar um piano na vida. Ele se sentou, pôs-se a tocar e continuou até se esquecer de que havia coisas como os trens da Pullman, lençóis amarrotados e cobertores amassados para resolver. Boots se esqueceu de que havia um mundo cheio de vozes brancas dizendo: "Vamos logo, garoto"; "Depressa, garoto"; "Ei, garoto, vi uma cocotinha preta numa das cabines ali atrás – pode dar um jeito nisso, garoto?". Ele se esqueceu dos sinos, um comando estridente que ordenava: "Venha já, garoto".

Alguém tocou seu ombro. Ele olhou para cima, franzindo a testa.

"O que você faz pra ganhar a vida?"

Era um homem atarracado, com um pescoço de tartaruga. Branco.

"O que você tem com isso?" Ele parou de tocar e se virou no banco do piano, pronto para dar um soco na cara do homem.

"Você toca bem. Quero te oferecer um trabalho."

"Pra fazer o quê?" E então, furioso por ter respondido ao homem no fim das contas, Boots perguntou: "Limpar o bar?". E ainda mais furioso, querendo brigar e querendo mostrar que queria brigar, ele completou: "Com minha língua, talvez?".

Junto balançou a cabeça. "Não. Eu nunca ofereci um trabalho desses pra ninguém", ele disse com uma seriedade algo impressionante. "Existem coisas que um homem não deve se prestar a fazer" – com uma nota de lamentação na voz. "Pensei que talvez você quisesse tocar piano aqui."

Boots encarou Junto sem esconder todo o seu ódio, sua energia de briga, sua maldade. Junto lhe devolveu o olhar. E Boots se viu gostando do outro contra sua vontade. "Quanto?"

"Vamos começar com 40 dólares."

Boots se virou para o piano. "Então já estou trabalhando."

Era um prazer trabalhar para Junto. Nunca houve nada daquele negócio de você-é-preto-e-eu-sou-branco envolvido. As coisas tinham corrido muito bem desde aquela noite em que ele começou a tocar piano. Aos poucos Boots foi reunindo a banda, o que Junto apreciou, mostrando seu apreço ao lhe oferecer um salário que tinha crescido a ponto de ele poder pagar por qualquer coisa que quisesse no mundo. Não. Lutie Johnson não era importante. Ele não estava apaixonado por ela, e, mesmo se estivesse, Lutie não valeria o bastante para compensar as coisas que ele perderia.

"Certo", ele disse por fim. "Não faz tanta diferença pra mim."

Os olhos de Junto voltaram a estudar o bar. Nada em sua expressão indicava se aquela era a resposta que esperava ou se ele havia se surpreendido. "Não ofereça dinheiro pra ela cantar com a banda. Só dê presentes de vez em quando." Ele pegou a carteira, tirou um punhado de notas e entregou para Boots. "Toda mulher gosta de presentes. Isso vai ajudar você a arranjar um encontro meu com ela. E, por favor, não esqueça" – a voz dele era precisa, cuidadosa, quase como se estivesse discutindo os detalhes de uma transação não muito importante – "deixa a garota em paz. Quero ela pra mim".

Boots guardou o dinheiro no bolso e se levantou. "Não se preocupe", ele disse. "A boneca vai ficar segura comigo, como se estivesse nos braços da mãe."

Junto deu um gole em sua soda e perguntou: "Acha que demora muito?".

"Não sei. Algumas mulheres ficam..." – ele tentou encontrar uma palavra, deu de ombros e continuou – "... desconfortáveis quando pensam em ter alguma coisa com um branco". Ele pensou nas cortinas infladas na saída de incêndio e o homem branco às pressas, descendo, descendo, descendo. Nem toda mulher. Só algumas.

"O dinheiro resolve a maioria desses casos."

"Às vezes, sim." Ele tentou imaginar se resolveria o caso de Lutie Johnson. Sim. Ela praticamente tinha dito sim por si mesma. Mas havia um porém – bem, ele não sabia se um homem poderia encontrar tempo bom com ela. Se ele conhecia algo sobre as mulheres, Lutie tinha um lado megera, e Boots sentiu um arrependimento passageiro e momentâneo por ter perdido a chance de conquistá-la e dominá-la.

Ele olhou para Junto ali sentado à mesa e engoliu uma risada. Pois sua figura atarracada era toda cinzenta – terno cinza, cabelo grisalho, pele acinzentada –, de forma que ele se mesclava ao lugar. O homem podia ficar sentado para sempre ali naquela mesa e ninguém olharia duas vezes para ele. Todas aquelas pessoas bebendo no bar nunca olhavam em sua direção. As que ficavam em pé na rua e aquelas que iam e vinham eram cegas, surdas e mudas diante da existência de Junto. Mas elas continuavam indo e vindo. Se queriam dormir, tinham de pagar para ele; se queriam beber, tinham de pagar para ele; se queriam dançar, tinham de pagar para ele, e nem ao menos sabiam disso.

Seria engraçado se Junto, um homem tão cheio de posses, não conseguisse chegar à primeira base com Lutie. Boots nem sabia muito bem por que Junto queria dormir com ela, mas desconfiava. Junto era meio maluco por aquela preta que morava na 116th Street, falava nela o tempo todo. Boots nunca se esqueceu do susto que levou quando viu a sra. Hedges pela primeira vez. Ele não sabia o que esperar na noite em que foi até lá na companhia de Junto, mas estava totalmente despreparado para aquela enormidade de mulher. E podia jurar, pela forma como Junto olhava para ela, que o homem estava apaixonado pela mulher, mas nunca conseguira contornar algum obstáculo que o impedia de dormir com ela – algum obstáculo erguido pela própria sra. Hedges.

"Como estava de público hoje?", Junto perguntou.

"Casa cheia. Até o teto."

"Algum problema?"

"Não. Nunca tem problema. Aqueles brutamontes cuidam disso."

"Ótimo."

"A garota canta muito bem", ele disse, observando o rosto de Junto para ver se algo em sua expressão daria alguma pista do que lhe chamara atenção em Lutie Johnson. Porque havia todo tipo de garota entrando e saindo de suas espeluncas e ninguém nunca soube de Junto sequer olhando duas vezes para elas.

"Sim, eu sei. Eu a ouvi cantando." Os olhos de Junto piscaram, e Boots soube na hora que o outro a queria pelo mesmo motivo que ele – Lutie era jovem e extraordinariamente bela e qualquer homem com uma faísca de vida daria em cima dela.

"Você a ouviu hoje?", Boots perguntou incrédulo.

"Sim. Estive no Casino por uns minutos."

Boots balançou a cabeça. O velho estava realmente mal. Então Boots sentiu um desejo repentino de ver aquela expressão suave e estranha no rosto do outro. "E como vai a sra. Hedges?", ele perguntou.

"Bem." O rosto de Junto se derreteu em um sorriso. "Ela é uma mulher admirável. Admirável."

"Sim." Boots pensou no lenço vermelho amarrado na cabeça dela com nós apertados e feios. "É mesmo."

Boots deu as costas para a mesa. "Tenho que ir, Junto. Nos vemos em breve." E saiu do bar andando como um gato, o rosto sem expressão, da mesma forma como havia entrado.

12

Jones, o zelador, fechou a porta de seu apartamento. Ele abria e fechava os punhos num movimento lento e pulsante que correspondia à vazão e ao fluxo da raiva que corria dentro dele.

Primeiro, ele sentiu raiva da sra. Hedges e de sua intromissão no corredor, metendo aquelas mãozorras no peito dele, dando ordens e ameaçando. Se a mulher não fosse tão enorme e peçonhenta, ele teria acabado com ela.

Jones franziu a testa. Como o cachorro tinha fugido? Min deve ter deixado o bicho sair. Deve ter ficado bem ali onde ele estava agora, atrás da porta, espiando o corredor para ver o que estava acontecendo, e acabou deixando o cachorro escapar. Uma nova onda de raiva dirigida a Min o atravessou. Se ela não tivesse deixado o cachorro escapar, ele teria conseguido possuir Lutie Johnson. O cachorro a assustou de tal forma que ela se pôs a gritar e fez a porca velha com aquele trapo amarrado na cabeça sair para o corredor.

Ele podia sentir Lutie sendo arrancada de seus braços, podia ver a sra. Hedges olhando para ele com os olhos sinistros quase cravados em seu rosto, podia ver o volume de seu corpo enorme e rígido por baixo da camisola de flanela branca, e podia sentir mais uma vez o perigo e a ameaça nas mãos dela enquanto a sra. Hedges o jogava contra a porta do porão.

E tudo isso por culpa de Min. Ele devia arrancá-la da cama e bater nela até que ela perdesse os sentidos e então jogá-la na rua. Jones andou na direção do quarto e parou diante da porta, lembrando-se da cruz em cima da cama, incapaz de atravessar a soleira, apesar da necessidade que sentia de pôr as mãos nela. Ele não podia dizer, pelo som suave e ritmado da respiração dela, se Min estava dormindo ou apenas fingindo que dormia. Ela deve ter corrido para a cama no minuto em que o viu voltando para o apartamento.

Seus pensamentos se voltaram para a sra. Hedges. Então era por isso que ele não conseguira pôr a mulher no xadrez aquela vez na delegacia. Ele se lembrou do tenente perguntando "Qual é o nome dela?", com os olhos voltados para o papel onde se lia o nome da sra. Hedges. Ele não conseguiu prendê-la daquela vez por causa de Junto. No verão, ele foi algumas vezes até o Bar e Grill para beber um copo de cerveja e viu Junto sentado nos fundos do bar – um homem branco atarracado e pequeno que parecia nunca tirar os olhos das pessoas bebendo no balcão. Pensar nele fez Jones tremer.

Jones se afastou da porta do quarto e ficou andando sem rumo pela sala. Por fim, sentou-se no sofá. Ele devia ir dormir, mas jamais conseguiria com a cabeça tão cheia daquele jeito. O corpo de Lutie era macio ao toque e a cintura dela se encaixava perfeitamente no espaço entre as mãos dele. Uma cintura pequena, complacente, dócil.

Seu rosto ardia nas partes em que ela havia arranhado. Ele precisava passar alguma coisa nos arranhões e devia ir pegar algo no armário de remédios, mas não se mexeu. Lutie o arranhara daquele jeito porque não tinha entendido que ele não iria machucá-la, que ele não a machucaria por nada neste mundo. Ele deve tê-la assustado por sua investida tão repentina.

Jones podia sentir seus pensamentos convergindo para Lutie, concentrando-se nela e aí ficando. Os arranhões em seu rosto eram longos e profundos. Ela não sentiu tanto medo assim. Foi só um susto. Deve ter havido outra coisa. Lutie lutou com ele como uma gata selvagem; como se o odiasse, chutando, mordendo, arranhando, e então aquele grito alto e horrível. Mas ela gritou por causa do cachorro, Jones disse consigo. Mas mesmo depois que a sra. Hedges apareceu e o cachorro foi embora, mesmo depois que a sra. Hedges a arrancou de seus braços, ela continuou gritando. Ele podia ouvir mais uma vez o som desconsolado e desesperado dos gritos dela e, ouvindo esses gritos, Jones pensou que Lutie deve ter achado seu toque insuportável, como se o desprezasse. Não. Não foi só um susto.

O total significado daquilo que a sra. Hedges lhe dissera tomou conta de Jones. Foi por isso que Lutie lutou daquele jeito e gritou sem parar. Ela estava apaixonada por aquele branco, Junto, e não podia suportar um homem negro tocando nela.

A mente de Jones se rebelou contra a ideia, afastando-a. Não era verdade. Ele se recusou a admitir que isso era sequer remotamente possível. E tentou se livrar do pensamento, que voltou do lugar onde saiu e ali permaneceu. Jones tremeu de raiva diante do pensamento do corpo branco e atarracado de Junto entrelaçado em intimidade com o corpo alto e acastanhado de Lutie. Ele viu a pele pálida de Junto ao lado da pele negra de Lutie. E criou situações em que os dois apareciam juntos – comendo, conversando, bebendo, até dançando.

Jones se torturou com a imagem dos dois nus numa cama, talvez falando e rindo dele. Tentou pôr palavras na boca deles.

"Dá pra imaginar, sr. Junto, aquele tal de Jones fazendo amor comigo?"

Ele não conseguiu ir mais longe porque seus pensamentos se recusavam a se concentrar. Parecia haver uma substância lívida, fundida, fluida e incansável em seu cérebro jorrando fragmentos de pensamentos, a ponto de fazer sua cabeça doer com o esforço de acompanhar seu movimento e estudá-los. Ele mal começava a perseguir um dos fragmentos e então outra coisa tomava seu lugar, alguma nova ideia que desaparecia assim que ele começava a explorá-la.

A sra. Hedges e Min. Foram elas que o frustraram. Bem no momento em que ele tinha Lutie nos braços, elas deram um jeito de arrancá-la dele. Se ao menos tivesse conseguido levá-la até o porão, tudo teria ficado bem. Lutie logo teria se acalmado.

Agora ele teria de começar tudo de novo e não sabia por onde. Talvez um presentinho pudesse fazê-la se sentir melhor em relação a ele. Ele devia tê-la assustado muito. E teve certeza de que Lutie estava sorrindo para ele ali parada no hall, segurando a porta, com sua saia longa esvoaçando ao redor das pernas e olhando na direção do porão.

O que ele deveria oferecer? Brincos, meias, camisolas, blusas – Jones tentou se lembrar de algumas coisas que tinha visto nas lojas da Eighth Avenue. Precisava ser algo especial – talvez uma bolsa, uma daquelas grandes, pretas e brilhantes.

Junto provavelmente lhe dava presentes. Seus pensamentos se concentraram nisso por um momento. Que presente ele poderia oferecer que encontraria comparação com as coisas que Junto podia dar a ela? Junto tinha condições de presenteá-la com casacos de pele... Jones se levantou do sofá furioso, tão agitado pela raiva que seu corpo tremia.

Ela estava apaixonada por Junto. É claro. Foi por isso que lutou com ele feito uma gata, cravando as unhas nele, chutando-o, enchendo o hall com aquele uivo que ainda ecoava em seus ouvidos. Ela estava apaixonada por Junto, o homem branco.

Os negros não eram bons o bastante para ela. Jones já tinha visto mulheres desse tipo antes. Já estivera com mulheres desse tipo antes. Certa vez ele tinha acabado de ser liberado do navio, faminto e a ponto de morrer por uma mulher, saiu para procurar e acabou encontrando uma conhecida. Uma porta se abriu, apenas uma fresta e: "Não. Você não pode entrar". E a porta se fechou bem na sua cara. Ele esperou e esperou do lado de fora e viu o vagabundo de um marinheiro, todo contente e satisfeito, saindo daquele mesmo lugar horas depois.

Sim. Ele já tinha visto esse tipo antes. Essas mulheres não davam a mínima para os homens de sua própria cor. Bem, ele daria um jeito nela. Daria um bom jeito nela. Jones tentou pensar em uma forma de fazer isso e ficou surpreso ao constatar que seus pensamentos tinham se acalmado, estavam tranquilos e ordenados. A forma como Lutie resistiu a ele, como se ele fosse tão sujo que ela não seria capaz de suportar seu toque, o fato de que ela nunca olhava para ele quando entrava e saía do prédio, o medo que ela deixou transparecer naquela noite, quando apareceu para ver o apartamento e eles subiram juntos até lá – tudo isso provava que ela não gostava de homens negros, que não dava o menor valor para eles.

Então Lutie pertencia a um branco. Bem, ele iria se vingar dos dois. Sim. Ele daria um bom jeito neles.

Jones forçou a vista na escuridão da sala como se um esforço suficiente pudesse fazê-lo enxergar maneiras de destruí-la. Andou para cima e para baixo pensando, pensando, pensando. E não conseguiu pensar em nada, em nenhuma forma de alcançá-la.

Mas havia o menino. Jones parou no meio da sala, assentindo. Ele podia usar o menino. Daria um jeito no moleque e ninguém poderia detê-lo, ninguém nunca saberia quem teria sido o responsável. Então ele finalmente foi dormir, ainda sem saber o que faria, mas consolado com a ideia de que poderia machucar Lutie por intermédio do menino. Sim. O menino.

Quando Jones se levantou na manhã seguinte, Min estava de pé ao lado do sofá olhando para ele com uma expressão de curiosidade no rosto.

"Tá olhando o quê?", Jones perguntou com rispidez, imaginando o que Min pode ter lido em seu rosto enquanto ele dormia, sem saber que havia alguém ali olhando para ele, talvez inconscientemente revelando as coisas em que andou pensando antes de dormir. "Faz quanto tempo que você está aí?"

"Acabei de chegar", ela disse. "O café está pronto." E então ela completou às pressas: "Já comi. A cozinha é toda sua".

"E por que você ainda não foi trabalhar?"

"Dormi demais. Estou me arrumando pra sair."

Min entrou no quarto. Os chinelos de feltro puídos estalavam e se arrastavam enquanto ela andava. Era um som odioso, e a raiva que ele sentiu na noite anterior retornou tão rápido que Jones imaginou que esse sentimento deve ter dormido ali com ele no sofá, só esperando que ele acordasse. Jones pensou nos saltos de Lutie batendo nos degraus, em suas pernas longas, e imediatamente começou a imaginar uma forma de dar um jeito naquele moleque.

Na cozinha, ele devorou a comida. Min tinha feito rosquinhas para o café da manhã. Estavam leves e macias. Jones comeu várias, bebeu duas canecas de café e estava para começar a terceira quando seus olhos pousaram em um frasco fino de vidro cheio até a metade de um líquido vermelho e brilhante. Estava bem ali, entre o vidro de ketchup e uma lata de leite evaporado, no canto da prateleira em cima da mesa da cozinha.

Jones se levantou para ver melhor, tirou a rolha e cheirou o conteúdo. Tinha um cheiro forte e acre. Ao lado do frasco, havia um conta-gotas.

Ele não tinha visto nada daquilo antes. E, sem nenhum motivo em particular, pensou nas velas que Min acendia toda noite, no surgimento repentino e inesperado da cruz em cima da cama, em sua ausência inexplicada naquela noite.

Jones pegou sua xícara, subitamente desconfiado. Nela parecia haver traços daquele mesmo odor acre. Mais fraco, sim, mas ali na xícara. Ele cheirou o conteúdo do grande pote esmaltado de café em cima do fogão, franzindo a testa. Ainda não podia ter certeza, mas parecia haver traços do mesmo cheiro. Diluído, mais fraco, porém definitivamente ali. Podia ser coisa da sua cabeça e, por outro lado, seu nariz podia ter sido tomado por aquele odor forte do líquido vermelho, de forma que ele pensou ter encontrado o cheiro em sua xícara e no pote.

Min não ousaria pôr nada no café dele. Ela não ousaria. Mas como ele poderia saber? As velas e a cruz voltaram a invadir seus pensamentos. Pois, até onde ele sabia, Min andava jogando algum tipo de feitiço nele para lhe trazer má sorte.

Jones pegou o frasco fino e o conta-gotas e foi andando na direção do quarto, mas se deteve e ficou parado na porta.

Min estava amarrando um xale de lã desbotado na cabeça. Já tinha vestido o casaco e seus movimentos eram lentos, desajeitados, esquisitos. Suas galochas fechadas apertavam seus pés e Jones pensou que ninguém, a não ser uma mulher meio louca, se vestiria daquele jeito. Min o viu parado na porta e enfiou a mão no bolso do casaco, deixando as pontas do xale soltas.

“Pra que serve isso?”, Jones lhe mostrou o frasco e o conta-gotas. “Você está botando isso no meu café? Tá tentando me prejudicar?”

“É meu remédio do coração”, ela disse calmamente.

Jones a encarou sem acreditar nela e sem saber por que não acreditava. Min não se encolheu, mas devolveu a encarada dele, e ali, com a mão no bolso do casaco, ela tinha um ar algo garboso que o fez sentir vontade de descer a mão nela.

“Qual é o problema com seu coração?”

“Não sei. O médico me deu esse remédio pra ele.”

"E como você toma?"

"Misturo no café."

"Por que não tem rótulo?", ele perguntou desconfiado.

"O médico disse que não precisava de um, pois não dava pra confundir com outro."

Jones não se deu por satisfeito. "Quando você foi se consultar?"

"Naquela noite que saí."

Jones não acreditou em Min. Ela estava mentindo. Ela parecia estar mentindo. Não havia nada de errado com o coração dela. Se não fosse por aquela cruz – Jones a viu de rabo de olho. Sim. Ainda estava lá em cima da cama, e ele desviou o olhar depressa, arrependido de ter olhado, pois veria aquela coisa maldita o dia inteiro para onde quer que olhasse.

"Bom, deixe aqui", Jones disse às pressas. Ele entrou no quarto, colocou o frasco e o conta-gotas em cima da cômoda e se afastou rapidamente. "Não largue suas coisas na cozinha. Não quero olhar pra elas. Nem cheirar", ele disse por cima do ombro.

Quando Min saiu do quarto alguns minutos depois, com o xale amarrado firmemente sob o queixo, com seu vestido desbotado dentro de uma sacola de papel pardo que ela carregava embaixo do braço, Jones se recusou a olhar em sua direção.

"Bem, adeus", ela disse com hesitação.

Ele grunhiu em resposta, pensando que se confundiu tanto com a visão da cruz que acabou não perguntando para que serviam as velas. Não tinham nada a ver com o coração dela. Jones não planejava perguntar da cruz, pois não conseguia se forçar a perguntar; mencioná-la em voz alta daria importância para a coisa. E não seria bom Min saber o que a cruz fazia com ele.

Jones saiu para levar as latas de lixo para fora. Ele se recostou no prédio, observando os dois lados da rua. Tinha nevado durante a noite – a neve deixara uma cobertura fina e macia que se agarrava a todos os prédios da rua, escondendo levemente a sujeira e cobrindo as calçadas com um delicado filme branco. Ele deu uma olhada na neve, pensando que não precisaria de uma pá. Dali a algumas horas a neve já teria derretido sob os pés das pessoas que passavam.

Os caminhões de lixo guinaram barulhentos até o meio-fio. A rua foi preenchida pelo som de latas de lixo batendo, o ruído do mecanismo interno dos caminhões que sugava o lixo das grandes latas de metal.

Na rua havia um fluxo contínuo e crescente de mulheres a caminho do trabalho. A maioria, como Min, levava pequenos pacotes de papel pardo embaixo do braço – pacotes que continham os vestidos desconjuntados que elas usavam em casa e que vestiriam quando chegassem ao trabalho. Algumas se apressavam em direção à entrada do metrô, andando mais e mais rápido porque estavam atrasadas. Outras passavam por ali se arrastando de cabeça baixa como se já estivessem cansadas, sentindo o fardo do dia de trabalho pesando nos ombros antes mesmo de começar o dia.

Jones rolou as latas de lixo vazias até a entrada do porão e voltou para a frente do prédio. Em manhãs como aquela, ele costumava ficar lá dentro trabalhando, limpando e acendendo a caldeira e descartando as cinzas. Nessa manhã, a rua estava com um ar agradável e vívido. O sol, que tinha saído, e a fina camada de neve faziam Jones se sentir bem ali. Ao menos por um dia, ele pensou em se eximir de algumas tarefas, deixar que o fogo apagasse e que os corredores ficassem cheios de lixo enquanto ele se divertia um pouco ali fora.

Observando a rua, Jones percebeu jovens cheias de energia em meio às velhas que se arrastavam. Algumas tinham pernas torneadas que tremiam no ponto em que a carne se curvava para formar a panturrilha. Os olhos dele se demoraram em uma delas, que tomava o rumo da esquina num caminhar elegante que fazia sua carne balançar lindamente.

"Belas pernas, não acha, querido?", a sra. Hedges perguntou da janela.

Jones lhe lançou um ligeiro olhar de ódio e virou a cabeça. Tão cedo e ela já estava ali, parecia que era grudada naquela janela. A sra. Hedges estava bebendo uma xícara de café, e Jones desejou que ela de repente se engasgasse feio e morresse bem ali, diante de seus olhos. Então ele poderia ir até lá ver de perto e rir. Jones não podia mais ficar ali com aquela mulher de olho nele. O prazer que sentiu pela manhã e pela rua se esvaiu, foi-se embora como se nunca tivesse existido.

Para Jones, a única alternativa era entrar. Mas ele queria tomar mais um pouco de ar e ficar observando o movimento. Ainda não estava pronto parar entrar e não deixaria aquela mulher tirá-lo dali. Ele se demoraria o quanto quisesse e sairia só quando estivesse pronto. Jones estava desconfortavelmente ciente do olhar fixo da sra. Hedges e mexeu os pés, pensando que não seria capaz de aguentar. Teria de entrar no prédio para se livrar daqueles olhos.

Sua visão captou o avanço lento do carteiro pela rua. Seu uniforme cinza desaparecia pelas entradas dos prédios e tornava a surgir. A cada vez que ele aparecia, Jones notava que aquele saco pesado pendurado no ombro fazia o homem andar inclinado para um lado. Olhando para ele, Jones decidiu que ficaria bem ali onde estava até o carteiro alcançar o prédio. Assim, aquela porca velha não pensaria que conseguiu escorraçá-lo lá para dentro.

Caminhões do correio davam ré na rua, faziam a volta e partiam com o ranger das marchas. Crianças correndo para a escola se juntavam ao fluxo de pessoas. O movimento na rua crescia a cada instante, e Jones amaldiçoou a sra. Hedges, pois queria aproveitar o momento e não podia fazer isso com a mulher ali naquela janela olhando para ele.

O zelador do prédio ao lado saiu para varrer a calçada. Jones ficou aliviado ao vê-lo e foi ao encontro do homem para conversar, satisfeito com a oportunidade de estabelecer alguma distância entre ele e a sra. Hedges. E assim ela não poderia pensar que o expulsara dali.

“Chegou tarde hoje, hein?”, o homem perguntou.

“Dormi demais.”

“Ainda bem que não nevou muito.”

“Sim. Não sei o que é pior, neve ou carvão.” Jones estava apreciando essa conversa breve, pois assim provava para a sra. Hedges que era completamente indiferente à presença dela na janela. Ele tentou encontrar algo espirituoso para dizer, então os dois poderiam rir e as risadas iriam provar mais ainda sua despreocupação. Seguindo o tema da neve e do carvão, ele inventou algo: “Temos que passar a pá nos dois. Pelo menos uma vez o branco é tão mau quanto o preto. Neve e carvão. Ruim igual. Um branco e o outro, preto".

O som da risada do outro foi contagiante. As pessoas que passavam por ali paravam e sorriam quando ouviam. O homem deu um tapa nas costas de Jones e caiu na gargalhada. E Jones se deu conta de que a tristeza, o ódio e a raiva que sentia ainda queimavam tão forte dentro dele que nem conseguiu rir com o outro, deixando-o se divertir sozinho com suas risadas. E as risadas morreram na garganta do homem quando ele olhou para Jones e viu sua expressão amuada.

O homem voltou a varrer a calçada e Jones aguardou a aproximação do carteiro, que estava no prédio ao lado. Em um minuto ele seguiria para seu prédio. Sim. Estava indo para lá agora.

"Bem, tenho que ir."

"Até mais tarde."

Ele seguiu o carteiro até o hall, sentindo-se triunfante. Ficou bem óbvio para a sra. Hedges que ele tinha entrado simplesmente para pegar suas correspondências, e não porque ela estava olhando para ele. E então ficou aborrecido porque, como a sra. Hedges sabia de tudo, era capaz de saber também que ele nunca recebia correspondências.

O carteiro abriu todas as caixas de correio de uma vez com uma chave presa a uma corrente longa e forte. O saco de couro esgarçado que ele levava nos ombros estava cheio de correspondências. O homem enfiou as cartas nas caixas abertas, trancou-as com a chave e foi embora.

Jones nem se ocupou em abrir sua caixa. Não havia motivo para isso, pois o carteiro não tinha posto nada nela. Então ele ficou perplexo com a maravilha daquilo que estava pensando, pois tinha encontrado o que queria. Era assim que ele pegaria o menino. Nem Junto, com todo o seu dinheiro, poderia salvar o moleque. Quanto mais pensava nisso, mais animado ele ficava. Se o menino roubasse caixas de correio, ninguém, nem mesmo Junto, poderia livrá-lo dessa, pois tratava-se de assunto do governo.

Esse pensamento o ocupou pelo resto da manhã. Tomou sua mente primeiro enquanto ele limpava a caldeira e removia as cinzas, e mesmo depois, quando foi instalar uma máquina de lavar no segundo andar e desentupiu um cano no terceiro.

À tarde, Jones estudou as chaves das caixas de correio que ficavam sob seus cuidados, tirando-as da caixa onde as guardava e espalhando-as sobre sua escrivaninha. Eram as cópias das chaves dos inquilinos. Jones ponderou. Ele tinha de bolar uma chave mestra – criar um padrão para uma chave mestra. E não precisava fazer o trabalho, pois o chaveiro que ficava um pouco mais acima na rua poderia fazer isso rapidinho, não havia nada de complicado em uma chave de caixa de correio.

Em resposta a uma inspiração repentina, Jones foi até o prédio ao lado para ver seu amigo zelador.

"Ouça", ele disse num tom malicioso. "Você me empresta uma das chaves do correio um minuto? Uma desgraçada lá do prédio perdeu duas chaves em dois dias e nenhuma das minhas entra na caixa dela. Acho que uma das suas pode funcionar. Ela quer as cartas dela e está tendo um ataque lá no hall."

"Claro", o homem disse. "Desça aqui comigo, vou pegar uma pra você."

Jones testou a chave nas caixas. Forçando um pouco, acabou funcionando. Ele olhou surpreso para a chave. Talvez funcionasse em qualquer lugar naquela rua. Pensou em perguntar se o outro tinha uma chave mestra, mas não se atreveu.

Jones passou o resto da tarde desenhando os contornos das chaves com todo o cuidado. Então chegou a um que parecia conter todos os dentes das outras. Foi um trabalho lento, pois suas mãos eram desajeitadas e o lápis ficava escorregando em sua pressa. Em determinado momento, as mãos dele tremeram tanto que ele teve de parar e soltar o lápis até que o tremor cessasse.

O desenho final lhe agradou muito. Ele o levantou e o estudou, surpreso. Na verdade, esse último e definitivo desenho não era uma cópia. Era sua própria criação. Jones ficou relutante em abaixar o desenho e soltá-lo. E o pegou várias vezes para admirá-lo.

"Eu devia ter apostado em desenhar", ele disse em voz alta.

Jones segurou o desenho diante dele e virou, até que por fim, estreitando os olhos e olhando para o papel, ele pensou ter visto uma linha horizontal atravessando o desenho. Jogou o papel na escrivaninha com repulsa. O prazer que sentira estava destruído.

Ele passaria a vida inteira procurando a forma de uma cruz em toda parte? Min era responsável por isso. E ela deve ter feito outras coisas das quais ele provavelmente nem chegou a suspeitar. Jones pensou em Min na frente da cômoda sussurrando "É pro meu coração", estranhamente destemida, quase como se tivesse algum tipo de proteção que, Min sabia, o impediria de levantar a mão para ela.

Agora ele se dava conta, Min andava diferente nos últimos tempos. Ela dominava o apartamento. E limpava o lugar incansavelmente, alimentada por alguma fonte desconhecida de energia que a atravessava como uma onda, manifestando-se de formas sutis e variadas. Min estava sempre esfregando e limpando o apartamento como se o lugar fosse dela, irradiando aprovação pelo resultado de seu esforço com suas gengivas desdentadas à mostra, como se estivesse sorrindo para a própria obra de arte.

De repente, ele riu alto. O cachorro ergueu as orelhas, levantou-se todo atrapalhado e foi até a escrivaninha onde Jones estava sentado, enfiando o focinho na mão dele. Jones afagou a cabeça do cachorro em um gesto raro de afeição.

Pois ele também daria um jeito em Min. Seria ela quem levaria o desenho para o chaveiro e encomendaria a chave mestra. Não haveria nada, nem sinal de evidência, nem o menor detalhe que o conectasse com a chave. Mesmo que o moleque dissesse que ele, Jones, havia mostrado como abrir as caixas e lhe dado a chave, tudo o que ele precisava fazer era negar. Fazia anos que trabalhava naquela rua como zelador, coletando os aluguéis e entregando meticulosamente o dinheiro para os corretores brancos. Só isso já era uma prova de sua honestidade. Ninguém acreditaria em um moleque com cara de ladrão – um menino cuja mãe não era nenhuma santa e se envolvia abertamente com um homem branco.

Não. Jamais conseguiriam nada contra ele. Cairia tudo em cima do menino. E se tudo corresse bem, Min também entraria na jogada.

Quando Min voltou do trabalho naquela noite, Jones a recebeu com cordialidade, mas sem exageros, pois não queria que ela ficasse se perguntando o que o fizera mudar de atitude em relação a ela.

"Seu coração incomodou hoje?", ele perguntou.

"Não", ela disse, olhando desconfiada para ele. "Não muito", completou em seguida.

"Estava pensando nisso." Jones esperou que Min pensasse que essa preocupação com o coração dela pudesse explicar sua cordialidade, pois ele costumava sair de casa quase no mesmo instante em que ela chegava do trabalho, sem dizer nada, esperando deliberadamente Min entrar na sala para então sair às pressas, quase esbarrando nela, a fim de mostrar o desgosto que Min o fazia sentir, deixando bem claro que saía às pressas daquele jeito para não ter de ficar olhando para ela.

Min tirou o casaco e o pendurou no quarto, espanando-o com cuidado depois de tê-lo pendurado no cabide. Quando desatou o xale que cobria sua cabeça, ela se olhou no espelho e viu o reflexo da cruz pendurada em cima da cama.

"O jantar fica pronto logo", ela disse com cautela.

"Certo." Jones se levantou, bocejou e se espreguiçou exageradamente. "Estou morto de fome." Ele estava começando a se divertir.

Jones ficou na porta da cozinha enquanto Min arrumava a mesa, conversando amigavelmente enquanto ela ia da mesa até o fogão. Aos poucos, a suspeita e a cautela que se mostravam de leve na expressão e no olhar dela foram amainando, e então desapareceram por completo, sendo substituídas por um prazer comedido que foi aumentando a ponto de iluminar seu rosto. Min falava, falava e falava. As palavras brotavam dela, transbordavam, preenchiam a cozinha.

Ele comeu em silêncio, imaginando se um dia poderia livrar seus ouvidos do som daquela voz sem graça e cantada. Min não parava de falar. Todo o sentido daquilo que ela dizia se perdeu para Jones, mas, em sua defesa, ele fez um esforço para entender. Era como tentar seguir o curso de um caminho tortuoso e sinuoso que dava voltas sobre si mesmo o tempo inteiro e desaparecia em matagais impenetráveis para emergir ainda mais distante, num ângulo agudo que não guardava nenhuma relação aparente com o ponto de partida original.

"A sra. Crane pegou três gatinhos. Nasceram faz um mês e leite de lata não é bom pra eles. Então, quando vimos o tapete da sala, não tinha mais sabão em flocos. O homem da venda disse que não tem mais esse sabão, por causa da guerra. Então comprei bacon lá. Meio quilo. A sra. Crane se assustou quando descobriu que o sr. Crane come bacon todo dia no café da manhã. A gordura deixa as verduras com um gosto bom, não acha? Aquelas vendas da Eighth Avenue são os únicos lugares onde se pode encontrar gordura com gosto bom. E as couves estavam frescas hoje à tarde, então peguei umas pra amanhã…"

Por fim, Jones desistiu de se esforçar para acompanhar a linha de pensamento dela. Min não saberia se ele estava ouvindo ou não. Ele balançava a cabeça ocasionalmente e isso a deixava satisfeita.

Depois do jantar, ele secou a louça, e o fato de estar ali perto dela e de ter ficado para ajudá-la aumentou o fluxo das palavras de Min a ponto de quase transbordar.

Jones se deitou no sofá da sala enquanto ela se pôs a fazer uma faxina tão minuciosa, demorada e completamente desnecessária que ele não pôde controlar sua impaciência enquanto ouvia e identificava os movimentos dela. Min esfregando o chão da cozinha, limpando o forno e as bocas do fogão.

Por fim, ela foi se sentar na poltrona da sala, piscando os olhos de prazer enquanto olhava para o canário e conversava com ele. Ela estava sem fôlego depois da limpeza que fez na cozinha e falava arquejando. "Piu! Piu! Dickie, meu bebê. Você vai cantar, bebê? Piu! Piu! Meu bebê!"

"Min", Jones disse e parou, pois não usou o tom correto. Sua voz soou muito carregada de urgência, muito solene e enfática. Precisava manter um tom casual; fazer com que aquilo que ia dizer parecesse desimportante, só importante o suficiente para que Min fosse se vestir e saísse logo.

Ela virou a cabeça na direção dele como um alerta. Havia uma leve rigidez em sua postura enquanto Min esperava que ele continuasse a falar.

Jones se sentou e pôs a mão na cabeça. "Estou com uma dor de cabeça horrível", ele disse. "E preciso mandar fazer uma chave pra caixa de correio de uma idiota do terceiro andar. Ela conseguiu perder duas chaves em dois dias e não tenho outra cópia. Fiquei pensando se você não pode levar o modelo pro chaveiro e pegar a cópia com ele."

"Ora, claro", ela disse. "Vou ficar feliz em ajudar. Tomar um ar seria muito bom. Às vezes, é ruim ficar trancada aqui dentro, ainda mais depois de passar um tempo na casa da sra. Crane, tão grande e..."

Depois que Min se arrumou, Jones lhe entregou o desenho com cuidado. Quando viu o desleixo com que Min segurou o papel, ele não pôde evitar dizer: "Vê se não vai perder isso".

"Oh, não", ela disse. "Eu nunca perco nada. Hoje mesmo estava pensando que nunca perdi nada na vida. Sou uma pessoa que cuida do que tem..."

Min continuou falando sem parar, e Jones a ouviu mordendo os lábios de impaciência enquanto ela divagava. Por fim, ela se foi, mancando um pouco porque não teve tempo de cuidar dos joanetes. Mas seu rosto estava quente de prazer por ter a chance de fazer algo por ele.

Que coisinha de nada, Jones pensou quando Min voltou com a chave e lhe entregou; tão pequena e tão poderosa.

Enquanto fazia seu escalda-pés, Min falou e falou e falou. Ela se despiu e saiu do quarto para ficar perto do sofá onde Jones estava sentado, afagando a chave.

"Não vai dormir no quarto hoje?", ela perguntou.

"Não", ele disse distraído. Por um instante, Jones olhou para aquela figura disforme e hesitante. Foi a maneira que Min encontrou para convidá-lo a voltar a dormir com ela. Acho que essa chavinha também serviu pra dar um jeito em você, ele pensou. E espero que tenha te pegado direitinho. "Não", ele repetiu. "Minha cabeça dói muito."

Na tarde seguinte, Jones ficou na frente do prédio à espera de Bub. A rua fervilhava de crianças rindo, falando e gesticulando, muito animadas com a saída da escola.

Quando Bub apareceu correndo pela rua, o menino ia tão rápido que Jones quase não o viu. Tudo no menino tinha a alegria do movimento – os braços, as pernas, até a cabeça. O moleque está pulando que nem um cabritinho, Jones pensou, observando-o. Mais um pouco e vai sair do corpo.

"Oi, Bub", ele disse.

"Ei, tio." Bub ofegava, o peito subindo e descendo, os olhos dançando. "Oi, sra. Hedges", ele acenou na direção da janela.

"Olá, querido", ela respondeu. "Você estava indo muito rápido quando virou a esquina. Quase achei que não fosse conseguir frear."

Bub riu e o som da própria risada o divertiu tanto que ele começou a rir mais alto e mais forte para se divertir ainda mais. "Posso correr mais rápido ainda", ele disse.

"O que acha de a gente ir construir alguma coisa no porão?", Jones perguntou.

"Legal. O que a gente vai fazer, tio?"

"Não sei. Falamos depois."

Eles atravessaram o hall e Jones abriu a porta do apartamento dele.

"Achei que a gente ia pro porão."

"Precisamos conversar um pouco antes."

Jones se sentou no sofá com Bub ao seu lado. O menino se sentou tão para trás no sofá que suas pernas ficaram penduradas.

"Bub, você quer ganhar um dinheirinho?", Jones começou.

"Quero! Quer que eu vá buscar alguma coisa?"

"Dessa vez, é uma tarefa diferente. É um trabalho de detetive. Vamos pegar uns ladrões."

"Está falando sério, tio? Onde?", Bub se levantou às pressas do sofá e ficou diante de Jones, pronto para sair correndo em qualquer direção, já vendo a si mesmo em ação. "O que eu preciso fazer? Já posso começar?"

"Espere um pouco, não se afobe tanto", Jones alertou. É a coisa mais fácil que já fiz na vida, ele pensou com satisfação. Jones se deteve brevemente para admirar a própria esperteza. "Tem uns bandidos por aí e a polícia precisa de ajuda. Os bandidos estão usando o correio e não é fácil pegá-los. Você tem que cuidar pra ninguém te ver ou vão ficar sabendo que você trabalha pra polícia."

"Vamos, tio. Me conta mais. O que eu tenho que fazer?", Bub implorou.

"Agora, você precisa pegar cartas nas caixas de correio e trazer pra mim. Algumas vão ser as cartas certas e outras, não. Mas pode trazer todas. E você não pode deixar ninguém saber que entregou as cartas pra mim, então pode levar até o porão. Vou estar lá todas as tardes esperando você."

Ele pegou a chavinha no bolso. "Vamos lá pro hall pra eu te mostrar como funciona."

A chave emperrou na fechadura e virou devagar. Jones teve de forçar um pouco, mas deu certo. Ele fez o menino tentar e tentar até pegar o jeito e então os dois voltaram para o apartamento dele.

"Não abra nenhuma caixa daqui do prédio", Jones alertou, pondo as mãos pesadas no ombro do menino para enfatizar suas palavras. "Os bandidos não estão trabalhando aqui."

Ele hesitou por um momento, incomodado porque Bub estava em silêncio por tempo demais. "Aqui", Jones disse por fim, estendendo a chave para o menino. "Você tem a rua inteira pra trabalhar."

Bub se afastou de sua mão estendida. "Acho que eu não quero fazer isso."

"Por que não?", Jones perguntou furioso. Aquele pirralho ia recusar e estragar todos os seus planos?

"Não sei." Bub franziu a testa. "Achei que fosse uma coisa diferente. Pegar as cartas nem é divertido."

"Dá pra ganhar bastante dinheiro." Jones tentou apagar a raiva de sua voz e falar num tom persuasivo. "Talvez 3 ou 4 dólares por semana." As cartas valeriam isso, pelo menos. Sim. Ele podia se garantir. O menino não respondeu. "Talvez até 5 dólares."

"Eu não acho que minha mãe…"

"Sua mãe não vai ficar sabendo de nada. E você não pode contar pra ela", Jones disse num tom violento. Ele fez um esforço para controlar a raiva que queimava dentro dele. Precisava dizer alguma coisa rápido para que o menino não falasse nada para Lutie. "É um segredo entre nós dois e a polícia."

"Não", o menino repetiu. "Não quero fazer isso. Mas obrigado, tio."

E antes que Jones conseguisse o que queria, Bub já tinha saído do apartamento, batendo a porta atrás dele. Jones ficou parado no meio da sala, ainda segurando a chave na mão estendida e sabendo que o menino podia acabar com ele se contasse para Lutie o que ele, Jones, havia sugerido.

Ele praguejou com tanta veemência que o cachorro se aproximou e meteu o focinho em sua mão. Jones chutou o cachorro, que uivou. Foi um ganido agudo e estridente que encheu o apartamento, alcançando a rua lá fora.

A sra. Hedges balançou a cabeça quando ouviu o som. "Louco de porão", ela disse suavemente. "Não tem dúvida. Louco de porão."

13

Era a hora do intervalo no Casino. Os homens no palco se levantaram de suas cadeiras, empurraram as partituras para o lado, bocejaram e se espreguiçaram. Alguns procuraram na multidão do salão as garotas que lançaram olhares para eles, com a intenção de conhecê-las melhor, mesmo com o risco de causar algum desprazer em seus acompanhantes. Outros foram direto para o balcão como pombos-correios voando para seus poleiros.

O pianista e um dos trompetistas ficaram no palco. O trompetista estava experimentando uma melodia que rondava sua cabeça fazia dias. O pianista se virou sentado em seu banco, ouvindo o outro.

“Já ouviu isso antes?”, ele perguntou por fim.

“Não”, o pianista respondeu.

“Só pra garantir. Às vezes, as músicas pregam umas peças na cabeça da gente e acabam sendo algo que ouvimos muito tempo atrás e a gente fica pensando que é criação nossa.”

O pianista tateou em busca das notas certas enquanto o homem com o trompete tocava mais uma vez a melodia, suavemente. Juntos eles produziam uma sinfonia leve, um mero fragmento, um estilhaço de música que flutuava pelo grande salão. As conversas, os copos batendo e o estrondo das risadas quase a abafaram, mas a melodia persistiu – um som ligeiro e espectral vagando pelo salão.

O colorido suave das luzes piscava, passeando pela superfície lisa do salão de dança, suavizando o rosto dos casais que passavam por ali de braços dados e amenizando a expressão dos brutamontes do Casino que se misturavam com a multidão. O movimento das luzes e as notas distantes do piano e do trompete criavam a ilusão de que as pessoas ainda estavam dançando.

Lutie Johnson e Boots Smith estavam sentados em uma das mesinhas no canto do salão. Eles permaneciam em silêncio desde que haviam se sentado.

"Quando começo a receber meu pagamento? E quanto vai ser?", Lutie finalmente perguntou. Ela tinha de saber isso agora, naquela noite. Não podia mais esperar que Boots abordasse o assunto. O intervalo estava na metade e Boots ainda encarava o pequeno copo de uísque diante dele em cima da mesa.

"Pagamento?", ele perguntou vagamente.

"Por cantar com a banda." Boots sabia do que ela estava falando, mas fingia que não. Lutie olhou ansiosa para ele, ciente de um desânimo crescente. Ela esperou pela resposta de Boots, inclinando-se na direção dele e se esforçando para ouvi-lo por cima da música que pairava ao fundo. Esse som a incomodou porque, num primeiro momento, Lutie pensou que não fosse real, que ela estava imaginando aquele som. Então ela se virou para o palco e viu que dois dos rapazes da banda estavam tocando. Boots começou a falar quando a cabeça dela estava virada, de forma que Lutie não pôde ver a expressão no rosto dele.

"Boneca, isso aqui é só pra ganhar experiência", ele disse. "São meses até você conseguir ganhar dinheiro."

Mais tarde, Lutie tentou se lembrar do tom da voz de Boots e não conseguiu. Ela só pôde se lembrar da melodia baixa, fantasmagórica e perturbadora. Mas Boots tinha dito que ela podia ganhar a vida cantando, que o trabalho era dela – dito e feito, por quanto tempo ela quisesse.

"O que aconteceu?", ela perguntou bruscamente.

"Não aconteceu nada, boneca. O que faz você pensar que aconteceu alguma coisa?"

"Você disse que eu podia ganhar a vida cantando. Ontem mesmo você disse que o trabalho era meu por quanto tempo eu quisesse."

"Claro, boneca, e eu falei sério", Boots disse tranquilo. "É verdade. Mas não sou eu quem manda. O dono do Casino – um sujeito chamado Junto – diz que você ainda não está pronta."

"E o que ele tem a ver com isso?"

"Acabei de dizer", Boots disse pacientemente. "Jesus, o homem é dono do lugar."

"Ele também é dono do Bar e Grill?"

"Sim."

A música se esvaía, recomeçava, tornava a se perder. Lutie se lembrou da figura atarracada de Junto refletida no espelho atrás do balcão. Uma figura num espelho levantou um dedo, balançou a cabeça e ela estava de volta a seu ponto de partida. Não, não era isso; pois aquele mal-estar apaziguado era algo que ela nunca havia sentido antes. Era pior do que voltar a seu ponto de partida porque ela não foi capaz de evitar um crescente otimismo que desenhou para ela um futuro brilhante. Lutie viu a si mesma indo embora daquela rua, dando a Bub um quarto só para ele, podendo estar em casa quando ele voltasse da escola. Essas coisas tinham se tornado reais para ela e agora lhe escapavam.

Lutie teria de continuar naquela rua, naquele prédio. E ela podia sentir o zelador empurrando-a à força para a escada, podia sentir a si mesma se contorcendo e se retorcendo para se livrar dele e ficar longe daquela porta. Mais uma vez, ela teve ciência dos degraus que desciam para a escuridão do porão, podia sentir o cachorro saltando atrás dela e ouvir a voz insinuante da sra. Hedges dizendo: "Vamos ganhar um dinheirinho extra, querida".

"Não!", ela disse bruscamente.

"Qual é o problema, boneca? O trabalho importava tanto assim pra você?"

Lutie olhou para ele e pensou, Boots iria gostar de saber que esse trabalho significava o mundo para mim. Nada na expressão dele indicava que saber do profundo desapontamento dela iria preocupá-lo ou ao menos interessá-lo. Mas Lutie sabia, pela forma como Boots se inclinava para ela sobre a mesa, impaciente, pela intenção com a qual a estudava, que ele queria descobrir o grau de seu desapontamento.

"Acho que sim", Lutie disse em voz baixa. Então ela se levantou e disse: "Bem, obrigada por ter me dado uma chance".

"Sim", Boots disse vagamente. Ele estava cutucando a cicatriz em sua bochecha. "Ei, espera um minuto, pra onde você está indo?"

"Pra casa. Pra onde mais?"

"Mas você não vai parar de cantar com a banda, certo?"

"Pra quê? Eu trabalho o dia inteiro. Não vou cantar a noite toda só por diversão."

"Mas a experiência..."

"Não estou interessada", ela disse decidida.

Boots pôs a mão no braço dela. "Espere aqui e eu te levo pra casa. Precisamos conversar, boneca. Você não pode me abandonar desse jeito."

"Não estou te abandonando", Lutie disse com impaciência. "Estou cansada e quero ir pra casa."

"Certo." Boots recolheu a mão. "Junto mandou isso aqui pra você..." Ele tirou uma caixinha branca do bolso do colete e entregou para ela.

A caixinha emperrou e Lutie a abriu com força, fazendo os brincos que imitavam diamantes lá dentro brilharem com as luzes coloridas. Os brincos ficaram tão vivos com a força daquelas cores que pareciam se mexer dentro da caixinha.

"Obrigada", ela disse, e sua voz soou fria e aguda aos seus ouvidos. "Não consigo imaginar nada de que eu precisasse mais do que isso."

Lutie se virou abruptamente, atravessou o salão de dança às pressas e desceu as escadas até o guarda-volumes. Pegou o casaco com uma das garotas e jogou uma moeda de 25 centavos no pires grosso em cima da prateleira. Enquanto saía pela porta, ela pensou, Eu devia ter dado os brincos para aquela garota. Ela deve precisar mais deles do que eu.

O porteiro do Casino, resplandecente em seu uniforme bordô, parou com a mão na porta de um táxi e ficou olhando para Lutie enquanto ela seguia em direção à Seventh Avenue. Ele pensou que a saia preta longa dela fazia um barulho irritante enquanto Lutie se dirigia apressada para a esquina.

Lutie segurava tão forte a caixa com o brinco que pôde sentir o papelão cedendo um pouco e apertou mais forte. Ela tentou não pensar, mantendo sob controle a raiva profunda que fervia dentro dela. Não havia motivo para ficar com raiva de Boots Smith e de Junto. A culpada era ela.

Ainda assim, Lutie podia sentir um nó duro e apertado de raiva e ódio se formando dentro dela enquanto caminhava. Decidiu ir andando para casa, na esperança de que a raiva evaporasse no caminho. Lutie andava a passos largos e rápidos. Ouvia-se o som alto de seus saltos batendo na calçada e ela tentou aumentá-lo ainda mais. Mais, mais, mais. Era a única forma – tão alto que nada, nem a rua, nem o prédio, nem as pessoas, nada poderia tocá-la.

Lutie vencia uma quadra após a outra – 135th, 134th, 133rd, 132nd, 131st. Aos poucos, ela começou a chegar a alguma conclusão, a formular uma filosofia que a ajudasse a consertar suas esperanças quebradas. O mundo não tinha desabado em cima dela. Ela não estava soterrada por tijolos e entulhos, pedaços de gesso e pedras. Mas foi assim que se sentiu enquanto ouvia Boots.

O problema era com ela, que tinha erguido uma estrutura fantasiosa feita dos objetos suaves, nebulosos e turvos dos sonhos. Não havia nem um tijolo sólido e concreto nessa estrutura, nem sequer uma fundação. Ela a construiu com ar e vapor e se pôs dentro dela imediatamente. Então, é claro, tudo desabou. Essa construção nunca existiu em lugar nenhum a não ser dentro de sua cabeça.

Era melhor encarar o fato de que precisaria continuar vivendo naquela rua. Ela não tinha dinheiro para pagar um mês adiantado por outro apartamento e contratar um carreto. E, mesmo que tivesse fundos suficientes, qualquer apartamento para o qual se mudasse seria tão indesejável quanto aquele que ela deixaria. É claro, tirando o fato de que, em um novo endereço, ela não teria uma sra. Hedges nem o zelador. Não, mas haveria outras pessoas que não seriam tão diferentes deles. Não havia momento melhor para ir se acostumando com a ideia de continuar lá.

Ele esperava que aquilo que a sra. Hedges dissera de Jones, que ele iria deixá-la em paz, fosse verdade, pois Lutie sabia que não seria capaz de se forçar a registrar uma queixa contra ele. Não lhe agradava a ideia de contar em detalhes um ataque que sofrera a um sargento indiferente.

Mas era o que deveria fazer. Então ela pensou, Vamos supor que eles prendam o zelador por trinta, sessenta, noventa dias ou o que for decidido na sentença. E então? Ele não iria ficar preso pra sempre. E era o tipo de homem que guardaria rancor dela a vida inteira e, uma vez fora da prisão, era certo que ele daria um jeito de se vingar dela.

O Harlem não era assim tão grande e, se Jones estivesse decidido a se vingar, não teria nenhuma dificuldade de encontrá-la. Além disso, ela precisava pensar em Bub, pois, em vez de machucá-la, ele poderia buscar vingança em seu filho.

Não. Ela não iria até a polícia. Lutie parou e esperou o sinal abrir. Você já se acostumou com a ideia de ficar lá?, ela se perguntou.

Pois dali em diante ela e Bub viveriam com muitos cuidados, com tanta moderação e tão miseravelmente para que cada um de seus pagamentos rendesse uma soma que seria guardada no banco. Depois de um tempo, eles poderiam se mudar. Seria difícil. Também era melhor que se acostumasse com isso.

Eles precisariam se manter numa margem tão estreita que sua vida nem poderia ser considerada vida realmente; nunca sairiam para lugar algum nem comprariam nada que não fosse absolutamente essencial, tendo até mesmo de avaliar os itens essenciais para cortá-los sempre que possível. Só assim eles poderiam ter esperança de se mudar. Lutie pensou arrependida nos 25 centavos que esbanjou com a garota do guarda-volumes. Ela devia voltar e dizer à garota que tinha sido um erro, que estava nervosa quando deu o dinheiro a ela. Lutie tentou imaginar a expressão da garota – perplexa e incrédula num primeiro momento, e então amuada e ultrajada.

Ela passaria a estudar à noite para obter uma classificação mais elevada. E assim talvez pudesse passar no próximo concurso. O trabalho no Casino, que tinha parecido algo fácil, acertado e perfeito, estava fora de questão, seu bom senso devia tê-la alertado disso desde o início. Ainda assim, ela se viu lamentando e pensando em todas as coisas que o trabalho poderia significar – as coisas que pareciam estar bem a seu alcance na noite em que Boots disse: “O trabalho é seu, boneca”.

E Lutie começou a pensar nele. "Tudo o que precisa fazer agora é cuidar bem de mim, boneca." Ela não disse nem fez nada que indicasse que não tinha intenção alguma de "cuidar bem" dele. Alguma outra coisa deve ter feito Boots perder o interesse por ela tão rápido.

Lutie tentou se lembrar de todas as coisas que Boots lhe dissera para encontrar alguma pista que pudesse explicar sua indiferença. Pois Boots parecia indiferente, ela decidiu. Naquela noite, ele ficara ali sentado na mesa sem fazer nenhum esforço de conversar, absorvido nos próprios pensamentos e, mesmo quando falou com ela, Boots a olhou de uma forma tão impessoal – como se ela fosse uma estranha em quem ele não via nem sequer um interesse passageiro.

"Eu poderia me apaixonar fácil por você, boneca." Ele tinha dito isso na outra noite. E na noite em que se conheceram: "Agora só o que me interessa é você".

Quando Boots lhe deu uma carona para casa na noite anterior, ele mal falou. E não fez nenhum esforço para tocar nela. Lutie tentou encontrar algum motivo para isso e se lembrou de que ele caiu no silêncio depois que o segurança do Casino disse que Junto queria vê-lo.

Lutie apertou o passo. Se Junto era dono do Casino, então Boots trabalhava para ele. Ainda assim, o que Junto poderia ter dito para Boots que o fez perder de uma hora para outra o desejo tão óbvio que sentia por ela? Outra coisa deve ter perturbado Boots, pensou. Talvez tivesse algo a ver com o fato de ele não ter servido no Exército, pois ela se lembrava de como ele não conseguiu esconder seu aborrecimento quando ela insistiu em perguntar por que ele não tinha sido recrutado.

Mas, de qualquer forma, isso não importava. Talvez tenha sido bom que a coisa tenha terminado assim. Pelo menos, ela não tinha mais de ficar se esquivando de suas mãos brutais. Mesmo que tivesse sido contratada com um bom salário, a total falta de escrúpulos dele poderia ser algo que ela não seria capaz de aturar.

Lutie abriu a porta do prédio onde morava. O hall estava em silêncio. Não havia movimentação nas sombras que quase ocultavam a porta do porão. Lutie se perguntou se toda vez que pisasse no hall ela inevitavelmente procuraria a figura alta e abatida do zelador.

O piso de cerâmica rachado estava encardido. A neve trazida da rua pela manhã derreteu e se misturou com a fuligem e a sujeira do chão. Lutie olhou para o verniz marrom-escuro das portas, para a luz fraca que vinha do lustre no teto, para as caixas de correio enferrujadas, para os degraus estreitos e gastos. E pensou que o tempo tinha um jeito de transformar as coisas.

Haviam se passado só algumas horas desde que ela estivera naquela mesma entrada, completamente alheia à luz fraca, à pintura desbotada e sem graça, ao chão imundo. Ela olhou para aquele hall e viu Bub crescendo em um lugar arejado e ensolarado, e ela mesma livre de preocupações com dinheiro. Lutie conseguiu vê-lo voltando da escola para comer lanches com biscoitos e leite na companhia de seus amigos; e então saindo para brincar na vizinhança, e tudo o que ela teria de fazer era olhar pela janela para vê-lo, pois estaria em casa todos os dias quando ele chegasse. Mas o tempo, Boots Smith e Junto tinham forçado seu retorno para aquele lugar, dispersando com habilidade aquela nuvem de sonhos, de forma que agora ela podia ver a realidade daquele hall.

Ela começou a subir as escadas. Os degraus acima e acima. Eram mais íngremes do que ela se lembrava. E Lutie pensou vagamente em todos os pés que tinham subido aqueles degraus para desgastá-los daquele jeito – pés jovens e velhos; pés cansados do trabalho; pés que os pulavam porque algum sonho fazia aqueles degraus parecerem nada; pés que subiam com relutância por causa de alguma tragédia.

As pernas de Lutie estavam muito cansadas para que ela subisse depressa, de forma que seus pés se recusavam a seguir o ritmo usual. Ela se sentiu desconfortavelmente consciente da proximidade das paredes ao redor. O corredor era apenas uma passagem estreita. E as paredes eram muito finas também, pois ela podia ouvir o que acontecia atrás das portas fechadas em cada um dos andares.

No terceiro e no quarto, rádios tocavam. Lutie tentou apressar o passo para evitar a mistura de sons, mas as pernas se recusavam a responder à sua urgência. “Para a sua beleza: sabonete

Shirley" soou na voz de um locutor. Os sons se confundiam. Alguém tinha sintonizado na estação que tocava músicas de swing a noite inteira, e Lutie ouviu: "E agora o mestre do trompete em *Rock, Raleigh, Rock*".

Tudo isso se misturou com os sons da transmissão de um culto para a redenção das almas perdidas: "Esse é o caminho, irmãs e irmãos. Essa é a resposta. Venham todos, antes que seja tarde demais. Esse é o caminho". Enquanto seguia adiante, Lutie ouviu o bramido da congregação: "Amém, irmão, amém". De repente, uma mulher gritou por cima dos outros sons: "Jesus está voltando!".

A congregação começou a bater palmas no ritmo. O rádio transmitia nitidamente o culto, cujos sons se misturavam às notas altas do trompete tocando *Rock, Raleigh, Rock*, enquanto a propaganda de sabonete se juntava ao som estridente de uma guitarra: "Pra você se embelezar, é só usar sabonete Shirley".

Uma briga teve início no terceiro andar. Toda a sua violência ecoava pelas escadas, se misturando às vozes nos rádios. As conversas e os sons atrás das portas que se alinhavam no corredor cessaram de repente. O prédio inteiro estava ouvindo o progresso da briga.

E Lutie pensou, O prédio inteiro sabe, como eu, que Bill Smith, que nunca trabalha, chegou em casa bêbado de novo e está batendo na mulher. Viver naquele lugar era como viver em uma estrutura com telhado, mas sem divisões, de forma que sua privacidade é arruinada, e até mesmo o som da respiração de alguém se torna algo conhecido e familiar para cada um dos inquilinos.

Lutie suspirou de alívio quando alcançou o quinto andar. As escadas mais pareciam uma montanha alta, de altura infinita, de tão cansada que ela estava. E então Lutie pensou, Não, não era bem assim, porque ela estava se sentindo como um lutador depois de ter levado dois socos, um seguido do outro, sem ter tido a chance de se recuperar do primeiro golpe antes de ser nocauteado pelo segundo.

E esse segundo golpe o faz se sentir à beira da morte. Ele perde o fôlego. Seu coração bate rápido e dói a cada batida, de forma que há uma dor persistente em seu peito. O ar entrando e saindo de seus pulmões se soma à dor. O sangue lateja em sua cabeça, que fica entorpecida e pesada. Tudo o que ele quer fazer é sumir dali e se deitar, imóvel e sem pensar em nada. E Lutie sabia como o lutador se sentia, pois tudo isso resumia o que havia acontecido com ela, a não ser pelo fato de que ela tinha recebido não dois golpes, mas uma série deles.

Então Lutie ficou surpresa ao ver que havia luz saindo por baixo de sua porta e parou de pensar na forma como estava se sentindo. "Por que ele não está dormindo?", ela perguntou em voz alta.

Mas Bub dormia, e tão profundamente que nem se mexeu quando ela entrou na sala. Ele sentiu medo de ficar ali sozinho, Lutie pensou, olhando para o filho. Bub estava todo espalhado no meio do sofá-cama, as pernas e os braços bem abertos. O abajur em cima da mesa brilhava diretamente no rosto dele.

Nas vezes em que ela voltou do Casino, Bub estava dormindo de luz acesa. Sim, ele sentiu medo, com certeza. Bem, ela não o deixaria mais sozinho à noite. Lutie apagou a luz, pensando que levaria anos até que Bub tivesse um quarto só dele. E era bem duvidoso que ele alguma vez tivesse um, e ainda havia o problema de Bub não ter para onde ir depois da escola.

Depois de ter se despido e ido para a cama, Lutie ficou ali deitada olhando para o teto por um bom tempo. Ela pensou em Junto, que de forma tão casual e leviana, talvez por mero capricho, e nem mesmo ciente do que fazia, a jogara de volta àquele lugar, e em Boots Smith, que podia ou não estar dizendo a verdade, que pôde, pelas próprias razões, ter decidido que ela não receberia nenhuma remuneração para cantar. E um sentimento amargo e inflamado se espalhou por ela, endurecendo e enrijecendo seu corpo.

Ela estava presa àquela rua, àquele prédio escuro e sujo. E levaria um bom tempo até conseguir sair dali. Lutie pensou nos Chandler e nos amigos deles em Lyme. Eles estavam certos quando diziam que as pessoas eram capazes de fazer dinheiro, mas era preciso trabalhar duro e sem descanso – trabalho duro e autossacrifício. E ela era capaz de tudo isso, Lutie concluiu. Além do mais, ela nunca se permitiria ficar resignada em viver ali. Lutie foi tomada por uma lembrança repentina e vívida da expressão resignada e trágica das jovens e do velho que tinha visto na primavera. Não. Ela não se deixaria ficar assim.

Seus pensamentos se voltaram para Junto, e sua amargura e tensão cresceram. Em todas as direções, para onde quer que se olhasse, havia sempre a implacável figura de um homem branco barrando o caminho, de forma que era impossível escapar. Se ela precisava de algo para encorajá-la, Lutie pensou, o ódio feroz e o profundo desprezo que sentia pelas pessoas brancas fariam isso. Ela jamais se esqueceria de Junto. Manteria vivo o ódio que sentia por ele, alimentaria esse ódio como um fogo aceso.

Bub acordou antes dela. Ele já tinha posto a água da aveia para ferver quando Lutie entrou na cozinha.

Ela o beijou gentilmente. "Vá se vestir enquanto eu preparo o café."

"Sim, mãe."

E então Lutie se lembrou da luz iluminando o rosto do filho enquanto ele dormia. "Bub", ela disse num tom sério, "você tem que parar de dormir com a luz acesa".

Ele pareceu encabulado. "Eu dormi e esqueci de apagar."

"Não é verdade", Lutie disse bruscamente. "Eu apaguei quando saí. Se você está com medo do escuro, é só ir dormir enquanto eu estiver aqui que você não vai ficar com medo, porque desse jeito a conta vai vir tão alta que eu não vou conseguir pagar. Além disso, eu não gosto de mentiras. Já disse milhões de vezes."

"Sim, mãe", Bub disse meigo. Ele ia começar a dizer para a mãe como era ficar sozinho no escuro, mas a cara dela estava fechada de raiva e seu tom era tão duro e frio que ele decidiu que era melhor explicar outra hora.

Para Bub, parecia que a mãe passava a semana inteira falando de dinheiro. Ela era impaciente, quase nunca sorria e não o ouvia direito quando ele falava com ela. Todas as noites depois do jantar, ela se curvava sobre a pilha de livros em cima da mesa e ficava ali em silêncio, concentrada, desenhando curvas e ganchos estranhos sem parar, até ir para a cama. Bub achou que tinha feito algo que lhe desagradou e perguntou o que era.

"Mãe, você está brava comigo?"

Eles estavam jantando. Lutie ficou surpresa com a pergunta de Bub. "Ora, é claro que não. O que fez você pensar que estou brava?"

"É que parece que você está."

"Não, eu não estou brava com você, não tem motivo."

"Qual é o problema, mãe?"

Lutie estruturou sua resposta com cuidado, tentando não deixar a raiva intensa e fria que sentia colorir sua fala. Ela franziu a testa, pois a única explicação que poderia dar era o fato de que eles precisariam economizar mais ainda. "Estou preocupada com a gente", ela disse. "Parece que estamos gastando demais. Não estou conseguindo guardar muito. E temos que poupar, Bub", ela disse com seriedade, "pra que não tenhamos que passar a vida inteira morando aqui".

Na semana seguinte, Lutie fez um esforço consciente de não falar sobre dinheiro com Bub, mas ainda assim alguma menção inevitavelmente lhe escapava. Se encontrava duas luzes acesas na sala, ela se via apagando uma delas e dizendo: "Olha a conta!".

Enquanto remendava as meias dele, Lutie se pegou dando um sermão sobre a importância de prestar atenção nos pregos e nas farpas que poderiam furá-las. "Suas meias precisam durar bastante, meias novas custam dinheiro."

Se ele deixava a saboneteira cheia de água no banheiro, ela explicava como isso desperdiçava o sabonete e como os menores descuidos podiam fazer ruir seu orçamento apertado. E, quando ia para a cama, Lutie se repreendia severamente, porque não era certo estar sempre falando dos gastos para Bub. Por outro lado, se não pudessem economizar mais rápido do que tinham conseguido até então, eles levariam meses para se mudar dali, e essa mudança estava em primeiro lugar nos pensamentos dela. Então, no dia seguinte, Lutie explicou para o filho por que era necessário se mudar e que eles tinham de ser cuidadosos com o dinheiro se quisessem fazer isso logo.

Lutie passava o dia trabalhando e à noite preparava o jantar, lavava e passava as roupas, estudava. E descobriu que, embora tivesse decidido nunca mais sonhar com alguma forma mais fácil e mais lucrativa de ganhar a vida, e apesar de sua determinação de tirar aquele negócio de cantar da cabeça, ela era incapaz de controlar um leve pesar que a tomava quando menos esperava.

Certa noite, voltando para casa de metrô, ela pegou um daqueles jornais de pessoas de cor que tinha sido descartado por um passageiro mais abastado. E, por causa de sua relutância em desistir da ideia de cantar, foi como se o anúncio naquelas páginas teatrais lhe saltasse aos olhos: "Precisa-se de cantores para espetáculos da Broadway e clubes noturnos. Oferecemos treinamento, garantimos bons ganhos".

Lutie destacou o anúncio e o guardou na bolsa, pensando com cautela que valia ao menos uma investigação, mas não se permitindo criar nenhuma esperança.

Na noite seguinte, depois do trabalho, ela foi até a Escola de Canto Crosse. Ficava no décimo andar de um prédio comercial na 42nd Street. No elevador, Lutie não pôde evitar sentir uma ponta de esperança, os princípios da expectativa.

Uma loira de cabelos acobreados era a única ocupante da pequena sala de espera. Ela ergueu os olhos do livro que estava lendo quando Lutie abriu a porta.

Lutie sacou o anúncio da bolsa. "Vim para uma audição."

"Pode se sentar. O sr. Crosse vai receber você em um minuto."

Uma campainha soou e a garota parou de ler para dizer: "O sr. Crosse pode recebê-la agora. É a porta à esquerda. Pode entrar sem bater".

Lutie abriu a porta. As paredes da sala eram cobertas de fotografias brilhantes de homens e mulheres sorridentes em trajes de noite. Uma olhada rápida revelou que todas as fotografias eram carinhosamente dedicadas ao "querido sr. Crosse".

Ela foi até o fundo da sala, onde havia uma grande escrivaninha, os pés de sr. Crosse sobre ela. Enquanto se aproximava dele, Lutie percebeu que a escrivaninha estava abarrotada de recortes de jornais, fotografias, revistas velhas, pilhas de discos e dois álbuns de recortes cujos conteúdos avolumavam as capas. Uma caixa de charutos, um cinzeiro que não parecia ter sido esvaziado havia semanas, a julgar pelo acúmulo de bitucas empapadas, e um tinteiro antigo com as bordas manchadas de tinta muito perto dos pés dele. Uma fileira de arquivos verde-escuros estava encostada na parede atrás da escrivaninha.

Lutie estava bem perto da escrivaninha quando conseguiu ver a aparência do homem sentado atrás dela, pois os pés dele tinham obstruído sua visão. Ele era tão gordo que parecia que suas roupas estavam prestes a estourar. Seu colete se abria com a pressão das dobras de gordura da barriga. Outras dobras escondiam por completo a linha da mandíbula. Ele mastigava um charuto apagado, que rolou para um canto da boca. "Olá", ele disse, sem mexer os pés.

"Vim para fazer uma audição", Lutie explicou.

"Claro, claro. Que tipo de música você canta?" Ele tirou o charuto da boca.

"Músicas de clubes noturnos", ela disse brevemente, desgostando do homem e do fato de que a ponta do charuto que ele segurava na mão tinha sido mastigada a ponto de virar uma massa de tabaco úmida e despedaçada que empestava a sala inteira com seu mau cheiro.

"Certo, certo. Vamos dar uma olhada em você. Venha."

Uma das portas do escritório conduzia a uma sala um pouco maior. Lutie se posicionou diante de um microfone em uma plataforma elevada diante da porta. Um homem enfastiado e magro demais a acompanhou no piano. Ele fumava enquanto tocava, mexendo a cabeça ocasionalmente para tirar a fumaça dos olhos. Suas mãos tocavam as teclas com movimentos tediosos e desanimados. O sr. Crosse se sentou no fundo da sala e, ao que parecia, caiu no sono.

Quando Lutie terminou de cantar a primeira música, ele abriu os olhos. "Certo, certo", ele disse. "Vamos voltar para o escritório."

Ele deixou cair seu volume na cadeira giratória atrás da escrivaninha e apoiou os pés em cima dela. "Sente-se", ele disse, indicando uma cadeira próxima à escrivaninha. "Você tem uma voz boa. Muito boa", ele disse. "Já posso praticamente te garantir um trabalho. Seriam uns 75 dólares por semana."

"Qual é a armadilha?", ela perguntou.

"Não tem armadilha", o homem disse na defensiva. "Estou nesse ramo faz 25 anos. Não tem armadilha nenhuma, em absoluto. A propósito, eu não costumo ouvir os cantores pessoalmente. Mas, só de olhar pra você, pensei, Essa garota é boa. Tem uma voz boa. Então decidi eu mesmo fazer a audição." Ele pôs o charuto na boca e mastigou com vigor.

"E quando eu começo nesse trabalho de 75 dólares por semana?", ela perguntou sarcástica.

"Daqui a umas seis semanas. Você precisa praticar um pouco. Coisas como tempo e expressão musical. Chamamos de domínio de cena. Vamos ensinar pra você. Então encontramos um trabalho e seremos seus agentes. Ficamos com dez por cento dos seus ganhos. É a comissão de praxe."

"Quanto custam as aulas?"

"Cento e vinte e cinco dólares."

Lutie se levantou da cadeira. Cento e vinte e cinco dólares. Ela sentiu vontade de rir. Podia muito bem ser 1.025 dólares. Qualquer um podia conseguir fácil essas quantias.

"Desculpe ter tomado seu tempo. Está fora de questão."

"Todos dizem isso", o homem falou. "Todos. Parece fora de questão porque a maioria das pessoas não tem o que é preciso para cantar. Elas não desejam isso com tanto afinco. Veem alguém ganhando centenas de dólares por semana e nunca param pra pensar que essa pessoa fez muitos sacrifícios pra chegar aonde chegou."

"Sei disso. Mas, no meu caso, é impossível."

"Não precisa pagar tudo de uma vez. E nós oferecemos adiantamentos em casos especiais pra facilitar."

"Você não está entendendo. Eu não tenho esse dinheiro", Lutie virou o rosto, olhando além da escrivaninha.

"Espere um minuto." O homem pôs os pés no chão, levantou-se da cadeira giratória e pousou a mão roliça no braço dela.

Lutie olhou para a mão dele. A pele tinha a cor da barriga de um peixe – um branco-acinzentado. Havia longos pelos nas costas das mãos – até mesmo nos dedos. Era uma mão desossada, com uma camada grossa de gordura. Lutie se esquivou do toque. O homem estava tão saturado com o fedor de tabaco que o cheiro exalava de sua pele, das roupas. O charuto em seus dedos flácidos era rançoso e fedido. E, de perto, aquela massa empapada de tabaco na ponta mastigada do charuto fez Lutie tremer de repulsa.

"Sabe, uma garota bonita como você não deveria se preocupar com dinheiro", ele disse num tom suave. Lutie não disse nada e o homem continuou: "Na verdade, se você e eu pudermos passear algumas noites juntos no Harlem, as aulas não vão te custar nada. Isso mesmo, nem um centavo".

Sim, ela pensou, se você nasce negra e não é tão feia, é isso o que você recebe em troca. Era uma pena que ele não tivesse vivido nos tempos da escravidão, quando poderia invadir a senzala em busca de uma mocinha disponível a qualquer hora do dia ou da noite. Essa é a raça superior, Lutie disse a si mesma, dê uma boa olhada: cabelo preto e oleoso; corpo flácido e balofo; manchas de gordura nas roupas; colarinho amassado; cinzas de charuto no terno; uns olhos fundos e miúdos como os de um porco metidos naquela cara gorducha.

Lutie se lembrou do tinteiro em cima da escrivaninha atrás dele. Ela o pegou com um movimento tão rápido que ele nem teve tempo de adivinhar suas intenções. Lutie lançou o tinteiro com força no rosto do homem. A tinta parou por um momento no obstáculo das sobrancelhas, então começou a pingar em sua papada, no colarinho amassado, nas roupas manchadas de gordura, na boca.

Lutie saiu, batendo a porta do escritório atrás dela. A recepcionista ergueu os olhos, assustada com o barulho.

"Já vai embora?", ela perguntou.

"Sim." Ela passou pela garota. Vamos logo, Lutie disse a si mesma. Vamos, vamos, vamos!

"Você preencheu o formulário?", a garota perguntou.

"Não preciso de um", Lutie disse por cima dos ombros.

Ela embarcou em um trem da Sixth Avenue na 42nd Street. Estava lotado de passageiros. Lutie fechou os olhos para afastá-los de seus pensamentos, segurando firme na alça. Ela recebeu bem o rugido do trem que disparava na direção da 59th Street, apreciando seus movimentos bruscos e seu balanço. Lutie desejou que o trem fosse ainda mais rápido, que fizesse mais barulho, que balançasse mais forte, pois a raiva turbulenta que sentia só poderia ser apaziguada com violência.

Ela buscou alívio na urgência de sua raiva ao imaginar propositadamente o trem saindo de súbito dos trilhos em uma fúria sonora – os vagões de metal caindo um por cima do outro em uma série de explosões ensurdecedoras.

A explosão de raiva se acalmou aos poucos e Lutie começou a pensar em si mesma com tristeza. Ela estava correndo em círculos muito pequenos, dando voltas e voltas como um esquilo engaiolado. Todo aquele negócio de poupar dinheiro para se mudar não daria em nada, pois ela tinha esquecido ou deixado passar despercebido o fato de que não conseguiria encontrar outro lugar melhor para viver, não pelo aluguel que podia pagar.

Lutie pensou no sr. Crosse com um súbito acesso de ódio que a fez morder os lábios; e então pensou em Junto, que a impediu de conseguir o trabalho no Casino. Lembrou-se dos amigos dos Chandler, que a viam como uma negrinha qualquer; mas, é claro, eles eram muito bem-educados para usar a palavra "negrinha". E o ódio cresceu dentro dela.

O trem parou na 59th Street, pegou mais passageiros, então ganhou velocidade em seu longo caminho até a 125th Street.

Ruas como aquela em que ela morava não existiam por acaso. Eram as multidões de linchamento do Norte, Lutie pensou com amargura; era o método das grandes cidades para manter os negros em seu lugar. E ela começou a pensar no pai, que não conseguia arranjar trabalho; em Jim se acabando aos poucos porque também não conseguia trabalho e na consequente ruína do casamento deles; em Bub deixado à própria sorte depois da escola. Desde o nascimento, ela fora encurralada em um espaço que foi diminuindo cada vez mais, a ponto de agora se ver quase esmagada pelas paredes, cujos tijolos foram dispostos um a um por mãos brancas incansáveis.

Quando saltou na 116th Street, Lutie não se lembrava de ter feito a baldeação na 125th Street. E ficou surpresa ao encontrar Bub à sua espera na entrada do metrô. Bub não a viu, e ela se deteve por um momento, notando sua ansiedade ao observar as pessoas saindo para a rua, virando sem parar o pescoço para ter certeza de que não a deixara passar. Lutie estava chegando tão tarde em casa que Bub evidentemente havia se preocupado; e tentou imaginar o que seria do filho se algo acontecesse e ela não voltasse para casa.

Àquela hora havia inúmeras crianças paradas na esquina, todas elas com a chave de casa pendurada no pescoço. Procuravam a mãe na multidão de pessoas que emergia do metrô em sua volta para casa. São jovens demais para se familiarizar com a pressa, Lutie pensou, pois a expressão delas era igual à de Bub – apreensiva e um tanto assustada. Aquelas mesmas paredes já os cercavam. Lutie caminhou na direção de Bub.

"Olá, querido", ela disse com gentileza, passando o braço ao redor dos ombros dele enquanto caminhavam para casa.

Ele ficou em silêncio por um momento e então perguntou: "Mãe, tem certeza que você não está brava comigo?".

Lutie apertou seu abraço e disse: "É claro que não". Ela estava bem presa naquela rua, e a experiência que tinha vivido mais cedo fazia crescer a frustação e o ódio que sentia. Deve estar estampado na minha cara, ela pensou com desalento, e Bub pode notar.

"Não estou nem um pouco brava com você. Nem poderia estar", Lutie disse, afagando a bochecha dele. "Só estou preocupada."

Lutie pensou nos animais do zoológico. Ela e Bub tinham ido lá em uma tarde de domingo. Chegaram a tempo de ver os leões e os tigres sendo alimentados. Houve um momento, antes de todos aqueles pedaços enormes de carne bem vermelha serem jogados dentro das jaulas, em que os grandes felinos ficaram inquietos, desesperados, furiosos, vorazes. Eles andavam em um espaço ainda menor que as fronteiras das jaulas, circulando em uma área que mal comportava seu tamanho. Davam alguns passos e então voltavam. Alguns passos e voltavam. Eles ziguezagueavam, rugindo e rosnando, enfurecidos com as barras que os apartavam da carne, até o lugar inteiro ser preenchido pelo som de sua fúria, fazendo as pessoas se afastarem das jaulas, inseguras e assustadas com a visão e o som daquela selvageria descontrolada. Lutie estava começando a se sentir dessa forma.

"Não estou brava com você, querido", ela repetiu. "Acho que estou brava comigo mesma."

Por ter chegado tarde em casa e sabendo que Bub estava com fome, Lutie tentou apressar o jantar. E quando ela tentou acender o fogão, a chama explodiu subitamente e feriu sua mão, que começou a arder e queimar. Bub estava debruçado na janela da cozinha, observando os cachorros no quintal lá embaixo.

"Maldição", ela disse, cobrindo a mão com um pano de prato e segurando-o firme para impedir que o ar atingisse a queimadura. Não era grave, ela pensou, só uma queimadura superficial.

Ainda assim, ela não conseguiu controlar a raiva que cresceu em seu íntimo. "Que maldição é ser pobre!", ela gritou. "Que maldição!"

Ela pôs a mesa batendo os pratos e fazendo as facas e garfos tilintarem furiosamente. E fez o mesmo com os copos, que se chocaram contra a mesa, e arrastou com força as cadeiras, de forma que a sala foi tomada por barulho, confusão e uma movimentação rápida e nervosa.

Na tarde seguinte, depois da escola, Bub tocou a campainha do zelador.

"Mudei de ideia, tio", ele disse. "Quero ajudar você."

14

Ainda não passava das duas e meia da tarde. A srta. Rinner olhou para as crianças inquietas sentadas diante dela e franziu a testa. Ainda havia uma meia hora inteira, trinta longos e desagradáveis minutos até que ela pudesse se ver livre da visão desagradável daqueles rostinhos jovens, escuros e sempre irrequietos.

A luz pálida do sol de inverno que atravessava as janelas empoeiradas e o vapor sibilando debilmente nos grandes aquecedores intensificavam os cheiros da sala. Todas as salas de aula em que havia lecionado a vida inteira eram permeadas pela mesma mistura de odores: o cheiro empoeirado de giz, o cheiro intenso e sufocante do óleo de pinho aplicado sobre o piso velho, desgastado e encardido para desinfetá-lo, além do próprio cheiro das crianças. Mas ela já se esquecera havia muito tempo de como cheiravam os prédios de quarenta anos em outras partes da cidade e, com o passar dos anos, convencera-se facilmente de que aquela escola no Harlem continha um odor peculiarmente ofensivo.

Primeiro, ela pensou nos odores grudados nas roupas das crianças como "aquele cheiro de fritura" – tomando-os pela gordura rançosa usada no preparo de panquecas, peixes e costeletas de porco.

Conforme os anos se passaram – anos em que ela encarou uma sala fervilhando de crianças inquietas –, ela começou a pensar com ódio no acúmulo de fragrâncias em sua sala de aula, tomando-o como "o cheiro das pessoas de cor" e por fim como o próprio cheiro do Harlem – intenso, forte, luxurioso, assustador.

Ela nunca conseguiu se livrar completamente desse cheiro, que a atingia quando almoçava na esquina, quando atravessava a rua; espreitava no metrô enquanto estava à espera do trem. A sra. Rinner refletiu sobre o cheiro em sua casa até finalmente se convencer de que o mesmo odor rançoso e fétido havia se impregnado em seu pequeno apartamento.

Quando ela abria a porta de sua sala de aula às segundas-feiras de manhã, o cheiro se mostrava mais forte, como uma coisa viva que havia procriado no fim de semana e, depois de se reproduzir, tivesse ficado tão poderosa que podia ser vista e cheirada.

Ela tinha de parar diante da porta para reunir coragem e entrar; então, tapando bem o nariz com um lenço embebido em água-de-colônia, disparava pela sala e escancarava as janelas. O fedor logo conquistava o ar fresco e frio; além disso, as crianças insistiam em ficar de casaco, pois diziam que sentiam frio com as janelas abertas. Então os odores grudados em seus casacos medonhos enchiam a sala, misturando-se ao odor sufocante de pinho e ao cheiro do pó de giz.

A visão das crianças ali sentadas com seus casacos sempre a forçava a fechar as janelas, pois os casacos eram gastos e puídos, com buracos nos cotovelos. Nenhum servia direito. Eram todos muito grandes ou muito pequenos. As golas dos casacos das meninas eram puro pelo de gato; as bainhas se descosturavam. No instante em que olhava para aquelas crianças, ela sentia como se estivesse sufocando, pois qualquer contato com suas roupas horríveis era insuportável.

Então, apesar da necessidade de ar fresco, a sra. Rinner dizia: “Fechem as janelas e pendurem os casacos”. E pelo resto do dia ela evitava o armário no fundo da sala, onde os casacos ficavam pendurados.

Assim, com tristeza, a sra. Rinner começava outro dia. Ela sempre tinha a impressão de que se encontraria revigorada e mais capaz de enfrentar as crianças na segunda-feira, mas, uma vez que aquele cheiro tinha permanecido em suas narinas no fim de semana, ela nunca conseguia descansar direito. E quando a turma se instalava, a visão da pele escura das crianças, o som daquela fala mansa e confusa que saía da garganta delas, a enchiam de uma vontade histérica de gritar. Com o passar da semana, a vontade crescia, até que, às sextas-feiras, a sra. Rinner tremia e tiritava por dentro.

Aos sábados e domingos, ela sonhava com o dia em que seria transferida para uma escola onde as crianças fossem todas garotinhas loiras e de olhos azuis que chegavam no horário pelas manhãs, empanturradas de suco de laranja, cereal e nata, ovos bem cozidos e grandes copos de leite. Elas se sentariam perfeitamente quietas até as aulas acabarem; usariam vestidos cor-de-rosa engomados e exalariam um leve cheiro de sabonete de lavanda; e olhariam para ela com adoração.

Aquelas crianças eram insolentes, malvestidas e sujas. Elas se retorciam sem parar feito vermes, agitando os braços e as pernas com movimentos infindáveis e intrincados. E a assustavam. Assim como seus pais e o próprio Harlem.

Depois de dez anos lecionando no Harlem, a sra. Rinner aprendeu que um bom beliscão na parte mole do braço, uma súbita torção do pulso, um violento empurrão nas costas, mantinham aquelas crianças de 8 e 9 anos sob controle, mas ainda assim ela as temia. Havia uma violência impulsiva e imprudente nelas e em seus pais que a enchia de terror.

A sra. Rinner achava que ensinar qualquer coisa para aquelas crianças era uma tarefa inútil, então ela dedicava a maior parte do dia a manter a ordem e imaginando formas engenhosas de mantê-las ocupadas. Ela lhes incumbia de tarefas. E as crianças lhe traziam materiais: papel, lápis, giz, réguas; elas iam e voltavam com bilhetes para a enfermeira, para a direção, para os outros professores. A escola era velha e grande, e a travessia até a outra parte do prédio costumava durar uma boa meia hora e até mais; e se a criança se demorava indo e voltando, levava mais tempo ainda.

E, porque a escola ficava no Harlem, a sra. Rinner sabia que ninguém esperava que ela fizesse mais do que isso. Todos os anos ela aprovava a turma inteira, com algumas poucas exceções. As exceções eram, ela afirmava, intratáveis e deviam ser encaminhadas para aulas especiais. Então, a cada outono, ela começava com uma nova safra de jovenzinhos.

Em intervalos frequentes, as crianças levavam canivetes para a sala de aula. E sua mente logo os transformava em lâminas longas e malignamente curvas. Na primeira vez em que isso aconteceu, ela tentou uma transferência para outro distrito. Dez anos haviam se passado e ela continuava ali, e o medo que sentia tinha atingido tal ponto que a caminhada do metrô até a escola era um suplício terrível.

Pois as pessoas na rua ou a examinavam sem emoção alguma, como se ela fosse uma monstruosidade, ou olhavam além e através dela, como se ela não existisse. Algumas a encaravam com um ódio não disfarçado nos olhos ou soltavam risadas igualmente não disfarçadas e zombeteiras. Qualquer uma dessas reações a fazia caminhar mais e mais rápido.

A sra. Rinner via cada uma das pessoas pelas quais passava como uma ameaça à sua segurança – as mulheres sentadas nos degraus ou debruçadas nas janelas, os homens recostados nos prédios. Quando jogava a moeda na catraca, ela arfava, sem fôlego por causa do efeito cumulativo causado pelas pessoas que havia encontrado. Era como se tivesse atravessado um corredor polonês.

Esperar o trem era outro desafio. A sra. Rinner vasculhava a plataforma em busca de outras pessoas brancas e ficava perto delas, procurando abrigo em sua proximidade – abrigo do terror que eram aquelas pessoas negras.

Certa vez, ela estava tão cansada que se sentou em um dos bancos da estação. Então um negro de macacão se sentou ao lado dela. Sua presença a fez ser atravessada por uma onda de puro terror tão violenta que ela se levantou do banco e foi até o fim da plataforma. E ficou olhando para o homem, tentando imaginar o que faria se ele a tivesse seguido.

Embora ele tenha permanecido sentado no banco, sem nem mesmo lançar um olhar em sua direção, ela não se sentiu realmente segura até embarcar no trem e o trem começar a se afastar do Harlem. Depois do episódio, não importava o quão cansada estivesse, ela nunca mais se sentou num daqueles bancos.

Seus pensamentos se voltaram para a rua que ela teria de atravessar para chegar ao metrô. Era um lugar tão terrível no frio quanto no calor. Nos dias amenos, as pessoas ficavam aos montes por ali, sentadas nas entradas dos prédios e bem no meio da calçada, de forma que a sra. Rinner tinha de se desviar delas, que enchiam a quadra com o som de suas gargalhadas indecentes. Garotos e garotas encenavam atos de amor apaixonados nas portas dos edifícios. Móveis velhos – poltronas engorduradas, sofás com molas quebradas – eram colocados na frente dos prédios; e crianças e adultos se acomodavam neles tão à vontade quanto se estivessem nas próprias salas de estar.

Em dias frios, a neve se acumulava no chão, ficando mais preta e mais suja a cada dia que passava. A sra. Rinner caminhava o mais longe quanto podia do meio-fio, onde a neve se amontoava, para que suas galochas não entrassem em contato com aquilo, pois ela tinha certeza de que estava infestada de germes. Gatos magros rondavam o lixo congelado que se acumulava na beira da calçada.

No tempo frio, as poucas pessoas que se encontravam na rua tinham um olhar desesperado e faminto, e ela estremecia diante da visão delas, pensando que deveriam estar doentes, além de tudo; pois aqueles pretos eram pessoas sem nenhuma moderação, decência ou código moral. Ela se recusava a contar que trabalhava em uma escola no Harlem até mesmo para suas amizades mais próximas, pois via isso como um estigma; quando se referia à escola, dizia vagamente que ficava ao norte, perto do Bronx.

E agora, enquanto observava o contínuo movimento daqueles corpos jovens atrás das carteiras velhas e surradas diante dela, a sra. Rinner pensou, Essas crianças são como animais – num momento estão emburradas, no outro cacarejando em alto e bom som. Mesmo aos 8 ou 9 anos, elas já conhecem os termos mais sórdidos, o linguajar mais asqueroso. Trabalhar nessa escola é como estar numa selva. O lugar cheira a selva, ela pensou: comida estragada, corpos malcheirosos e sujos. As tranças pequenas e rentes na cabeça das meninas eram provavelmente um costume africano. As fitas muito vermelhas revelavam o apreço que tinham por cores berrantes.

E, jovens como eram, ficava bem óbvio que a odiavam, demonstrando esse ódio com um olhar duro e taciturno que surgia em seu rosto diante da menor provocação. Era um olhar que nunca falhava em despertar sua fúria, ao mesmo tempo que a apavorava.

Todos os dias, quando as turmas deixavam o prédio às três da tarde, a sra. Rinner se apressava até o metrô, e enquanto caminhava ela ouvia as crianças cantando uma cantiga medonha:

A velha sra. Rinner
Peca que é um horror.

Quando ela se virava para ver, as crianças estavam aglomeradas na calçada, imóveis, quietas, inocentes. O restante da cantiga a seguia conforme ela avançava pela rua:

Ela peca de dia
Ela peca de noite.
E não tem marido
Só tem rancor.

A sra. Rinner conferiu seu relógio de pulso e viu com alívio que faltavam quinze minutos para as três. Ela iria mandar as crianças guardarem seus livros e isso as ocuparia até chegar o momento de vestirem os chapéus e casacos puídos.

A ordem "Guardem os livros!" estava na ponta de sua língua quando a mão de Bub Johnson se ergueu no ar. A visão desse gesto a irritou, pois a sra. Rinner não queria se demorar nem um segundo a mais naquele lugar.

"Pois não?", ela disse.

"Banheiro. Preciso ir ao banheiro", ele disse sem rodeios.

"Bem, você não pode ir agora. Espere até a saída", ela disse num tom ríspido. Todas aquelas crianças falavam desse jeito – freneticamente, embolando as palavras e bem-sucedidas em evocar todo o processo diante do olhar relutante dela.

Bub se levantou, foi até o corredor e ficou pulando para cima e para baixo, em um pé e depois no outro. Todas as crianças faziam aquilo quando ela não permitia que saíssem da sala. Era um comportamento que sempre a deixava embaraçada, pois era impossível determinar se estavam fingindo ou se todos aqueles movimentos desesperados eram resultado de uma necessidade real e urgente. Se uma daquelas crianças viesse a sofrer algum acidente – e ela sentiu um rubor percorrendo todo o seu corpo –, seria horrível. O pensamento de testemunhar uma das muitas e variadas funções do corpo humano era algo que a revoltava, e no caso dos garotos – ela desviou o olhar de Bub com determinação.

"Não", ela disse com aspereza. Aquilo acontecia todos os dias com alguma das crianças e todos os dias ela vacilava e permitia que saíssem. De alguma forma, elas haviam descoberto aquele seu ponto perigosamente fraco. "Não", ela repetiu.

Então, contra sua vontade, seus olhos se voltaram para o menino. Bub ainda estava ao lado da carteira. Ele tinha parado de se retorcer. Seu rosto estava contorcido com aquela expressão que a sra. Rinner tanto temia – aquele olhar de ódio taciturno, teimoso e ressentido.

"Pode ir", a sra. Rinner disse. Ela encheu a voz de autoridade, procurando imprimir um tom zangado e petulante, na esperança de que soasse tão intimidador para o restante da classe que as crianças não pensariam que ela tinha perdido mais uma vez. "Leve seus livros e o casaco e nos aguarde lá embaixo." Ele iria embora muito antes dos demais, mas não importava. Era menos um para arrebanhar pelas escadas até lá embaixo. Então a sra. Rinner viu que Bub havia deixado seus livros em cima da carteira, mas não o chamou de volta para pegá-los.

Assim, Bub Johnson saiu mais cedo da escola e conseguiu chegar à loja de doces no outro lado da rua antes de todas as outras crianças.

Ele espiou as vitrines embaçadas da loja, tentando encontrar alguma coisa bonita para comprar para a mãe – algo brilhante e bonito. E, enquanto procurava, ele murmurava: "A velha sra. Rinner peca que é um horror".

Na semana anterior, ele tinha ganhado 3 dólares trabalhando com o velho – três notas de 1 dólar que ele havia guardado embaixo do rádio em cima da mesa da sala. Pela manhã, antes de ir para a escola, ele enfiara uma das notas no bolso da calça, pois queria comprar um presente para a mãe – naquele mesmo dia.

Ele passou pelos chocolates macios e grandes; pelas balas coloridas, pelos pacotes verdes de bala de goma, e parou diante de uma caixa que transbordava de bijuterias: contas, braceletes, brincos e broches brilhantes.

"Vai querer alguma coisa?", perguntou a dona da loja, uma mulher baixa e magra.

"Quero", ele disse. O nariz dela era bem pontudo. Até seus óculos tinham uma aparência pontiaguda. A boca era uma linha fina e reta. Bub a encarou, lembrando-se do que a mãe tinha dito sobre as pessoas brancas querendo ver pessoas de cor engraxando sapatos. Bub teria gostado de mostrar a língua para a mulher, como que para dizer a ela que não iria se apressar.

"O que você quer?"

"Não sei ainda. Estou dando uma olhada."

A cada vez que ele se mexia para olhar alguma coisa na caixa, a mulher o acompanhava. Então a loja se encheu de crianças e ela se afastou dele. Quando ela chegou à frente da loja, Bub decidiu o que queria.

"Ei", ele chamou. "Quero esses aqui." Ele apontou um par de argolas brilhantes. Eram douradas e deviam ficar bem em sua mãe. Custavam 59 centavos. A mulher contou o troco e colocou os brincos em um pacotinho de papel. O troco fez um tilintar prazenteiro.

"Ei, olhem, aquele menino tem dinheiro."

Bub lançou um olhar cauteloso para a frente da loja. Quem falou isso foi o Boina Cinza, um dos valentões da 6ª B. Havia outros cinco valentões com ele. Aqueles meninos podiam roubar seu troco facilmente, e os brincos também. Bub se aproximou da porta.

Boina Cinza se levantou do balcão. Bub estava certo de que o outro não pegaria seu dinheiro ali na loja. Se fosse rápido... – e ele saiu em disparada pela porta, correndo a toda a velocidade pela rua, o coração batendo forte ao ouvir os gritos atrás dele.

Bub correu em direção à esquina, mergulhando na multidão de gente que atravessava a rua – empurrando e se contorcendo em meio às pessoas, esbarrando nelas e seguindo adiante. Ele ignorou as exclamações de surpresa e de vexação que seguiam em seu encalço. "Você acabou com minhas compras!" "Ei, tem ovos aqui..." "Menino, veja por onde anda!" "Se eu puser minhas mãos em você, seu negrinho dos diabos..." "Ai! Meu pé!"

Seus perseguidores se meteram na confusão que Bub deixou para trás. Ele se virou para olhar – uma senhora grandona tinha pegado Boina Cinza pela orelha e apontava indignada para um saco de papel pardo cheio de compras que se espalhavam pela calçada. Bub riu diante dessa cena e continuou correndo.

Duas quadras adiante, ele diminuiu o ritmo e olhou para trás. Os meninos não estavam à vista em nenhum lugar. Bub tinha se livrado totalmente deles. E seguiu seu caminho sem pensar, apenas tentando recuperar o fôlego. Seu coração batia tão rápido que ele pensou que era como se o próprio coração tivesse corrido também. Bub sorriu diante dessa ideia. Seu coração tinha corrido bem ao lado dele e teve de ir mais e mais rápido para acompanhá-lo. Bub quase podia vê-lo – vermelho como um coração do Dia dos Namorados, correndo e, com suas perninhas curtas, dando chutes bem altos no ar.

Bub se perguntou se não deveria começar a trabalhar naquela quadra. O velho não disse que ele não podia trabalhar em outras ruas, e aquela ali era uma rua meio estranha. O sol emprestava um brilho polido aos prédios e brilhava nos pequenos riachos lamacentos que se formavam nos cruzamentos, onde a neve tinha derretido. Sim, ele tentaria trabalhar ali, onde a estranheza das redondezas oferecia uma espécie de desafio. Seria como explorar um país novo e desconhecido. Na verdade, ele já começaria naquele prédio do outro lado da rua – aquele em que havia dois homens conversando nos degraus da frente. Bub sentiu um arrepio de excitação diante de sua ousadia.

Havia uma grande extensão de água, como um lago, no meio da rua. Bub se deteve para atravessar bem no meio da poça e então se esquivou quando um carro passou, espalhando a água até o meio-fio.

Bub subiu os degraus calmamente, passou pelos dois homens e parou diante da porta. Eles não estavam prestando nenhuma atenção no menino. Falavam sobre a guerra e estavam tão absortos que Bub teve certeza de que logo esqueceriam que ele estava ali atrás deles. A água pingava do telhado e gorgolejava nas calhas.

"Claro, claro, eu sei", o homem de macacão disse com impaciência. "Já estive numa guerra. Sei do que estou falando. Vai ter problema quando aqueles garotos negros voltarem. Eles não vão tolerar tudo isso aqui" – ele acenou na direção da rua.

Sua mão fez um gesto muito amplo que abarcou os prédios, as lixeiras, as poças d'água e até as pessoas que passavam.

"O que eles vão fazer?", perguntou o outro homem.

"Vão mudar tudo isso. Ouça o que eu estou dizendo. Eles vão mudar tudo isso."

"Já estamos assim esses anos todos, não tem nada que um bando de soldados famintos possa fazer."

"Nem me diga, homem. Eu sei. Estive na última guerra."

"E o que isso tem a ver? O que você mudou quando voltou? Aqueles garotos vão voltar com a barriga cheia de gás e morrendo de fome, como aconteceu antes..."

"Eles não usam gás nessa guerra. É aí que você se engana. Eles não usam gás..."

Bub abriu a porta do hall e se esquivou para dentro do prédio. O hall estava quieto e escuro. Ele apurou os ouvidos para ver se escutava passos. Não se ouvia nenhum som. Bub não tentou abrir as caixas de correio, mas deu uma espiada dentro delas. As primeiras três caixas estavam vazias. As outras duas continham cartas – ele podia ver as bordas brancas no interior escuro das caixas.

Passos lentos ecoaram nas escadas e Bub estudou o hall com cuidado. Não havia lugar para se esconder. Ele não queria aparecer de supetão nos degraus lá fora, pois os dois homens iriam notar sua presença e se perguntar o que ele andara fazendo.

Bub sentou-se ao pé da escada e curvou-se, fingindo que estava amarrando o sapato. Então, soltou os cadarços, esperou até que os passos alcançassem o andar de cima e começou a enfiar os cadarços nos ilhós do sapato.

Os passos se aproximaram e Bub se curvou ainda mais. Ele olhou na direção do som. Uma saia passava por ele – a saia de uma senhora, pois era longa; embaixo da saia, havia um par de meias pretas e sapatos baixos desconjuntados.

"Não consegue amarrar o sapato, filho?"

"Sim, senhora." Bub se recusou a olhar para cima, pensando que a mulher iria embora se ele continuasse de cabeça baixa.

"Quer que eu amarre?"

"Não, senhora." Bub levantou a cabeça e sorriu para ela. Era uma senhorinha simpática de cabelo branco, pele fina e escura.

"Você mora aqui, filho?"
"Sim, senhora." Os olhos velhos dela eram espertos a aguçados. Bub torceu para que, só de olhar para ele, a senhora não soubesse que ele estava fazendo uma coisa não muito certa. E não era nada tão errado assim, pois estava ajudando a polícia, mas ele não conseguia se livrar do sentimento de que as cartas que não eram as corretas deviam ser devolvidas para as caixas de correio. Ele falaria com o zelador sobre isso quando voltasse para casa. Nesse meio-tempo, ele sorria para a senhora porque tinha gostado dela.
"Você é um bom menino", ela disse. "Qual é seu nome?"
"Bub Johnson."
"Johnson. Johnson. Em que andar você mora, filho?"
"No último."
"Ora, você deve ser o neto da sra. Johnson. Então só pode ser um bom menino, filho."
Ela saiu pela porta murmurando: "O neto da sra. Johnson. Ora, que bom que ele está aqui com ela".
Bub continuou sentado ao pé da escada. Ele havia mentido duas vezes seguidas. E as mentiras saíram tão facilmente que ele se assustou, pois não tinha nem sequer hesitado quando disse que morava ali naquele prédio e quando afirmou que vivia no último andar. Eram duas mentiras diferentes. O que a mãe pensaria dele? Talvez ele não devesse mais fazer aquilo para o zelador. Sua mãe com certeza desaprovaria.
Mas ele tinha ganhado 3 dólares na semana anterior. Três dólares inteiros de uma vez só, e a mãe ficaria feliz com isso. Quando tivesse mais dinheiro, ele contaria para a mãe, e os dois ririam e fariam piadas daquilo tudo e passariam um tempo bom juntos como passavam antes de ela ter mudado tanto. Bub tentou pensar em uma palavra que pudesse descrever a forma como ela se mostrava ultimamente – zangada, ele chutou. Bem, de qualquer forma ela estava diferente, pois se preocupava muito com o fato de eles não terem dinheiro.
Bub abriu três caixas de correio, uma após a outra. A chave emperrou um pouco, mas acabou funcionando com algum cuidado. Ele enfiou as cartas nos bolsos grandes de seu casaco curto de lã.

A porta da rua abriu sem resistência. Bub saiu discretamente do prédio. Os homens ainda conversavam nos degraus. Eles nem viraram a cabeça. Bub ficou imóvel atrás deles.

"O problema com esses caras de cor é que eles não têm coragem. Tinham que deixar claro pros brancos que estão fartos das bobagens deles."

"E como vão fazer isso? Você diz essas coisas, e eu canso de dizer que você não faz ideia do que está falando. Um homem não pode ter coragem se não tem com o que alimentar essa coragem. Ora, você não sabe que eles podiam limpar esse lugar inteiro aqui facilmente, se os caras de cor começassem a agir mal? O que mais as pessoas podem fazer..."

Bub passou pelos homens com as mãos nos bolsos e parou por um momento diante deles para olhar os dois lados da rua como se estivesse decidindo a esmo qual direção tomar e o que faria durante a tarde.

E ali de pé em meio às pessoas que passavam por ele, com os dois homens lá atrás em sua discussão interminável e sem propósito, Bub foi acometido por uma animação repentina e calorosa. Uma comichão agradável, similar àquela que sentia quando ia assistir aos filmes de gângsteres. Aqueles homens atrás dele e as pessoas que passavam não sabiam quem ele era ou o que estava fazendo. Os homens podiam ser justamente quem ele estava tentando capturar; e as evidências para pegá-los podiam estar bem ali, nos bolsos de seu casaco.

Bub nunca tinha feito algo do tipo nem vivido uma experiência tão maravilhosa e emocionante quanto aquela. Não era faz de conta como nos filmes. Era real e ele estava interpretando o papel mais importante.

Ele caminhou lentamente pela rua, as mãos nos bolsos, saboreando a própria importância. Parou no meio da quadra em que morava para assistir a um jogo de dados em ação. Um homenzarrão encostado em um automóvel estacionado no meio-fio segurava as apostas nas mãos – um bocado de dinheiro, Bub pensou, olhando para as pontas das notas de dólar. Nossa, e como aquele homem era todo grande – braços grandes, ombros grandes, mãos grandes, pés grandes. Os outros homens formavam um pequeno círculo ao redor dele, curvando-se quando rolavam os dados e se endireitando para ver o que tinha saído.

Um garoto magro e alto soprou suavemente nos dados que segurava firme nas mãos em concha. "Vamos trabalhar pro papai aqui. Façam isso pelo papai. Se comportem e ouçam o que o papai diz." Seu corpo balançava para a frente e para trás enquanto ele falava com os dados, alheio a tudo o mais, a rua, o homem grande, o pequeno círculo impaciente que se formava ao redor dele.

"Ei, joga logo! Mas que inferno!"

"Jesus, você vai passar o dia inteiro beijando esses dados?"

"Vamos, garoto! Vamos!"

O garoto ignorou todos e continuou a falar num tom suave e doce com os dados. "Façam pelo papai aqui. Mostrem seu amor pelo papai. Ajudem o papai."

O grandalhão ficava virando a cabeça, lançando espiadelas nas duas direções da rua. Bub olhava a rua também, para ver o que o outro estava procurando. Um policial montado virou na quadra da Seventh Avenue. O cavalo erguia as patas com movimentos delicados e alegres, andando de lado e folgando na direção deles. O sol cintilava nos freios de metal em seu arreio, enriquecendo o marrom de seu pelo. Bub observou a aproximação do par totalmente maravilhado, pois a rua se estendia longe, longe atrás do cavalo e do homem, que brilhavam à luz do sol.

"Ei, não dá mole", o grandalhão disse com o canto da boca.

Bub não se mexeu. Ele se aproximou do garoto magro e ficou olhando para a mão dele bem fechada ao redor dos dados, esperando voltar a ouvir o ritmo da fala mansa do outro.

"Dá o fora, moleque", o grandalhão disse.

Bub se aproximou ainda mais do garoto magro, na esperança de poder pegar os dados e falar com eles se ficasse ali tempo suficiente.

"Vai embora, inferno!", o homem rosnou, empurrando Bub com violência.

Bub cambaleou até a rua. Quem esse brutamontes pensa que é? Brutamontes! Ele gostou do som e saiu repetindo a palavra enquanto caminhava pela rua – brutamontes, brutamontes.

A chavinha no bolso da calça de Bub fazia um tilintar agradável enquanto ele caminhava, batendo contra a chave de sua casa. Ele deu uns saltos para aumentar o barulho. E se pôs a correr um pouco, mas o som pareceu sumir, então diminuiu a velocidade e começou a imitar os gracejos do cavalo que ele tinha visto galopando pela rua, brilhando à luz do sol.

"Brutamontes", ele disse num tom suave. Bub parou de trotar como o cavalo, e a chave tilintou em seu bolso. O som o lembrou de que ele não tinha trabalhado na própria rua naquela tarde.

Antes de tomar o rumo de casa, ele parou em três prédios. As cartas que pegou avolumavam seus bolsos. Entrar e sair dos prédios, parar para ouvir passos no hall, esgueirar-se até as caixas de correio, sentar ao pé das escadas para amarrar os sapatos se houvesse alguma pessoa entrando ou saindo e deixar os prédios na ponta dos pés o deixavam muito animado. As pessoas nos prédios eram completa e estupidamente alheias à sua presença; e suas vozes, que vinham das portas fechadas dos apartamentos, contribuíam para seu sentimento de ousadia.

Bub queria poder compartilhar toda aquela maravilha com alguém. O zelador era muito prático e nunca se interessava pelos detalhes. Sua animação e o prazer que sentia com tudo aquilo que fazia o encantaram tanto que Bub acabou se metendo bem no meio da gangue de meninos que o perseguira mais cedo.

Eles estavam embaixo da janela da sra. Hedges, conversando.

"Ah, mas você não pode ir lá, não. Aqueles guardas brancos são ruins feito o diabo..."

"Você tem medo deles", Boina Cinza disse. Havia um sorriso de sarcasmo em seu rosto escuro e magro. A boina cinza-clara que lhe rendera o apelido estava vestida ao contrário, bem para trás na cabeça, de forma que o rosto ficava emoldurado pela lã clara e felpuda.

"Quem tem medo deles?"

"Você."

"Tenho nada."

"E vocês também."

Essa discussão poderia ter terminado em briga, mas Boina Cinza viu Bub se aproximando. Bub andava na direção deles tão absorto em seus pensamentos, tão desavisado, tão tomado por seja lá o que estivesse sonhando que os outros meninos se cutucaram, cheios de prazer. Então eles se espalharam um pouco para cercar Bub.

"Você começa", um deles cochichou.

Boina Cinza assentiu. Ele abriu bem as pernas, colocou as mãos nos quadris e se pôs bem no caminho de Bub, sorrindo. Isso sempre funcionava, ele pensou. Começar uma briga, pegar o dinheiro do outro menino e tudo o mais que estivesse com ele. Dava para roubar qualquer um daquele jeito em plena luz do dia. Tudo o que a gangue tinha de fazer era fechar o cerco quando a briga começava.

Boina Cinza esperou, observando a aproximação lenta de Bub, saboreando o momento em que ele olharia para cima e veria que estava encurralado. Três meninos se moveram bem devagar e com cuidado, ficando atrás de Bub. Ali estava. Tinham ele na mão. Boina Cinza se adiantou um pouco para apressar a captura do pássaro. Perfeito.

"Oi", ele disse, sorrindo.

Bub levantou os olhos surpreso. Virou a cabeça devagar, sabendo de antemão o que encontraria. Sim, ele estava cercado; havia dois, não, três meninos atrás dele. Bub continuou andando, pensando que devia avançar na direção de Boina Cinza e então se desviar dele de repente e sair correndo até a porta do prédio.

A mão de Boina Cinza se fechou, agarrando o colarinho do casaco de Bub.

"Tira a mão de mim", Bub disse num tom débil.

"Quem vai me obrigar?" Bub não respondeu. "Quem vai me obrigar?", Boina Cinza repetiu. Bub ainda não tinha uma resposta. Os olhos de Boina Cinza se estreitaram. "Sua mãe é uma mulher da vida", ele disse de repente.

Bub se alarmou. "O que é isso?"

"Olha só, ele diz que não sabe do que estou falando. Olhem pra ele." Boina Cinza sorriu para seus escudeiros. "Ele não sabe o que a mãe dele é."

"Ela não é isso", Bub disse na defensiva, impelido a negar seja lá o que fazia Boina Cinza rir e piscar.

"Ela não é o quê? Você acabou de dizer que não sabe o que é. Olhem pra ele. Ele nem sabe o que é uma mulher da vida e diz que a mãe dele não é. Olhem pra ele."

Bub não respondeu.

"A mãe dele é uma vadia", Boina Cinza repetiu. "Ela faz coisas nojentas com homens", ele elaborou.

"Ela não faz nada disso", Bub disse com indignação. "E é melhor você parar de falar dela."

"Ah! E quem vai me obrigar? Sua mãe é uma vadia. Sua mãe é uma vadia."

Bub cerrou o punho, golpeou e acertou o nariz do outro.

"Ora, seu..." Boina Cinza mirou um soco em Bub – um soco que falhou quando Bub conseguiu se esquivar. Boina Cinza foi para cima de Bub, que se desequilibrou e caiu de costas na calçada. Bub se levantou e o outro deu um soco certeiro em seu nariz, que começou a sangrar.

Os outros se aproximaram, formando um círculo cerrado ao redor dele, com as mãos esticadas e prontas para vasculhar seus bolsos. Boina Cinza viu que a sra. Hedges observava tudo sem se perturbar. Ele estava tão deslumbrado com a ideia de depenar aquela vítima tão jovem e indefesa que gritou: "Ei! Você é uma vadia também!".

"Você, Charlie Moore", a sra. Hedges se debruçou em sua janela. "Deixa esse menino em paz."

Os meninos voltaram o rosto para a janela – taciturnos, reservados, cheios de ódio. As mãos deles ainda se estendiam na direção de Bub, prontas para pegá-lo.

Boina Cinza olhou para a sra. Hedges sem responder.

Nenhum dos meninos se mexeu. "Vocês me ouviram, seus pirralhos", ela disse com sua voz alta e agradável. "Deixem o menino em paz. Ou eu vou até aí obrigar vocês."

"Ah, merda." Boina Cinza baixou os braços. Os outros meninos se afastaram lentamente, voltaram-se para a rua e se puseram a caminhar bem perto um do outro.

Boina Cinza foi o último a ir embora. Ele se virou para Bub. "Conseguiu uma comparsa, hein? Mas eu dou um jeito em você. Te pego depois da escola e você vai ver."

"Não, você não vai fazer nada disso, Charlie Moore. Se esse

menino voltar pra casa com um arranhão, eu vou saber que foi você. Não brinca comigo."

Boina Cinza se afastou do olhar duro da sra. Hedges. "Ah, você e a mãe dele são duas vadias", ele murmurou. Foi apenas a sombra de um desafio, e ele não disse isso muito alto, mas precisava dizer, pois a gangue estava à sua espera no meio-fio. Os meninos estavam com as mãos nos bolsos e olhavam a rua com uma indiferença aparente, mas Boina Cinza sabia que eles estavam ouvindo, pois isso estava estampado em cada parte do corpo deles.

"Fique longe dessa quadra, Charlie Moore." A voz sonora e agradável da sra. Hedges ecoou bem além do meio-fio. "E não me apareça mais por aqui."

A sra. Hedges continuou na janela, com os braços cruzados no parapeito. Ela e Bub se olharam por um longo momento. Aparentemente, eles estavam sustentando uma conversa silenciosa – reconhecendo suas dores, sentindo compaixão um pelo outro, e então concordando em tirar aquele incidente da cabeça, esquecê-lo como se nunca tivesse acontecido. O menino parecia muito pequeno comparado ao volume enorme da mulher. Seu nariz estava pingando sangue – muito vermelho em contraste com o marrom-escuro de sua pele. Bub tremia como se estivesse sentindo frio.

Por fim, os olhos deles se voltaram para outra direção como se algum impulso comum os tivesse levado a interromper aquela estranha comunhão. A sra. Hedges se concentrou na rua. Bub entrou no prédio com o nariz borbulhando sangue.

Ele estava com medo. E ficou ali parado no hall, estudando esse medo. Era como se alguma coisa o tivesse agarrado e se recusasse a soltar; e independente do que fosse, essa coisa o fazia tremer. Bub decidiu que isso acontecia por ter mentido e brigado, tudo num dia só. Mas ele não podia ter impedido a briga. Não podia permitir que ninguém falasse de sua mãe daquele jeito.

Bub bateu na porta do porão embaixo das escadas. Ele ainda tremia de medo e excitação. Os passos lentos e pesados do zelador subindo os degraus soaram muito distantes – ameaçadores, assustadores. Quando o zelador abriu a porta, Bub o seguiu em silêncio, descendo os degraus velhos que levavam ao porão.

Quando alcançaram o último degrau, Bub começou a se sentir melhor. Ele sempre entregava as cartas para o velho lá embaixo. O fogo era agradável, quente. Os canos que corriam lá em cima cheios de sujeira, as grades de metal das lâmpadas, as pilhas de carvão que brilhavam na luz fraca, até mesmo o cheiro empoeirado do porão, faziam o lugar parecer um covil de ladrões.

Era um lugar misterioso, mas familiar de alguma forma. Os cantos escuros, as lixeiras enfileiradas perto da porta que se abria para um espaço grande e vazio, as cordas de cânhamo grossas do elevador de lixo, tudo ajudava a tornar o porão um lugar estranho, secreto, excitante. Aquelas cordas longas e marrons que sustentavam o elevador de lixo ofereciam uma saída, se uma fuga repentina fosse necessária. Bub quase podia se ver subindo, subindo pelas cordas grossas, agarrando-as com uma mão após a outra.

E também havia bastante espaço ali. Enquanto olhava para as janelinhas empoeiradas que mal se deixavam ver nas paredes de concreto e para os grandes pilares que sustentavam o prédio, Bub se esqueceu do nariz ensanguentado. E da dor súbita e aguda que sentiu ao ouvir falarem de sua mãe daquele jeito enquanto os outros meninos gargalhavam atrás dele. Bub guardava apenas a memória das palavras horríveis que tinham saído da boca suja e enorme de Boina Cinza.

O porão era real. E o que aconteceu antes foi um sonho ruim. Subir aquela escada depois da escola para encontrar uma casa quieta e vazia também não era real. Aquilo era realidade. Ele só pertencia de verdade àquele lugar bom, quente e aberto. O zelador era o chefe dos detetives e ele, Bub, era seu ajudante mais estimado. Ao pensar nisso, a memória dos olhos zombeteiros de Boina Cinza e daqueles corpos sólidos e jovens pressionados contra o seu, sufocando-o, se desvaneceu por completo.

Bub pôs a mão na testa, fazendo uma saudação. "Aqui estão, capitão." E tirou os maços de cartas dos bolsos.

O zelador segurou as cartas com cuidado nas mãos grandes e calosas. "Vou entregar pras autoridades amanhã." Ele olhou para Bub com curiosidade e perguntou: "Você andou brigando?".

Bub limpou o nariz na manga do casaco. “Sim”, ele disse. “Mas ganhei. O outro menino saiu todo machucado. Com os dois olhos roxos. E perdeu um dente. Bem o da frente.”

“Que bom”, Jones disse. E pensou que deviam ter matado o pirralho.

“Tio”, Bub disse, “as cartas que não são as certas... elas não deviam ser devolvidas?”

“Sim”, Jones assentiu. “Os outros camaradas devolvem todas.”

“Ah”, Bub exclamou com alívio na voz. E então perguntou ansioso: “Eles já pegaram algum bandido?”.

“Não. Mas vão pegar. Ainda precisam de um tempo. Mas não se preocupe com isso. Eles vão pegar aqueles bandidos direitinho.”

“Acho que vou trabalhar um pouco mais, capitão”, Bub disse. Sua mãe ainda demoraria muito para chegar. E a rua era melhor que aquele silêncio pegajoso lá em cima. E agora ele ficaria de olho em Boina Cinza e sua gangue. Nunca mais se meteria no meio deles como tinha acabado de fazer.

“Ótimo”, Jones disse. “Quanto mais você trabalhar, mais cedo os policiais vão pegar os bandidos.”

15

Min deixou o prédio com um saco de papel pardo bem preso embaixo do braço. Dentro do saco, havia suas roupas de trabalho – um vestido velho desbotado e um par de sapatos velhos com o couro gasto e macio, moldado à forma de seus joanetes. Antes de sair para a rua, ela se deteve para olhar o céu. Estava cor de chumbo – cinza, sombrio, escuro. O vento soprava nuvens cinza-escuras pelo céu. Min franziu a testa. Iria chover ou nevar; provavelmente nevar, pois o ar estava frio e o vento soprando na rua cheirava a neve.

A rua estava imersa em silêncio. Estava escuro. Mal se podiam ver os prédios do outro lado. Min só podia reconhecer a calçada de concreto embaixo dos pés porque estava pisando nela. A essa altura, ela já devia estar acostumada com a escuridão daquela hora da manhã, mas não estava. Essa escuridão causava um desconforto em seu íntimo, e Min ficava virando a cabeça à procura de sons e espiando os prédios do outro lado da rua enquanto mudava o saco de papel de um braço para o outro. Devia ser aquele céu nublado e a ameaça de neve no ar que a faziam se sentir tão estranha.

O inverno passado trouxera manhãs de céu mais limpo e azul-escuro, com o sol espalhando um brilho rosa pela rua. Na época, ela estava muito contente, pois tinha se livrado do fardo de pagar aluguel e estava guardando dinheiro para comprar os dentes postiços e algumas coisinhas para deixar o apartamento de Jones mais agradável e acolhedor.

Ela olhou para o cinza nublado do céu, para as formas escuras dos prédios, e viu toda a sucessão incansável de dias ruins que tornava aquele o inverno mais longo e triste de sua vida. E Jones era o culpado. Ela estava acostumada a ir para o trabalho àquela hora da madrugada e a voltar para casa na escuridão das noites de inverno; estava acostumada a ter apenas vislumbres breves e ocasionais do sol quando se apressava a cumprir tarefas para a sra. Crane, e nunca tinha se importado nem pensado muito nisso até Jones mudar tanto.

As mudanças operadas nele transformaram o apartamento em um lugar triste e desagradável. Sua fúria constante e seu silêncio taciturno tomavam o lugar, a ponto de deixar os pequenos cômodos como o interior de um forno – um lugar pequeno e totalmente fechado onde nenhuma luz penetrava. Essa situação já se delongava por semanas, e Min não achava que podia aguentar por muito mais tempo.

As coisas correram bem naquele dia em que ele teve dor de cabeça. Jones conversou com ela e foi se sentar ao seu lado enquanto ela lavava a louça, que ele secou, e então mais tarde, pela primeira vez, Jones pediu que Min fizesse algo por ele.

Quando Min foi encomendar a chave, um sentimento alegre borbulhou dentro dela. Ela esperou impaciente enquanto o homem se distraía com o pedaço de metal que no final sairia de sua máquina na forma de uma chave, pois estava certa de que Jones, naquela mesma noite, voltaria a dormir ao seu lado no quarto.

Essa era outra coisa. Apesar de o apartamento ter diminuído, a cama crescera; noite após noite, a cama aumentava de tamanho com Min deitada bem ali no meio dela – sozinha. Não era certo uma mulher dormir noite após noite sozinha daquele jeito; e não era natural que uma cama espichasse por todos os lados daquela forma, enorme e vazia.

Mas, quando Min voltou com a chave, Jones disse que sua cabeça doía demais e que dormiria na sala. Na noite seguinte, ela voltou correndo do trabalho para casa, ansiosa para uma repetição daquele momento tão agradável que tinham passados juntos, e Jones a recebeu com tanta grosseria que ela se trancou no quarto para não vê-lo nem ouvi-lo. Mas a rouquidão da voz dele atravessou a porta, praguejando sem parar e terrivelmente.

Parecia que o som de sua voz aumentava a fúria dele, e conforme os minutos se passavam, a fúria cresceu a ponto de Min achar que Jones explodiria de raiva. Ela se sentou na cama bem embaixo da cruz e enfiou a mão no bolso, segurando o pó de proteção que o Profeta tinha lhe dado.

Talvez ela devesse ir ver o Profeta de novo. Não. Ele fez o que pôde. Impediu que fosse expulsa de casa, e Jones ainda não tinha tentado fazer isso, mas ela não queria mais ficar ali.

Seus olhos piscaram com esse pensamento. Sua mente o afastou e então o trouxe de volta – lentamente. Sim, era isso. Ela não queria mais ficar ali. Por mais estranho que parecesse, era verdade. E isso só mostrava como uma mulher bonita podia atrapalhar e mudar a vida de pessoas que ela nem sequer conhecia. Porque, se Jones nunca tivesse visto aquela sra. Johnson, ela, Min, teria ficado contente em morar ali para sempre. Mas do jeito que as coisas estavam – e dessa vez ela reconheceu o pensamento e o estudou com coragem –, como as coisas estavam, ela iria em busca de outro lugar para viver.

Jones nunca mais foi o mesmo desde que a sra. Johnson se mudou para lá e ficou pior ainda depois daquela noite em que ele tentou levá-la à força para o porão; na verdade, o homem piorou tanto que viver com ele era como estar trancafiada com um animal – um animal doente e louco.

E o pior de tudo era que Jones nunca mais olhou para ela. Min podia aguentar o silêncio dele, pois já tinha se acostumado; podia até mesmo ficar mais ou menos acostumada com aquela raiva que sempre queimava dentro dele, mas a recusa de Jones de nem sequer olhar na direção dela feria seu orgulho e a enchia de vergonha. Era como se Jones estivesse sempre dizendo que ela era tão horrível, tão feia, que ele não podia suportar sequer pôr os olhos nela, então Jones olhava além dela, ao redor, sem nunca parar para vê-la de verdade. Era mais do que um corpo podia suportar.

Sim, ela se mudaria para outro lugar. Não seria naquela rua e ela não iria dizer para ele que estava indo embora. Min deu uma última olhada no céu. Ela iria tentar guardar suas coisas em alguma outra parte da cidade antes que começasse a nevar. A sra. Hedges conseguiria um carroceiro para ela. Min olhou a rua.

Não era um lugar muito bom para viver, pois as mulheres ali enfrentavam muitos problemas, e era quase como se a própria rua criasse esses problemas. Ela foi até a janela da sra. Hedges.

A janela estava aberta e, embora Min não conseguisse vê-la, ela sabia que a sra. Hedges devia estar por ali, provavelmente tomando seu café da manhã. "Sra. Hedges", ela chamou.

"Está indo trabalhar, querida?" O lenço da sra. Hedges apareceu de repente na janela.

"Bem, na verdade, não", Min hesitou. Ela não queria que a sra. Hedges soubesse que estava de mudança até que tivesse embalado tudo e estivesse pronta para ir. "Não estou me sentindo muito bem hoje e pensei em ficar em casa e dar um jeito no lugar. Fiquei pensando... se a senhora vir algum carroceiro passando, pode parar o homem e pedir pra ele subir?"

"Está de mudança, querida?"

"Bem, sim e não. Quero levar algumas coisas pra outro lugar, mas ainda não decidi se vou mudar mesmo."

A sra. Hedges assentiu. "Que horas é melhor ele vir, querida?"

De manhã cedo, Jones tinha saído do apartamento vestindo seu macacão manchado de tinta, então era provável que ele estivesse lá em cima pintando alguma coisa e não desceria até por volta do meio-dia, e o carroceiro podia carregar a carroça em alguns minutos. E ela não levaria muito tempo para juntar suas coisas; então, lá pelas nove, já teria ido embora.

"Diga pra ele vir umas onze", Min disse e se espantou, pois sua boca parecia saber o que fazer antes que a mente soubesse. Ela não tinha pensado nisso antes, mas precisava se sentar lá no apartamento e realmente decidir se iria embora, pois nunca valia a pena fazer as coisas com pressa. Ao fim de uma ou duas horas, ela teria se convencido totalmente e nunca se arrependeria de ter ido embora, pois saberia que era a única coisa a fazer naquelas circunstâncias. E parecia estranho que sua boca soubesse de tudo aquilo sem nenhum estímulo da mente.

"Umas onze", ela repetiu.

"Tudo bem, querida."

Quando abriu a porta do apartamento e entrou na sala, ela viu Jones de pé ao lado da escrivaninha. Ele estava rasgando algumas cartas em pedacinhos que caíam no cesto de lixo, ligeiros e silenciosos feito neve.

Jones não a ouviu entrando e, quando se deu conta de sua presença, ele se virou tão subitamente e rosnando de tal forma um "Tá fazendo o que aqui?" que Min recuou para a porta e pôs a mão no peito em um gesto instintivo, numa tentativa de acalmar seu coração, que disparou de medo.

"Tá fazendo o que aqui?", ele repetiu. "Me espionando?"

O fato de Min ter se afastado dele pareceu enfurecê-lo, e Jones disparou na direção dela. Os olhos dele estavam inflamados, vermelhos. Seu rosto estava contorcido de ódio. Min enfiou a mão no bolso do casaco, tateando em busca da caixinha de pó. Procurou mais e de forma mais frenética. Não estava ali. Então explorou o outro bolso, que também estava vazio.

Jones avançava e Min se encolhia, estreitando os olhos para afastar a visão do rosto dele e ver apenas seu macacão – o tecido azul desbotado e manchado, com grossos respingos de tinta e verniz marrons; as fivelas brilhantes das alças e as marcas de ferrugem nas fivelas.

É capaz que ele me mate, Min pensou, esperando para sentir as mãos pesadas de Jones ao redor de seu pescoço e a violência de seu pé, pois ele a chutaria depois de jogá-la no chão. Min sabia como as coisas se dariam, pois seus outros maridos haviam lhe ensinado: primeiro, a pegada ao redor do pescoço que deslocava a traqueia, de forma que os gritos eram sufocados e nenhum som podia emergir de sua garganta; então, uma série de golpes, e depois disso, depois de ter caído no chão com a força dos golpes, chegava o momento mais doloroso – os sapatos de trabalho pesados batendo com força, afundando nas partes macias e carnosas de seu corpo, seu estômago, suas nádegas.

Enquanto esperava, Min se perguntou onde teria deixado o pó. Ontem mesmo a caixinha estava no bolso do casaco e na noite passada ela a pusera no bolso do vestido desbotado. E era onde o pó estava, no bolso do vestido pendurado no guarda-roupa – o vestido com flores roxas que ela tinha comprado na lojinha bonita da esquina com aquela senhorita muito agradável, só que o vestido desfiou quando ela lavou e as flores roxas espalharam sua cor por todo o fundo branco, manchando o verde das folhinhas que se prendiam às flores.

Jones ergueu a mão. Então seria o rosto primeiro e o pescoço depois. Min fechou os olhos para não ver aquela mão grande e pesada vindo na direção de seu rosto, e assim ela perdeu de vista o macacão, as manchas de tinta e as fivelas enferrujadas.

Problemas, sempre surgiam problemas quando havia uma mulher bonita como a sra. Johnson em um prédio. Min se perguntou se as brancas, as bonitas, também carregavam tantos problemas, e então pensou no profeta David com carinho e afeição. O homem fez o melhor que pôde por ela. Aquilo que estava para acontecer não aconteceria se ela tivesse seguido suas instruções. Era uma pena que tivesse sido tão descuidada e deixado a proteção do pó no bolso daquele outro vestido.

Então a grande cruz dourada lhe veio à cabeça. À noite, sozinha no quarto, ela às vezes se sentava, ligava a luz, olhava para a cruz pendurada em cima de sua cabeça e se sentia confortada por ela. E não era só por causa da proteção que a cruz oferecia. Havia algo muito familiar nela e a cruz nunca falhava em fazê-la se lembrar do Profeta e da forma como ele a ouvira em silêncio.

Min tirou a mão do bolso sem abrir os olhos e, sem saber muito bem o que estava fazendo, fez o sinal da cruz sobre seu corpo – um longo gesto para baixo e então um amplo e vasto movimento transversal.

Jones deixou o ar escapar com um som agudo e sibilante.

Min estava tão espantada que abriu os olhos, pois ela já tinha ouvido cobras fazendo aquele mesmo som, e foi atravessada por um medo antigo e terrível. Por um momento, ela se viu mais uma vez na Geórgia, em um lugar lamacento e coberto de juncos, paralisada de medo por ter quase pisado em uma cobra enrolada bem na sua frente, quase esperando ver a língua fina se mexendo.

"Sua bruxa maldita!", Jones disse.

A voz dele estava repleta de violência e algo mais – algo como um soluço havia subido pela garganta e se misturado às palavras. Min o fitou, confusa, reafirmando a si mesma que era ele quem tinha feito aquele som sibilante, que ela não tinha voltado para o campo e que, na verdade, estava encarando Jones naquela sala pequena e escura.

Min ficou surpresa ao ver que Jones tinha recuado. Havia metade do tamanho da sala entre eles. Jones estava ao lado da escrivaninha e suas mãos não se erguiam mais num gesto ameaçador; estavam espalmadas no rosto. A visão a deixou imóvel, incapaz de negar ou afirmar sua acusação de bruxaria.

Jones saiu da sala sem olhar para ela. Min queria explicar por que tinha voltado tão inesperadamente, mas ele alcançou a entrada do apartamento antes que ela pudesse fazer as palavras saírem.

"Meu coração está incomodando", ela disse com sua voz sussurrada. Jones não respondeu, e Min não teve certeza se ele a ouviu. A porta bateu com um estrondo, e Jones começou a subir as escadas – lentamente, como se tivesse algum problema nas pernas.

Min inclinou a cabeça para o lado, ouvindo, pois a sala se encheu de sussurros, com sua própria voz dizendo sem parar: "Meu coração está incomodando", "Meu coração está incomodando". Os sussurros, surpresos, eram algo ofegantes e débeis, e ela percebeu com pesar que estava dizendo as palavras em voz alta sem descanso e que seu coração fazia um som de trovão dentro do peito.

Suas pernas tremiam tanto que ela foi até o sofá para se sentar. Jones dormia ali enquanto ela ficava sozinha no quarto. Era um sofá comprido, muito comprido, mas, de tão alto que era, quando Jones se esticava nele, sua cabeça alcançava mais ou menos o lugar onde ela estava sentada e os pés tocavam o braço na outra ponta. Min se perguntou se ele tinha algum conforto ou se ficava virando para lá e para cá, incapaz de dormir por falta de espaço. Min socou o sofá, que mal cedeu.

O que Jones teria feito se ela tivesse se deitado ao seu lado ali no sofá em uma daquelas noites em que não conseguia dormir? Claro que o orgulho dela não teria permitido – especialmente depois daquela experiência com a camisola. Ela sentiu vergonha ao pensar no rosa escandaloso, no decote profundo e na renda amarela muito chamativa que embainhava o pescoço e as cavas.

Na loja, Min deu uma boa olhada na camisola antes de finalmente comprá-la. Era a mesma loja onde ela havia comprado o vestido florido, mas daquela vez a senhorita não estava lá, e a garota branca que a atendeu pareceu meio impaciente com ela. Min teve dificuldade de se decidir, pois nunca tinha usado nada daquele tipo e a roupa não parecia decente.

"Mas é tão bonita, querida", a garota a encorajou. Ela pinçou um pedaço da renda amarela com as unhas longas e vermelhas.

"Não sei", Min disse hesitante.

"E é chique. Está vendo?" A garota segurou a camisola na frente do corpo, ajustando-a bem na cintura e segurando a gola com a outra mão, de forma que seus seios se acentuaram de súbito, despontando no tecido rosa e brilhante.

Min desviou o olhar embaraçada. "Nunca usei uma roupa dessas."

"Ora, querida, então você perdeu metade da vida." A garota fazia movimentos suaves com os ombros para atrair a atenção de Min. Os olhos dela focaram na parte da frente da loja e a garota esticou a camisola no balcão, começou a dobrá-la e perguntou com impaciência: "E então, querida?".

"Ainda não sei." O tecido rosa brilhante, a renda amarela, o pregueado no busto, davam muito na vista, mesmo com a camisola esticada em cima do balcão.

A garota buscou desesperadamente uma forma de concluir a venda. "Ora... ora...", ela gaguejou e então: "Ora, qualquer homem que te olhar com essa camisola vai ficar todo animado".

A camisola custou 2,98 dólares, e Min se lembrava com uma pontada de arrependimento de quando ela a vestiu naquela mesma noite. Ficou um pouco longa demais e Min tinha de andar com cuidado para não tropeçar, mas ela deu algumas voltas totalmente desnecessárias pela sala, andando o mais perto possível do sofá onde Jones estava sentado. Ele estava tão absorto em seus pensamentos sombrios que não lhe deu nenhuma atenção, até Min tropeçar na bainha da camisola e quase cair.

"Jesus amado", ele disse, olhando para ela.

Mas, depois dessa primeira olhada, ele manteve os olhos fixos no chão, sem ver nada, aparentemente desinteressado. A única indicação de que não estava de todo indiferente se mostrou na forma como ele começou a estalar os dedos, puxando-os de tal forma que as juntas faziam um som terrível.

Não, ela jamais conseguiria se deitar naquele sofá com ele e, também, era melhor começar a empacotar suas coisas logo. Ela podia embrulhar a camisola rosa e as camisolas comuns em uma trouxa de papel, junto com os sapatos, os chinelos, o casaco de primavera e o que mais... oh, sim, os sais de Epsom para os pés. O pente, a escova e o espelhinho podiam ir no mesmo pacote. Era só isso, ainda restava a cruz, a mesa e a gaiola do canário. Ela não iria precisar do conta-gotas nem daquele líquido vermelho da discórdia que o Profeta lhe dera, mas os levaria consigo, pois podia encontrar alguma amiga que tivesse problemas com o marido e poderia usá-los.

Engraçado como ela acreditou que não ter de pagar aluguel era algo tão importante e acabou não sendo, no fim das contas. Ter espaço para respirar importava muito mais. E ultimamente ela não estava conseguindo respirar ali. O tempo todo Min se sentia como se estivesse correndo, correndo, correndo, sem tempo de parar e tomar fôlego. E isso tudo por causa da maldade de Jones. Ela podia sentir o peso dessa maldade como um tumor monstruoso que crescia sem cessar, sufocando-a. Jones fazia o apartamento ficar ainda menor e mais escuro; sala, quarto, cozinha – todos os cômodos se encolhiam, as paredes se fechavam ao seu redor.

Como tinha acabado de acontecer, quando ele levantou a mão para ela; Jones havia engolido a sala inteira, até Min não poder ver outra coisa além dele – todos os detalhes do macacão e nada da sala, como se ele tivesse virado um gigante e obscurecido tudo o mais.

Nas últimas semanas, Min ficou tão consciente da presença de Jones que qualquer movimento dele fazia seu coração pular seja lá onde estivesse, no quarto ou na cozinha. Todos os sons que ele fazia eram ampliados. Os resmungos dele eram como trovões e seus passos incessantes, de um lado para outro da sala, pareciam entrar nela num ritmo regular que fazia seus olhos piscarem descontroladamente. Quando Jones batia no cachorro, Min sentia uma dor na barriga, pois, a cada golpe, o bicho gania alto e seu estômago se contraía.

Mas quando Jones estava quieto, sem emitir nenhum som, Min se sentia impelida a descobrir onde ele estava. A ausência de som era profundamente perturbadora, pois não havia como saber que tipo de atrocidade ele poderia estar tramando.

Se estava na cozinha, ela ficava virando a cabeça, ouvindo, enquanto esfregava o chão ou limpava o fogão, até que por fim, incapaz de suportar não saber onde ele estava ou o que estaria fazendo, Min ia na ponta dos pés até a porta da sala apenas para descobrir que ele estava sentado ali no sofá, mordendo os lábios, olhando para ela com olhos tão injetados e cheios de ódio que Min se virava e voltava correndo para a cozinha. Ou, se estivesse no quarto, ela se sentava na beirada da cama, olhando para a porta, meio que esperando vê-lo surgir de repente, e então o silêncio da sala a forçava a se levantar e ir dar uma olhada nele, quando se deparava com seus olhos cheios de ódio bem fixos nela.

Min se levantou do sofá, satisfeita. Ela estava decidida e jamais se arrependeria de ter ido embora, pois não havia mais o que fazer. Jones era mais do que a carne e o sangue podiam suportar.

Ela inspecionou com atenção a cozinha para ter certeza de que não restava mais nenhum de seus pertences ali, então foi até o banheiro, onde pegou um pacote de sais de Epsom embaixo da pia. Na sala, não havia nada dela, apenas a mesa e a gaiola do canário.

A caminho do banheiro, deu uma olhada na escrivaninha de Jones. Ele não tinha rasgado todas as cartas, e Min olhou curiosa para elas. Que ela soubesse, ele nunca recebia cartas e aquelas ali não eram propaganda, mas cartas normais com endereços escritos à mão.

Ela pegou dois dos envelopes. Os nomes tinham sido parcialmente rasgados, e Min traçou com o dedo o que havia restado das letras, soletrando cada uma separadamente. Nenhuma era para Jones. Um dos envelopes estava quase intacto, e Min viu com surpresa que não era endereçado para aquele prédio, mas a um edifício que ficava no outro lado da rua, quase na esquina, onde as crianças e os cachorros infestavam a tal ponto a calçada que, sempre que passava por ali, de dia ou de noite, ela tinha de tomar cuidado para não esbarrar neles.

Mas, se era para o prédio do outro lado da rua, o que aquela carta estava fazendo na escrivaninha de Jones? Talvez as pessoas fossem amigas dele ou quem sabe fossem alugar um apartamento ali e tinham deixado as cartas quando vieram acertar o depósito, ou talvez Jones tenha roubado as cartas de uma caixa de correio.

E, com esse pensamento, os envelopes deslizaram de suas mãos, caindo no chão. Min estava muito assustada para pegá-los. E o que foi mesmo que Jones disse quando ela chegou e o encontrou rasgando aquelas cartas em pedacinhos? O que foi mesmo... "Tá fazendo o que aí? Me espionando?"

Jones estava fazendo alguma coisa desonesta. O homem era capaz de fazer coisas ruins. Ele esteve prestes a matá-la há pouco, pois achou que ela o surpreendera. Se havia alguma parte dela que se sentia relutante em deixar a segurança que o apartamento de Jones oferecia, essa parte tinha acabado de desaparecer, pois Min sabia que nunca mais ficaria segura ali.

Ela se desviou com cuidado dos envelopes e entrou no quarto. Precisava empacotar suas coisas e faria isso rápido para poder ir embora. Min se ajoelhou na cama e pegou a cruz, espanando-a com a mão. Devia embrulhar aquela cruz em alguma coisa macia para protegê-la. A camisola rosa, claro. Era nova, sedosa e serviria perfeitamente. E ela empacotaria seus vestidos velhos, as roupas de baixo, os sapatos e os chinelos junto. E calçaria as galochas, pois iria nevar.

Min transferiu o pó de proteção do bolso do vestido para o bolso do casaco e colocou o pente e a escova, o espelhinho e uma toalha ao lado da cruz em cima da cama. A sra. Crane devia estar brava por ela não ter ido trabalhar hoje. Ela ficava brava facilmente. Bem, ela lhe diria que alguém de sua família adoecera. E era verdade. Jones estava doente; pelo menos ele não era um homem que se podia dizer bem e saudável, então só podia estar doente.

Min acrescentou seu casaco de primavera, um chapéu de palha e um de feltro à pilha de itens em cima da cama e pegou jornais na cozinha para embrulhá-los. Aquilo tudo daria uma trouxa bem grande, e ela decidiu fazer dois pacotes separados e deixar a cruz e os vestidos sozinhos. E ela mesma carregaria esse pacote, pois aqueles carroceiros eram muito descuidados e às vezes deixavam as coisas caírem das carroças.

O assoalho do guarda-roupa estava empoeirado. Min passou um pano úmido e o esfregou com um pó de limpeza até as tábuas ganharem um ar de novas e limpas que lhe agradou. Quando se levantou, Min começou a secar as mãos no vestido e se deteve abruptamente. Ela ainda estava de casaco e levava o xale de lã amarrado na cabeça.

"Acho que eu sempre soube que estava indo embora", ela disse em voz alta. "Nem tirei o lenço e o casaco."

De súbito, ela foi apunhalada pelo som estridente e alto da campainha. Min deu um pulo e exclamou assustada. Pensou de imediato em Jones e sua respiração acelerou a ponto de começar a engasgar. Então seu medo desapareceu. Jones nunca tocava a campainha. A sra. Hedges deve ter mandado o carroceiro subir.

Min foi até a porta. "Quem é?", ela perguntou. Pelo jeito como tocou a campainha, devia ser um homem forte com a mão muito pesada.

"É o carroceiro", sua voz era rouca, impaciente, quase um rugido.

Ela abriu a porta. "Entra", Min disse e conduziu o homem até a sala, falando com ele por cima do ombro. "É a mesa, a gaiola com o canário e uma trouxa. Eu levo a trouxa. A pequena eu mesma carrego. E quanto vai ser?"

Ela pegou a trouxa grande e deixou em cima da escrivaninha de Jones.

"É só isso?"

"Sim", ela disse e estudou o homem com atenção. Ele tinha ombros largos e fortes, mas não era muito alto. Sua pele era maltratada, de forma que o marrom-escuro dela tinha um tom avermelhado, como se ele tivesse pegado muito sol. "Só a mesa é pesada. As outras coisas são leves", Min disse.

"Até onde tem que levar?"

Min não iria viver naquela rua nem muito perto dela e buscou as ruas vizinhas na memória. Alguns quarteirões para cima, perto da Seventh Avenue, Min tinha visto placas nas janelas que diziam: "Quartos para senhoras" – ela tentaria lá primeiro.

"Umas duas quadras."

"Três dólares", ele disse. E então, como se sentisse impelido a justificar o preço: "Aquela mesa ali pesa mais do que todos os móveis juntos de muita gente".

"Tudo bem."

Min segurou a porta aberta enquanto ele lutava para sair com a mesa enorme nas costas. O homem andava muito devagar, tanto que Min ficou impaciente e começou a olhar a escada, com medo de que Jones tivesse terminado de pintar e descesse antes que ela tivesse saído. Então o carroceiro deixou a mesa na rua e voltou para pegar a trouxa grande e a gaiola do canário.

"Já saio", ela disse. "E pode esperar, que vou junto com as coisas."

Quando o homem saiu, Min foi até a escrivaninha de Jones e deixou a chave do apartamento bem no meio dela para que ele não deixasse de notá-la quando se sentasse ali. Min fitou a chave. Ela segurava essa chave na mão quando saía para trabalhar de manhã, pois a última coisa que fazia antes de sair era se certificar de que estava com ela; e à noite também, ela a apertava forte na mão quando se aproximava da porta em seu regresso para casa. Deixar o lugar daquele jeito significava que ela estava dizendo adeus à segurança que tinha experimentado até então; e também significava que não poderia voltar, nem sequer pretender voltar, não importava o que o futuro estivesse lhe reservando.

Ela tinha de ir embora. Mas o que era aquilo que a prendia no lugar, olhando aquela chave? Era só uma chave. Ela já tinha decidido ir embora. Aquela casa não era mais segura, ela não podia mais suportar Jones. Min olhou ao redor com impaciência, procurando o que era aquilo que a prendia no lugar, enquanto o carroceiro estava à sua espera lá fora, enquanto o perigo de Jones entrar no apartamento crescia a cada minuto que se passava.

O problema era que ela não sabia por que estava indo embora. O que era? Havia algo que ela não tinha conseguido desvendar satisfatoriamente, alguma conclusão à qual não havia chegado. Ah, sim, e quando o motivo lhe ocorreu, ela suspirou. Era porque, se ficasse ali, ela morreria – e não que Jones fosse matá-la, não necessariamente, nem porque aquele tinha deixado de ser um lugar seguro, mas porque ficar presa com a fúria de Jones, em um espaço tão pequeno, uma hora ou outra a mataria.

"E um corpo tem o direito de viver", ela disse num tom suave.

Quando Min se afastou da escrivaninha, não voltou a olhar para a chave. Mas se deteve diante da porta, tomada por um leve pesar de que não houvesse ninguém ali de quem se despedir, pois uma partida, de alguma forma, não era completa sem um amigo para o qual dizer adeus, e no prédio inteiro ela não conhecia uma alma boa o suficiente de quem se despedir.

Mas havia a sra. Hedges. Min saiu bruscamente pela porta com esse pensamento. Lá fora, ela conferiu a segurança da grande mesa envernizada. A carroça estava parada perto do meio-fio e a mesa se equilibrava em cima dela. Os pés adornados estavam virados para cima. Min percebeu com satisfação que praticamente todas as mulheres que passavam paravam para admirar a mesa; seus olhos passeavam pelos entalhes e então elas se aproximavam, avaliando seu tamanho cheias de inveja.

Se ela não tivesse coberto a gaiola de Dickie com um pano preto, todo mundo que passasse poderia vê-la também e suas bocas teriam salivado diante de sua visão. Uma pena que tenha protegido a gaiola, mas, se não tivesse feito isso, seu bebê teria se incomodado com o novo cenário e provavelmente não cantaria por uma semana ou mais.

Min se virou para a sra. Hedges. "Vim dizer adeus", ela disse.

"Vai se mudar, querida?" A sra. Hedges olhou para a grande trouxa de jornal embaixo do braço dela.

Min assentiu. "O Profeta não deixou que eu fosse chutada pra fora, mas não quero mais ficar aqui." Então sua voz baixou tanto que a sra. Hedges teve de se esforçar para ouvir o que ela estava dizendo. "Não dá mais pra aguentar Jones", Min disse num tom lamentoso. Ela fez uma pausa e voltou a falar mais alto. "Bem, então adeus", ela disse e deu um franco sorriso, revelando as gengivas desdentadas.

"Jones sabe que você está indo embora?"

"Não. Não tem por que contar pra ele."

"Bem, adeus, querida."

"Nos vemos por aí", Min disse. E então, num tom alto, claro e muito distinto, disse mais uma vez: "Bem, então adeus".

Min caminhou perto do meio-fio, acompanhando o lento progresso de sua mesa pela rua. O móvel era pesado e o homem tinha de jogar todo o seu peso nos puxadores da carroça para conseguir conduzi-la. Com as pernas retesadas daquele jeito, ele parecia um cavalo puxando uma carga pesada. Bem, ele não iria muito longe, eram só umas duas quadras.

Enquanto se arrastava ao lado da carroça, os pensamentos dela se voltaram para Jones; se pudesse tomar mais sol, talvez ele fosse diferente. Desde aquela vez que tentara levar a sra. Johnson para o porão, ele tinha piorado muito. Havia sido uma noite terrível, com a sra. Johnson gritando e aquela saia longa dela toda enrolada no corpo, e estava tão escuro perto da porta do porão que os dois pareciam alguma coisa saída de um pesadelo, da forma como você se lembra quando acorda de manhã.

E, era verdade, hoje tinha sido a primeira vez que Jones partira para cima dela desde que ela se consultara com o Profeta, pois, é claro, com o tipo de proteção que ela tinha, era natural que Jones não tentasse pôr as mãos nela. Min agarrou a trouxa com mais força, procurando pela forma da cruz através da maciez dos vestidos, tateando em busca do pó de proteção no bolso do casaco.

Ela olhou mais uma vez para o carroceiro. Uma mulher sozinha não tinha muita chance. E ali estava um homem forte e quase da idade dela, a julgar pelos fios grossos e grisalhos em suas têmporas; e trabalhador também, pois esse trabalho que ele fazia era pesado.

Não, uma mulher sozinha realmente não tinha muita chance. Os senhorios tiravam vantagem e não consertavam coisas e as senhorias ficavam exigentes com o aluguel, fazendo comentários sarcásticos mesmo com apenas um dia de atraso. Com um homem por perto, havia uma grande diferença nas atitudes deles. E se fosse um homem forte como aquele, as pessoas teriam medo de falar grosso.

Além disso, quando os dois trabalhavam, se um ficasse doente, o outro podia continuar a trabalhar e então haveria comida e o aluguel seria pago. E assim também era possível ter uma casa – um apartamento em vez de um cômodo apenas. E, com a mesa, seu dinheiro estaria sempre a salvo.

Ali estava um homem muito forte. Os músculos de suas costas se avolumavam enquanto ele puxava a carroça. Min se aproximou dele.

"Me diga", ela falou com uma leve insinuação na voz, "você conhece algum lugar onde uma senhorita solteira poderia conseguir um quarto?" Então acrescentou às pressas: "Mas não nessa rua".

16

Jones colocou a brocha de cal no topo da escada e pegou seu relógio no bolso do macacão. Eram duas e meia, já passava muito da hora que costumava almoçar. Ele desceu da escada lentamente, tateando cada um dos degraus. Estava tão cansado que até os pés doíam.

Ele subiu e desceu as escadas tantas vezes que perdeu a conta, e tudo porque tinha sido tolo a ponto de pendurar uma nota na campainha, "Zelador pintando o 41", e então parece que todo mundo no prédio imediatamente descobriu alguma coisa que precisava ser consertada naquele instante – pias e torneiras no terceiro andar, uma banheira entupida no segundo. Ele imitou a velha que morava no segundo andar: "As roupas na banheira ali no molho, no molho, no molho, e a água não desce, e o que eu vou fazer com a roupa que tem que enxaguar?". E ainda por cima ele desceu até o porão para acender a caldeira.

Jones bateu a porta do apartamento e se virou para trancá-la. Era bom tomar um ar antes de preparar algo para comer, pois o cheiro de tinta ainda estava em seu nariz, parecia que tinha grudado na pele.

Min estava em casa hoje. Estava ali no apartamento naquele momento. Descendo a escada, ele diminuiu o passo quando se lembrou de que quase tinha descido a mão nela de manhã. Min tinha feito o sinal da cruz ou foi coisa da sua cabeça? Mesmo agora, Jones não sabia. Tinha de haver alguma forma de se livrar do medo que sentia daquela cruz, só pelo tempo necessário para esganar Min; então ela iria embora tão rápido que nem teria graça. E Min precisava ir embora, pois, mesmo sem a cruz envolvida, ele não podia mais suportar a visão dela. Por mais que odiasse Lutie Johnson, toda vez que olhava para Min, Jones pensava em Lutie.

No hall, ele passou rapidamente pela porta de seu apartamento, afastando os pensamentos de Min e de Lutie, concentrado no bem que o ar da rua lhe faria.

Lá fora, a primeira coisa que notou foi que o sol tinha saído. Jones se recostou no prédio, respirando fundo e observando as pessoas que passavam por ali. Ele cheirou o ar com prazer. Era frio, mas parecia fresco e limpo depois de todo aquele fedor de tinta. O sol não estava muito quente, porém, e o céu estava cinza como se a neve estivesse se formando lá em cima. Sim, iria nevar hoje ou amanhã.

"Min foi embora", a sra. Hedges disse brandamente.

Jones cerrou os punhos enquanto se virava para a janela dela. A mulher estava sempre se metendo com ele. Estava ali quieto, estudando o céu e aproveitando o ar limpo e frio, e aquela voz dela tinha de atrapalhá-lo. Jones deu mais um passo na direção da janela e ficou parado, lembrando-se de Junto, que a protegia, o homem branco que tinha um arranjo com a polícia e que tirou Lutie Johnson dele. Um dia desses, ele ficaria tão louco que se esqueceria de que a sra. Hedges era protegida, arrancaria a mulher daquela janela e, mesmo com aquele tamanho todo, ele bateria nela sem parar até ela virar um massa de carne e começar a gritar e então... As palavras dela ecoaram em sua cabeça. A mulher tinha dito alguma coisa sobre Min.

Jones olhou diretamente para ela. "O que é?", ele perguntou.

"Min foi embora, querido", a sra. Hedges repetiu.

"Embora?" Jones se aproximou mais da janela, sem entender. "Como assim, foi embora? Embora pra onde?"

"Ela se mudou. Pegou aquela mesa dela, o canário e saiu umas onze horas."

"Que bom", ele disse. "Espero que não volte. Se ela tentar voltar, eu... eu..." As palavras giraram em sua garganta e ele parou de falar.

"Min não vai voltar, querido." A voz da sra. Hedges era calma, plácida. "Foi embora de vez." Ela se inclinou para Jones, ajeitando os cotovelos numa posição confortável sobre o parapeito. “Agora, o que você estava dizendo que ia fazer se ela tentasse voltar?”

Jones se virou sem responder e entrou no prédio. Podia ser que ela estivesse mentindo, que tivesse inventado tudo aquilo para ver o que ele diria. Talvez fosse uma armadilha, um tipo de armadilha, e, quanto antes ele soubesse do que se tratava tudo aquilo, melhor seria.

No instante em que abriu a porta, Jones soube que a sra. Hedges falara a verdade. Min tinha ido embora. A sala estava deserta, vazia. Min nunca estava em casa àquela hora do dia, e ele olhou ao redor, perguntando-se o que o fazia tão consciente de que ela tinha ido embora, tentando determinar o que havia de diferente na sala.

A parede diante dele estava nua, limpa. Era isso – a mesa costumava ficar naquele espaço comprido e vazio. Jones encostou a poltrona na parede e olhou insatisfeito. A poltrona não podia tomar o lugar da mesa; ela só enfatizava a ausência de seu brilho e de seu tamanho; e o fez se lembrar do quão majestosos os pés em garra pareciam ali, rentes ao chão. Jones não percebera o quanto havia se familiarizado com cada um dos detalhes da mesa até o móvel ir embora. E era natural que desse falta, pois ele encarava aquela mesa por horas a fio quando ficava ali sentado no sofá.

Ele colocaria a escrivaninha no lugar da mesa. Era onde ficava antes de Min se mudar. Imediatamente, ele começou a puxar e empurrar a escrivaninha pela sala e, enquanto lutava com o móvel, perguntou-se por que estava se dando ao trabalho, cansado como estava.

A sala ainda não parecia certa. A madeira da escrivaninha era escura, suja. Não tinha brilho nenhum. Jones deu de ombros. Em algumas horas, ele se acostumaria. Nesse meio-tempo, devia ir até o quarto para ver se Min tinha levado algo que não lhe pertencia.

Ele estava se virando quando seus olhos recaíram sobre os envelopes rasgados em cima da escrivaninha. Como ele pôde ter trocado a escrivaninha de lugar sem notar os envelopes? De onde tinham vindo? Jones passou a mão no rosto, em um esforço de limpar sua mente, anuviada como se estivesse cheia de teias de aranha. Jones pegou as cartas e deu uma olhada nelas. Eram as mesmas que ele estava rasgando de manhã quando Min voltou para casa, as cartas que aquele ladrãozinho trouxera para ele na noite passada. Ele tinha enfiado as cartas no bolso e só foi se lembrar delas hoje pela manhã.

Min viu as cartas e o surpreendeu rasgando-as, e era capaz de ter mexido nelas depois que ele saiu de casa. Jones não sabia para onde ela tinha ido, e, enquanto Min vivesse, ele não estaria seguro, pois ela sem dúvida deve ter pensado que ele as roubou, e Min o denunciaria.

Ele devia tê-la matado de manhã, mas não pôde fazer isso por causa daquela cruz, e ele não sabia se Min realmente tinha feito o sinal da cruz sobre seu corpo ou se os olhos dele tinham voltado a lhe pregar peças. Ele tinha de ir embora às pressas dali, para algum lugar onde a polícia não pudesse encontrá-lo.

Também havia pedaços de um envelope perto da porta do quarto. Ou era coisa da sua cabeça? Não, estavam meio rasgados e eram reais. Eram dois. Será que tinham caído da escrivaninha enquanto ele mudava o móvel de lugar ou Min deixara os envelopes caírem e largou ali para que ele soubesse que ela tinha visto?

Jones andou de um lado para outro da sala. Devia haver uma forma de resolver o assunto. Daquele jeito, ele seria pego com a boca na botija, o menino se safaria e Lutie Johnson continuaria dormindo com aquele branco maldito. Mas ele não devia pensar nisso, pois ficava todo confuso quando pensava, a ponto de não conseguir fazer nada, nem mesmo se mexer, como se estivesse paralisado.

No fim das contas, era só a palavra de Min contra a dele. Foi ela quem encomendou a chave e não demoraria muito até o moleque ser surpreendido. Tudo o que tinha de fazer era aguardar, e se Min dissesse alguma coisa, ora, ele diria que ela é quem estava roubando as cartas.

Era isso. Jones já podia se ver diante do juiz. "Vou te dizer uma coisa: essa mulher me odeia." Ele aponta direto para ela. Ele podia ver os olhos dela piscando e Min se encolheria tanto que ficaria parecendo um saco de roupas velhas. "Sim, senhor, ela me odeia. E tanto que se mudou e tentou me meter em problemas. Foi ela que roubou, e fez isso de tão decidida que estava a se vingar de mim. Ela só me deu problema. Pegava meu dinheiro sempre que eu virava as costas. E eu só fui ver as cartas no dia que ela foi embora."

Essa seria a história dele, e era uma boa história. Não havia motivo para ficar tão nervoso. Ele estava bem seguro, e não havia nada que Min pudesse fazer para prejudicá-lo de verdade, e se ela realmente começasse a causar problemas, ora, sua história a mandaria para trás das grades. Ele iria deixar as cartas rasgadas bem onde estavam para provar que era inocente, pois, ora, se fosse culpado, a primeira coisa que teria feito era queimar tudo.

Com tudo acertado, Jones foi até o quarto para ver como Min tinha deixado as coisas. Com uma mulher daquelas, não dava para dizer o que ela poderia ter levado dali que não lhe pertencia.

Jones olhou ao redor, cuidando para evitar o lugar onde a cruz costumava ficar pendurada em cima da cama. Os móveis estavam todos lá. Olhou dentro do guarda-roupa. Estava vazio. Não havia nada – nem um grão de poeira, nem um sapato usado ou chapéu velho –, nada que indicasse que Min um dia tivesse usado o móvel. As tábuas do assoalho estavam tão limpas e brancas que enfatizavam o vazio do guarda-roupa. Os cabides pendurados nos ganchos presos no fundo estavam limpos. Parecia que nunca tinham sido usados.

"Vou pendurar umas roupas neles", Jones disse em voz alta.

Ele se virou. A cômoda estava vazia e limpa também. A escova velha e o pedaço de pente desdentado sempre ficavam do lado direito; e um espelho de cabo longo costumava ficar no lado oposto. Não havia mais nada lá, nem a toalha que Min deixava em cima da cômoda. A madeira nua e feia estava exposta.

Jones se olhou no espelho e então, sem intenção, sem nenhum esforço consciente, seus olhos se moveram na direção da cama, à procura da cruz. Ele teve um sobressalto. Min tinha deixado a cruz lá.

"Maldita seja", ele disse. "Ela deixou essa coisa aqui pra me assombrar."

Olhou mais uma vez. Não. A cruz não estava lá, mas, enquanto esteve pendurada ali, as paredes tinham escurecido com a sujeira e a poeira, de forma que, quando foi tirada, seus contornos restaram nitidamente na parede – contornos que tinham a forma e o tamanho exatos da cruz.

A cruz estava por toda parte no quarto. Jones a viu uma e outra vez diante de seus olhos. Min o enfeitiçara com aquilo, enfeitiçou o apartamento e foi embora. Jones saiu às pressas do quarto e bateu a porta.

Andou sem descanso pela sala, pela cozinha, entrou e saiu do banheiro, ouvindo os ecos ocos dos próprios passos. Jones via a cruz no chão, diante de seus pés; a coisa apareceu de súbito em cima do fogão; e ele precisou olhar duas vezes para ter certeza de que não estava pendurada naquele espaço confinado do banheiro, bem no meio do teto.

Min tinha feito aquilo com ele. E se continuasse assim, vendo cruzes por todo canto e sem saber se eram reais ou coisa de sua cabeça, isso acabaria com ele. Mas ele não precisava continuar ali. Jones parou no meio da sala para enumerar as razões pelas quais devia ir viver em outro lugar. Ele ficaria bem longe da vigilância constante e maliciosa da sra. Hedges. Nem teria de ver Lutie Johnson indo e voltando do trabalho com a cabeça toda altiva, sem nunca lançar um olhar em sua direção, fitando bem adiante como se ele fosse uma imundície que pudesse manchar os olhos dela.

E ninguém ali gostava muito dele. O pessoal não era nada amigável. Bem, quando aquele corretor branquelo viesse na próxima semana, ele lhe diria que estava se demitindo. O pensamento de ir embora lhe deu uma sensação de liberdade. E ele ainda podia ter sua vingança. Pois, seja lá para onde fosse, ele fazia questão de continuar seus negócios com Bub, e uma hora aquele pirralho seria pego.

E, também, aquele lugar era minúsculo. Ele encontraria um prédio onde o apartamento do zelador tivesse vista para a rua, um lugar com uma janela de frente onde ele pudesse se sentar quando tivesse um tempo livre para ver o que acontecia lá fora.

O pensamento de ter uma janela dessas despertou nele um desejo repentino de ver pessoas, ávido por assistir a seus movimentos. Ele iria um pouco lá fora. E ficaria bem longe da vista da sra. Hedges, perto da frente do prédio, onde ela não podia vê-lo de sua janela.

Fazia muito frio lá fora. As pessoas caminhavam depressa. Ele escolheu algumas jovens e observou-as com atenção, pensando que, agora que estava livre, agora que Min tinha ido embora, ele poderia conseguir qualquer uma daquelas garotas que passavam gingando por ali. Era uma pena que fosse inverno e que as garotas estivessem vestindo casacos fechados, pois era difícil conseguir vê-las bem.

Elas passavam sem olhar para ele ou, se olhavam, viravam a cabeça antes que ele pudesse olhá-las nos olhos. Jones voltou sua atenção para o outro lado da rua, onde havia um grupo de homens rindo e conversando sob o sol fraco.

Se ele fosse se juntar a eles e tentasse entrar na conversa, os homens parariam de falar. Ele nunca aprendera a jogar conversa fora, e depois de um tempo seu silêncio pesaria neles de tal forma que a conversa diminuiria, encontraria alguma hesitação e então acabaria por completo. Os homens se espalhariam. Isso sempre acontecia.

Talvez os homens ficassem se ele conseguisse pensar em uma história, algo para prender a atenção deles. Era um grupo muito alegre. Jones captava frases aqui e ali. "Camaradas, vocês não sabem nem a metade", e então a voz do homem que falou ficou mais fraca e o pequeno grupo se aproximou dele.

Jones começou a falar sozinho, baixo, ensaiando o que iria dizer. "Camaradas, vocês não sabem nem a metade", ele disse.

Soou tão bem aos seus ouvidos que ele repetiu. "Camaradas, vocês não sabem nem a metade. Só trabalhando num desses prédios" – ele apontou para seu prédio. "Nunca se sabe o que uma daquelas idiotas vai pensar em seguida. Ora, uma vez uma delas desceu correndo a escada, gritando que tinha um rato no elevador de lixo e perguntando o que eu iria fazer. Bem, camaradas, eu disse pra ela..."

Jones estava tão concentrado no desdobramento lento de sua história que não se deu conta da presença de dois homens brancos que tinham parado diante dele até que o mais baixo falou.

"Você é zelador desse prédio?"

"Por que você quer saber?" Jones não teve tempo de estudá-los e ficou logo na defensiva, pois aqueles homens o pegaram desprevenido.

“Somos investigadores.” A luz do sol fraca refletiu em um distintivo.

Era o que ele estava esperando. Seus olhos acompanharam o distintivo até desaparecer no bolso do casaco do homem. “Sim”, ele disse. Sua voz soou rouca, não muito inteligível, pois havia uma batida dentro da sua cabeça por causa do sangue latejando nela e a mesma batida na garganta, confundindo sua voz. “Sim”, Jones repetiu, “sou o zelador”.

“Algum inquilino reclamou de roubo de cartas?”

“Não.” Ele precisava tomar cuidado com o que diria. Tinha de ir devagar. Tranquilo. “Estou sempre por aqui, não tem como ninguém roubar nada.”

“Engraçado. Houve queixas em todos os prédios da quadra, menos nesse.” Eles estavam se virando.

“Ei, ouça”, Jones disse. Ele falou devagar como se a ideia tivesse acabado de lhe ocorrer e a estivesse experimentando em pensamento. “Tem um menino que mora aqui nesse prédio” – Jones indicou o prédio às suas costas com um aceno de cabeça. “Ele está sempre entrando e saindo dos outros prédios, correndo pra lá e pra cá na rua. Vejo o moleque fazendo isso toda tarde depois da escola e fico me perguntando o que ele anda aprontando. Pode ser ele.”

Os homens trocaram olhares duvidosos. “Então é melhor ficar por aqui. Se o menino passar, chama ele e põe a mão em seu ombro.”

“Certo.”

Jones esperou com impaciência enquanto olhava as crianças se espalhando aos montes pela rua. A escola tinha acabado, e Bub logo chegaria. Talvez ele não viesse. Bem quando estava tudo arranjado, era capaz de o menino não aparecer, só para contrariá-lo. Era assim que as coisas aconteciam.

Então Bub veio correndo pela rua cheia de gente. Seus livros balançavam, presos em uma alça. Ele se esquivava em meio à multidão, sem nunca deixar que ninguém impedisse seu progresso nem diminuísse seu passo, se contorcendo, virando, indo depressa na direção de Jones.

“Oi, Bub”, Jones chamou.

O menino parou, olhou em volta, viu o zelador. “Ei, tio”, Bub disse com entusiasmo e foi até Jones. "Por que você está desse lado hoje?"

"O ar é melhor aqui", Jones disse. Bub sorriu em aprovação. Jones pôs uma mão pesada no ombro do menino e a deixou ali. Sim. Os homens estavam vendo. Eles estavam um pouco mais adiante, perto do meio-fio. "Você tem que começar a trabalhar já", Jones disse.

"Positivo, capitão." Bub ergueu a mão e fez uma saudação.

Ele saiu em disparada pela rua, demorou-se por um momento na calçada e então desapareceu pela porta de um prédio.

Os brancos foram atrás dele. "Ouça", o mais baixo disse. "Se pegarmos o menino, temos que enfiar logo ele no carro. Essas ruas não são seguras."

O outro homem assentiu. E os dois também desapareceram dentro do prédio. Jones, assistindo a tudo do outro lado da rua, lambia os lábios enquanto esperava. Alguns minutos depois, ele viu os homens saindo do prédio com Bub entre eles. Um deles segurava uma carta na mão. O envelope branco se deixava ver claramente. O menino chorava, tentando se livrar dos homens.

Houve um conflito breve e violento quando eles chegaram à calçada. Bub se esquivou deles e, por uma fração de segundo, pareceu que conseguiria escapar.

As pessoas que passavam pararam para olhar. Os homens recostados nos prédios endireitaram as costas. Sua expressão era de alerta e protesto, carregada de raiva.

"Ei, olhem. Eles pegaram um menino negro."

A visão das pessoas se aproximando do carro estacionado no meio-fio fez os dois homens andarem rápido, depressa, e com movimentos ligeiros eles jogaram Bub no banco entre os dois e fecharam a porta do carro, que saiu em disparada pela rua.

"O que aconteceu?"

"O que ele fez?"

"Não sei."

"Quem eram eles?"

"Não sei. Dois brancos estranhos."

O carro desapareceu num segundo, sem parar no sinal vermelho da esquina. As pessoas ficaram olhando. Os homens que estavam recostados nos prédios voltaram aos poucos para suas posições, mas não relaxaram. Ficaram eretos, em silêncio, imóveis, olhando na direção que o carro tinha tomado.

Lentas e relutantes, as pessoas se espalharam. Por fim, os homens voltaram a se recostar nos prédios; outros voltaram a relaxar nos degraus. E todos ficaram com um sentimento incômodo de perda, de derrota, que os fazia parar de repente no meio de uma frase para olhar na direção que o carro tinha tomado. Mesmo depois de ter escurecido, as pessoas continuaram a olhar a rua, perturbadas com a memória do menino entre aqueles dois homens brancos.

Jones ficou na frente do prédio até bem depois da partida do carro. Era isso. Nem Junto poderia livrar o moleque daquilo. Eles o pegaram com a mão na massa e não havia como resolver casos desse tipo. O pirralho cumpriria pena em um reformatório, e isso era tão certo quanto o fato de ele estar ali. Ele conseguira dar um bom jeito nela, direitinho.

Jones não podia se mudar agora. Ele tinha de ficar, ver Lutie lutando para tirar Bub daquela situação e rir de seus esforços. Talvez houvesse algum jeito de fazer com que Lutie soubesse que aquilo era obra dele. Quanto mais pensava nisso, mais animado ele ficava. Jones ficaria ali e dia desses Lutie tocaria sua campainha, dizendo: "Vim pra falar com o senhor, sr. Jones. Está muito solitário lá em cima sem o menino e tudo o mais". E ele bateria a porta na cara dela, mas primeiro diria o que pensa dela e contaria como fez para dar um jeito nela.

"Você... você...", ele começou, mas o restante das palavras, as palavras que diziam exatamente o que ele pensava de Lutie se recusaram a sair. Era melhor entrar. Seus pés estavam cansados. Jones se cansou ainda mais com toda aquela comoção, toda aquela satisfação de ter Lutie no lugar onde ele queria. E a cabeça dele doía um pouco também, pela forma como o sangue latejava.

"Bub está um pouco atrasado hoje, hein?" A sra. Hedges perguntou quando Jones passou pela janela dela.

"Sei lá", ele disse asperamente. A sra. Hedges não podia saber de nada. Ele nunca tinha falado com Bub ali na rua. E mais cedo, quando falou com os brancos, ele estava bem longe do alcance dela. Era impossível que a sra. Hedges soubesse o que ele tinha feito.

Talvez ele estivesse certo desde o começo, e a sra. Hedges era realmente capaz de ler sua mente. Esse pensamento o atemorizou tanto que ele tropeçou em sua pressa de entrar no prédio e se livrar daquele olhar estranho e especulativo dela. Não importava o que aquela mulher sabia, ele não podia sair dali até ver Lutie Johnson arrasada pelo que tinha acontecido com seu filho. Mas ele não ficaria mais lá fora. E assim estaria seguro, pois era certo que a sra. Hedges não podia ler sua mente pelas paredes do prédio.

A sra. Hedges deteve Lutie quando ela voltava do trabalho. "Querida", ela disse, "estão esperando por você".

"Quem?", Lutie perguntou.

"Inspetores. Dois. Lá em cima."

"O que eles querem?"

"É sobre Bub, querida."

"O que aconteceu com ele?", ela disse bruscamente. "O que aconteceu com ele?"

"Parece que ele andou mexendo nas caixas de correio das pessoas. Pegaram ele com uma carta hoje à tarde, querida."

"Ai, meu Deus!", Lutie disse.

Então ela subiu as escadas correndo, degrau após degrau, sem parar para tomar fôlego, sem parar nos patamares, mas correndo, correndo, correndo sem pensar, sem rumo, subindo e subindo as escadas, com o coração martelando conforme ela se forçava a ir mais e mais rápido, martelando até uma dor aguda despontar em seu peito. Lutie não raciocinava enquanto corria e não parava de dizer "Ai, meu Deus! Ai, meu Deus! Ai, meu Deus!" em pensamento.

Os dois homens parados diante da porta de seu apartamento conversavam enquanto esperavam por ela.

"Toda vez que venho a uma dessas espeluncas, não posso deixar de pensar que esses lugares não servem nem pra porcos, quem dirá pra pessoas."

O outro deu de ombros. "E o que você tem a ver com isso?" Os dois ficaram em silêncio, e aquele que deu de ombros continuou. "Talvez você não saiba, mas um homem branco, sozinho, não tem segurança nenhuma nesses corredores aqui."

"Mas o que isso tem a ver?"

"Não sei."

Eles voltaram a ficar em silêncio. Então um deles disse: "Imagino como deve ser essa mãe", preguiçosamente, sem propósito, para passar o tempo.

"Uma vadia bêbada, é o que eu digo. Geralmente são."

"Espero que ela não comece a gritar a ponto de trazer essa espelunca abaixo." Ele olhou incomodado para a madeira gasta das portas fechadas que se alinhavam no corredor.

Quando Lutie alcançou o último andar, ela ofegava tanto que, por um momento, ficou incapaz de falar. "Onde ele está?", Lutie perguntou, olhando ao redor. "Onde ele está? Onde ele está?", ela perguntou histericamente.

"Calma, senhora, calma", um deles disse.

"Não fica nervosa. O menino está lá no abrigo. Você pode vê-lo amanhã", disse o outro, estendendo um longo papel branco, que farfalhou quando ele o depositou na mão de Lutie.

Então eles foram embora, esbarrando um no outro na pressa de descer as escadas.

Lutie tentou ler o que estava escrito no papel, mas as letras tremulavam, mudavam de forma, aumentavam e diminuíam. O papel se recusava a ficar parado, pois as mãos dela tremiam. Lutie esticou o papel contra a parede e olhou até conseguir ver alguma coisa sobre uma audiência no Juizado de Menores.

Juizado de Menores. Juizado. Juizado. Juizado significava advogado. Ela tinha de conseguir um advogado. Lutie começou a descer a escada a passos lentos, rígidos. Seus joelhos se recusavam a dobrar, suas pernas se recusavam a andar depressa e pareciam quebradiças. Era como se de súbito tivesse desaparecido seja lá o que fazia suas pernas funcionarem antes, e sem esse impulso elas quebrariam fácil, simplesmente se partiriam em duas se Lutie as forçasse a andar rápido.

Ela pensou que Bub estaria à sua espera lá em cima, mas ele estava no abrigo. E tentou imaginar que tipo de lugar seria, mas abriu mão do esforço.

Bub seria mandado para um reformatório. Lutie parou no

patamar do quarto andar para estudar o pensamento, para avaliá-lo e se acostumar com ele. Bub seria mandado para um reformatório. Ela estendeu o braço, pôs a mão na parede e apoiou o peso do corpo nela, pois as pernas tremiam, os músculos cediam, os joelhos vacilavam.

Os pensamentos soavam como um coro dentro de sua cabeça. Os homens ficavam por aí e as mulheres trabalhavam. Os homens abandonavam as mulheres, as mulheres continuavam trabalhando e as crianças ficavam sozinhas. As crianças deixavam as luzes acesas a noite inteira, pois tinham medo de ficar sozinhas em cômodos minúsculos e escuros. Sozinhas. Sempre sozinhas. Elas não ficavam em casa depois da escola, pois sentiam medo dentro daqueles cômodos vazios, silenciosos e escuros. E o certo seria que estivessem brincando nos grandes gramados de algum parque, mas tinham de ficar na rua em vez disso. Então a rua ia em frente e sugava as crianças.

Sim. As mulheres trabalhavam e as crianças eram mandadas para o reformatório. Por que as mulheres trabalhavam? Havia uma razão muito simples e razoável. E só esse pensamento faria as pernas pararem de tremer como as pernas de um cavalo cansado, exausto, exaurido.

As mulheres trabalhavam porque as pessoas brancas lhes davam trabalho – lavar louça, esfregar roupa, limpar o chão e as janelas. As mulheres trabalhavam porque havia anos não era do agrado dos brancos oferecer aos homens negros trabalhos que pagassem o suficiente para sustentar uma família. E, por fim, acabava sendo tarde demais para alguns deles. Nem as guerras mudaram isso. Os homens perdem o hábito de trabalhar e vivem em casas velhas e escuras com paredes que sufocam. Então os homens vão embora, mudam-se, dão suas escapadelas, encontram outras mulheres. Encontram outras mulheres mais jovens.

E o que resultava disso? Lutie se espremeu mais contra a parede, ignorando a poeira cinza, as pontas das teias de aranha pendendo de sujeira e fuligem. Faça as contas. Bub, seu filho – com o sorriso reluzente, forte, com suas costas eretas e pernas fortes, dentes brancos, jovem, saudável, com a pele macia –, vai acabar num reformatório porque as mulheres trabalham.

Vamos, ela se encorajou. Vá até o fim. Acabe com isso. E os pequenos Henry Chandler vão para YalePrincetonHarvard enquanto os Bub Johnson se formam no reformatório e vão direto para DannemoraSingSing.[5]

E você ajudou, pois não parou de falar de dinheiro com ele, o tempo todo. E você fez isso porque queria se mudar dessa rua, mas no começo foi por ter ouvido os Chandler, brancos e ricos, falando de dinheiro. "Podres de ricos." "País mais rico do mundo." "Faça isso enquanto for jovem."

Mas você se esqueceu. Você se esqueceu de que é negra e subestimou a rua lá fora. E nunca lhe ocorreu que Bub poderia achar aqueles cômodos minúsculos e escuros tão deprimentes quanto você acha. E, é claro, não havia outro lugar onde você pudesse viver além de um prédio como esse.

Então Lutie começou a gritar, largada na parede, socando-a e gritando: "Maldição! Maldição!".

Ela pressionou ainda mais o corpo contra a parede, quase como que afundando nela, e começou a chorar. O corredor foi preenchido com o som de seu choro. As paredes finas ecoaram e ecoaram seu lamento por dois, três andares abaixo e um acima.

As pessoas que voltavam do trabalho ouviram o som quando venceram o primeiro lance de escada. Seus passos diminuíam, hesitavam e por fim paravam de vez, pois elas se sentiam relutantes em encarar tamanha tristeza. Quando chegavam ao quarto andar e a viam em pessoa, o rosto delas se enchia de pavor, pois Lutie socava a parede com os punhos cerrados – um som suave, mudo e terrível. Seus soluços, ouvidos de perto, faziam as pessoas prenderem a respiração. O papel branco farfalhava, estalando na mão de Lutie. E as pessoas reconheciam o papel por aquilo que era – um símbolo da condenação –, pois a lei e os piores problemas se mostravam em papéis longos e brancos. E elas sabiam disso porque já tinham visto papéis daquele tipo antes.

5 Referência a duas entre as mais antigas penitenciárias de Nova York: a Clinton Correctional Facility (conhecida popularmente como Dannemora) e a Sing Correctional Facility.

As pessoas viravam o rosto diante da visão de Lutie, punham-se a andar mais rápido para se livrar do som que escapava dela. Fechavam às pressas a porta dos apartamentos, mas o choro de Lutie atravessava as paredes finas, perseguindo-as mesmo atrás de portas bem fechadas.

Por todo o prédio, rádios foram ligados a todo volume para abafar aquele som familiar, assustador, insuportável. Mas ainda assim, por baixo do volume dos rádios, as pessoas podiam ouvi-lo, pois tinham começado a chorar com Lutie assim que o som atacou seus ouvidos. E agora o choro havia se tornado um lamento perpétuo que fluía por todas elas, que carregavam essa dor ou se encolhiam diante dela, de forma que a música e as vozes que vinham dos rádios não eram capazes de calar esse choro, pois ele estava dentro das pessoas.

As paredes finas tremiam e vacilavam com a música. Em cima e embaixo, no prédio inteiro, havia música, todo tipo de música, tocando a todo volume – jazz, blues, swing e concertos explodiam pelo prédio.

Quando Lutie finalmente parou de chorar, seus olhos estavam vermelhos, as pálpebras inchadas, doloridas ao toque. Ela se afastou da parede. Tinha de conseguir um advogado. Ele poderia lhe dizer o que fazer. Havia um na Seventh Avenue, perto da esquina. Ela se lembrava de ter visto a placa.

O advogado estava lendo o jornal da noite quando Lutie entrou em seu escritório. O homem olhou para ela, tentando estimar quanto poderia cobrar pelo serviço e adivinhar a razão pela qual Lutie estaria ali. Um divórcio, ele pensou. Todas as mulheres atraentes invariavelmente queriam divórcios.

O advogado ficou um pouco aborrecido quando descobriu que estava errado. Ele a ouviu com atenção, tentando o tempo todo adivinhar quanto ela poderia pagar. A mulher tinha uma aparência tão boa que era difícil dizer se suas roupas eram baratas ou caras. E então, conforme o caso foi se desdobrando, ele começou a se perguntar por que ela não sabia que não precisava de um advogado para um caso como aquele. Ele continuou a rabiscar notas em um bloco de papel.

"Você acha que pode fazer alguma coisa por ele?", Lutie perguntou.

"Claro" – ele ainda estava escrevendo. "É simples. Vou dizer que você trabalha muito e tem que deixar o menino sozinho. Ele tem só 8 anos. É muito jovem pra ter qualquer senso moral. E, é claro, tem a rua."

"O que você quer dizer?", ela perguntou. "Que rua?"

"Qualquer rua" – ele acenou na direção da janela com um gesto amplo. "Em qualquer lugar onde tem espeluncas, sujeira e pobreza, você encontra o crime. Então, se o juiz tiver empatia, o menino vai ser liberado. Talvez pegue condicional e cumpra em liberdade sob seus cuidados." Houve um lampejo de esperança no rosto dela. "Meus serviços ficam em 200 dólares." Ele viu a ansiedade e a derrota substituindo a esperança e completou às pressas: "Posso praticamente garantir a liberdade dele".

"Pra quando você precisa do dinheiro?"

"No máximo, daqui a três dias."

O advogado a acompanhou até a porta e ficou observando enquanto ela caminhava pela rua. Ora, mas por que diabos ela não sabia que não precisava de um advogado? Ele deu de ombros. Era como encontrar 200 contos na rua.

"E quem sou eu pra deixar essa grana dando sopa?", ele disse em voz alta. Então pegou suas anotações, enfiou-as dentro de um envelope que guardou em um bolso interno e voltou a ler seu jornal.

17

“Duzentos dólares. Duzentos dólares. Duzentos dólares.” Lutie repetia as palavras baixinho enquanto deixava o escritório do advogado.

Essa quantia em notas de dólar bem arrumadas formaria uma pilha alta de papel verde e branco. Um maço desses poderia comprar divórcios, camas com boas molas e colchões, casacos quentes e muitos pares daquele tipo de sapato que não estragaria de uma hora para outra. Daria para mandar uma criança para um acampamento por alguns verões. E ela tinha de arranjar uma pilha dessas para livrar Bub do reformatório.

Lutie nunca conheceu ninguém que tivesse essa quantia disponível de uma vez. As pessoas que conhecia ganhavam dinheiro a conta-gotas, gotas que mal davam para o aluguel, comida, sapatos e passagens de metrô, e nunca somavam um maço de 200 dólares que se pudesse empilhar na mão.

Seu pai não teria esse dinheiro. O único bem que ele tinha era um apartamento cheio de inquilinos desleixados, móveis velhos e empestado com o fedor de uísque. O uísque de milho rendia ocasionalmente algumas notas de dólares amassadas que jamais formavam uma pilha tão alta de papel verde e branco. E seu pai nem saberia onde ou como conseguir o dinheiro se ela pedisse.

Lil menos ainda. Ela nunca tinha visto uma quantidade de dinheiro dessas na vida e também nunca precisou, pois uns trocados para comprar cerveja satisfaziam todas as suas necessidades, e ela sempre conseguia dar um jeito de encontrar alguém como seu pai para lhe oferecer um lugar para dormir, comer e mantê-la equipada com roupões exageradamente justos.

Lutie caminhou na direção do pequeno espaço aberto onde a St. Nicholas Avenue e a Seventh Avenue se encontravam, formando um triângulo flanqueado por bancos. Ela se sentou em um dos bancos e ficou observando os pedaços de jornal soprados pelo vento. A terra embaixo dos bancos era firme e dura, e os jornais voavam rente ao chão, girando e indo bater contra os troncos das poucas árvores, emaranhando-se nas pernas dos bancos. Uma mulher corpulenta passou com um cachorro na coleira. Duas crianças batiam nas laterais de uma lixeira com um galho grosso. Além delas, as ruas dos dois lados da praça estavam vazias.

O vento fez Lutie apertar a gola do casaco em volta do pescoço. Ainda que fizesse frio, ela poderia pensar melhor ali fora, num espaço aberto. Ela nunca possuiu algo que valesse 200 dólares. Um vendedor de móveis de segunda mão iria oferecer 10 dólares por todo o conteúdo de seu apartamento. Mas ela precisava se certificar disso. Virando a esquina na 116th Street, havia um punhado de lojas que vendiam produtos de segunda mão que ficavam expostos na calçada. Ela poderia pelo menos sondar o preço que as lojas pediam pelas coisas.

Seria uma perda de tempo. Todas as suas coisas juntas – o sofá-cama puído, as cadeiras sem apoio para os pés, a mesa bamba da cozinha, o pequeno rádio marcado – valeriam 10 dólares apenas, nem um centavo a mais.

Lutie pensou nas garotas que trabalhavam com ela no escritório. Não conhecia nenhuma intimamente. Não tinha tempo de conhecê-las melhor, pois ia direto para casa depois do trabalho e só havia um intervalo de 45 minutos para o almoço. Lutie sempre levava um sanduíche para almoçar e, quando o tempo estava bom, ela comia em um banco no parque, e, quando chovia ou nevava, ficava lá dentro e comia na sala de descanso, onde não havia nada mais além de trechos confusos e incompletos de conversas.

E, ainda que Lutie as conhecesse bem o suficiente, nenhuma delas teria 200 dólares. Quando eram descontadas as deduções do imposto de renda e dos títulos de guerra, não sobrava muito para levar para casa. Quase todos descontavam os títulos assim que os pegavam, como ela fazia, pois era a única forma de administrar o pequeno salário que ganhavam.

Recorrendo aos trechos de conversas que ouvira na sala de descanso, Lutie se lembrou de que elas tinham maridos, crianças, mães doentes, pais, irmãs e irmãos mais novos desempregados, de forma que ir ao cinema de vez em quando era o único tipo de entretenimento com o qual podiam arcar. Elas voltavam para casa, ouviam rádio e liam parte do jornal, quase sempre as tiras humorísticas e os últimos assassinatos; e então limpavam o apartamento, lavavam a roupa e cozinhavam, e já era hora de ir para a cama, pois tinham de acordar cedo na manhã seguinte.

Devia haver mais que isso na vida, Lutie pensou com lamento. Talvez viver em uma cidade do tamanho de Nova York não fosse bom para as pessoas, pois você tinha de gastar todo o seu tempo trabalhando para pagar pelo lugar onde vivia e o tempo que sobrava tinha de ser usado para manter o lugar limpo e preparar comida, e nunca sobrava dinheiro. E com certeza não era um bom lugar para as crianças.

Se ela tivesse conseguido aquele trabalho de cantora no Casino, nada disso teria acontecido. E pela primeira vez em semanas Lutie pensou em Boots Smith. Ele teria os 200 dólares ou pelo menos saberia onde consegui-los. Lutie começou a se levantar do banco e voltou a se sentar. Não havia nenhuma razão para acreditar que Boots lhe emprestaria dinheiro só porque ela estava precisando. Levaria um bom tempo para conseguir pagá-lo e ela certamente não era um risco que valia muito a pena correr.

Meio zangada, Lutie concluiu que Boots emprestaria o dinheiro porque ela o faria emprestar. Não importava que não tivesse visto nem ouvido mais falar dele desde a noite em que lhe disse que ela não ganharia dinheiro cantando. Não importava nem um pouco. Boots iria lhe emprestar 200 dólares, pois essa era a única forma de impedir que Bub fosse para o reformatório, e Boots era a única pessoa que ela conhecia que podia conseguir essa quantia de uma vez.

Lutie foi até a tabacaria no outro lado da rua e folheou a lista telefônica, um tanto receosa de que Boots não tivesse telefone ou de que seu número não constasse da lista. Ali estava. Ele morava na Edgecombe Avenue. Lutie memorizou o endereço, pensando que deveria ligar para ele e ir até lá agora, naquela mesma noite, pois não queria lhe contar o que queria pelo telefone. Era melhor ir até lá para vê-lo e, se ele deixasse transparecer alguma recusa, ela poderia começar a falar mais rápido e mais enfaticamente.

Lutie discou o número e ninguém atendeu. Ouviu-se apenas o toque contínuo e insistente do telefone. Ele tinha de estar em casa. Ela não iria simplesmente desligar. O telefone tocou e tocou e tocou.

"Sim?", disse uma voz de repente; e por um momento Lutie estava perplexa demais para responder.

A voz repetiu com impaciência: "Sim?".

"É Lutie Johnson", ela disse.

"Quem?" A voz dele soou baixa, indiferente, sonolenta.

"Lutie Johnson", ela repetiu. E a voz de Boots reviveu: "Ah, olá, boneca. Jesus! Por onde você andou?".

Boots não conseguiu entender o que ela estava falando e Lutie teve de começar tudo de novo, devagar, tão devagar que ela pensou que estava soando como um disco preso na vitrola. Ela disse que precisava vê-lo. Era um assunto muito importante. Precisava vê-lo agora mesmo. Pois era muito importante. Ele disse na mesma hora: "Claro, boneca. Te espero aqui pra conversarmos. Venha. Apartamento 3J".

"Não demoro. Já vou pegar o ônibus", ela disse. E voltou a pensar que estava soando como uma vitrola, e não uma vitrola emperrada, mas como um aparelho que tivesse parado de funcionar por falta de corda.

"Onde você está agora?"

"Na 116th Street com a Seventh Avenue."

"Tudo bem, boneca. Espero por você."

Ela levou alguns minutos para colocar o fone no gancho, fazendo tentativas fúteis e desajeitadas, pois suas mãos estavam duras, tensas e incontroláveis.

Lutie esperou com impaciência pelo ônibus, que, quando chegou e ela entrou, pareceu se arrastar pela Seventh Avenue; e, a cada vez que o ônibus parava num sinal vermelho, ela podia sentir seus músculos tensionando. Lutie tentou dissipar todas as esperanças e medos que passeavam furtivos por sua mente, mas não pôde. Enfim, o ônibus virou e cruzou a ponte, e ela se lembrou de que não havia uma parada na Edgecombe Avenue. Se não prestasse atenção, ela passaria direto pela avenida e teria de caminhar um bom pedaço para voltar.

Mas não tinha como errar o prédio onde Boots morava. O edifício assomava bem alto por cima dos outros prédios e podia ser visto de longe. Lutie deu o sinal depressa e saltou do ônibus.

Enquanto caminhava em direção à entrada toldada, Lutie se lembrou das histórias que tinha ouvido sobre os aluguéis fabulosos que os moradores pagavam ali. Ela se lembrou de quando as primeiras pessoas negras se mudaram para lá e de como seu pai sacudiu as páginas do jornal que estava lendo e murmurou: "Por esse valor, deve ter privadas de ouro nesse lugar".

Sua única reação diante da visão dos vasos de arbustos na entrada e do porteiro uniformizado foi pensar que, se Boots podia pagar para morar ali, então lhe emprestar 200 dólares não seria problema para ele.

Lá dentro, havia um hall amplo e com o pé-direito alto. Um elevador com portas vermelhas e reluzentes se abria para o lugar. O ascensorista a conduziu até o terceiro andar e, em resposta à pergunta dela, o garoto disse: "É a quarta porta seguindo pelo corredor", antes de fechar as portas do elevador.

Lutie apertou a campainha com mais força do que pretendia e recolheu a mão depressa, esperando ouvir um som estridente. Em vez disso, ouviu-se o som suave de sinos e Boots abriu a porta. O colarinho de sua camisa estava aberto, as mangas, dobradas.

"Bom te ver, boneca", ele disse. "Entra."

"Olá", Lutie disse e passou por ele, entrando em um pequeno hall. No chão havia um carpete grosso que abafava o som de seus passos.

A sala de estar era um labirinto de abajures altos e poltronas. O mesmo tipo de carpete grosso e macio cobria o chão. Alguns troncos em uma imitação de lareira na outra ponta da sala emitiam um brilho laranja que vinha de uma luz elétrica escondida. A luz piscante dos troncos era como um olho mau, e Lutie desviou o olhar. Castiçais de ferro cuidadosamente esculpidos flanqueavam a lareira.

Ela não podia ficar ali parada fazendo um inventário da sala. Tinha de dizer a Boots o que queria. Agora que estava ali, era difícil começar. Nada na aparência dele a encorajava, e ela tinha se esquecido do quão duro e inescrupuloso era o rosto dele.

"Deixa eu pegar seu casaco", ele disse.

"Oh, não precisa. Não vou ficar muito tempo. Não posso."

"Bem, então sente-se pelo menos." Ele se sentou no braço do sofá, uma das pernas balançando, os braços cruzados no peito e o rosto completamente inexpressivo. "Jesus!", Boots disse. "Quase me esqueci da beleza de boneca que você é."

Lutie se sentou na outra ponta do sofá, tentando pensar em uma forma de começar.

"O que passa na sua cabeça, boneca?", ele perguntou.

"É meu filho... Bub..."

"Você tem um filho?", Boots a interrompeu.

"Sim. Ele tem 8 anos." Lutie falou depressa, com receio de não conseguir terminar sua fala se parasse ou se Boots voltasse a interromper. Ela não olhou para Boots enquanto lhe contava sobre as cartas que Bub tinha roubado, o advogado e os 200 dólares.

"Continua, boneca", ele disse com impaciência quando Lutie fez uma pausa.

A expressão de Boots mudou enquanto Lutie falava com ele. Normalmente, sua expressão era ilegível; agora parecia que ele de repente tinha visto bem diante de seu nariz alguma coisa pela qual estava esperando, e era algo que ele queria muito. Lutie estava intrigada com isso enquanto repetia o que o advogado disse e então percebeu que a expressão no rosto dele era de surpresa. Boots não sabia sobre Bub. Ela se esquecera que não havia dito a ele que tinha um filho.

"Você pode me emprestar? Os 200 dólares?", ela perguntou.

"Ora, é claro, boneca", ele disse com tranquilidade. "Não tenho esse valor comigo agora. Mas se você aparecer aqui amanhã, mais ou menos nesse horário, posso te entregar. Talvez um pouco mais tarde, lá pelas nove."

"Não tenho como agradecer", ela disse, levantando-se. "E vou te pagar. Posso demorar um pouco, mas vou devolver cada centavo."

"Tudo certo. Fico feliz em ajudar." Ele ficou sentado no braço do sofá. "Você não vai embora tão cedo, vai?"

"Sim. Tenho que ir."

"Que tal uma bebida?"

"Não, obrigada. Tenho mesmo que ir."

Boots a acompanhou até a porta e a segurou para ela. "Até amanhã, boneca", ele disse e fechou a porta gentilmente.

O pensamento de que a coisa toda foi muito fácil a acompanhou até em casa. E não antes de abrir a porta do apartamento e tatear em busca do interruptor foi que lhe ocorreu que havia sido fácil até demais.

Lutie acendeu todas as luzes da casa – as lâmpadas do quarto e do banheiro, o abajur da sala. A enxurrada de luz ajudou a afastar as dúvidas que a assaltaram, mas não fez nada para aliviar o vazio dos cômodos. E porque Bub não estava esparramado no meio do sofá-cama, toda a mobília tinha diminuído, encolhendo-se contra a parede – o sofá, a poltrona, a mesa dobrável.

As luzes, no entanto, não preenchiam o silêncio do apartamento, então Lutie ligou o rádio. Geralmente Bub ouvia uma daquelas histórias intermináveis de espiões ou caubóis, e à noite a sala era tomada pelo tumulto de uma perseguição, música alta e gritos repentinos. E Bub gritava: "Cuidado! Ele está atrás de você".

Esse desperdício de energia não faz sentido, ela pensou. Você costumava passar um sermão quando Bub deixava as luzes acesas à noite porque a conta chegaria tão alta que você não conseguiria pagar. E ele as deixava acesas porque sentia medo, como você está sentindo agora. E Lutie se perguntou se Bub não estaria com medo agora naquele lugar estranho – o abrigo – e esperou que lá houvesse luzes acesas a noite inteira para que ele pudesse ver onde estava se acordasse no meio da noite. Era fácil vê-lo acordado no escuro, descobrindo que não estava no lugar ao qual pertencia, e então se sentindo como que perdido ou como se o cômodo que ele conhecia tão bem tivesse mudado por completo enquanto dormia.

Lutie se sentou perto do rádio e tentou ouvir um programa de notícias, mas seus pensamentos não paravam de se voltar para Bub. O que seria dele quando tudo aquilo terminasse?

O advogado lhe garantiu que Bub poderia responder em liberdade condicional sob seus cuidados. Mas ele acabaria com uma ficha na polícia, e se matasse aula duas ou três vezes, se quebrasse uma janela com uma bola e se metesse em uma briga, ele iria parar no reformatório de qualquer forma.

Até seus professores lhe dedicariam um preconceito discreto, mas inequívoco, vendo-o como um delinquente juvenil e se recusando a deixar passar a menor infração, pois Bub, na cabeça deles, seria tido como um criminoso em potencial. E os professores estariam certos em algum sentido, pois Bub não tinha muita chance antes de ir morar numa rua tão cheia de gente. Agora, tinha menos chance ainda.

Eles precisavam se mudar dali. Lutie conseguiria um trabalho de cozinheira na casa de alguma família que morava no interior. Infelizmente, a ideia não lhe agradava. Ela sabia bem como seria. Bub se tornaria "o filho da cozinheira" e esperariam dele um padrão fantástico de comportamento. Ele teria de ficar em silêncio enquanto morria de vontade de falar e de fazer barulho. "Porque a sra. Brentford ou a sra. Gaines ou a sra. Fulana de Tal estava recebendo convidados para jantar."

Lutie não queria que o filho crescesse deste jeito – comendo às pressas na mesa da cozinha enquanto ouvia "a família" desfrutando uma refeição demorada na sala de jantar ao lado; aprendendo desde cedo a inconfundível diferença entre a porta da frente e a porta dos fundos e todos os termos implicados; sendo constantemente evitado, pois quando ele voltasse correndo da escola, cheio de energia, Lutie estaria preparando saladas e sobremesas para o jantar, com tempo apenas de dizer: "Pega um copo de leite na geladeira e vai brincar quietinho lá fora".

E era bem possível que ele não tivesse muitas oportunidades para brincar. Lil pintara um quadro fantástico de como essa situação poderia ser, valendo-se da experiência de uma amiga dela. "A pobre Myrtle disse que eles contavam quase todas as garfadas que o pobrezinho do filho dela comia. E queriam que ele trabalhasse, ainda por cima. Tarefas leves, a madame disse, apenas lavar o carro e cortar a grama." Lil deu uma golada em sua cerveja antes de continuar: "E Myrtle e o pobrezinho do filho dela tinham que dormir juntos porque a madame disse: bem, é claro, você não pode esperar que eu compre outra cama, além disso ele é pequeno, não ocupa muito espaço".

Seu salário seria miserável por causa de Bub, e as pessoas para as quais ela trabalharia demandariam, sutil ou incisivamente, dependendo do tipo de gente, mais trabalho da parte dela, pois sentiriam que estavam conferindo um favor especial ao permitir a presença de seu filho na casa delas.

Talvez as coisas não fossem assim. E mesmo que fossem, era o melhor que ela poderia fazer para o filho. A cozinha dos outros era uma área dolorosamente restrita para o crescimento de uma criança, mas seria um lugar seguro, pelo menos. Ela ficaria com Bub o tempo todo. Ele não teria de voltar para uma casa silenciosa e vazia.

Lutie desligou o rádio e apagou todas as luzes exceto a do quarto, pensando que ela faltaria ao trabalho no dia seguinte. Em vez de trabalhar, iria até o abrigo para ver Bub.

Enquanto se despia, Lutie tentou se lembrar se sentia medo do escuro na idade de Bub. Não, pois sua avó estava sempre lá, com sua cadeira de balanço compondo as sombras e a escuridão, tornando-as conhecidas e familiares. E estava sempre cantarolando. Era um som baixo, parte integrante da escuridão. Adormecer com esse som acolhedor nos ouvidos fazia do medo algo impossível. Ela simplesmente caía no sono acompanhando um murmurado: "Dormir, dormir, dormir nos braços do Senhor". E os estalos suaves da cadeira de balanço.

Ela nunca ficava sozinha depois da escola. A avó estava sempre em casa. Não importava a hora que voltasse para casa, ela sabia, lá no fundo, que a avó estaria lá, e isso lhe dava uma sensação de segurança que Bub jamais experimentou.

Quando não tem ninguém em casa com você, o lugar assume um vazio estranho. Esse quarto, por exemplo, estava estranhamente vazio. A mobília ocupava o mesmo espaço de sempre, pois ela tinha batido o joelho na quina da cama. Mas a luz no teto iluminava apenas uma pequena parte da sala. Lutie olhou para as sombras além da breve expansão de luz. Ela conhecia o tamanho exato do cômodo e a posição de cada um dos móveis, mas ainda assim era fácil acreditar que além daquela porta, logo depois do foco alongado de luz, se estendia uma vastidão ampla – desconhecida e, portanto, perigosa.

Depois de ter apagado a luz e ido para a cama, Lutie seguiu à procura de sons, esperando para ouvir algo se mexendo nas sombras que envolviam o quarto e virando a cabeça de um lado para outro num esforço de se familiarizar com os contornos da mobília.

Quando estão sozinhas, as pessoas sempre sentem medo do escuro, ela pensou. Ficam tentando ver onde estão e a escuridão ao redor não deixa enxergar. Era como tentar ver o futuro. Não havia maneira de saber que tipo de ameaça se encontrava à espreita logo adiante, amanhã ou no dia seguinte, e não saber era o que assustava todo mundo.

Lutie acordou às sete da manhã e pulou da cama, pegando o roupão e pensando que hoje havia uma reunião na escola e ela tinha se esquecido de passar uma camisa branca para Bub e teria de se apressar para não se atrasar.

Então ela se lembrou de que Bub estava no abrigo, de que ela não iria trabalhar hoje para ir visitá-lo.

Era culpa dela que ele tivesse se metido em problemas. Não importava como olhava a situação, ainda era sua culpa. Era sempre culpa da mãe quando uma criança se metia em problemas, pois significava que ela tinha falhado de alguma forma com a criança. Lutie queria que Bub crescesse bem e forte, mas tinha falhado com ele aquele tempo todo. Ela tentou juntar dinheiro suficiente para conseguir um bom lugar para o filho viver, e em sua tentativa acabou colocando tanta pressão no dinheiro que Bub se sentiu impelido a ajudá-la e começou a roubar caixas de correio.

No fim, ela ficou tão tomada de raiva, ódio e ressentimento que acabou afastando o filho cada vez mais. Ele não devia estar no abrigo. Ele não devia ir a julgamento. Era ela quem eles deviam prender e julgar.

Atando o cinto do roupão com um puxão brusco, Lutie foi até a cozinha, onde despejou café num bule esmaltado em cima do fogão. Enquanto esperava ferver, ela ergueu a persiana e olhou lá para fora. Era uma manhã escura e sombria. A escuridão do lado de fora pressionava as vidraças, e ela abaixou a persiana às pressas.

Lutie preparou ovos mexidos e torradas, mas empurrou o

prato quando se sentou à mesa da cozinha. A visão e o cheiro da comida lhe desagradaram. O café não desceu bem, entalando como se uma faixa prendesse cada vez mais forte seu pescoço, apertando a garganta.

Vestir-se para ir ao Centro foi um processo lento, pois ela se viu parando muitas vezes para estudar todos os tipos de ideias e pensamentos desconexos que borbulhavam em sua cabeça. Seu pai não tinha chegado a lugar nenhum na vida e Lil certamente não conseguira nada, mas nenhum dos dois tinha sido preso. Talvez fosse melhor levar as coisas como estavam e não tentar mudá-las. Mas quem não gostaria de morar numa casa melhor que aquela e quem não batalharia para sair daquele lugar? – e o único caminho que se apresentou para isso foi guardar dinheiro. Então era um ciclo e ela podia continuar eternamente nele, terminando sempre no mesmo lugar, pois se você era negro, vivia em Nova York e não podia pagar um aluguel alto, ora, você tinha de morar em um lugar como aquele.

E enquanto você trabalhava fora para pagar o aluguel dessa espelunca, ora, a rua bancava a babá para seu filho. E a rua fazia ainda mais, tornando-se a mãe e o pai e educando a criança para você. Um pai mau e uma mãe cruel, e, claro, você ajudou a rua quando insistiu em falar de dinheiro com Bub.

A última coisa que ela fez antes de sair do apartamento foi guardar o papel grosso e branco na bolsa. E, no metrô, Lutie ficou tão consciente de sua presença que foi como se ela pudesse ver seus contornos através do couro falso.

Eram apenas nove horas quando Lutie saiu do metrô. Ela perguntou para o homem na bilheteria qual era a saída mais próxima ao abrigo.

"Você devia ter pegado outra linha", ele disse. "São cinco quadras pra lá" – ele apontou para a saída à direita. "E mais duas descendo."

As quadras ali eram longas. Lutie começou a andar depressa e então, cansada pelo esforço, diminuiu o passo. Ela nunca estivera naquela parte da cidade antes. As ruas eram limpas e bem varridas, e os prédios e lojas pelos quais passou brilhavam de limpos. Imediatamente, ela pensou em Bub debruçado na janela da cozinha, brincando de um jogo que envolvia cachorros dormindo inertes em meio ao lixo no quintal lá embaixo.

Na comparação, aquele era um mundo protegido, seguro e limpo. E olhando para esse mundo, ela pensou no quão agradável devia ser poder morar em qualquer lugar que desejasse, desde que pudesse pagar o aluguel, em vez de ter de descobrir primeiro se pessoas de cor podiam morar naquele lugar.

O abrigo ficava em um prédio de tijolos bem alto. Conforme se aproximava, Lutie pensou, Mas esse lugar não pode estar cheio de crianças. Ela subiu a escada consciente de uma sensação oca e vazia no fundo do estômago. Um guarda fardado a deteve assim que ela entrou.

"Vim ver meu filho", ela disse, tirando o papel branco da bolsa. "Ele foi trazido pra cá ontem."

Ele apontou para uma sala de espera logo adiante. Era uma sala grande cheia de pessoas, e, no instante em que entrou nela, Lutie foi tomada pela letargia do lugar.

A mulher grisalha atrás de uma escrivaninha onde se lia "Informações" perguntou seu nome e endereço, folheando um fichário grosso.

"O caso dele vai ser visto na sexta", a mulher disse. "Se não se importar de esperar, pode ver o menino por alguns minutos agora de manhã."

Lutie se sentou perto dos fundos da sala. O lugar estava cheio de mulheres de cor sentadas e encurvadas. Estavam quietas e imóveis. Seu silêncio paciente enchia a sala, faziam Lutie se sentir desconfortável. Por que eram todas negras? Será que era porque as mães de crianças brancas tinham lugares seguros para os filhos brincarem ou porque as mães de crianças brancas não precisavam trabalhar?

Ela se enganou. Havia algumas mães brancas também – três mulheres com cara de estrangeiras perto da porta; uma mulher grisalha dois bancos adiante, com os cabelos escorridos caindo pelas têmporas; uma mulher alta e ossuda perto da frente da sala agarrando as mangas de seu casaco de pele puído; e, mais ao lado, uma jovem loira muito magra com um bebê nos braços.

Elas se sentavam na mesma posição encolhida. Talvez,

Lutie pensou, estivessem aqui por serem todas pobres. Pode ser que não tivesse nada a ver com a cor da pele.

Lutie cruzou as mãos no colo. Haviam se passado quinze minutos. De súbito, ela endireitou os ombros. Estava encolhida como todas aquelas outras mulheres à espera. E agora sabia por que elas se sentavam daquele jeito. Porque somos feito animais tentando proteger todo o tecido macio do nosso interior do perigo que espreita numa sala como essa, e o silêncio só ajuda a aumentar a ameaça.

A sala absorvia os sons. Lutie não podia nem ouvir o menor murmúrio do trânsito ou das vozes na rua lá fora. Enquanto esperava na sala silenciosa, Lutie sentiu como se estivesse carregando o incômodo fardo composto da soma total dos problemas que aquelas mulheres carregavam. Todas nós começamos com um probleminha, ela pensou, e então esse problema ia aumentando aos poucos, até finalmente se tornar tão grande que nos empurrava até essa sala.

Quando o guarda finalmente a escoltou até a salinha onde Bub a esperava, Lutie começou a acreditar que o silêncio e a espera incômoda que permeavam a sala tinham um cheiro – um odor distinto que preencheu seu nariz a ponto de dificultar a respiração.

Bub tinha diminuído. Ele estava tão pequeno, tão desamparado e tão obviamente assustado que Lutie se ajoelhou para abraçá-lo.

"Querido", ela disse num tom suave. "Oh, meu querido."

"Mãe, eu achei que você não vinha nunca mais", ele disse.

"Não pense uma coisa dessas", ela disse, acariciando o rosto do menino. "Você sabe muito bem que não pensa assim."

"Não", ele disse devagar. "Acho que não. Acho que eu sabia que você vinha o mais rápido que podia. Só que pareceu um tempão. Nós podemos ir pra casa agora?"

"Não. Ainda não. Você tem que ficar aqui até sexta."

"É muito tempo", ele choramingou.

"Não, não é. Volto amanhã. E depois. E depois. E então já vai ser sexta."

Então o guarda voltou e Lutie já estava saindo do prédio. Ela não perguntou nada sobre as cartas para Bub, nem procurou saber se o filho estava com medo. Havia tantas coisas que não disse para ele. E talvez fosse melhor assim, pois o mais importante era que Bub soubesse que ela o amava e que viria visitá-lo.

Havia um dia inteiro pela frente. E, uma vez que chegou ao apartamento, o tempo pareceu se estender infinitamente adiante dela. Lutie esfregou o chão da cozinha e limpou os armários em cima da pia. Enquanto trabalhava, ela pensou em todas as razões pelas quais Boots poderia não ter o dinheiro que lhe prometeu para aquela noite.

Lutie se pôs a lavar as janelas da sala. Ela se sentou no parapeito, com suas longas pernas dentro do cômodo e a parte superior do corpo para fora. Então começou a esfregar as vidraças com força e parou.

Estava tudo tão quieto. Ela ficou ouvindo o silêncio, tentando captar algum som que pudesse destruí-lo. Era o mesmo tipo de letargia que havia na sala de espera do abrigo.

Lutie esfregou, esfregou uma das vidraças. O som suave do pano nada fez para perturbar o poço de silêncio do apartamento. Ela se virou para olhar as janelas vazias dos prédios que davam para suas janelas. Não revelavam nenhum sinal de vida. Na distância, ela podia ouvir o som fraco e baixo de um rádio. O céu lá em cima estava cinza-escuro. Um vento úmido e frio sacudiu as janelas e se agarrou às mangas do vestido de algodão que ela usava.

E se por algum motivo Boots não pudesse lhe entregar o dinheiro naquela noite? A dúvida cresceu e se espalhou por Lutie, alarmando-a de tal forma que ela parou de lavar as janelas e voltou para dentro. Juntou o material de limpeza, esvaziou a panela esmaltada que estava usando e ficou ali vendo a água descer pelo ralo. Era escura, melada e grossa por causa da fuligem e da sujeira das janelas. Então, pôs os panos de limpeza de molho na banheira.

Boots lhe daria o dinheiro ou não. Se não, ela teria de descobrir outra forma de consegui-lo. Não havia motivo para se preocupar com isso. E enquanto ficasse sozinha naqueles cômodos minúsculos, ela se preocuparia e imaginaria coisas e o nó de tensão dentro dela cresceria e sua garganta continuaria se fechando como agora. Lutie engoliu em seco. Parecia que a abertura de sua garganta diminuía mais e mais. Estava menor agora do que de manhã, quando tentou beber café.

Uma ida ao cinema poderia afastar seus pensamentos daqueles medos que a cercavam. Mas, uma vez lá dentro, Lutie se desanimou. Quando seus olhos se acostumaram com a escuridão, ela notou que havia apenas alguns assentos ocupados. Então foi se sentar lá embaixo, perto de um pequeno grupo de pessoas – um grupo pequeno e protetor atrás e na frente dela.

E o filme não fazia sentido. Era sobre um mundo tecnicolor com muitas luzes e belíssimos cômodos muito amplos; um mundo onde a única preocupação era se a heroína, em um vestido de noite de lantejoulas, por fim conseguiria tirar o herói, de cartola e fraque, das garras de uma espiã ruiva que se refestelava em divãs com seus terninhos brancos de veludo.

O resplendor da tela não fez nada para dispersar seu pânico. Lutie não parava de pensar que aquilo não tinha nada a ver com ela, pois na tela não havia cômodos minúsculos e sujos, nem ruas estreitas e abarrotadas de gente, nem crianças fichadas na polícia e tampouco preocupações com aluguéis e contas de gás. E ela tinha carregado consigo aquele silêncio rastejante, que espreitava pelos corredores e se arrastava pelas fileiras de assentos vazios. Lutie começou a pensar nesse silêncio como uma coisa que se aproximava discretamente dela, engatinhando, chegando mais e mais perto, fileira por fileira.

Lutie saiu no meio do filme. Fora do cinema, ela se deteve, tomada por um grande incômodo, uma inquietação que tornou sua volta para casa fora de questão. Havia um salão de beleza na esquina. Embora não pudesse pagar, Lutie decidiu ir até lá para lavar o cabelo, pois isso ajudaria a passar o tempo e ela teria pessoas ao seu redor.

Rumo ao salão, Lutie tentou descobrir o que havia de errado consigo. Estava sentindo medo de alguma coisa. O que era? Ela não sabia. Não era só medo do que poderia acontecer com Bub. Era algo mais. Ela estava sentindo o cheiro do mal, como sua avó dizia. Um hábito antigo, muito antigo. Tão velho quanto o próprio tempo.

O salão estava em silêncio, a não ser pelo barulho que a manicure fazia. Ela estava sentada perto da vitrine mascando um chiclete, que estalava alto. Era o único som que se ouvia no lugar.

A cabeleireira, geralmente tagarela, por alguma razão estava num humor mais reservado. Ela rodeou o couro cabeludo de Lutie com dedos fortes e não disse uma palavra. Estava tão quieto que aquela letargia terrível com a qual ela havia se deparado no abrigo tinha se assentado no salão. Essa letargia a seguiu do cinema até ali e estava sentada na cabine ao lado. Lutie estremeceu.

"Você está toda arrepiada", a cabeleireira olhou para ela pelo espelho enquanto falava.

E mesmo por baixo das palavras dela, Lutie ouviu a letargia. A coisa estava à espreita na cabine ao lado, esperando que ela saísse para acompanhá-la pela rua até seu apartamento. Ou a coisa poderia sair do salão junto com ela, mas não acompanharia seu progresso pela rua, indo se infiltrar em seu apartamento antes que chegasse, de forma que, quando Lutie abrisse a porta, a coisa estaria lá. Informe. Indefinida. Esperando. Esperando.

18

Começava a nevar quando Lutie saiu do salão de beleza. Os flocos eram finos, pequenos; mal dava para chamar de neve. Era mais como uma chuva, pensou, só que a chuva não castigava o rosto das pessoas como aqueles fragmentos cortantes faziam.

Dali a alguns minutos ficaria escuro. Os contornos dos prédios estavam borrados por longas sombras. As luzes nos prédios e nas esquinas eram manchas amarelas que não causavam impressão alguma nas sombras que se alongavam. A neve fraca e fina rodopiava diante das luzes amarelas em uma dança infinita e veloz impossível de acompanhar, e esse esforço fez Lutie sentir uma tontura.

O barulho e a confusão na rua eram agradáveis depois da letargia que pairava nas cabines acortinadas do salão de beleza. Caminhões e ônibus paravam rugindo nas esquinas. Pessoas voltando do trabalho, a caminho de casa, esbarravam nela. Havia um vaivém de conversas e risadas, pontuadas aqui e ali pelas guinchadas dos freios.

As crianças que passavam aos montes por ela contribuíam para o barulho e a confusão. Elas se encontravam em toda parte – balançando para a frente e para trás nos postes dos semáforos diante da agência de correio, pegando carona na traseira dos ônibus, batucando em latas de lixo com cabos de vassoura, sentadas em pequenos grupos ou brincando nos degraus dos prédios, desenhando na calçada com giz colorido, batendo bola nas paredes laterais dos edifícios. Elas se faziam de surdas às reprimendas que vinham aos gritos das janelas para cima e para baixo na rua: “Tommie, Jimmie e Billie, não estão vendo que está nevando? Podem sair da rua”.

A rua estava tão cheia que Lutie tinha de parar com frequência para não esbarrar num grupo de crianças, e ela se perguntou se era aquele tipo de coisa que Bub fazia quando voltava da escola. Ela tentou ver a rua com os olhos dele e não pôde, pois o jogo de dados que acontecia no meio da quadra, os pedaços de conversas obscenas que ouviu quando passou pela sinuca, os meninos jovens e robustos que passavam gingando com seus bonés virados para trás foram coisas que Lutie viu com olhos de adulto e às quais reagiu partindo do ponto de vista de um adulto. Era impossível saber como aquela rua se parecia a um menino de 8 anos como Bub. Podia ser um lugar que lhe agradava ou um lugar que o assustava.

Havia uma batalha alucinada em frente ao prédio onde ela morava. As crianças estavam usando sacos de lixo das latas alinhadas junto ao meio-fio como munição. Os sacos haviam rasgado, deixando a calçada coberta de lixo e empestando o ar com um cheiro forte e rançoso.

Lutie abriu caminho por entre cascas de laranja, pó de café, ossos de frango, espinhas de peixe, papel higiênico, cascas de batata, couves murchas, cascas de batata-doce cozida, pedaços de jornal, garrafas de gim quebradas, garrafas de uísque quebradas, um chapéu de feltro masculino, um par de calças velhas. Talvez Bub já tenha participado de uma batalha dessas, Lutie pensou, franzindo a testa para o lixo sob seus pés; talvez uma batalha daquelas pudesse ter apelado a algum espírito de aventura insatisfeito que Bub carregava, de modo que ele pode ter se juntado àquelas crianças, ignorando o fedor de lixo pela alegria que sentia no conflito, como elas estavam fazendo.

A sra. Hedges estava bem inclinada para fora de sua janela, encorajando os competidores.

“Isso mesmo, Jimmie”, a sra. Hedges gritou. “Acerta ele na cabeça.” E então, quando o saco de lixo errava seu alvo: “Ah, que droga, moleque, qual é o problema com a sua mira?”.

A sra. Hedges viu Lutie e, sabendo que ela estava voltando para casa mais cedo do que de costume quando ia trabalhar, imediatamente deduziu que ela esteve em algum lugar para ver Bub ou descobrir algo sobre ele. "Foi ver Bub?", ela perguntou.

"Sim, foi uma visita breve."

"E deu uma passadinha no salão de beleza, hein?" A sra. Hedges estudou os cachos pretos brilhando por baixo do casquete em cima da cabeça de Lutie. "Ficou muito bom", ela disse.

A sra. Hedges se inclinou ainda mais para fora da janela. "Se Bub está metido em problemas, é provável que você precise de algum dinheiro. Um amigo meu, o sr. Junto – um perfeito cavalheiro, querida, branco..."

A voz dela sumiu, pois Lutie se virou abruptamente e desapareceu pela porta do prédio. A sra. Hedges fez uma cara feia para ela. Afinal, se você precisa de dinheiro, você precisa de dinheiro, então a sra. Hedges não podia imaginar o motivo de uma pessoa agir daquele jeito quando lhe ofereciam dinheiro. Ela deu de ombros e voltou sua atenção para a batalha que acontecia embaixo de sua janela.

Subindo as escadas, Lutie acentuou de propósito as batidas dos saltos nos degraus, pois o barulho ajudava a aliviar o grave ressentimento que sentia; dava expressão à raiva que fluía por ela.

Num primeiro momento, ela apenas se enfureceu vagamente ao pensar em um cavalheiro branco querendo se deitar com uma garota de cor. Um bom cavalheiro branco que se sente um tanto sozinho deseja dormir com uma boa e calorosa garota de cor. É tudo bom – bom cavalheiro, boa garota; uma negra, o outro branco, uma garota de cor e um cavalheiro branco.

Então ela começou a pensar em Junto – nele, especificamente. Junto não queria que ela ganhasse dinheiro cantando. A sra. Hedges conhecia Junto. Boots Smith trabalhava para ele. A figura atarracada de Junto, como Lutie tinha visto refletida no espelho brilhante de seu Bar e Grill, se estabeleceu em sua mente; e a raiva dentro dela cresceu e se espalhou, direcionando-se para Junto e a sra. Hedges, e então para aquela rua, que tinha pegado Bub, e então para ela mesma, por ter sido em parte culpada por Bub ter roubado.

Dentro de seu apartamento, Lutie ficou imóvel, tomada pelo silêncio profundo e assombroso que preenchia o lugar e contrastava muito com o barulho da rua. Ela ligou o rádio e logo desligou, pois ficou com os ouvidos atentos, esforçando-se para ouvir algo por baixo do som da música.

A coisa rastejante e silenciosa que ela tinha sentido no cinema e no salão de beleza estava ali em sua sala de estar, sentada no sofá-cama encaroçado.

Antes a coisa se mostrara como uma massa informe, amorfa e fluida – uma coisa desencorpada que Lutie não podia ver, apenas sentir. Agora, enquanto ela olhava para o sofá, a coisa tomava forma, substância. E Lutie pôde ver o que essa coisa era.

Era Junto. Cabelo grisalho, pele cinza, corpo atarracado, ombros largos. Ele estava ali sentado no sofá-cama. A mesinha de tampo de vidro azul estava bem diante dele. Seus pés pisavam com firmeza no Congoleum.

Se não tomasse cuidado, Lutie poderia gritar. Ela começaria a gritar e não seria capaz de parar, pois não havia ninguém ali. Mas ainda assim ela podia vê-lo e, quando não o via, podia sentir sua presença. Lutie virou o rosto e voltou a olhar. Às vezes, ele estava ali quando ela olhava, e em outras não.

Lutie ficou olhando para o sofá até se convencer de que nunca houve ninguém ali. Seus olhos estavam lhe pregando peças, pois ela estava chateada, nervosa. Então Lutie concluiu que um banho quente a ajudaria a relaxar.

Mas, uma vez na banheira, Lutie começou a tremer de tal forma que a água se agitou. Talvez ela devesse ligar para Boots e dizer que não iria vê-lo naquela noite. Talvez no dia seguinte ela já teria se livrado daquela raiva crescente, incessante, e daquele medo histérico que a faziam ver coisas que não existiam, que a faziam sentir coisas que não estavam ali.

Mas em menos de meia hora ela já estava se vestindo, colocando seu casaco preto curto e largo, calçando um par de luvas brancas. Enquanto enfiava as mãos nas luvas, Lutie se perguntou quando tinha tomado a decisão de ir; que parte de sua mente já tinha escolhido as roupas que iria usar, incluindo aquelas luvas brancas, sem nem pensar nisso conscientemente. E tudo porque, é claro, se ela não fosse hoje, Boots poderia mudar de ideia.

Quando Lutie tocou a campainha do apartamento de Boots, ele abriu a porta no mesmo instante, como se estivesse à sua espera.

"Olá, boneca", ele disse sorridente. "Que bom que você veio, fico feliz. Estou com um amigo aqui que quero te apresentar."

Apenas dois abajures da sala estavam acesos. Eram os mais altos e ficavam um de cada lado do sofá. Sua luz brilhava na figura atarracada de um homem sentado nele. O homem se levantou quando viu Lutie e ficou de pé diante da imitação de lareira, apoiando o cotovelo na cornija.

Lutie olhou para ele, sem ter certeza se era Junto em carne e osso ou aquele outro imaginário que ela vira no sofá-cama em seu apartamento. Ela fechou os olhos, voltou a abri-los e ele ainda estava diante da lareira. Sua figura atarracada bloqueava parcialmente o brilho laranja-avermelhado dos troncos elétricos. Lutie virou o rosto e olhou na direção dele. O homem ainda estava lá, diante da lareira.

Boots o apresentou como Junto em carne e osso. "Sr. Junto, conheça a sra. Johnson. Lutie Johnson."

Lutie assentiu. Uma figura num espelho girou os dedões para baixo e, enquanto fazia esse gesto, o parquinho de Bub desapareceu, junto com a mobília nova e os cômodos grandes e arejados. "Um bom cavalheiro, branco..." "Se precisar de um dinheirinho extra." Lutie desviou o olhar dele sem dizer nada.

"Quero falar contigo, boneca", Boots disse. "Venha até o quarto" – ele apontou para uma porta, começou a ir na direção dela, virou-se e disse: "Volto em um minuto, Junto".

Boots fechou a porta do quarto, sentou-se na beirada da cama e encostou a cabeça na cabeceira.

"Se você me der o dinheiro agora, posso procurar o advogado ainda hoje, antes de ele fechar o escritório", Lutie disse abruptamente. O quarto era como a sala, tinha muitas luzes e, ainda por cima, muitos espelhos, de forma que ela viu Boots refletido em cada uma das paredes – as pernas esticadas, a expressão completamente indiferente. No chão, havia aquele mesmo carpete macio que abafava o som.

"Tira o casaco e senta aqui, boneca", ele disse languidamente.

Lutie balançou a cabeça. Ela não saiu do lugar, ficando com as costas na porta, consciente de que não vinha nenhum som da sala onde Junto esperava. Ela tinha carregado consigo aquele silêncio horrível.

"Não posso ficar", ela disse ríspida. "Só vim pegar o dinheiro."

"Ah, sim... o dinheiro", Boots disse, como se tivesse acabado de se lembrar. "Dá pra conseguir esse dinheiro fácil, boneca. Descobri um jeito." Ele estreitou os olhos. "Junto é a resposta. Ele vai dar o dinheiro pra você. Fácil assim" – Boots estalou os dedos.

Ele fez uma pausa, como se estivesse esperando Lutie dizer alguma coisa, e, quando ela não fez nenhum comentário, continuou: "Tudo o que você precisa fazer é cuidar bem dele. Só precisa cuidar bem dele o quanto Junto quiser e os 200 contos são seus. E, até onde eu sei, cuidar bem de Junto paga mais do que qualquer coisa".

Lutie ouviu o que Boots disse, soube exatamente o que ele quis dizer e sua mente ignorou suas palavras, substituindo-as por outras. Ela se viu mais uma vez no grande e malcuidado salão de dança do Casino, tentando ouvir uma música ao longe que se perdia na confusão de vozes, no tilintar dos copos, nas explosões de risadas, de forma que ela não sabia se a música era real. Ora a música estava lá, ora era abafada pelos outros sons.

A melodia débil vagou ao redor e por baixo do som da voz de Boots e das palavras que ele havia falado, encobrindo o que ele tinha acabado de dizer.

"Boneca, isso aqui é só pra ganhar experiência. São meses até você conseguir ganhar dinheiro."

"Não aconteceu nada, boneca. O que faz você pensar que aconteceu alguma coisa?"

"Não sou eu que manda. O dono do Casino – um sujeito chamado Junto – diz que você ainda não está pronta."

"Jesus! O homem é dono do lugar."

O sujeito chamado Junto também era dono do Bar e Grill. Era evidente que sua decisão de que Lutie não seria paga para cantar havia sido baseada em seu desejo de dormir com ela; e Junto concluiu que, se continuasse a viver naquele prédio onde sua amiga sra. Hedges morava, ou em qualquer outro como aquele, ela seria fácil de conquistar.

E agora esse mesmo camarada chamado Junto estava sentado em um sofá a poucos metros daquela porta, e Lutie pensou,

Que vontade de matar esse homem. Não só por ele se chamar Junto, mas porque eu não consigo pensar com a cabeça sobre ele nem ninguém. Era como se ele fosse uma peça daquela rua imunda, tangível, à mão, ao alcance.

Lutie ainda podia ouvir aquela melodia que pairava à deriva. Não conseguia tirá-la da cabeça. Boots a encarava, esperando que ela dissesse algo, esperando por uma resposta. Ele e Junto pensaram que sabiam o que ela iria dizer. Se ela cantarolasse esse trecho da melodia, poderia se livrar dela. Era a única forma de fazer a música sumir; de outro modo, ficaria dando voltas e voltas em sua cabeça. E Lutie pensou, Devo estar perdendo a cabeça, querendo cantar e ao mesmo tempo pensando em matar aquele homem esperando sentado lá fora.

Boots disse: "Junto é um bom camarada. Você ficaria surpresa com o quanto pode gostar dele".

O som da própria voz a assustou. Rouca, alta e furiosa, sua voz continha o ódio e a raiva acumulados durante todos aqueles anos em que Lutie viu as coisas que desejava passando direto por ela, sem que ao menos tivesse a chance de tocá-las.

Lutie gritou: "Manda ele embora! Manda ele embora! Manda ele embora agora!".

E o tempo todo ela pensava, Junto tinha um tijolo na mão. Só um. O último que faltava para completar as paredes que vinham sendo erguidas ao seu redor por anos, e, quando esse último tijolo foi colocado em seu lugar, você se viu totalmente cercada.

"Tudo bem. Tudo bem. Não fica nervosa." Boots se levantou da cama, afastou Lutie e saiu do quarto, batendo a porta.

"Desculpa, Junto", Boots disse. "Ela está muito nervosa. Nem adianta esperar."

"Eu ouvi a moça", Junto disse com amargura. "E se isso foi algo que você planejou, pode ir desistindo dos seus planos."

"Você ouviu ela, não ouviu?"

"Sim. Mas você ainda pode ter planejado tudo", Junto disse, indo até o hall de entrada. Na porta, ele se virou para Boots e perguntou: "E então?".

"Não se preocupe, amigo", Boots disse friamente. "Ela vai se acalmar. Volte lá pelas dez."

Boots fechou a porta atrás de Junto sem fazer barulho. Ele não tinha planejado a princípio, mas iria enganar Junto e o homem jamais saberia. É claro, Lutie iria dormir com Junto, mas ele a teria antes. Boots pensou nas cortinas finas esvoaçando no vento. Sim, Junto poderia com as sobras. Afinal, ele era branco e dessa vez um branco poderia ficar com as sobras de um negro.

Junto pusera muita pressão, ele o ameaçara e o atazanara por causa de Lutie Johnson. Aquela seria sua vingança. Ele trancou a porta que dava para o hall e enfiou a chave no bolso. Então foi até a copa nos fundos do apartamento e preparou uma bebida para Lutie e uma para ele.

O burburinho da voz deles chegou até Lutie no quarto. Ela não conseguiu ouvir o que diziam e ficou esperando na frente da porta, tentando ouvir alguma indicação de que Junto tinha ido embora.

Assim que Junto saísse, ela voltaria para casa. Mas tinha de ter certeza de que ele partira, pois, se saísse dali e o visse, era capaz de tentar matar o homem. Esse pensamento a assustou. Não era um bom momento para se exaltar ou ficar com raiva. Ela tinha de ficar calma e se concentrar em achar alguma forma de livrar Bub do reformatório.

Lutie tinha ficado tão nervosa que se esqueceu de que ainda precisava conseguir os 200 dólares para o advogado. Seu pai poderia ter algumas ideias. Sim, ele teria. Sempre tinha. Mas ela só estaria se enganando se pensasse que qualquer uma delas poderia render 200 dólares.

Ouviu-se o som de uma porta fechando, e então silêncio. Lutie deu uma olhada na sala. Estava vazia. Ela ouviu o som de copos batendo em algum lugar nos fundos do apartamento.

E então Boots entrou no quarto com uma bandeja. O gelo tilintava em copos altos. Uma garrafa de soda e outra de uísque se equilibravam mal na bandeja enquanto Boots ia na direção dela.

"Aqui, boneca", ele disse. "Beba alguma coisa pra se acalmar."

Lutie ficou diante da lareira segurando o copo na mão sem beber, só segurando. Ela podia sentir o gelado através da luva. Era melhor ir falar com seu pai. Ele esteve a uns três passos fora da lei por tanto tempo que poderia ter um amigo advogado, e, se seu pai já tivesse feito algum favor para esse amigo, ele poderia pegar o caso de Bub com a promessa de receber pagamentos semanais.

Ela tinha de ir agora. Por que estava ali em pé segurando aquela bebida que ela não queria nem tinha intenção alguma de beber? É porque você ainda está com raiva, ela pensou, e não tem em quem descontar essa raiva e você está meio que esperando que Boots diga ou faça alguma coisa que possa ser uma desculpa para você explodir em mil pedaços.

"Por que você não senta?", Boots perguntou.

"Tenho que ir." Mas ela não se mexeu. Ficou ali diante da lareira olhando para Boots, que bebericava sua bebida sentado no sofá.

De vez em quando, ele olhava para Lutie e ela podia ver a cicatriz na bochecha dele, uma linha longa e fina que parecia mais escura do que ela se lembrava. E Lutie pensou que ele era como aquelas ruas que prendem as pessoas feito uma armadilha – mau e perigoso.

Por fim, Boots disse: "Ouça, você quer tirar o pirralho da cadeia, certo? Então, o que mais você quer?".

Lutie deixou o copo em cima de uma mesa. Um pouco da bebida caiu, escorrendo pelas laterais do copo. Diante dessa visão, pareceu que alguma coisa tinha derramado dentro de sua cabeça da mesma forma, escorrendo por ela de modo que ela não conseguia pensar.

"Esqueça", Lutie disse.

Sua voz soou alta na sala. Isso mesmo, ela pensou, esquecer. Vamos todos pular juntos, crianças. Todos juntos. Pular pela escada dourada. De mãos dadas, subindo pela escada dourada.[6]

"Esqueça", Lutie repetiu.

Ela precisava sair dali agora e rápido. Não podia mais ficar olhando para Boots daquele jeito, pois começara a pensar que ele representava tudo contra o que ela já tinha lutado. Mas ela

6 Provável referência à canção *Climbing up the Golden Stairs*, composta em 1884 por Monroe H. Rosenfeld e gravada na década de 1930 por Early Frank Luther. Clássico infantil, a letra traz versos de conteúdo racista.

não conseguia tirar os olhos daquela cicatriz que desfigurava o rosto dele e não parava de escurecer; e, olhando para Boots, ela sentiu como se estivesse olhando para a rua com suas fileiras de prédios velhos, as pilhas de lixo, as crianças aos montes.

"Junto é podre de rico", Boots disse. "Por que ser tão exigente? Não existe uma garota na cidade que não daria tudo o que tem pra conseguir uma chance com ele." E então ele pensou, Não, ela não está pensando direito. E Lutie era tudo o que havia entre ele e algum emprego ruim no qual teria de andar de chapéu na mão e de cabeça para baixo o dia inteiro, dizendo: "Sim, senhor; sim, senhor; sim, senhor".

Lutie se afastou da lareira. Ela não tinha por que responder a ele. Não conseguia nem mesmo pensar ou ver direito. Ela continuou pensando na rua, continuou vendo a rua.

Todos aqueles anos em que ela frequentou a escola de gramática e o colégio, que se casou, teve um filho, foi trabalhar para os Chandler, deixou Jim porque ele tinha arranjado outra mulher – por todos aqueles anos ela tinha sido lançada como uma flecha na direção daquela rua ou de alguma outra parecida. Aos poucos ela foi crescendo, trabalhando e poupando para finalmente conseguir um apartamento em uma rua que não era páreo para ninguém. Mesmo que não tivesse falado de dinheiro com Bub o tempo todo, ele teria se metido em problemas cedo ou tarde, pois a rua cuidava dele quando ela não estava por perto.

"Ah, que inferno!", Boots murmurou. Ele apoiou o copo na mesa diante do sofá, levantou-se e, às pressas, bloqueou o progresso de Lutie até a porta.

"Vamos conversar", ele disse. "Podemos encontrar alguma solução."

Ela hesitou. Não havia solução alguma nem mais conversa, a menos que Boots lhe emprestasse o dinheiro sem nenhuma condição. E se fosse sua vontade fazer isso, ela seria tola em não aceitar. Seu pai era um último recurso muito fraco.

"Vamos, boneca", ele disse. "Dez minutos de conversa resolvem o assunto." E Lutie voltou ao seu lugar diante da lareira.

"Não tem por que ficar brava, boneca. Ainda podemos ser amigos", Boots disse num tom suave, passando o braço ao redor da cintura dela.

Boots estava bem perto de Lutie. Ela tinha um cheiro suave e doce, e ele a puxou ainda mais para perto. Ela tentou se afastar dele, mas ele a pegou à força, prendendo as mãos dela atrás das costas e puxando-a mais e mais para ele.

Enquanto Boots a beijava, ele sentiu uma excitação muito forte percorrendo seu corpo, que o fez se esquecer de todas as coisas lógicas e racionais que pretendia dizer; pois a pele de Lutie era macia e cálida ao toque de seus lábios. Boots se atrapalhou com os fechos do casaco de Lutie, tateando em busca dos seios dela.

"Jesus, boneca", ele sussurrou. "Junto pode ter o dele depois." E Boots foi absorvido pelo ritmo das palavras, que parecia corresponder ao ritmo de seu desejo por Lutie, de forma que ele teve de dizê-las mais uma vez. "Ele pode ter o dele depois. Quero o meu primeiro."

Lutie se soltou dos braços dele num movimento repentino e violento que quase o fez perder o equilíbrio. A raiva que irrompia nela não era direcionada somente a ele. Boots estava ali à mão; ele a enganara e a convencera a ficar naquela sala por mais alguns minutos, pois Lutie pensou que ele lhe emprestaria o dinheiro de que ela tanto precisava; ela estava furiosa com ele por isso, por Boots ter sido um alcoviteiro para Junto e por ter suposto que ela agarraria a oportunidade de dormir com os dois. Essa raiva ligeira e superficial ajudou a aumentar e se tornou parte da torrente cada vez mais profunda de raiva que havia se alimentado do ódio, da frustração e do ressentimento que Lutie sentia pelo rumo que sua vida tinha tomado.

Então Lutie começou a gritar descontroladamente, e gritar não era suficiente. Ela queria bater nele, reduzi-lo a uma indizível massa de carne, destruí-lo por completo, pois Boots estava ali diante dela e ela podia alcançá-lo e assim encontraria um escape violento para toda a extensão de sua ira.

As palavras transbordavam de sua garganta. "Seu maldito!", ela gritou. "Pode dizer praquele tal de Junto que, se ele quiser uma puta, que vá procurar uma com a sra. Hedges. E o mesmo vale pra você. Porque eu prefiro ir pra cama com uma cobra – eu prefiro..."

Então Boots avançou e deu um tapa no rosto dela. Lutie ficou ali parada diante dele, tremendo de raiva e com o rosto ardendo, e Boots lhe deu outro tapa.

"Não aceito esse tipo de linguajar nas damas", ele disse. "Nem mesmo uma dama tão bonita como você. Quem sabe depois que eu te der uns bons tapas você comece a gostar da ideia de dormir comigo e com Junto."

O sangue latejando em sua cabeça borrou a visão dela, de forma que Lutie não viu um Boots Smith, mas três; e, por trás dessas três figuras, a sala oscilava, balançava e vacilava, tremulando. Lutie tentou separar as três figuras borradas e foi como se estivesse tentando seguir o curso das ondas de calor que subiam da calçada em um dia quente de agosto.

Apesar daquela visão tripla e instável que tinha de Boots, Lutie mal o via como um indivíduo. O nome dele poderia ser Brown, Smith ou Wilson. Ela poderia nunca tê-lo visto antes, poderia não saber nada sobre ele. Só aconteceu de ele estar ao alcance no momento em que desencadeou o perigoso acúmulo de raiva que Lutie vinha alimentando em seu íntimo por meses.

Quando ela se lembrou de que havia um castiçal de ferro pesado na cornija da lareira bem atrás dela, sua visão clareou; a sala parou de rodar e Boots Smith voltou a ser uma só pessoa, não três. Ele era a pessoa que bateu nela, seu rosto ainda doía por conta dos tapas; ele a ameaçou com violência e insinuou uma relação forçada com ele e com Junto. Essas coisas desencadearam sua raiva, mas, quando Lutie agarrou o castiçal de ferro e mirou com um movimento ligeiro na cabeça de Boots, ela golpeava não Boots Smith, mas uma figura anônima que simplesmente calhou de estar ali – uma figura que seu ressentimento furioso transformou em tudo o que ela odiava, tudo contra o que ela já havia lutado, tudo o que um dia a frustrou.

Boots estava tão perto dela que Lutie conseguiu golpear sua têmpora antes que ele pudesse prever sua investida. O primeiro golpe o atordoou. E Lutie golpeou uma e outra vez, usando o castiçal como se fosse um porrete. Boots tentou se afastar dela, caiu no sofá e ali ficou.

Uma vida inteira de ressentimento reprimido se desvelou nos golpes. Mesmo com Boots ali imóvel, Lutie continuou a golpeá-lo, mas sem pensar nele, sem nem sequer vê-lo. Primeiro ela estava dando vazão à raiva que sentia por aquela rua imunda e abarrotada de gente. Ela viu as fileiras de prédios velhos e arruinados; os cômodos minúsculos e escuros; os lances de escada longos e íngremes; os corredores estreitos e sombrios; as garotas perdidas no apartamento da sra. Hedges; os lares destruídos onde as mulheres trabalhavam a duras penas porque os maridos as abandonaram. Lutie viu todas essas coisas e golpeou-as com força.

Então a figura inerte no sofá se transformou, por sua vez, em Jim e naquela garota muito magra que Lutie encontrou com ele; transformou-se no insulto contido nos olhares úmidos dos homens brancos no metrô; transformou-se na hostilidade indisfarçada nos olhos das mulheres brancas; transformou-se no homem seboso e lascivo da Escola de Canto Crosse; transformou-se no zelador forçando-a a ir com ele para o porão.

Por fim, quando os golpes ficaram mais pesados e mais rápidos, Lutie golpeava o mundo dos brancos que empurrava as pessoas negras para um cerco murado do qual não havia escapatória; e então golpeou a reviravolta que a forçou a deixar Bub sozinho enquanto ela saía para trabalhar, de forma que agora Bub encarava o reformatório e tinha ficha na polícia.

Lutie via o rosto e a cabeça do homem no sofá através de ondas de raiva nas quais ele representava todas essas coisas. E ela as estava destruindo.

Ela ficou com mais raiva ainda enquanto o golpeava, pois ele parecia ludibriá-la atrás da névoa vermelha que escondia seu rosto e, por fim, o obscureceu por completo. Lutie baixou o braço, olhando para Boots, tentando encontrar seu rosto em meio àquela vermelhidão que o ocultava.

A sala estava perfeitamente quieta. Não havia som algum ali, a não ser sua própria respiração rouca. Lutie deixou cair da mão o castiçal, que bateu no carpete grosso com um baque suave. Ela começou a tremer.

Boots estava morto. Não havia dúvida. Ninguém podia viver com a cabeça destroçada daquele jeito. E não era uma névoa vermelha o que escondia seu rosto. Era sangue.

Lutie se afastou da visão dele, pensando que, se conseguisse dar um passo de cada vez, só um passo de cada vez, ela poderia sair dali, andando para trás, pé ante pé. Ela tinha medo de virar as costas para aquela figura imóvel no sofá. Ele tinha virado uma coisa. Não era mais Boots Smith, apenas uma coisa ali no sofá.

Lutie tropeçou numa cadeira e se sentou, tremendo. Ela nunca mais sairia daquela sala. Nunca, nunca sairia dali. Pelo resto da vida Lutie ficaria ali com aquela coisa horrível e sem rosto no sofá. Então ela se forçou a levantar e voltou a andar de costas.

A porta do hall estava fechada, pois Lutie deu direto com as costas nela. Só mais uns passos e ela estaria lá fora. Ela tateou em busca da maçaneta. A porta estava trancada. Lutie não acreditou e forçou a maçaneta. Tateou em busca de uma chave. Não havia nenhuma. A chave, ela tinha certeza, estava no bolso de Boots Smith, e Lutie sentiu uma leve onda de raiva por ele. Boots havia trancado a porta de propósito porque não pretendia deixá-la sair dali.

A raiva se foi tão rápido como veio. Ela tinha de voltar para a presença daquela figura inerte e sangrenta no sofá. A quietude da sala fez Lutie se sentir como se estivesse avançando dentro d'água, lutando para alcançar o sofá com a água na cintura. A água engolia todos os sons e puxava Lutie, tentando jogá-la para trás.

A chave estava no bolso dele. Em sua pressa, Lutie tirou tudo o que havia lá dentro – um lenço, uma carteira, fósforos e a chave. Ela agarrou as chaves, mas as outras coisas escaparam de sua mão porque, enquanto se afastava, ela pensou que Boots havia se mexido. E todas as histórias que tinha ouvido sobre mortos voltando à vida, sobre mortos falando e andando, lhe passaram pela cabeça, fazendo suas mãos tremerem a ponto de não conseguir controlá-las.

Enquanto se afastava às pressas do sofá, Lutie quase pisou na carteira. Ela a pegou e conferiu seu conteúdo. Estava cheia de dinheiro. Boots podia ter lhe dado os 200 dólares e nunca sentiria falta.

Os 200 dólares de que ela precisava estavam bem ali à mão. Ela poderia levá-los para o advogado esta noite. Poderia mesmo?

Pela primeira vez, Lutie foi acometida pela total implicação do que havia feito. Ela era uma assassina. E nem o advogado mais astucioso do mundo poderia fazer algo por Bub, não agora, não depois de sua mãe ter matado um homem. Uma criança cuja mãe era uma assassina não tinha chance alguma. Todas as pessoas com as quais ele tivesse contato acreditariam, cedo ou tarde, que ele também se tornaria um criminoso. E o juizado não lhe concederia liberdade criminal sob seus cuidados, pois ela não era mais uma pessoa adequada para educá-lo.

Lutie não conseguiu deter o tremor que começou em seu estômago e se transformou em uma contração espasmódica na garganta, a ponto de ela não conseguir respirar. A única coisa que podia fazer era ir embora e nunca mais voltar, pois era melhor para Bub jamais saber que sua mãe era uma assassina. Lutie pegou metade das notas na carteira, enfiou na bolsa e deixou a carteira em cima do sofá.

Voltar para a porta do hall foi pior dessa vez. Os quatro cantos da sala se avivavam com o silêncio – poços profundos de um silêncio agourento. Ela virava a cabeça sem parar, em um esforço de ver a sala inteira de uma vez, lutando contra a vontade de gritar. Sua histeria cresceu, pois ela começou a acreditar que a qualquer momento a figura no sofá pudesse desaparecer em um desses poços de silêncio e então surgir em qualquer parte da sala para barrar sua saída.

Quando finalmente destrancou a porta, cruzou o pequeno hall e alcançou o hall externo, ela teve de se apoiar na parede por um longo momento antes de ser capaz de controlar o tremor das pernas, mas o aperto na garganta piorava.

Ela viu que suas luvas brancas estavam sujas com a poeira do castiçal. Havia uma mancha de sangue em uma delas. Lutie tirou as luvas e enfiou no bolso do casaco, e, enquanto fazia isso, pensou que estava agindo como se assassinato lhe fosse algo familiar. Ela desceu as escadas em vez de pegar o elevador e esse pensamento voltou.

Quando saiu do prédio, nevava forte. O vento soprou a neve em seu rosto, fazendo-a andar mais rápido quando se aproximou da entrada do metrô da Eighth Avenue.

Confusa, ela pensou no melhor lugar para ir. Tinha de ser uma cidade grande. Então concluiu que Chicago não ficava tão longe e era grande. Chicago a engoliria. E esse seria seu destino.

No metrô, Lutie voltou a tremer. Ela teria matado Boots por acidente? O pior foi que ela nem via Boots enquanto o golpeava daquele jeito. O primeiro golpe foi proposital e incitado, mas todos os outros não foram provocados. Não havia desculpas para ela. Nem tinha sido autodefesa. O impulso para a violência estivera nela por um bom tempo, crescendo, sendo alimentado, até ela finalmente explodir em mil pedaços. Bub jamais poderia saber o que ela fez.

Na Pennsylvania Station, Lutie comprou uma passagem para Chicago. "Só de ida?", o bilheteiro perguntou.

"Só de ida", ela repetiu. Sim, uma passagem só de ida, Lutie pensou. Desde o dia em que nasci, tenho uma dessas reservada.

O trem estava a postos. Pessoas fluíam e transbordavam dos portões feito água em uma represa. Lutie caminhou em meio à multidão.

Os vagões se encheram rapidamente. Pessoas com malas, caixas de chapéu, pacotes e crianças se moviam às pressas pelos corredores, quase caindo por cima dos bancos em sua pressa de garantir um assento.

Lutie encontrou um lugar no meio do vagão. Ela se sentou perto da janela. Bub jamais entenderia por que ela havia desaparecido. Ele estava esperando para vê-la no dia seguinte. Ela prometeu que iria. Ele jamais saberia por que ela o abandonara e ficaria confuso e perdido sem ela.

O filho se lembraria de que ela o amava? Lutie esperava que sim, mas sabia que por muito tempo ele carregaria aquele olhar meio assustado e preocupado que ela viu em seu rosto na noite em que ele estava à sua espera no metrô.

Provavelmente ele acabaria no reformatório. Lutie olhou pela janela do trem, sem enxergar os passageiros atrasados se apressando pela rampa. O aperto em sua garganta aumentou. Então ele iria para o reformatório, ela repetiu. Vai ser melhor para Bub ficar lá. Ele vai ficar melhor sem você. Assim, ele poderá ter alguma chance. Bub não tinha nem sombra de uma chance naquela rua. O melhor que você pôde dar para ele não foi bom o suficiente.

Quando o trem se pôs em movimento, Lutie começou a desenhar na janela. Era uma série de círculos entremeados. Ela se lembrou de que, quando estava na escola de gramática, as crianças faziam esses mesmos círculos para aprender a encontrar a inclinação apropriada para sua escrita e sentir a caneta nas mãos.

Uma vez mais ela pôde ouvir a voz baixa e exasperada da professora quando ela via os círculos que Lutie desenhava. "Sinceramente", ela disse, "não sei por que eles nos dão o trabalho de ensinar seu povo a escrever".

O dedo dela se movia pelo vidro, circulando e circulando. Os círculos se mostravam nítidos na superfície empoeirada. O comentário daquela mulher estava certo, ela pensou. Que bem pode fazer ensinar alguém como eu a escrever?

O trem emergiu do túnel, pegando velocidade conforme deixava a cidade para trás. A neve sussurrava nas janelas. E enquanto o trem rugia escuridão adentro, Lutie tentou descobrir quais reviravoltas do destino a fizeram acabar ali naquele trem. Sua mente recuou diante da tarefa. Tudo o que ela podia pensar era, Foi aquela rua. Foi aquela maldita rua.

A neve caía suave na rua, abafando todos os sons e fazendo as pessoas se apressarem para casa, de forma que a rua logo ficou deserta, vazia, quieta. E aquela poderia ser qualquer rua da cidade, pois a neve deitara uma delicada película na calçada, cobrindo os tijolos dos prédios arruinados e velhos e obscurecendo gentilmente a sujeira, o lixo e a feiura.

FIM

Nota da tradutora

O enredo de *A rua*, publicado em 1946, tem como cenário sobretudo as ruas do Harlem e se situa temporalmente nos últimos anos da Segunda Guerra Mundial. Para encarar a tarefa e o desafio de fazer jus ao tom literário de Ann Petry e dar voz às personagens tão singularmente representadas pela autora, revisitei algo de Mário de Andrade, de Lima Barreto e do universo sambista de Bezerra da Silva. Mais a fundo, me utilizei de um *corpus* composto de *Poemas de uma vida simples* (1944), de Solano Trindade, e *Quarto de despejo* (1960), de Carolina Maria de Jesus, ambos autores contemporâneos a Ann Petry.

Solano Trindade (1908-1974), natural do Recife, Pernambuco, foi militante do movimento negro, e o pano de fundo de sua obra e atuação política eram as periferias de grandes centros urbanos, como Recife, São Paulo e Rio de Janeiro, contextos que, de certa forma, se aproximam do Harlem de Ann Petry. Já Carolina Maria de Jesus (1914-1977), oriunda de Sacramento, Minas Gerais, se mudou para a favela do Canindé, em São Paulo, no ano de 1947. Embora a primeira entrada do diário *Quarto de despejo* seja de 1955, a obra registra o estabelecimento de uma das primeiras favelas da capital paulista, ocorrido no fim dos anos 1940. Carolina, como Ann Petry, vendeu aqui no Brasil um número recorde de exemplares de uma obra que, em sua qualidade literária, também serviu como veículo de denúncia de realidades subjugadas e invisibilizadas. Embora os contextos econômicos e sociais das autoras apresentem disparidades, assim como o Canindé e o Harlem, ambas traçam aproximações entre seus ambientes de vivência e suas experiências de negritude. Sem dúvida, é possível dizer que o Harlem de Ann Petry é um "quarto de despejo", tal como Carolina descreveu a favela do Canindé.

Posfácio: Sobre a necessária história de *A rua*

TAYARI JONES

A rua é uma obra inovadora da literatura americana e tão relevante hoje quanto na época de sua publicação, em 1946. Quando o livro rendeu o prêmio Houghton Mifflin de escritores iniciantes para Ann Petry, o universo literário ficou em alerta. Todos concordavam que o romance era brilhante, mas, como acontece com os talentos surpreendentes, difícil de classificar. Na época, a literatura afro-americana era tacitamente compreendida como uma literatura afro-americana masculina; e a literatura escrita por mulheres era classificada como uma literatura de mulheres brancas. O detalhe que distinguiu Petry ainda mais foi que ela tinha origem na Nova Inglaterra, mas não escrevia com a reserva que associamos aos autores dessa região. Este não é um romance de costumes à Dorothy West. E Petry não escolheu o Walden Pond como fonte de inspiração. Ela situou seu enredo no Harlem, mas não no epicentro do "Novo Negro" de ascensão racial e progresso. Para Petry, a 116th Street é a resoluta antagonista e representa a interseção entre racismo, sexismo, pobreza e fragilidade humana.

Tive a sorte de descobrir *A rua* quando era aluna do Spelman College, uma instituição historicamente dedicada ao ensino de mulheres negras em Atlanta. A disciplina era "Imagens de mulheres na literatura", ministrada pela profa. dra. Gloria Wade Gayles, uma professora carismática, exigente e feminista. Na semana anterior, tínhamos lido *Filho nativo*, e ficamos consternadas com a representação de Bessie, a única personagem mulher e negra importante desse livro que supostamente iluminou a "experiência negra" nos anos 1940. Agora, como professora, eu entendo que a profa. Gayles nos passou a leitura de *Filho nativo* antes de *A rua* não porque alguns críticos consideraram *A rua* como uma versão feminina de *Filho nativo*, mas porque, depois de conhecer Lutie Johnson em toda a sua instigante complexidade, nós não teríamos paciência com o violento apagamento da vida de mulheres negras de *Filho nativo*. (E também porque docentes experientes atribuíam a leitura dos livros mais empolgantes no fim do período para motivar as alunas exaustas a ir até o fim.)

O coração pulsante de *A rua* é Lutie Johnson, uma mãe solteira de um menino de 8 anos de idade. No fundo uma mulher tradicional, Lutie se casou com seu amado, antecipando algumas dificuldades, mas, no geral, ela esperava viver uma vida feliz e respeitável. No entanto, a realidade se intrometeu nesse sonho. A união não pôde suportar as tensões diárias do casamento atreladas aos desafios financeiros causados pelo racismo pernicioso e à pressão para o único trabalho possível para Lutie como empregada doméstica. Ele trai; ela vai embora. Desanimada, mas não derrotada, Lutie segue inspirada por Benjamin Franklin, convencida de que "qualquer um poderia enriquecer se quisesse, se trabalhasse duro o suficiente e se planejasse bem".

Em outras palavras, Lutie é uma americana. Contudo, ela é uma americana negra, e esses termos nem sempre combinam. Recentemente, estive em Washington, D. C., com minha amiga, a romancista Jacqueline Woodson. Estávamos a caminho de um encontro com Michelle Obama, então questões sobre cidadania e pertencimento pesavam em nossos pensamentos. Paramos diante de uma enorme bandeira dos Estados Unidos, pendurada em um poste prateado, e observamos um bando de turistas brancos posando para tirar fotos. Jacqueline sugeriu que eu fizesse o mesmo. Na foto, eu apareço com um sorriso nervoso enquanto a bandeira, levada pelo vento, se enrola no meu braço. Jacqueline disse: "Não parece que toda foto de uma pessoa negra com a bandeira dos Estados Unidos passa a impressão de ser um protesto?". Eu, estudando a pequena fotografia na qual apareço cercada de estrelas e listras, concordo. "No mínimo, é uma imagem irônica."

Embora *A rua* seja um romance, impresso em páginas, sempre que eu penso nele, minha cabeça inunda de imagens irônicas. Talvez isso remonte ao meu primeiro encontro com ele, nos tempos de graduação. Comprei minha edição de *A rua* na livraria da faculdade. A capa era toda composta em tons suaves de cinza. Uma criança abraçava as pernas da mãe. Uma colega que se sentava à minha esquerda segurava uma edição antiga que retratava Lutie como um mulherão em um vestido vermelho acinturado. Nos anos posteriores, pesquisei as várias edições do romance, publicadas nos Estados Unidos e em outros países, e fiquei fascinada com as diversas representações. Minha edição parecia determinada a posicionar o romance no reino da literatura de ficção séria. A imagem da criança e da mãe comunica uma respeitabilidade sóbria. A edição que traz o vestido vermelho se inseria mais na tradição *noir* de Raymond Chandler. Uma fonte chamativa anunciava "A inesquecível história de uma mulher afligida pelo pecado e pela violência da cidade".

Uma outra edição também mostra Lutie num vestido vermelho e nela lemos "O best-seller ousado e surpreendente sobre uma mulher capturada pelo vício e pela violência do Harlem". Outra edição ainda traz Lutie vestida em um terninho estilo anos 1980, com as mãos pousadas nos ombros do filho pequeno. Ela se parece com uma mulher a caminho do escritório, ponderando sobre questões de equilíbrio entre vida e trabalho. As letras miúdas trazem uma aclamação da ganhadora do National Book Award, Gloria Naylor, que elogia o talento de Petry. Uma edição comercial de bolso mostra Lutie vestida com uma blusa de gola rulê, um casaco impermeável longo e *leggings*. A descrição "Ela é uma alma no gelo em um gueto brutal" evoca o icônico livro de memórias de Eldridge Cleaver, que aborda questões de raça e masculinidade.

Essas imagens conflitantes falam sobre a complexidade de Lutie Johnson e do próprio romance. Cruzando a linha entre as *belles lettres* e a literatura popular, Petry é uma pioneira do thriller literário, um gênero popularizado por sua contemporânea, Patricia Highsmith. *A rua*, uma obra repleta de personagens decadentes, incorpora muitas das convenções do romance policial. Boots Smith, o líder da banda, é tão asqueroso que você talvez queira higienizar as mãos enquanto lê o livro. Junto, o proprietário de clubes noturnos, é tão desprezível que faz Boots parecer um cavalheiro. Jones, o zelador do prédio, se esgueira para dentro do apartamento de Lutie e afaga as roupas íntimas dela. Lutie não encontra nenhum conforto na amizade com mulheres. A pessoa mais generosa que ela conhece é uma senhora, sua vizinha. Uma meretriz com um coração de ouro, que oferece a Lutie a oportunidade de receber uma remuneração decente através de um trabalho sexual degradante.

Esses detalhes sórdidos são refletidos nas capas mais vulgares da obra e talvez expliquem os incríveis recordes de venda. No entanto, *A rua* é muito mais do que uma história sensacionalista, embebida em sexo, violência e suspense. Petry entrelaça à história comentários sagazes de cunho social que tratam da natureza implacável da pobreza e seus efeitos causados nas mulheres negras em particular. Ela aborda os estereótipos, um a um, para então acabar com eles.

A mãe preta é uma figura preciosa do imaginário americano, a empregada doméstica negra que cuida da família dos patrões com um senso de dever e deleite. Por meio de Lutie, Petry questiona o custo real desse arranjo para as mulheres cujo trabalho é cuidar da família de outras pessoas. Morando no trabalho, Lutie só pode ver o próprio marido e o filho alguns dias por mês. Olhando para trás, ela se sente uma tola. "[Ela] limpava a casa de outra mulher e cuidava do filho de outra mulher enquanto seu próprio casamento se despedaçava."

Outra crença agradável derrubada por esta história é o mito da mulher negra forte que abre caminho sem ter saída de forma quase natural – o equivalente a uma mulher que, alimentada pela adrenalina materna, é capaz de erguer um carro com uma mão só. Uma assistente social fica maravilhada com todas as realizações de Lutie, mas ela não se sente lisonjeada. "Não havia mais nada além de trabalho, trabalho, trabalho – manhã, tarde e noite –, fazendo pão, lavando e passando, cuidando das crianças e limpando a casa. A assistente social costumava elogiá-la: 'Sra. Johnson, a senhora faz um trabalho maravilhoso. A casa e as crianças estão impecáveis'. Lutie tinha de morder os lábios para evitar dizer que aquela não era nem metade da história."

Lutie podia morder os lábios e ocultar a outra metade da história, mas Petry, ainda bem, não fez isso.

O discernimento de Petry não termina com Lutie. Ela mergulha no psicológico de todos os personagens, até mesmo Boots, o predador que leva Lutie ao limite. Antes de ser um criminoso, ele foi um empregado da Pullman. O grande sindicalista A. Philip Randolph imortalizou essa profissão como dotada de grande dignidade e como um triunfo da sindicalização americana. Mas Boots relembra o trabalho com amargura. "Eu já rastejei o suficiente na vida", ele diz, resumindo sua rotina de empregado a "dizer 'sim, senhor' para qualquer bastardo branquelo que pudesse comprar um bilhete da Pullman".

Que esperanças, então, restam para Lutie Johnson, cercada de pessoas tão maltratadas pelo racismo e pela pobreza que se dispõem a destruir umas às outras por qualquer migalha de conforto? Leitores mais otimistas vão assumir que o alívio virá da relação dela com o filho, Bub. (Lembrem: todas as capas não sensacionalistas retratam Lutie como mãe, a mais respeitável das atividades.) Mas nem mesmo Bub é poupado. Lutie ama o filho, mas nem o amor é páreo para *A rua*. Se nem amor, nem mesmo o amor materno, pode conquistar tudo, então por que este romance sobreviveu por tanto tempo?

Eis o poder transformador da ficção. Petry não nos poupa dos efeitos devastadores da pobreza, mas também não nos poupa da humanidade desse elenco de personagens que por vezes se comportam de forma desumana. Qualquer escritor ou escritora pode nos inspirar a abrir o coração para o pobre Bub, um menino inocente de 8 anos de idade. Mas apenas uma contadora de histórias brilhante é capaz de despertar alguma simpatia por Boots sem deixar de lado seus atos desprezíveis. Quando ele recebe aquilo que estava destinado a ele, nós comemoramos, mas também lamentamos por Lutie quando ela tem de enfrentar as consequências de suas ações.

Em outras palavras, *A rua* é um romance onde se encontra de tudo. Como todos os mestres do *noir*, Petry encara o abismo sem cair nele. Esta é uma história sombria, mas não deprimente. É perturbadora, mas intrigante. Como é possível que as críticas sociais de um romance sejam tão resolutas e claras, ainda que seu enredo se movimente como uma casa em chamas? Como é que os personagens podem flertar com o estereótipo e ainda assim se conservar singulares e inesquecíveis?

Essas são perguntas sem resposta. Fico tentada a descrever Petry como uma mágica pelas muitas formas como *A rua* nos maravilha, mas essa descrição reduz seu talento. Os truques de uma mágica podem ser revelados se alguém olhar por trás da cortina ou examinar o misterioso baú até finalmente descobrir o fundo falso. Petry é uma artista talentosa. Não há nenhuma façanha ou ilusionismo aqui. Este romance, como a vida real, é repleto de contradições evidentes e de uma série de verdades complexas. E, assim como a experiência humana, este livro repleto de dor é de alguma forma alimentado de esperança.

ANN PETRY (1908-1997), romancista, contista e autora de livros infantis, foi uma das autoras americanas mais eminentes. Ann iniciou seus estudos na área de farmacologia e, em 1934, recebeu seu diploma pela Faculdade de Farmácia da Universidade de Connecticut. Trabalhou como farmacêutica registrada em Old Saybrook e em Lyme, e durante essa época escreveu uma série de contos. Quando se casou com George David Petry em 1938, o curso de sua vida mudou. Eles moravam na cidade de Nova York, e Ann foi trabalhar para o *Amsterdam News*, no Harlem. Em 1941, passou a cobrir as últimas notícias e a editar a seção dedicada às mulheres no *People's Voice*, no Harlem. Seu primeiro conto saiu em 1943 na *The Crisis*, uma revista publicada mensalmente pela Associação Nacional para o Progresso de Pessoas de Cor (NAACP). Logo depois, começou a trabalhar em seu primeiro romance, *A rua*, lançado em 1946 e pelo qual recebeu uma bolsa literária da Houghton Mifflin. O livro foi o primeiro romance escrito por uma autora negra a romper a barreira de 1 milhão de exemplares vendidos, alcançando 1,5 milhão. Petry escreveu ainda outros dois romances, *The Country Place* e *The Narrows*, e diversos contos, artigos e livros infantis.

TAYARI JONES, nascida em Atlanta em 1970, é autora de quatro romances, entre eles *Silver Sparrow*, *The Untelling* e *Leaving Atlanta*. O mais recente, *Um casamento americano*, de 2018, ganhou, no ano seguinte, o Women's Prize for Fiction. Jones é formada pelo Spelman College, pela Universidade do Estado do Arizona e pela Universidade de Iowa. Faz parte do corpo docente do mestrado em artes da Rutgers University e escreve sobre escrita literária em www.tayarijones.com/blog. Vive atualmente no Brooklyn.

CECÍLIA FLORESTA é escritora, editora e tradutora. Pesquisa narrativas e poéticas iorubás, macumbarias, lesbianidades e literaturas insurgentes. Tem editados *Poemas crus* (Patuá, 2016), *Genealogia* (Móri Zines, 2019) e *Panaceia* (Urutau, 2020 – menção honrosa do 2º Prêmio Mix Literário). Entre outras coletâneas, participa de *As 29 poetas hoje* (Companhia das Letras, 2021) e *Poetas negras brasileiras* (Editora de Cultura, 2021).

PREPARAÇÃO Silvia Massimini Felix
REVISÃO Ricardo Jensen de Oliveira e Huendel Viana
CAPA Andreia Freire
PROJETO GRÁFICO DE MIOLO Bloco Gráfico

Editorial
DIRETOR EDITORIAL Fabiano Curi
EDITORA-CHEFE Graziella Beting
EDITORA Livia Deorsola
EDITORA DE ARTE Laura Lotufo
EDITOR-ASSISTENTE Kaio Cassio
ASSISTENTE DE COORDENAÇÃO EDITORIAL Karina Macedo
PRODUTORA GRÁFICA Lilia Góes

Comunicação e imprensa
Clara Dias

Administrativo e comercial
Lilian Périgo
Marcela Silveira
Fábio Igaki (site)

Expedição
Nelson Figueiredo

Atendimento ao cliente
Meire David

EDITORA CARAMBAIA
Av. São Luís, 86, cj. 182
01046-000 São Paulo SP
contato@carambaia.com.br
www.carambaia.com.br

Título original *The Street: A Novel* [Boston, 1946]

CIP-BRASIL. CATALOGAÇÃO NA PUBLICAÇÃO
SINDICATO NACIONAL DOS EDITORES DE LIVROS, RJ

P595r
Petry, Ann [1908-1997]
A rua: um romance / Ann Petry ;
posfácio Tayari Jones ;
tradução Cecília Floresta.
1. ed. – São Paulo: Carambaia, 2021.
352 p.; 23 cm

Tradução de: *The Street: A Novel*
ISBN 978-65-86398-51-9

1. Romance americano. I. Jones, Tayari.
II. Floresta, Cecília. III. Título.

21-74440 CDD: 813 CDU: 82-31(73)
Meri Gleice Rodrigues de Souza – Bibliotecária CRB-7/6439

ilimitada

FONTE
Antwerp

PAPEL
Pólen Soft 80 g/m²

IMPRESSÃO
Ipsis